人生之旅

吕文俊 ◎ 著

黑龙江人民出版社

图书在版编目(CIP)数据

人生之旅／吕文俊著．—哈尔滨：黑龙江人民出版社，2016.4（2021.3重印）
ISBN 978－7－207－10712－1

Ⅰ.①人… Ⅱ.①吕… Ⅲ.①散文集—中国—当代 Ⅳ.①I267

中国版本图书馆 CIP 数据核字（2016）第 086320 号

责任编辑：崔　冉
装帧设计：朱美杰

人生之旅
吕文俊　著

出版发行	黑龙江人民出版社
地　　址	哈尔滨市南岗区宣庆小区 1 号楼
邮　　编	150008
电子邮箱	hljrmcbs@ yeah. net
网　　址	www. longpress. com
印　　刷	三河市华东印刷有限公司
开　　本	787×1092　1/16
印　　张	20.75
字　　数	380 千字
版　　次	2016 年 4 月第 1 版　2021 年 3 月第 2 次印刷
书　　号	ISBN 978－7－207－10712－1
定　　价	55.00 元

版权所有　侵权必究　　　　　　　举报电话：(0451) 82308054
法律顾问：北京市大成律师事务所哈尔滨分所律师赵学利、赵景波

自 序

用文学记录历史,用文学歌颂新生活,用文学释放正能量,一直是我追求的目标。

青少年时代,我就喜欢文学,爱阅读文学作品,尤其是那些对人类、对民族进步有过贡献的人,文学作品对他们的描述与塑造,激励着我,影响着我,指引着我在人生奋斗路上前行。长大参加工作后,明白了文学的作用,我留心周围人身上的闪光点,记录下来进行文学创作,发表出去,目的是使有意义的事发扬光大,能够把文学与思想留在人们的心底,来讴歌时代、颂扬党和人民,而不是为了稿费和名利。

这部《人生之旅》散文集,由《岁月之旅》《情感之旅》和《俄萨之旅》三部分组成。《岁月之旅》是写我在山东老家和来到小兴安岭后的个人所经旅途,把时代特征反映出来,使人们不忘过去,更好地开创未来。《情感之旅》是我对亲人们情感的表白,对我所敬重之人的情感流露,对祖国、对我中华民族深沉的爱,在对自然景物的描述中表达对生活、对未来的向往。所以,这部分内容多于其他两部分。《俄萨之旅》是写我出劳务在俄罗斯萨哈林岛(库页岛)工作期间的所见所闻,反映我们中国林业工人在俄的工作情况及风貌、俄罗斯的民风民俗以及我们与俄当地群众友好相处的情况,以飨读者。这部散文集是我六十二岁以前的人生记录和情感印痕。

这部散文集收录的文章大多数已在报刊上发表,这次重新整理出版,再次与读者交流,甚感惶恐。这部书的出版,对于我这已退休的人来说,实无沽名钓誉之意,只存以文会友,再者留于世,给后人一点痕迹,多少会有一些益处的。

因本书文学作品的性质，除个别文章及必须采用阿拉伯数字的情况以外，在符合规定的情况下均采用汉字数字，突出庄重典雅的表达效果。采用阿拉伯数字的文章，为保证体例的一致与美观，通篇采用阿拉伯数字。在此特别说明。

是为序。

吕文俊
二〇一五年九月于带岭

目　录

岁月之旅

3/老家院中的枣树

5/一篮土豆

6/捕鱼的丰收

8/难忘那次采松塔

10/锸井

12/看电影

14/穷

16/激情燃烧在老门沟

18/老门沟筑路会战

20/一次月光下的"透光"

22/一颗红松的自述

24/曾经的森调生活

26/心碎的时候

28/那次去上海

30/当年考大学

32/初任秘书时

35/几次进京

37/一辆自行车

38/挖"高床"

40/热血沸腾的时候

42/回忆当年的平斜式造林法

44/黑夜的感动

46/改陋习之难

47/盖厦屋棚子

49/运煤

51/两码事

53/与森林结缘

55/雪花那个飘

57/游建设中的带岭大箐山风电场

58/四上大箐山

61/一夜"逛"三城

63/与病魔抗争

71/读书

73/退休后，我快乐地写作着

情感之旅

79/父亲

82/父亲原来是位抗日英雄

84/父亲的木工凿子

86/母亲的善良与刚强

88/慈母的老花镜

90/母亲手上的老茧

92/慈母的纳鞋锥子

94/母亲的织布机和纺线车

96/我的大哥大嫂

98/我的二哥

100/怀念三哥

103/我的姐姐

105/姐姐从故乡归来

107/四哥与五哥

109/五嫂笑了

111/怀念夭折的六哥

113/憨实的七哥

115/楷模张子良

118/一位老工人的回忆

120/张子良二三事

122/那片落叶松人工林

124/我是话剧《张子良》原创者

126/解放战争时期张学第在带岭

130/中国第一油锯手——孟昭贵

132/难忘当年筑路修桥

134/造林功臣——王海廷

136/怀念李指导员

138/恩师朱东辉

140/追思

142/与高尚同行

144/诗人艾砂在林区

146/忆作家马乙雅阿姨

149/我心中的张老师

152/我心中的"姜一悠"

154/革命老区有心人

159/摘金夺银　为国争光

160/书的渴望

162/难忘那次受鼓励

164/《北风吹》在我心中

166/故乡古塔

168/革命老区带岭

171/抗日烽烟

178/小兴安岭不会忘记

180/深山猎户援抗联

183/与时代同歌的红色带岭

186/《带岭往事》所想

188/烈士纪念日随想

190/我的抗日情怀

192/被遗忘的小火车站

194/永翠河畔溢芳香

197/永翠河畔之冬

199/永翠河畔之春

202/永翠河畔秋韵

204/游永翠河畔

206/晨晖中的永翠河畔

207/兴安夕阳无限好

208/走进朝阳影视城

210/游南列影视城

212/永翠河畔月光曲

214/兴安夏夜月儿皎

215/林场月色

217/雪润林城

218/林中读雪

219/兴安雪色

220/看泉　听泉

222/婴儿的啼哭

223/绿色的梦想

226/八百块大洋与两角钱

227/棚改筑金窝

228/住房步步高

230/我心中的路

232/又闻爆竹声响时

233/百年世博梦成真

235/林区人民的良师益友

237/红松，你从远古走来

239/森林的希望

241/峰巅上的风电塔

243/积翠大森林

245/小兴安岭松涛的回响

247/回望那片林

249/难忘那片翠绿

251/"明月"的内涵

254/难忘深山密林中的它

257/一位老林业工作者的遗作

俄萨之旅

263/哈巴罗夫斯克市

266/难忘阿尔吉-帕吉村

269/霍埃印象

271/廖沙

273/造访坦吉村

275/移师霍埃磨难多

277/俄罗斯森林生态保护印象

279/夜卸工作房

281/冰海垂钓

283/滑雪板

284/在俄罗斯过春节

286/异国思乡

288/月下归途

290/三个安纳多利

292/沙沙，你还好吗？

294/洗衣女柳芭

297/萨哈林岛"寻列宁"

299/朋友，维克多

301/在俄过腊八

303/到俄罗斯萨哈林岛投资的香港第一人——莫锦祥

305/观俄民间春天节

307/梦想成真

312/附录一 笔耕不辍著文章（范皓月）

314/附录二 山里人（沙牧歌）

321/后记

岁月之旅

苦与乐，香与臭，好与坏，这是人生必须面对的。在短暂的人生中，想在历史的长河中留下印迹，那只有释放正能量。

老家院中的枣树

每当看到市场上卖的各种大枣,就会购买一些,尤其是那鲜大枣,又脆又甜,这芳香的味道,马上就引起我对老家院中的那颗大枣树的难忘回忆。

老家在鲁西南一个叫杨官屯的村子。从我记事起,在房东头与土围墙之间就长有一棵大枣树。枣树高大茂盛,每到夏秋季节,绿油油的叶子布满树枝,风吹时哗哗作响,成熟的时候,枝头挂满了大枣,甚是喜人。

这是带给我童年欢乐的枣树。

二十世纪五十年代的后半期,那时我五六岁。夏天枣儿青青,还未成熟,姐姐、哥哥就领着我用竹竿子捅枣,枣是绿的,捅下来掉在地上,拣起来就吃,但涩不好吃,就拿在手里玩。我兄弟姐妹多,我最小,得不到就哭闹,姐姐、哥哥们就让着我。到了秋天,枣儿成熟的时候,母亲叫姐姐、哥哥们把枣摘下晒干,以备冬用,遇到好年头能收半面袋子。秋天熟透的大红枣真是脆甜,母亲常给我们分着吃,那沁人心脾的枣香味至今还记忆犹新,滋润得我们小孩儿的脸蛋红红的,给我们的童年带来欢乐。院里的这棵枣树是母亲还是父亲栽植的我不知道,父母已作古现无从考证。为什么院里栽枣树,我早前听母亲说,爷爷懂中医,说大枣养人还能治病,长大后才知大枣中维生素C含量丰富,人们常用它来治疗贫血、血小板减少性紫癜等病,大概就是这个缘故吧。

这是一颗救命的枣树。

时间到了一九五八年,是这棵枣树生命力最旺盛的一年,也是它最后对我家做贡献,帮助我们渡过苦难日子的一年。

在特殊的年代,教书的父亲错划为右派,工资削掉一半后还常不给开,我家的生活质量急剧下降,全家人饿得全身浮肿,面黄肌瘦,躺在床上起不来。后来听姐姐说,那时她已上小学,饿得难以支撑,十多岁的她就爬到房顶上,去摘没成熟的枣吃,尽管难吃,也只得这样。四哥饿得蹲在门槛上起不来,头发长长的,全家人都皮包骨。当时我六岁,母亲将我放在生产队的豆秸堆中找豆儿吃。在那极其困难时期,生命的危难时刻,人们很难找到充饥的食物,野菜无处挖,榆树皮被人扒光。在这实在无办法的时候,母亲只得把目光放在还没成熟的枣上,将青枣摘下,尽管青涩不好吃,毕竟能充饥,维持生命,赖以度日。望着我们这些嗷嗷待哺的孩儿,母亲的心都碎了,将青枣分给我们吃。秋天来到,可枣树上的枣儿早已光了。在关键时刻,这棵枣树做出了最后贡献,挽救了我们全家人的生命。使人难过与可惜的是,一九五九年,这棵见证并帮助我们度过苦难日子的枣树枯萎死去了。

　　五十六年过去了,我离开故乡老家也五十五年了,来到小兴安岭这些年里,我时常回想那棵救命的枣树,每当看到大枣,记忆就把我的思绪牵回了过去。

一篮土豆

人在穷困时，别人给一文钱的帮助都铭记在心，感恩一辈子。我家就有这种情况。

一九六〇年，我家从山东巨野老家搬迁到黑龙江省带岭林业实验局，住在明月林场的小火车站里。时值国家极其困难时期，百姓的生活都很困难。我家人口多，孩子都小，那时我才八岁，父亲当时没有来东北，母亲领着五哥、六哥、七哥和我五口人过日子，口粮不够吃，只得吃野菜度日。由于刚来明月林场，能吃的野菜都不认识，还害怕野兽，连去远处采野菜都不敢，野菜中只认识蕨菜、"鸭子嘴"和"蜇麻子"，也不知吃了什么野菜，全家中了毒，母亲的皮肤凡能见到阳光的地方都腐烂，我们这些孩子也都浑身肿得厉害，住了半年的医院，才险过命关。那年月，我们饿得面黄肌瘦，头发晕，穿的衣服也是补丁摞补丁，困难到了极点。由于家安置在小火车站里，来往的人很多，全村的人都看到眼里，很是可怜我们。村里林场有个职工叫李凤年，就从家里拿来一篮土豆给我家，母亲激动得不得了，向人家磕头以示感谢，这些土豆几乎救了全家的命。村里还有一位姓陈的老大娘，有时候也从家里用衣兜装五六个土豆送给我家，感动得我们全家直掉眼泪。那年月真是度日如年，对于这些好心人，母亲经常告诉我们，要永远记住他们的救命之恩，后来我们长大了，母亲也常向我们提起这事，直到一九七七年，母亲病故前还念念不忘好心人的善举。

随着时间的推移，五十年过去了，我家也早已离开了明月林场，那些好心人也都相继离世，我们虽心中记着这事，但没有用实际行动去报答人家的恩情，总觉得欠人家的人情，这种愧疚之感伴随了我几十年。该报恩的没有去报，这也许是人性的缺点、弱处吧。今天我写这篇散文的目的，是想告诉人们，永远记住好心人的善举是不够的，该报恩的时候就要马上行动，以免给人生留下遗憾。

注：此文发表于二〇一〇年八月十九日《黑龙江林业报》。

捕鱼的丰收

在我们小兴安岭林区，良好的生态环境，造就了自然资源的丰富。林区河流、小溪、沟汊众多，到了冬天，沟汊的浅水区封冻，水流不出去，一些鱼儿与林蛙被憋在沟汊深水中，捕捞的人们便获丰收，这是常见的事。一九六三年三月份在带岭林业实验局老森铁线路十九公里河岔捕鱼丰收的情景至今让我难忘。

那年，我与父母住在十八公里的明月林场，二哥家住在十九公里，冬季里我与父亲到十九公里北山捡拾烧柴。三月的一天下午天快黑了，我们从山上拉烧柴回来，在二哥家大门口卸柴时，家住二哥家北面的森铁职工张发从河边回家，扛着鼓鼓的草袋子，向我们说，河里有鱼，可多了，大伙都在捕捞，他已捕捞了好几草袋子了。我们好奇，跑到河边，见靠北河沿河汊中许多人都在冰窟窿里捕捞鱼儿。有的人捕捞到的鱼有几筐，有的有几面袋，有的没有装鱼的工具就堆放在冰面上。他们有的在捕捞，有的用尖镐、冰镩刨冰眼，人挤人，很是热闹。由于天就要黑了，我们没有捕捞鱼的工具，就回家了。回家准备了工具，第二天一大早，我与父亲挑着用柳条编的筐，拿着网兜，也去捕捞鱼儿。这时人已经很多了，在忙着捕捞，有的人已捕到了许多。经过近一整天的捕捞，我与父亲也装满了两个挑筐，其中还捕捞到一条重四斤七两的大鱼儿，高兴地回家了。我听说，那次张发家捕捞到二十七草袋子的鱼，还有一些林蛙。其他的人也捕捞到许多鱼儿。那次捕捞的鱼儿，是我来到东北小兴安岭林区后遇到的最多的一次。

人们是怎么发现这里的鱼的呢？后来我听说，有位捡拾烧柴的人，偶然在河边发现有只大鸟从河汊中叼着一条鱼飞走了，他感到好奇，走近河汊一看，有一小块冰化的地方鱼群翻滚，于是喊来人们共同捕捞。

这个河汊有个深水区，深约两米，下游水浅，入冬后被冰冻封闭，究竟如何聚集这么多的鱼和林蛙，就不得而知了。河汊宽约十米，长约三十米，面积三百平方米左右。河汊在南山脚下,较为避风,河汊沿岸有许多的柳树,加之水较深,温度适宜,这可能是鱼儿愿聚集的缘故吧。在我们小兴安岭林区沟谷河流中,类似这样的河汊很多,人们到了冬季,就到河中寻找这地方,凿冰眼,刨窟窿,往往有很大的收获。这种行为,在当地似乎形成了一种民风。这些年来,我常听说人们在冬季到河中刨冰眼捕捞鱼的事。我想,正因为我们小兴安岭林区有着良好的生态环境,人们冬季才能捕捞到鱼儿。只要我们保护好生态环境,就能永远捕捞到鱼儿,可见保护生态环境的重要。

五十多年过去了,那次捕鱼的情景还在我眼中不断浮现,丰收的喜悦似乎还在心中。

难忘那次采松塔

秋季的小兴安岭，五颜六色，最美，最富有。山中的野果、菌类、山珍是硕果累累，可谓宝物之山，十分诱人，但最诱人的是红松枝头上的金黄色松塔，里面有颗粒饱满、营养丰富、充满松脂芳香的松子，是人们最爱采集的山果之一。一九六四年深秋，我与哥哥们进山采松子的经历十分有趣，也有不愉快，至今难忘。

那时，我家住在带岭林业实验局森铁线十八公里的明月林场。二哥吕文忠是森铁职工，他已成家，住在十九公里。那年也是我家从山东巨野老家来到小兴安岭的第四个年头。眼望峰峦重叠的小兴安岭，美景如画，身临其境感受到林区之美，这深深吸引着我们，更让我们喜爱的是这里的秋季，山是五颜六色的，果挂满枝头，蘑菇遍山坡，让人们喜出望外，因此，进山采集的人络绎不绝。一天，二哥领着十二岁的我、十三岁的七哥、十七岁的五哥、十八岁的四哥，还有姐姐和二嫂，同双河森铁工区的二十多人一同，一大早就推着"轱辘码子"（小森林铁路的工具车），从家出发，来到了二十三公里处，把"轱辘码子"卸下道轨后，就钻进了东北沟遮天蔽日的红松原始林里采集松塔。由于离路近的地方红松松塔已被人采过了，我们只得向大山深处寻觅。我们走了一程又一程，不知翻过几座山，才到了红松母树林多的山岗。那红松原始林好壮观，棵棵古松粗壮挺拔，高耸入云，尤其是那红松母树，枝头挂满了松塔，从下向上看，松塔像挤成堆，密集地压弯了枝头，黄灿灿，叫人眼馋。到了这地方，人们各自散开自顾采集去了。开始时，人们散落在大山森林里，相互喊叫打招呼声还能听到，再后来，就听不到了，人们只顾采集。

我们小哥儿几个紧跟着二哥，害怕掉队，那时山中野兽多，特别是黑熊，在秋天寻觅松塔，凡红松母树多的地方，黑熊就多，很危险。二哥会爬树，攀爬的速度快，那动作就像猴子似的敏捷，腰中还带着一根长木杆，到了树头，用木杆捅松塔，松塔就纷纷落在地上，我们就捡，有时一棵树的松塔能装一麻袋还多。二哥心疼弟弟们，不让我们爬树，怕出危险。在小兴安岭，秋季上树采松塔，每年都有因从树上掉下来而伤亡的。我与哥哥们在树下捡松塔，四哥、五哥比我大，就到稍远的地方捡被风吹落的松塔。为了减轻重量，我们在山坡上用木棍将松塔砸碎，把松子装进麻袋。那捡拾松塔与砸松塔的感觉，在秋风的陪衬下，真是爽。那一天，我们采的松塔与松子，多得我们哥儿几个都有些背不了了，高兴的劲儿就甭提了。

那天上山的还有工区杨明勤家的老二杨建武，与我同岁，人小胆大。他将大人采的松塔，独自一人在半山腰中砸碎收子。大人们离他很远，他正在砸时，突然发现一头大黑熊向他走来，见势不好，急忙躲藏。他很冷静，没有叫喊，见不远处有一颗红松大倒树，就藏在树下面的空隙里。黑熊来到他砸松塔的地方，很悠闲地看了看四周，见无动静，就低头吃松子，吃了几口，又坐了下来，口中嚼着，那血盆大口一张一合，那喘着粗气的声音杨建武听得真切。黑熊没有发现他，不一会儿，就起身慢悠悠地走了，向密林深处钻去。事后，杨建武把这惊险的一幕向我叙说，听后我为他感到后怕。

天很快黑了，我们背着沉重的松子和松塔返回，由于背得多，不得不走一会儿歇一下，又累又饿。这时，松涛阵阵，山中野兽嚎叫，我有些害怕，又怕二哥领错了路。二哥说，别怕，在山里走夜路，要走沟谷，如有溪流，就沿着走，总能走出大山。我们顶着繁星，又不知走了多远的路，只觉得路远，两腿发软。等我们在黑夜中艰难地走出大山，来到二十三公里处时，工区的人们已坐上"轱辘码子"回家了。我们没办法，只得把松塔、松子藏在草丛中，沿着小火车道轨一步一步走回家。到了家，已是后半夜，我们回来这么晚，担心得母亲流着泪说："可急死我了，你们总算平安回来了。"第二天，我们才把松子、松塔运回家。

那次采的松子，我家为了补贴困难的生活，送到了林场，尽管五分钱一市斤，收入十多元钱，总算解决了一部分困难。那次采松塔，是我家来东北后第一次也是唯一一次大型家庭采山活动。几十年过去了，我仍记忆犹新。

镩井

无论是漫天大雪，还是天冷得鬼龇牙的时候，冬季天刚蒙蒙亮，父母就领着我和七哥吕文华扛着长木杆铁头冰镩、尖镐、大竹扫帚，拎着铁筐去镩井。这种生活过去了近五十年，至今还历历在目。

二十世纪六十年代，我家住在带岭林业实验局明月林场，居民生活用水靠在野外打井。到了冬季，人们摇井辘轳把，把柳罐斗子里的水提上来再倒进水桶，溢出来的水经常在井沿冻成冰山，非常滑，很是危险。经过一夜冰冻，井面结了很厚的冰，井壁也挂着厚冰，必须用井镩破开，然后用透眼的铁筐捞上冰来，便于人们打水。这样，在冬天村子里就必须有专人刨冰镩井，每口井一个月两元钱，全村四口井，每月八元，这在当时已是很不错的收入了。村里街长看谁家生活困难，就叫谁干，大家还争。由于我家人口多，生活贫困，有一年街长叫我家干这活儿。林场是个小山村，一百多户人家，分片居住在工区、北山、板房和西头，每片一口井。

镩井刨冰是个很辛苦的活。由于人们每天用水，所以不管有什么事，活儿是不能耽误的，同时，活还要干得干净漂亮，不然居民们就会有意见。镩井刨冰的活儿是很有讲究的，要先把井里的活儿处理好。要有井盖，井盖是我家自己做的，在前一天晚上天黑后专门去一次，将四个井盖盖好，防止天冷把井底冻实。第二天早上镩井刨冰时，将井盖打开，先用井镩将井面结的冰破开，把柳罐斗子摇上来，防止镩冰时扎漏。井壁如果冰厚，就必须镩掉，镩一会儿，还要用铁筐将冰捞上来倒掉，不然的话冰块多，堵死井眼。处理好井里的活儿后，再将井盖盖好，防止刨井沿冰时脏冰掉进井里。刨井沿上的冰，要刨成两个冰槽子，冰槽子高度必须低于井沿高度，不然的话人与水桶有掉进井里的危险。一个槽子是井辘轳把下面，是人双脚用力站的地方。槽子的宽度、长度要适宜，用尖镐刨，要有凸凹不平，以增加摩擦力，防止打滑。放水桶的冰槽子也一样，同样要刨的质量合格,既要防止往水桶里倒水时打滑,又不能掉进井里。冬天里,柳罐斗子一冻,里外挂着厚厚的冰,倒水的时候,人手往往抓不住,水不好倒,溢出来的水经常把两个冰槽子灌满。所以,我们是每天一小刨,三天一大刨,不仅把井里井外的冰镩好、刨好,还要把人行道刨好,因为小孩在人行道上滑冰玩,非常光滑,人们挑水容易滑倒。那时候,父母年岁已近六十,特别母亲是小脚,干这种活危险,两位老人一冬总有几次摔伤。后来,我们稍大了些,尽量不让母亲去干,再后来,也不让父亲干了,我与七哥干到结束。

　　镩井刨冰这种活,不但要接受全体居民的检验,街长和组长也经常检查,征询居民意见,可我们家从没有受过批评,活儿干得也长远。

　　现在,林场居民都自家打了井,冬季再也不用到野外挑水了。可那时镩井刨冰热得我满头大汗,冰霜将我变成白胡子老头的情景,我终生难忘。我摆脱那种生活近五十年,离开明月林场也四十多年,那四口井是否还在?我挂念着。

　　注:此文发表于二〇一五年三月五日《伊春广播电视报》。

看电影

现在看电影实在太方便了,在家电视上看,在电脑上看,在手机上随时随地可看,从中体会到了时代科技的进步,更感受到了祖国发展进步一日千里的速度。看电影方式的变化,不禁使我想起了过去看电影的困难。

一九六〇年以前,那时我还小,在山东省巨野县农村老家,母亲和哥哥、姐姐领着我去看电影,走了很远的路,在一个村子的大院子里看露天电影,银幕布是用木杆子支撑起的,人山人海挤着争着看。现在我还清楚地记得,有一次看的影片是解放军进军北大荒、开垦北大荒的纪录片,有句台词是"北大荒,北大荒,又有兔子又有狼,就是缺少大姑娘",反映了北大荒的荒凉和开发的艰难。一九六〇年后我家来到东北小兴安岭带岭林业实验局的明月林场,当时基本每个月能看到一次电影,是用小火车拉来的专用电影车厢,在各林场巡回放映。那时,我们这些不懂事的小孩子看电影心切,天天盼望小火车能拉来电影放映车厢,常跑到小火车站盼望。林场放映电影,夏天在场部露天的大院子里,电影银幕布也是用木杆子撑起的,每次我们小孩子都主动帮放映员挖坑埋杆子,盼早点开演。那时林场没有电,电影放映队都自带小发电机,自己发电。人们看电影的热情高,很早就拿着小板凳排好座位,也不顾蚊虫的叮咬。冬天,放映电影就在林场大食堂的饭厅里,人们挤得透不过气来。

一九六五年以后,林场每月放映一次电影,收钱了,每张票一角五分钱。当时生活困难,许多小孩家长不给钱,还想看电影,就挤在食堂门口不肯离去,希望收票员能发善心允许进去看,可每次希望都落空,有的都急哭了。有一次林场又放电影,片名叫"野猪林"。由于家穷没钱买票,我与许多小孩子挤了一个晚上也没有进去,心中很难过,至今这个老电影也没看过。还有一次林场又放映电影,收票的是林场技术员贺成瑞,我们一些穷小子就挤在收票口,希望他能放我们进去。电影马上就要开演了,贺成瑞望着我们这些小孩子,眼巴巴的怪可怜的,就一挥手放我们进去了,他自己掏钱买了十张票为我们补上了票。这是唯一一次我们小孩子得到特殊待遇,这事在心中我整整记了四十五年了。从那以后,贺成瑞再没有把门收票,可在我们小孩子心中多么希望他再把门收票啊,至今我们心中还是感激不尽。

后来,我们长大了参加了工作,住在林业局所在地,看电影方便多了。"文革"时期除了"老三战"(《地道战》《地雷战》《南征北战》)外,就是样板戏,再无其他影片,我也很少去看电影。改革开放后,我看的第一部外国电影是《追捕》,从那以后,电影市场逐步繁荣起来。

一晃几十年过去了,现在人们看电影再也不难了,愿意看随时随地都可以,这种变化,怎不使人感慨,我从心中为祖国的进步骄傲。

注:此文发表于二〇一一年十一月一日《黑龙江林业报》。

穷

前几天，送水工给我办公室送来了一桶纯净水，我热情相迎，并说了感谢的话。送水工见我对他很尊重，便说他给有的机关科室送水，一些干部很冷淡，瞧不起他。"咱没有地位和钱，就是因为穷，被人看不起。"我说："凡是看不起穷人的人，是没有前途的。"对此，送水工表示非常赞同。一个"穷"字，使我浮想连翩。

人生下来都是赤条条的，没有带来任何东西，至于生在穷与富的家庭中，那是另一回事了。我家从前就很穷，与广大人民群众一样，受苦受累。解放前家穷，解放后前三十年也清贫，父母生育我们九个孩子，吃、穿、用，那得需要多少钱啊，所以父母受苦受累一辈子，没有享受到今天的好生活。小时候在鲁西南农村老家，当教师的父亲因给校长提过工作上的意见，一九五八年被打成右派，工资被削掉一半，还有时不给开付，从此，我家十多口人被逼到了讨荒要饭的境地。那年月，我们吃树皮、地瓜秧子、棉花籽，有时连这些东西也吃不上，饿得我们眼冒金星，全身浮肿，差一点就丧了命。一九六〇年，全家投奔早一年来到黑龙江省带岭的二哥。没想到又遇自然灾害，一九六一年，全家吃野菜中毒住进医院。母亲中毒最重，皮肤凡是见到阳光的地方全腐烂，换药时露出白森森的骨头，差点截肢。好在那时医护人员工作负责，母亲没有手术，全家也险过命关。穷则思变，父母起早贪黑开荒种地，全家人刚刚能喝上土豆玉米面粥时，又开始了"文化大革命"，人又受穷。一九八〇年以前，我们没有过上富裕的日子，始终与"穷"字连在一起。这三十年的穷日子不敢细说，怕的是引起过度悲伤。所以，我这一辈子最尊重别人，特别是穷人，心紧紧与他们连在一起。

我同情穷人，可怜他们，在自己的能力之中尽最大努力给予帮助。一九七五年初，我在带岭区双兴路线教育工作队工作时，组织上让我与谭继承公出到山东河北进行外调。在兖州车站换车时，看到一些小孩和老年人讨饭，我心痛得掉眼泪。我们在饭店用餐时，对讨饭的人要饭，开始每人给他们一个馒头。

谭继承看到这种情况,说这样要的人多,我们也不富裕,给不起,后来就给半个。在车站候车大厅门口,我看见一个工商管理所的人在欺负一个卖水果的老头,我见路不平,上前大喝那个干部,不许欺负百姓,都为了生存,那个人见我态度很硬,灰溜溜地走了。我将老人扶起,把撒在地上的水果帮他拾了起来。老头说:"这里的干部可狠呢,你喝住他,他才不敢再欺负我,你真是好人"。在以后的公出中,凡来向我讨钱的人我都多少捐助一些。我成家后,常有上门讨饭的,我都尽量给些钱或米面。一次有个上门讨饭的人被人堵在门外,不让进,等我知道后我说不应这样,应同情穷人,那次我的心都碎了,流了泪。一九九〇年至一九九七年我在林场任场长时,时有来讨饭的,我都给予安排和照顾。一次,外地来了七八个十岁左右的孩子要饭,我见他们穿的破旧与单薄,把他们请到林场食堂,炒了几个菜,又拿来大白面馒头,让其吃饭。小孩子们吃饱了,高高兴兴地走了,我的心才放下。

穷,因为穷,人们才起来闹革命。想当年,以毛泽东为首的老一辈革命家号召穷人起来推翻压在人民头上的三座大山,那时候,参加革命的穷人们,许多人就是为了吃饱饭,当时并没有什么前途理想,参加革命后由于教育才懂了些革命道理。可以说,新中国的建立,是穷人的功劳,为吃饱饭才打出一片天地。

现在,国家实行了改革开放,搞市场经济,大多数人生活好了起来,但贫富不均,有两极分化情况,新的穷人又出现了。抓住机遇的,头脑灵活的人富了,反之,生活就贫困。过去,双职工家庭是较富裕户,现在是清贫的,连个大学生都供不起。以我为例,我二〇〇三年初患骨股头病,不敢到大城市去医治,原因是手中无钱。我劳务输出从国外回来后,两年没有分配工作,也就没有收入,又不愿低头求人,因家庭变故,暂住在姐姐家,生活很是艰难。

环顾天地人间,穷与富也不是一成不变的。有的穷人变富了,也有富人一夜之间变成穷人的。在我眼里,都一样,都应尊重人家,我从不以人的穷富来衡量是非,只要对方尊重我,我就加倍尊重对方。

现在好了,国家提倡构建和谐社会,缩小贫富差距,老百姓,特别是生活贫困的人非常拥护。尤其近些年来,国家给农民免除了有二千六百年历史的农业税,同时还给种粮补贴;实行了养老保险制度;对于生活水平低下的人给予了最低生活保障金(低保);多次给贫困的林业职工涨工资;开展了反腐败斗争,这些政策的实施有助于人民生活的改善等,体现了党与人民血肉相连。

对于党的好政策,老百姓是拥护的,都愿意跟党走。

我祝天下的穷人都能生活好起来。

激情燃烧在老门沟

年轻的时候,我们小知青,心似一团火,干活如一阵风,一心一意跟党走,总想为祖国多做贡献,有使不完的劲儿。

三十五年前,带岭林业实验局最偏远的寒月林场老门头沟,四千多公顷的沟沟坡坡长满了郁郁葱葱的针阔混交林。一九七二年,我怀着一颗赤诚之心,响应毛主席知识青年上山下乡的号召,高中毕业后从明月林场背着行李卷到寒月林场当了知青,在青年点指导员李万和的带领下,进住了深山老林的老门头沟,干起了清山林的活。在那激情燃烧的年代,我们的汗水洒满了这里的山坡。

年轻人朝气蓬勃,火力旺盛,不知啥是累和苦,一心只想干好工作。我们住的帐蓬,铺板下流着水,青草顶着铺板,晚上蚊虫小咬直叮我们。身下只有一条褥子,也不懂受凉能落下病,头沾着枕头就睡得香甜。我们吃的是玉米面碗糕,白面很少,没有人叫苦。白天,我们上山清理堆积的枝丫,干劲儿冲天,互不相让,看谁干得多,比谁干得好。这时正值"文革"后期,刚刚实行计件工资,大家摽劲儿干,想尽办法提高效率。开始我们边清林边烧枝丫,后来发现这样影响进度,就白天清,晚上上山烧。指导员李万和怕出意外,晚上八九点钟柱着棍子上山喊我们回去休息。有一个月,我们工组工资达到了八九十元,在当时引起了全场的轰动,连工人都羡慕我们。

艰苦奋斗、自力更生是林区人的光荣传统,更是自觉行动。到了一九七三年,林业局又分配来一大批知青,林场正式成立了青年队。我任队长和团支部书记。组织决定在老门沟正式建房。同时,派来一名干部叫闻树森,和一名瓦工老董头。小青年建房没经验,闻树森在后边给我出谋划策,我领着青年在前边干,大家分好工各自进行。所需木材是就近伐倒扒皮,人手少,女知青也成立了抬木头队,记得有钟绪花、王云英、时文华、李淑芹、杨淑华等。何少黎跟着别人拉大锯做房料,王文才、卢洪生、张俊秋、田喜军等是建房主力,宋朝友把家中木工工具也拿来了,负责砍房架子和做门窗。大家天刚亮就爬起来干活,除吃饭外,一直干到天黑看不见才收工,田喜军还把油锯带到房上截木头,大家干得汗流满面,劲头十足。赵淑芳、徐淑芳跟着老董头搭炕砌火墙。入冬前,我们二百多名小知青住进了自己建的木刻楞暖和房子,当年干活热火朝天的情景使人难忘。

那时老门头沟野兽很多。白天在山上干活时常见到狍子、鹿、獐子、野猪,有时还遇见黑熊。秋天的晚上,在住地周围的山上,常能见到鹿或听到鹿的叫声。冬天,我们小青年有时上山套山兔,常有收获。老门沟距林场二十多里地,办事来回走着走。一九七三年冬,一次我从林场办事回来,走上老门沟水纹测量站的大直道时,前面突然从山上跑下来两只猞猁。我的头皮发炸,头发都立了起来,赶紧从道边拾起一根木棍,对着猞猁大喊大叫,想把它们吓跑。可猞猁不怕,在我前面走了约有一里地才又跑回山里。这次经历使我很害怕。

当年,我们汗洒老门头沟,干劲冲天,纪律严明,形成了良好品质和作风。后来,有近三十人走上了领导岗位,至今还保持着纯洁的战斗友谊,这得益于我们作风正派、敢于负责、工作认真、管理严格的青年队好指导员李万和的带领。当时他常犯胃病,柱着棍子上山检查工作,三次昏倒在山场,十五年后终因胃癌病故了,他的言传身教使我们终生受益。在他的带领下,我们工作中常开展劳动竞赛,下班和晚饭后开展不空手运动,给食堂和宿舍拾烧柴,那情景至今还记忆犹新。

友谊和支援比什么都重要。一九七三年夏天,带岭木材加工厂几百人进驻老门沟修公路。时值雨季,路况不好,粮菜运不进来,我们青年队主动借给他们二十袋面粉,解了燃眉之急,他们也给予我们不少的支持和照顾。借此机会我们还给他们写了一封热情洋溢的感谢信。对方完工撤回时,送给我们一台五瓦千的发电机和一些物资,进一步丰富了青年队的物质基础。林场领导为此还表扬了我们,说我们会办事。实践使我们聪明起来。

在老门沟的奋战中,大家心无杂念,只知好好干,一心跟党走,我时常到带岭开会或公出,旅差费有时都不报销,总想为国家省几个钱。当时,我家在明月林场,距老门沟只有二十五公里,我竟半年没有回过家,老母亲想得不得了。

三十五年过去了,回想当年,我心潮澎湃,仿佛激情又要燃烧。过去的峥嵘岁月,依然在我心中,现在虽五十五岁,但我要跟上时代的步伐,永远做建设祖国的"年轻人"。

注:此文发表于二〇〇七年二月九日《黑龙江林业报》。

老门沟筑路会战

一九七三年夏天,我耳闻目睹了老书记蒋基荣亲自带领工人在老门沟筑路会战的情景。

老门沟是带岭林业实验局最偏远的沟之一,面积四千多公顷,山上满是原始的针阔混交林。老门沟归寒月林场管辖,当时青年点就设在那里,我是青年队长。那时已建起了两栋木刻楞房,还有宿舍和食堂。一天,局木材加工厂的几百人在林业局党委书记蒋基荣的带领下进驻老门沟,一部分工人住进了我们的宿舍,一大部分工人搭起了帐篷作为宿舍,蒋基荣与工人一样住在帐篷里。加工厂还在老门沟建了个临时小发电站。局木材加工厂是局里较大的基层单位,拉来了许多建临时房的木材和其他材料,还有汽车、推土机等机械设备十几辆。他们来了几天就安顿好了,召开了老门沟筑路会战的誓师大会。工人们干劲十足,在誓师大会上工人们表态说:"刮风当电扇,下雨当流汗,轻伤不下火线,筑路任务不拿下不算完。"当时,加工厂的工人队伍是支纪律较严、战斗力较强的队伍。会战开始了,老书记蒋基荣与工人们一样在工地一线搬石头、挑土篮,起早贪黑地干,常常弄得一身土和泥。

几百人来到老门沟,十几台汽车、拖拉机齐声轰鸣,真是铁流滚滚,气氛喧闹,整个老门沟沸腾起来,新公路不断延伸。天公不作美,恰逢雨季,阴雨连绵,由于刚扒掉小火车道,新公路还没修好,粮食运不进来,几百号人眼看就要断粮。我看到这种情况,就主动把我们青年点的粮食借给他们,有时加工厂人手紧张,我们还主动出一部分劳动力帮助修路,加工厂的领导对我们很是感激。雨下个没完,我们借给他们的粮食也眼看要吃完了,没办法,加工厂只得放假,工人们徒步近五十公里回到带岭,天气转好后,工人们又回来了。加工厂对我们青年队很是照顾,我们还用大红纸写了封感谢信,贴在加工厂驻扎在老门沟的帐篷门口。会战结束后,加工厂临走时给我们留下许多板方材,还把五瓦千的小发电站送给了我们青年队。林场领导知道后,还特意表扬了我们。三十六年过去了,当年老书记蒋基荣带领加工厂的工人在老门沟筑路会战的情景依然清晰地印在我的脑海中。

注:此文发表于二〇〇九年八月二十一日《黑龙江林业报》。

一次月光下的"透光"

林场营林工作有一整套的工序，清林、整地、造林、培土、割草、透光、修枝、间伐等，目的是让人工林健康成长。其中，透光工序是砍掉遮挡光线的藤条灌木，使人工林的小树有充足的阳光。一九七三年冬季的一次月光下的透光劳动使我记忆犹新，体现出知青们团结协作的精神。

那年是我上山当知青的第二年，在带岭林业实验局寒月林场，我任知青队长、团支部书记。全队有近二百人，分十余个工组。接近年底的时候，我们住在离场部二十多里远的老门沟，一部分知青奉命撤回场部。那时，林场木材生产任务重，营林任务也多，工人们是木材生产的主力军，营林工作就全部落在知青队的身上。营林工作全部是人工作业，用不上机械。负责营林任务的工人生活、工作条件很是艰苦，直到今天仍是这样。林场安排知青队各工组在场部西面前进沟后面南山坡进行人工林透光，作业地点离场部十多里远，中午带饭，上下班都是徒步。由于工作量大，时间紧，我主动参加了王文才工组的劳动。

王文才工组人员团结，工作干劲儿高。任组长的王文才为人正直，待人宽厚，尽管在他的工组要多干活儿，但人们都愿意到这个工组来。

我参加王文才工组劳动的那一天，正赶上身体不适，干起活儿来有些跟不上大家的进度。而那天透光工作恰是最后的一天。中午吃饭时，王文才与大家商量，活儿剩下不多了，不管干到几点，也要干完，不然的话，第二天中途再转新透光地点，耽误时间不说，还影响工作效率。大家一致同意。那年的冬季非常寒冷，风也大，人在野外很难长时间停留。可这艰苦的环境对知青来说不算什么，长期在野外林中劳动，已习以为常了。干活儿时，大家挥着大斧，只听砍伐声、堆树枝声，谁也不想落后。天虽冷，寒风刮个不停，可我们这些年轻人都将大衣棉帽甩在一边，干得全身直冒汗，干劲儿十足。那天，为了赶活，中途没有一个人喊累要求休息。透过光的林地，地面非常清晰，砍下的藤条灌木摆放得非常整齐,让人看后感到心情舒畅。那天是农历十四,月亮早已爬了上来,天气晴朗,月光照在林子里,与雪相映,很亮,如同白昼,丝毫没有影响到工作。只听林子里一片咔嚓、咔嚓的砍树声,没有一个人说话。这时,我渐渐感到体力不支,干活儿的速度慢了下来,许多人赶到了我前边。我很着急,拼命地干,越着急越是赶不上大家的速度。大家每干完一趟,就要重新排号,继续干。我落在了后面。王文才干得快,他已经接了我两次,我心中感到过意不去,觉得羞愧,但身体不支,没办法。王文才看到我身体不好,对我说:"谁都有身体不舒服的时候,你先干着,我干完了就接你,别太着急。"听了他的话,我心中很感激。干活儿时,王文才要求大家一定要保证工作质量,不然就白干了。天虽晚了,知青们没有喊饿喊累的,使劲儿地劳动。直到晚上八点多,才保质保量地完成全部工作。等我们顶着月光踏着积雪回到场部,已是晚上九点多了。食堂的大师傅还在等我们吃饭,青年队指导员李万和也在场部焦急地等我们,见我们回来晚了,问怎么回事,我们告诉他为了赶活儿。他听后,感到王文才这个组长确实能干,负责任,是好样儿的。

四十一年前那次寒冬里月光下的透光劳动,我至今难忘,虽然很累很饿,但大家没有一个叫苦的,团结协作的精神一直感动着我。

注:此文发表于二〇一四年八月二十八日《伊春广播电视报》。

一颗红松的自述

我于二十世纪初,出生在小兴安岭一个叫黑瞎子沟的南山背坡中腹的地方,我至今树龄已达百余年,腰粗四十公分,在我们红松界算作中龄,人类给我们生长的地方起名为红松中龄林。这百余年里,我亲眼见证了这里的变化。

我刚出生时,黑瞎子沟到处是原始针阔混交林,而我们红松树种就占六成多,公顷蓄积量达四百立方米。那时,林海茫茫,树木遮天蔽日,古树参天,没有人烟,是各种野生动物出没的地方,獐、狍、虎、鹿、猞猁、黑熊、野猪满山跑,虎啸震山川,熊吼贯森林,黑熊(也叫黑瞎子)摆着霸气,欺压着其他野兽。但它还不是森林野兽中的老大,老虎一来,它就悄悄地躲了起来,老虎一走,黑瞎子又耀武扬威地窜了出来,称雄称霸。由于黑熊较多,人类来了之后就把这个沟系叫作黑瞎子沟。

黑瞎子沟为什么黑熊多?这是因为除了这里动物多外,更主要的是我们红松原始林多。每到秋天,中老龄红松树的枝头结满了红松果,果子里藏着饱满的红松子。红松子是黑瞎子最喜欢吃的果实,有丰富的营养,能使黑熊增加脂肪,以便过冬。黑熊会爬树,到枝头上摘松果,有时爬得过高,树枝脆,承受不了压力发生断裂,个头大的黑熊就掉了下来,摔在地上痛得"嗷嗷"叫。秋末冬初风大,成熟的红松果就自然掉落在地上,野猪和其他一些动物也喜欢吃,时常为争食而打斗起来,使这里产生了许多有趣的故事和传说。这自然世界并不寂寞,有趣得很。

二十个世纪三四十年代,黑瞎子沟有了人类活动,少量的猎人到这里狩猎,收获颇丰。除猎人外,时常有东北抗联部队来这里做短暂休整。因为这里远离城镇,没有道路,偏僻易藏,他们常来这里。我们红松原始林为抗联部队做着天然的屏障,所以说我们红松原始林为抗击日本侵略者和民族解放也算做了贡献。

二十世纪的五十年代，人们来这里开始了采伐，将森林小火车道修进了黑瞎子沟。我们的父辈被伐掉，去支援国家建设，因为我小未成材，人们希望我继续生长，被保留了下来。在迹地上，人们用父辈的种子营造了人工林，留下了父辈的子孙。我看着它们一年年茁壮成长，每隔几年人们来为它们除掉身边的杂草，砍去遮光灌木，使它们健康地成长起来。由于我们红松家族生长旺盛，为大山增添了一片片新绿。

二十世纪七十年代初期，人们拆去了森林小火车轨道，修成了公路，为的是经营森林更加便捷。我常看见汽车载满了林场工人和知识青年，到这里来劳动，深感荣幸。我清楚地记得，有一年冬天，林场工人刘彬、房永贵、吕文俊等在我身边进行红松人工林透光，将影响人工林生长的杨桦树和其他滕条砍掉，为小苗创造良好的生长环境。他们中午吃饭的时候，在天寒地冻的雪地里点起了篝火，烤着被冻得像铁蛋一样坚硬的馒头，烤一层吃一层，还讲着故事逗乐。老工人刘彬只顾讲故事，一颗火星落在肩头，将棉袄烧透感到痛了才发现，蹦了起来，忙脱下棉袄将火掐灭，惹得大家哈哈大笑。那时，林场营林工人工作环境艰苦，可大家工作情绪依然高涨，为培育人工林付出辛勤劳动而无怨言。

到了二十世纪末二十一世纪初，黑瞎子沟的落叶松人工林不但成了林，还成了材。有的进行了轮伐，迹地上又一茬人工林生长起来。我们红松人工林这时也长高了，有的还结了红松果实，黑瞎子沟依然充满着无限的活力。这时，传来的喜讯一个接着一个，先是停止了木材主伐，接着实行了天然林保护工程，再接着的喜讯是伊春市委下达了禁伐红松的命令，紧接着又是中央和省委的建设大小兴安岭生态功能区的规划的实施，使我这样天然生的红松树再无后顾之忧，被人们保护起来。我像宝贝一样，几乎每天都有人巡视，看我安然无恙，人们高兴极了。我幸福，我幸运，遇到了好时代，特别是党的十八大把生态建设列入了"五位一体"的总体建设中，我的信心更足了。有了好政策，我决心与天然林中的兄弟姐妹们，还有新生长起来的各树种的人工林紧紧团结在一起，为人类的林业生态建设永远地奋斗下去，以更加饱满的精神状态去迎接更加美好的明天。

注：此文发表于二〇一三年一月三日《伊春广播电视报》。

曾经的森调生活

二十世纪七十年代后期,我在森林调查设计队工作三年多,森调队员工作很辛苦,常是吃胖了跑瘦了。虽很艰苦,但也充满情趣,很难忘。

人们从事林业生产活动,必须森林调查工作先行。到森林里实地调查,测出所需数据,根据工作需要,设计出科学合理的方案,经批准后,交给生产单位实施。这就是森调队的主要任务。

一九七六年初,国家在小兴安岭进行森林资源普查,我被从林场抽调到带岭林业实验局森调队,一年后,又被留在那里。那时,林业局的公路还没有现在这样发达,进行森调工作都是靠人的两条腿。森调工作往往是在远离人烟的深山老林中进行。钻进密林,人在夏季只能看到几十米远的地方,一般情况是单人或两人操作。那时野兽多,很害怕,只得硬着头皮干。一把砍刀、一架罗盘和一根百米绳,再加之记录、笔、纸,就是森调队员的全部工作家当。整天漫山遍野地跑,兔子不拉屎的地方都得跑到,是人们常说的"走驼子"。

森调队工作,胆小的人是干不了的,遇见野兽是常有的事,受惊吓闹出笑话的事也常有。记得那年我们在带岭局南列林场五十四沟里进行森林普查,因工作量大,我们就住在深山老林里,利用废弃的机库当宿舍,临时的食堂是用帐篷搭建的。离我们住处不远,有一棵大杨树,树上吊着一只死去的大黑熊。不知是谁下的套,套住了黑熊,黑熊疼痛难忍爬上了树,下来时,套子的末端横棍卡在了树杈上,黑熊悬了空,就一命呜呼了,始终在树上吊着。在我们驻地周围,夜里常听到野兽的叫声和活动的声音,很是恐怖。夜晚,更叫我们难受的是蚊虫叮咬,加之屋里闷热,常常到下半夜才能入睡。一天下半夜,大家刚入睡,队员李景山睡得稀里糊涂,起夜出去方便。刚出门口,就听到咕咚一声,没等看清是啥野兽,吓得扭头就向屋里跑,一头撞在门框上,疼得"妈呀"一声大叫,并跌倒在地。大家正在熟睡中,突然听见叫喊声,全都受到惊吓,黑暗中大呼小叫,乱作一团,以为黑熊进了屋。等了一会儿不见动静,李景山也爬了起来,点着了灯,才知是一场虚惊。他的头上撞出了一个大包,于是大家又是一阵大笑。天亮后,出门一看,是鹿蹄印,放下心来。不过,队员张相国、王树声等人在林中工作时,确实遇到几次黑熊,我也多次在山里遇到过狍子、鹿等,但都没出现过伤人事件。

那时的森调工作,冬天上山爬冰卧雪,但与夏季相比,外出森调的次数很少,一般情况下在办公室搞内业,春、夏、秋是森调的忙季。特别是夏季,要忍受各种恶劣环境的折磨。记得一九七七年夏,在南列林场二千七沟森调,天天穿山越岭,一人多高的野草满是露水,把我们的衣服全部打湿。这还不算,还得忍受蚊虫的叮咬,特别是草爬子的叮咬。有一天,天闷热,我与同伴们在山上调查,一个上午我竟从肚皮上拽下二十四个正在叮咬的草爬子,满肚皮红肿的大包。

森调工作很苦,但有时也有天上掉馅饼的好事。那些年,我们森调队员在秋季,有时竟能在森林里捡到野鹿角,有的鹿角重达五六斤,也有七八斤的。当时鹿角每市斤六元钱。有的队员发了小财,请大家喝酒。

那些年,我们冬天跨雪原,夏天越高山,工作热情高,干劲大,每次都很好地完成了任务,真是乐中有苦,苦中有乐。再加之年轻气盛,欢乐愉快的气氛始终围绕着我们。现在我虽已退休,但很怀念那时的森调生活。

心碎的时候

人间所有情感也比不过母子情深。特别是在母亲患病的危难时刻,儿女却无能为力,无法替母亲减轻病痛,那时儿女的心情是无比难过的,心都碎了。我就有这心碎的时候。

打倒"四人帮"的第二年,那年的夏末秋初,国家刚从劫难中走出,人们的生活很是艰难。市场上的物资奇缺,特别是各种治病的药品,不能满足患者的需要,"走后门"成风,这就苦了患病的平民百姓。这时,我的母亲患病住进了医院,经检查诊断为黄胆性肝炎。母亲住院到了第七天,仍不能吃饭,我们感到了母亲病情的严重。这时医生告诉我们说:"这位老太太病情严重,急需维生素C注射液,医院没有,你们自己想办法。"听到这话,我与哥哥、姐姐们心急如焚。于是我们兄妹八人,有的外出买药,有的日夜轮换看护着母亲,多么希望母亲能转危为安,早日康复啊!那时,市场上根本买不到这种药,我们打电报给在山东巨野县工作的三哥,让他急速买药寄来。但药不能及时寄到,急得我们如火上房。看到母亲疼痛难忍的情景,难受得我们直流泪。一天,我在医院门口,心中正盼望着哥哥、姐姐们能从外地买来药时,看到区革委会一个副主任在医院一位负责人的陪同下走出医院。我听到这个革委会副主任对陪同的人说:"一个朋友求我从你们医院弄些维生素C注射液,这两盒就够了,谢谢你们。""没啥,如果不够我们再想办法,不要客气。"医院负责人说。我看到这种情景,心中愤怒到了极点,原来医院有药,是留给当官的和走后门的用的,就是不给百姓患者用。我恨透了这种不正之风,我看透了搞不正之风之人丑恶的灵魂,从此我心中看不起这些人。同时,我也极其难过,眼睁睁地看着母亲病情加重,可作为儿子却无能为力。泪在脸上流,心都难受得碎了,悲愤的泪水打湿了衣襟。在母亲住院的第二十六天,她老人家病故了,医院也没有给母亲用这种药。母亲被病魔夺走,我感到肝胆欲裂心肠断,悲痛到了极点。那时我就想,一定要长志气、学本领,让国家富强起来,治好天下所有母亲的病,让天下所有病人有药治。如果今后自己有权力的话,一定要善待百姓,一视同仁,坚决同腐败做斗争。

母亲住院期间及病故后发生的让人心碎的事,让我心中产生想法,决定了我的一生,伴随在我的工作中。后来我在林场任了场长,视职工为父母、兄弟、姐妹,每当群众有困难找到我,我都尽最大努力给予帮助。特别是有患病的人,需林场派车送到四十多公里外的局址医院时,我都及时用车送达,没有怠慢。有人去世,我都亲自前往,安排丧事。群众对我很满意。我在林场工作的七年中,先后送走二十七个人,最小的八岁,最大的八十一岁。只要不违反政策,只要有能力解决,群众的困难我都给予解决,目的只有一个,就是不让每一名群众心碎,通过自己的行动来拉近党和政府与群众的感情。

改革开放后,祖国日益强盛,经济繁荣,百姓生活逐渐好了起来。特别是十八大以后,我党加大了反腐败力度,走后门的事情越来越少,让百姓心碎的事很是少见,社会和谐了。但我要时刻保持清醒,绝不做让群众心碎的事,这是做人最起码的准则。

那次去上海

近日,外甥女杨秀梅将一张我一九七九年三月十五日在上海外滩的留影拿给我看,使我回忆起那次到上海公出的情景。

那年春,党的十一届三中全会刚召开不久,我党确定了以经济建设为中心,实行改革开放的方针,极大地调动了全国人民的积极性,尤其是知识分子的积极性更为高涨。这时,我从林业局森调队调到带岭林业科学研究所植物生理研究室工作,室主任颜廷峰准备搞林木工厂化育苗课题研究,命我负责后勤工作。为了学习先进经验与技术,我们就到北京、上海等地参观考察。同行人员有颜廷峰、周荫祥、聂明升、韩连生。三月初的一天,我们从北京坐飞机到达上海,住在西藏中路二百七十二号的招待所。

在上海,我们先是参观了上海植物研究所。据说这个研究所当时是亚洲最大的,用电量巨大,因为各种植物实验都需人造太阳能。在这里,我看到了植物的无土栽培等各种实验室,在植物科学研究方面开阔了眼界。我们还参观了上海植物园,各种植物培养形式我第一次见到。

在上海植物园,周荫祥还意外见到了他的大学同学鲍志华。鲍志华是上海植物园的科研人员,负责植物培养研究。她向我们介绍了许多有关植物培养研究的情况,使我们一行受益匪浅。在上海,我们还到青蒲县以及一些相关工厂进行了参观考察与学习,收获很大。

因第一次到上海,我看啥都新鲜,尽量抽空到街上看热闹。我们的驻地正处在闹市区,人民广场就在窗下,我们经常看到广场上有人集会演讲。因刚开完党的十一届三中全会,人们思想大解放,集会上发表各种观点的人均有。广场中各种大字报不少,无事时,我常去看。三月十五日,我们决定第二天离开上海。这天,我先去了外滩,在苏州河桥南岸留了影。之后,又到南京路上买点东西。这时正是下午的二三点钟,我突然看到一队约有三百人的返城知青在游行,向市政府方向行进,他们说要工作、要吃饭。游行队伍四周有警察警戒,外人是不能插进队伍的。这是我第一次经历人们向政府提要求而游行。游行队伍人虽不多,但看热闹的人一下子多起来,足有几万人,堵塞了交通。那时,大批知青返城,国家一时安排困难,但知青们无工作、无收入,因此向政府提出要求。为防止有人闹事,上海市政府发布了"公安六条"。同时,动员一些老工人退休,一部分知青接班,形势随后逐渐稳定了下来。

那次在上海的时间有十多天,我心中始终惦念着老父亲。母亲一九七七年病故后,父亲与我一起生活,他盼望我平安归来,我不能忘记了七十多岁的老人家。父亲会吸烟,我在青蒲县买了一条上海牌香烟,在商场花了二十三元给他买了一台小收音机,又花了十三元给他买了一个手杖,还买了一些果品,共计四十五元。那时我全月工资才三十八元六角一分。回来交给父亲时,老人家可高兴啦。

来一趟上海,机会难得,我又去看望了曾在带岭局环山林场工作过的已回上海的知青熊志培。他家住在四川北路一千六百六十一号,晚上我从驻地走去的,足足走了两个小时。他见我来看他,非常高兴,热情劲不用细说。他家非常拥挤,不足三十平方米的室内用布隔成几小块,住着已成家有了小孩的姐姐,还有熊志培与他的父母、弟弟。可见,上海的住房当时是多么紧张。我在上海的大街上还恰巧遇到了在带岭工作过的上海知青乐爱宝、叶佳丽,对方热情很高,我们互致问候。

那次上海之行,我看到的浦东还是荒原一片,几乎没有什么建筑,只有孤单单几处小平房。可现在已建成高楼林立的商业开发区,祖国建设一日千里。在上海的十多天里,我连一根冰棍都没有舍得尝尝,尽管一角五分钱一根,那时穷啊。

三十六年过去了,因身体患病不能远行,我再也没有去过上海。这张老照片,又把我的思绪带回了从前,现在那里有我的想往和牵挂。

注:此文发表于二〇一五年二月十三日《黑龙江林业报》。

当年考大学

上大学是我一生的渴望,虽没有上过普通高校,参加工作后经过努力,考入了成人大学,感觉甚好。现在我已退休了,回想当年成人高考的情景,仍激动不已。

我们这一代人,经历了"文革",学业受到影响,中断了高考,但对学习知识,上大学,是非常渴望的。我小学五年级的时候,正是一九六六年,"文革"刚刚开始,正常的上课秩序被打乱了。一九六九年,我从林场初中毕业。林场学校的师资水平本来就不高,加之"文革",教学质量可想而知。我为了实现上大学的梦想,在家庭生活极其困难的情况下,到林业局局址镇内寄住在大哥家,又读了两年高中。虽说后来高中毕业,可实际上当时学的都是初中课本,确切地说,初中水平也没有完全达到。毕业后,我就到了带岭林业实验局最偏远的寒月林场当了四年知青,常年累月地在深山密林中干活。在知青点,时有招收工农兵学员上大学的事情,可那时走后门严重,我没有社会背景,只能眼巴巴地看着人家高高兴兴地上大学去,心中很难过。我成为工人后,一九七七年正在林业局森调队工作,国家恢复了高考,我想考大学,可家庭生活困难,无人供我读书,上大学的梦想又成为泡影,又是一阵难受。我深知知识的重要,经常抽时间学习。一九七八年,陕西刊大在全国范围内招收函授学员,我报了名,领到了中文专业的全部课本,如饥似渴地自学。一九八〇年,林业局为培养我们,办起了职工业余中专班,我报考了中文班,学习了五年。学习时间安排为:一个星期内两个下午,三个晚上。这期间我没有缺课,知识量有了一定的积累。那时,我正在区(局)里当秘书。

我渴望大学生活,上大学的梦没有破灭。一九八七年,我在林业局(区政府)行政办任副主任,林业局与省森工总局经过沟通,决定让一部分年轻人报考省森工管理干部学院。机会来了,我申请后,经组织批准参加成人报考复习班。

参加复习班的有七十多名学员，都很刻苦，因为知道机会难得。复习课程有五门，分别是政治、语文、数学、历史、地理。要经过近五个月的学习，秋天参加全国成人高校统一考试，合格者才能录取。在学习上，我很认真，也较刻苦，除在学习班上认真听讲以外，还起早贪黑地背题，早上天刚放亮，就到大河边上看书，晚上到安静的地方学习。为了提高学习效果和增强记忆力，我与学习好的同学常在一起，讨论课题，互相提问，相互学习，果然，进步很快。另外，我将一些难题或不太好记的知识记在卡片上，放在衣兜内，一有空就拿出来学习，或看一眼，这个学习方法也很好。我的数学基础差，必须下功夫。记得那时候，晚上人家在看电视节目，我却在一边算数学题，把精力都用在了学习上，身体也瘦了许多，眼窝有些下陷。岳父见我如此用功，有些心痛了，说考不上就算了，别再学了。我说不行，这辈子遇到的考大学的机会就这一次，必须奋力拼搏。秋天，举行全国成人高校统一考试时，我们到铁力县参加考试。五科成绩，我考得了总分三百零二分，是本林业局参加统考的十二名科级干部学员中分数最高的。那年的录取分数线是二百七十分，带岭区（局）被录取的有三十二人，也是全省各区县局被录取人数最多的局。我的上大学的梦想终于成真了。

　　我在省森工管理干部学院学习了两年，学的是林业经济专业。两年的大学生活，我很满意，在梦想中，在知识的海洋里遨游，所获知识一生受用。

　　现在我虽退休，如有机会，还想再上大学，当年考大学的经历，仍在心中翻滚着。

二〇一六年一月十八日

初任秘书时

一九八四年初,三十二岁的我被组织任命为带岭林业实验局(区政府)的秘书。那时我年轻力壮、血气方刚、精力旺盛、干劲十足,一心想把工作干好,真是"丈夫志,当景盛,耻疏闲",有股子冲劲儿。

初生牛犊不怕虎。我刚接手秘书工作,一时不熟悉业务,材料写不进去,也不知道领导还要审查。开始几天,面对繁多的写作任务,我脑子就像柳罐斗子似的,涨得很,嗡嗡作响,摸不着边际。于是,向老秘书学习,看材料,起早贪黑地学习,恨不得一口气把不会的知识全部学到手。谁知欲速则不达,反倒觉得什么也不会了,发了懵。办公室副主任马义良见我工作不着边际还心急,就鼓励我说:"你不要着急,写写材料,慢慢就学会了。一遍不行就写两遍、三遍,直到合格为止,合格就是会了。"他的话,给了我勇气和启示,从此我什么材料都能写,都敢写。有一次,我们秘书集中在宾馆写材料,写了一个星期,局长等一行领导来听汇报。当听到我写的部分时,感到啰嗦,一位副局长对我提出了批评。我不服气,当时与领导们顶撞起来。之后,马义良找我谈话,批评我说:"文字材料只有不断修正才能有质量。再说领导提出的问题是正确的,你怎么不虚心接受呢!"

虚心学习和搞好调查研究是做好秘书工作的前提,更是当好秘书的必由之路。一九八四年夏,组织上要我写一份关于带岭实行集中供热,节约能源的经验材料,这对我来说比较生疏,对情况也不了解。我按照马义良告诉我的办法去做,先采访了当时的主管领导孟昭贵、李文杰和有关部门,材料写好后,又多次征求领导的意见,孟昭贵给了我很好的指导。经过老秘书的指点,我五易其稿,再三斟酌推敲,材料终于通过了,上报了林业部。十月二十七日,省森工总局集中供热取暖现场会在带岭举行,副局长孟昭贵在会上宣读了这份经验材料。

吃苦和钻研是秘书必备的素质。由于初当秘书,对许多文字材料的撰写感到生疏和吃力,这就需要不断地钻研,用吃苦的精神去完成任务。如果领导要得急,还要高质量完成,那只有用心血铸就,别无他径。一九八五年夏,带岭区(局)职代会、人代会相隔十天分别召开。可忙坏了我们秘书,集中在宾馆写材料。家距宾馆直线距离不足二百米,我竟二十三天没有回去过。当会议所需的所有文件通过领导审核时,已是会议召开前最后一天凌晨四点半,秘书们如释重负地走出屋外透气时,我竟差一点栽在地上。

秘书工作有着严格的时间要求,必须在规定的时间拿出成果来。一九八五年二月的几天,听说中央要来带岭视察的一位首长很快到来,局长指示三位秘书和一位专家,晚上到办公室研究写汇报材料。因不知道是哪位首长来,一些人没有引起重视,有两位同志因喝酒来晚了,被局长狠狠批评了一顿,这才高度重视。大家不分昼夜地赶写汇报材料,直到时任国务院总理赵紫阳同志来的那天早上,我才从印刷厂完成校对任务出来,没有影响大事。

"千般心血一个字,万般思虑一句话。"这是对秘书工作的真实写照。刚任秘书时间不长,领导命我写一份材料。这个材料的写法一时没有弄懂,我将资料拿回家里钻研,直到后半夜两点才学明白。于是重新写,早八点才完成,怕影响工作,早饭没吃就赶到办公室,没有影响局务会的讨论。

秘书工作看似简单,其实有时承担着重大责任,稍有疏忽,可能出错,整天胆战心惊。一九八六年五月,我代表带岭林业实验局,同省森工总局有关人员一起到国家林业部汇报工作,是关于选定先进单位的事。在林业部招待所里,我一天没出门,反复考虑,想到带岭局施业面积不足十万公顷,人口不足四万,比绝对数量是比不过其他林业局的,于是我在经营精度、公顷贡献率、林木生长率、公路网密度等方面做起了文章。汇报后,林业部的同志很满意。回来后,我又向局领导汇报,他们对我也感到满意。

在当秘书的岁月中,特别刚入行的时候,我几乎每天晚上都在办公室里学习、钻研、赶写材料,对外面的四季变化也不知觉。那时,加班连熬几个通宵是经常的事,身体瘦到只有一百零几斤。尽管又累又苦,但我的斗志不减,工作热情仍像一团火,从来没有出现过大的差错。在不知不觉中,脑子感到灵活了,材料写得顺手了。有时人家来求我写论文,一拍脑袋就来了灵感,一蹴而就,还常获奖。一九八六年我升任办公室副主任,还是做秘书的活儿。直到一九九〇年后,我才转到其他部门工作,告别了秘书生活。

初任秘书时的情景,我终生难忘。

注:此文发表于二〇〇七年四月二十七日《黑龙江林业报》,选入《黑龙江林业报》建报五十周年《副刊作品选》。

几次进京

这几天,外甥女杨秀梅又把我存放在她母亲那里的老照片拿给我看。其中有几张在北京留影的黑白老照片,已有些发黄,那是我第二次进京在天安门城楼和毛主席纪念堂前照的。看到它们,我想起几次进京的情景,心情仍像当年那样激动。

我第一次进京是在一九七四年十一月二十一日。那时我正在带岭双兴大队路线教育工作队,组织上让我与谭继承到河北、山东等地搞外调。因需在北京换车,我俩才有机会在北京停留。北京是祖国的首都,是毛主席居住的地方,人们非常向往。那天下午近三点的时候,我们在北京站下车,要等近十个小时时间换车去保定。趁着这宝贵的时间,我俩要到天安门广场看看,这是在车上我们就商量好的。下车后,我俩急匆匆赶到天安门广场。当我们来到庄严的天安门城楼前,仰望毛主席巨幅画像时,心潮起伏,久久不能平静,我俩流下了激动的泪水。面对毛主席像,我俩摘下棉帽,庄重地向毛主席画像深深地三鞠躬。当我起身时,谭继承已泪流满面,泣不成声。他出身很苦,从小失去父母,十三岁独闯小兴安岭林区,是党把他培养成林业局的基层领导干部,党的恩情他牢记在心。我想,他一定想起了曾经的苦难历程。天色渐晚,我俩又抓紧时间在天安门城楼前拍了照,把这难忘时刻变成了永恒。

我第二次进京是在一九七九年的三月初,那时我在带岭林业科学研究所工作,跟随植物生理研究室主任颜廷峰到农林部林科院请示汇报工作。在北京,我们拜访了林科院院长吴中伦,就林木工厂化育苗研究项目进行了请示汇报,又到林科院情报所进行了研究课题探讨,还进行了其他业务的技术性参观考察。第二次进京,我心情仍是激动不已,再次来到天安门广场仔细观看。我看到天安门广场平坦开阔,周围建筑庄严高大。天安门城楼仍是金碧辉煌,人民大会堂雄伟庄严,人民英雄纪念碑高耸入云,毛主席纪念堂庄严肃穆,革命历史博物馆气势恢宏,我分别在这几处建筑前照相,留下了宝贵的纪念。可惜的是,那天毛主席纪念堂没有开放,瞻仰毛主席遗容的愿望没有实现。那时人民大会堂还没有开放。这几张老照片就是那时拍摄的。

二十世纪八十年代,我在林业局(区政府)办公室任副主任兼秘书,因公多次进京,但有两次印象最深。一九八六年五月中旬,受组织委派,我代表带岭林业实验局,与省森工总局有关人员一起到林业部汇报工作,国家准备评选一批先进企业,其中就有带岭林业实验局。为了使上级全面了解带岭林业实验局,我准备得很充分,将带去的十七本资料全部认真阅完,将闪光点悉数收入脑中,写出了详细的汇报材料。汇报后,林业部很满意,带岭林业实验局领导也很高兴。工作结束后,我抽空到西小营后沙涧去看望了已退休回京的我局老干部刘沙老人。那次进京,开阔了眼界,学到了知识,我感到很充实。一九八九年十一月末,我再次进京,是关于建立带岭造纸厂的事。因事急,我连夜出发。火车上人多,我站到沈阳才有座位。我将领导交办的材料带齐,已在北京等候的局长周永言见我来得及时,且事情办得又快又好,很高兴。后来,在一次全局基层领导大会上还表扬了我。在京期间,局长周永言、总经济师王瑞芳和我,在林业部林经所副所长陈国明的陪同下,到林业部老部长雍文涛家探望并汇报工作。我们在汇报中谈到了林业可采资源枯竭和经济危困问题,汇报了带岭林业实验局的全面情况。王瑞芳作为主汇报人,滔滔不绝地汇报了四个小时。听完汇报后,老部长雍文涛意味深长地对我们说:"带岭局几十年来,工作成绩突出,一直走在行业前列。关于小兴安岭'两危'问题,中央正在考虑。带岭局是张子良同志工作过的地方,基础好,你们一定要把带岭局经营好、建设好,要上对得起组织,下对得起子孙后代。"老部长的话语让我们一行受益匪浅,使我们对今后的工作充满信心。事情过去二十六年了,现在仍觉得老部长的话言犹在耳。

北京,我去过多次,但每次必到天安门广场看看,并拍照留影。我想念那里,它给我精神,它给我力量,它永远在我心中。

注:此文和照片发表于二〇一五年二月二十六日《黑龙江林业报》。

一辆自行车

　　一九八七年秋,我们带岭林业实验局职工考入黑龙江省森工管理干部学院的有三十二人。全班共六十名同学,我任班级中带岭学员党支部书记。在学习上,大家都珍惜学习的时光,很刻苦认真;在生活中,同学们互相帮助,珍惜友情。由于学校设在带岭区址,我们带岭学员都吃住在家里。那时,班级业余活动多,常到深夜。同学刘金良因送同学回家而丢失自行车的事,至今我记忆犹新,体现出同学情。

　　一九八八年的一天晚上,班级开展活动,很晚了才散。女同学徐录菊因家离学校较远,为了安全,同学刘金良主动骑自行车送她回家。到了徐家门口,刘金良将自行车放在大门外,将徐送到屋里,时间很短就出来了。这时,他发现自行车被小偷偷走了。刘金良的自行车是刚买的新车,被人偷走,心疼得不得了。刘金良的家住在双兴,离学校四里多地,上下学靠自行车,这且不说。刘金良那时是带岭木器厂职工,单位是地方集体企业,他上学期间单位不给开工资。他家中有父母,还有两个上学的孩子,全家这时期只得依靠爱人的工资维持生活,极其困难。那时,人们月工资只有三四十元,买辆自行车是多么不容易。

　　刘金良因送同学回家而自行车丢了,第二天,同学们都知道了。刘金良是班级文艺骨干,也是位热心肠的人,为同学安全丢失了自行车,这事同学们不能不管。带岭学员们经过商量,决定捐款,每人捐出5元钱,让刘金良再买一辆新自行车。同学们纷纷伸出援助之手,很快将钱凑够,给了刘金良。那时,每人拿出5元钱也是不少的。对于同学们的帮助,刘金良同学很受感动,为同学、为班级服务的热情更高了。

　　这事一晃过去了二十六年,刘金良虽退休多年,常与人提起此事。对于同学们的帮助,这友情他始终不忘。

　　注:此文发表于二〇一四年十月二十八日《黑龙江林业报》。

挖"高床"

挖"高床"是营林整地的一种方式，耗费体力最多。这种活一般在低洼地的草甸子中有塔头的地块中进行。要求是视地块低洼程度，挖出高二十五公分（或更高些），一米见方的土堆，在上面造林。目的是不让树苗受水气，利于成活。这就是所说的"高床"。

对于挖"高床"的活儿，我并不陌生，二十世纪七十年代初在寒月林场工作时曾干过。现在我要说的不是那时候的事，而是上学时假期中挖"高床"的事。

一九八八年夏天，我在黑龙江省森工干部管理学院上学，正巧学院要维修房舍，暑假放了七十五天。这么长的时间对于我们成年人来说，不能闲着，家庭生活并不宽裕，得找点活儿干，挣点钱贴补生活。于是，我与同学冯德良、蒋明发三人，回到林业局到苗圃找活儿干。苗圃也正缺人手，先让我们三人干了二十多天的人工透光的活儿，见干的活儿质量还不错，于是又让我们去挖"高床"，干活儿的地点在带岭东北沟。

营林的各种活儿，对于我们来说，在青年点当知青时都干过，具体要求不用现场员告诉也会干。但当时苗圃现场员张松鹏还是向我们叮嘱了一遍，以示负责。第一天上山我们信心很足，到了现场排好距离就干了起来。当时正是八月份，天很热，不一会儿我们都汗流浃背，气喘嘘嘘了。毕竟十多年没有干体力活儿了，有些体力不支，每个人只挖了六七个"高床"便干不动了。在回家的路上，我们商量怎么办。最后决定，还得继续干。第二天，我们带着午饭，又去挖"高床"。正巧苗圃职工马喜武与爱人也在附近地块挖"高床"，现场与我们的相连。我们问他俩一天能挖多少个，回答说两人一天挖六十多个，马喜武的爱人还挖三十多个呢。我们一听，觉得脸红，干活还不如一位妇女，这怎么能行，得下决心安心干下去。有人家比着，这一天我们每人挖了十七个，手还是磨出了泡。回到家累得不想动。第三天我们又去干，咬牙挺了下来，每人挖了二十三个。

就这样坚持下来,每天挖"高床"的数总比上一天多几个,最后平均每天达到二十七个左右。但怎样使劲干,也比不过马喜武两口子。现场员常光顾我们现场,说我们使的憨劲大,"高床"中土很多,利于造林,苗木成活率能高,但不如人家马喜武挖的高床面积大,并要我们注意规格。慢慢地,我们干的活儿现场员满意了,并向苗圃领导汇报说:"这三个大学生干的活儿还不错。"那次暑假干活,我挣了五百元,这在当时已是不错的收入了。

  人要经常劳动,尤其是体力活儿,长时间不干体力就会下降,所以要常锻炼。那次挖"高床",对我触动很大,身体也强壮了许多。这事过去快三十年了,但仍令我难忘。

热血沸腾的时候

人在青壮年时期，都想为党、为人民干出一翻壮丽的事业。这时期，也是人精力旺盛的顶峰，正是热血沸腾的时候。

十七年前，三十七岁的我正是年轻力壮的时候，被组织任命为带岭林业实验局环山林场场长，一干就是七年整。那时候，"赤心事上，忧国如家"，一心想把林场建设好，让职工多收入，生活条件好些，上下级都满意，所付出的艰辛与努力至今仍觉得值。虽然事情过去十多年了，回想起来仍觉得热血仿佛又在涌动。

上任伊始，我看到职工由于行政领导调动频繁有些情绪不高。我夜不能寐，一边抓领导班子的团结和骨干力量的培养，一边抓经济，当年就补发了林场拖欠一百五十四名职工近一年的取暖费和菜款。然后为防火和防盗建了座四十二平方米的油库，还建一座二十七平方米的移动式发电机房。群众情绪好转了，积极性被调动了起来。

人和能使事业发达兴旺，团结才能干出大事业。一九九一年初，组织调来比我小八岁的党支部书记孟令忠，我们互相尊重、相互支持、取长补短，使林场工作又上一层楼。这一年，我们干了三件事。环山林场是带岭林业实验局最偏远的林场，距局址四十二公里，电视信号不好，满足不了群众的文化生活的需要。经请示局长，我们在林场率先安装了闭路电视系统，群众能看到五套清晰的电视节目。为了节省木材并搞好街道整顿，几乎是无偿翻建了七十三户职工的厦屋棚子，我亲自带领党员和干部，给无儿无女的退休老工人老葛头盖棚子。妾着，又在全场居民区中扩大了集中供热面积，因为前两任场长已在场部和居民区中安装了集中供热管道。那年春季造林，带岭最北端的环山林场于四月十九日第一个开始造林。我们支持了林场已坚持多年，并被实践证明成活率与保存率都很高的平斜式造林法。这三件事在当时引起了全局的轰动，争论不休。

同时,也引起了媒体的注意,黑龙江电视台和伊春电视台在新闻节目中作为头条进行了报道,《黑龙江日报》在头版也进行了宣传。为弥补林场运力不足,还购置了两台新汽车。环山原是缺少劳力的林场,两年中,就有二十多人主动调来这里工作。工作局面打开了。

关心群众生活,视职工为兄弟,工作就无往不胜。我们绞尽脑汁,千方百计为群众谋福利。那些年,我们对于木材生产段的职工,中午无偿供给肉片大豆腐汤,冬季生产时,中午大家吃得香而热,年年都完成了木材生产任务。过年过节,我们又给群众送去大米、鱼肉等,福利工作抓上去了,群众从心眼里高兴。谁家缺少玻璃、钉子、水泥,林场就无偿支援一些。初到环山林场时,职工住宅十八栋,竟有十五栋漏雨。天一下雨,群众就叫苦不迭,林场办公室也不像个样。我们用两年的时间,将漏雨的职工住宅全部换上新瓦,将原来用水泥封的烟囱根刨掉,用镀锌铁皮包好。居民很满意。群众家有红白事时,林场出人出车给予支持,帮助操办,尤其是丧事,七年间先后送走了二十七人。一九九七年春节时,我将分给的水果分成五份,在保干的陪同下,分别看望了林场五位最年长的老职工。职工群众以场为家,与场荣辱与共,形成了良好风气。

青壮年时期,觉得每天都有使不完的工作干劲,事业高于一切。为了把林场建设好,我们还翻建了场部办公室,平整了街道,新建了四栋家属房。为了改善林场小学办学条件,我们更换了二十五套新桌椅,并购置了一台电子琴,给学前班的孩子们从锦州买来了滑梯,使教师和学生安了心。为了使职工群众看病治病方便,我们又对林场医务所进行了房屋维修,花了八千元购置了医疗器械。为了方便等车乘客,在林场场部门前修建了一座凉亭——翠微亭,也是盛夏乘凉的好地方。

"一物失称,乱之端也。"在林场工作中,自己也存在许多的不足,有失常形,不够谨慎。总的来说,工作是第一位的。

人在青壮年时期,就应该让热血沸腾起来。在我任场长的七年时间中,心血的付出是值得的。昔日的岁月使我永生难忘,铭记在心。

注:此文发表于二〇〇七年六月二十二日《黑龙江林业报》。

回忆当年的平斜式造林法

人工造林的目的是提高树木成活率和保存率,使之成林成材。在实践中,人们创造总结出许多好方法,不见得非按框框条条办,达到目的就是胜利。我曾亲身经历过关于平斜式造林法的争议与实施,值得一忆。

二十世纪九十年代,我在环山林场任场长,到任之前,这个林场人工造林实施平斜式造林法已多年,而且效果好。所谓平斜式造林法,就是在已整地的地块中用镐刨出一个猪槽式的坑,将树苗根部捋直平斜放进坑中,埋土踏实,最后将树苗扶正即可,就这样简单。为什么这个林场不按造林操作规程办呢?主管副场长和营林技术员向我汇报说,这个林场地处林业局最北端,且两山夹一沟,气候比林业局南沟林场晚十天左右。人家地表融化一锹多深,可我们这地方才开化几公分,深挖是办不到的,如果等开化到一定深度,水已流失,达不到顶浆造林效果,其成活率和保存率都达不到要求。他们还说,这些年林场坚持平斜式造林,"两率"都达到了要求,只不过没有经专家鉴定和向上级专业部门请示汇报。既然效果很好,我让他们继续这样办。为了慎重起见,这一年我请来了林业局的营林专家,还请来了伊春电视台的记者,一同到过去采用平斜式造林法的林地检查。我们先来到分水岭西山落叶松人工林地,我亲自每行每棵地查看,果然成活率达到了97%以上,而且长势很好。我们又来到胜利沟后堵的红松人工林进行检查,这是将近十年的造林地,果然苗木生长茂盛,而且树干粗壮,长势喜人。我们有目的地选了几棵红松树苗,开挖,看其根系是否发育完善。经查,苗木根系发达。现场的情况,记者用摄像机全部录了下来。回到场部,大家进行了座谈,有的说怕树长大后出现风倒现象,不保险,有的说不可能,一时争论不休,难以定论。在检查树苗根部时,我们发现,采用平斜式造林法的树苗,一二年后新的根系就生长出来,均匀地向四周扎根,老的根系就退化了,树苗长大不可能出现风倒现象。经过多次现场查看与检查,我从心里否定了专家所说的树长大会出现风倒现象的说法,相信了平斜式造林法是成功的,只不过当着专家的面不好否定他的观点。事后我坚定信心,向主管副场长和技术员表达了支持的态度。

　　任何真理与科学论点都要经过实践的检验,只要经过实践证实有效且成功,就坚持。同时,还要根据当地的实际情况,适当地有创造性地进行,才能成功。平斜式造林法就适合这个林场,大家都看清楚了。这年五月末,黑龙江电视台和伊春电视台在新闻联播节目中,作为头条对我们这种实践活动进行了报道,《黑龙江日报》在头版也进行了宣传,引起了同行们不小的轰动。那几年,我们林场采用平斜式造林法,在每年的四月十九日就开始造林,比其他林场提前十天左右,也引起了一些人的议论。十几年过去了,当年我们林场的人造林地苗木现在都生长得郁郁葱葱,都已成林,看到这些,我心中甚感欣慰。

黑夜的感动

林场工人很辛苦,吃苦耐劳精神可嘉。尤其在冬季木材生产的时候,每天起五更爬半夜,为完成任务流尽了汗水,他们是最可敬可爱的人。二十世纪九十年代,我在环山林场任场长时,切身体会到了工人们的辛苦,看到了工人们为了国为家不怕困难、奋力拼搏的精神。我曾多次随工人们上山,其中有两次黑夜上山处理问题的情景我至今记忆犹新。

二十世纪九十年代一个冬季的一天晚上,人们经过一天的劳累已躺下休息了,我在办公室考虑着工作。这时,生产段518集材拖拉机司机曹武明满身油渍急匆匆地来到办公室,向我说:"场长,518集材拖拉机轮胎被树杈扎漏,需马上派车将新轮胎送到山上现场,换上开回来,不然冻一夜水箱冻坏,损失可就大了。"518集材拖拉机是进口机械,非常昂贵,如不马上修好,生产就要受到影响,这可是火急的事。听到曹武明的报告后,我一面安排人员与车辆,一面准备上山。这时已是半夜,我知道曹武明还没有吃晚饭,就先让他吃完晚饭再上山。可他不吃,说处理完这事再说。见他工作责任心很强,我被感动了,于是同工人们一起上了山。天冷得手都伸不出来,漆黑的夜,我们费了很大劲来到山上的现场。现场无任何换轮胎的条件,这可咋办,我有些不知所措。曹武明见我着急,说:"场长,你不要着急,我有办法。"我们用手电筒给曹武明照着亮,只见他上车发动了机械,又将牵引油丝绳一端栓在近处的一棵大树根处,迅速开动机车本身自有的绞盘机卷筒。这样,拖拉机机身一侧翘起来。接着,在大家的帮助下,曹武明很快就将旧轮胎卸下,新轮胎换上。对曹武明工作的熟练程度我感到非常满意。等处理完这事,已是午夜,曹武明这才回了家。曹武明当时30多岁,小个子,不善言语,工作中听从指挥,踏实肯干,责任心强,与事无争,群众威信很高。林场许多工人都像他那样,宁肯让自己吃苦,也不让工作受损失。

林场工人对工作有着很强的责任心,有许多节省时间提高效率的办法,工作起来,不分昼夜。一九九六年的初冬,林场结束了大兵团机械化木材原条生产方式,改用牛马套子加机械混用短材生产承包。那年,林场在老门沟北山进行短材生产,有李厚旗、吕增涛、朱学峰等四户承包户,生产的短材都要通过小河桥运输,李厚旗责任心强,主动带领一家人修了桥。上级要求尽快运输,桥修好了,但需在桥面垫土铺平,车辆才能通过。这时,桥面土还没冻实。上级来了电话,说第二天就要下运木材,时间已是晚上九点多钟。李厚旗听说后,来找我,要求派车将水桶等工具运到现场,要连夜泼水,使土冻实。我同他们连夜出发,一同赶到现场。我先检查了小桥,桥修建得很好,很结实,能保证运材车的安全。然后,同大家一起抬水泼桥面。黑夜中,为了能看到现场,李厚旗在桥两头点燃了篝火,又用手电筒照着桥面。李厚旗的父亲、林场退休老工人李得娥也与大家一起干活儿。在大家的努力下,终于将桥面平整好,大家忙到半夜。隆冬天冷,经过五六个小时的冷冻,桥面冻结实了,没有影响第二天的木材运输。那一冬,小桥承载运输任务,没有发生任何问题。李厚旗一家人的无私精神和连夜奋战的行为,使我深受感动。

我在环山林场工作的七年里,深深被广大工人吃苦耐劳、一心为公、艰苦奋斗、奋力拼搏的精神感动,他们丰富的实践经验也深刻地教育了我。十几年过去了,这两次黑夜上山的情景,在我心中留下了难忘的记忆,我感到了林场工人的伟大与可爱。

注:此文发表于二〇一四年《伊春社会科学》第二期,二〇一四年三月十三日《伊春广播电视报》,二〇一五年四月七日《林城晚报》。

改陋习之难

陋习、恶习是人的最大敌人，要改掉它，是很难的。有时要改掉，可周围的人不习惯，就要攻击，在众人打击下，不得不将其延续下去。二十世纪九十年代，我就曾因改吃份饭招待客人而遭攻击。

在招待客人吃饭这个问题上，我们最大的陋习是盘中菜大家吃，极不卫生。如果客人中有一人患传染病，其他人极易被传染。多少年来，这种陋习还在延续着。

二十世纪九十年代，我曾经任环山林场场长，林场几乎每天都有客人吃饭。盘中菜谁都吃，这是国人几千年的习惯，这样，就很不卫生，易得传染病。这是陋习，怎样才能保证客人的用餐安全呢？于是，我与领导班子共同商议，决定改吃份饭，实行分餐制。所谓分餐制，就是每个人用一个盘子，盘子中有各种菜，自己吃自己的，互不交叉，避免了传染病的传播。可是，这样一实行，改变了传统习惯，客人们觉得不热闹，觉得不像回事。于是，人家或者背后或者当面给我提意见："全国都一盘菜大家吃，几千年都走过来了，偏偏你这个林场想改变国人吃饭的习惯，这可能吗？真是笑话！"尽管我向客人们解释，人家还是有意见。这样，我们只坚持了十几天，在众人的攻击下，没办法，不得已又恢复了原来的吃法。正巧那年干旱，时值造林季节，苗圃拉来的树苗有些发黄，我们用这些苗子正常造了林，不明白的人以为这些树苗已死。于是，社会上就有人给我们编了一套顺口溜，说：某某林场"吃饭吃份饭，造林造死苗"，弄得我们很是窝火。后来，事实证明这些苗全部成活。

通过吃份饭这件事，我深深体会到：要想改掉人的陋习、恶习是多么难，难于上青天。

注：此文发表于二〇〇九年十一月二十六日《伊春日报》。

盖厦屋棚子

林业局的林场场长作为基层领导,对于群众的各种困难要时刻挂在心上,尽力予以帮助与解决,这是义不容辞的责任。我曾带领党员和干部义务给遭受损失的群众盖厦屋棚子。

二十世纪九十年代,我在环山林场任场长。林场有位八十岁无儿无女的退休工人老葛头,与他的七十多岁的老伴相依为命,老两口住在林场靠退休费生活。两位老人年老体弱,干不了重活儿,一般生活中的困难就依靠林场和左邻右舍帮助解决。有一年,老葛头有病了,一年住了三次院,都由林场派人派车送到四十公里外的林业局医院。这老两口家住房头,多年前在房西接盖了厦屋棚子,到冬天,就将养的下蛋鸡放在棚子里,每天晚上将炉灰洒在棚子墙根外,防止透风,怕冻着鸡。一天后半夜,炉灰中的火炭把棚墙引燃了,整个棚子烧毁,幸亏大家及时救火,这才没有火烧连营。

大火烧没了厦屋棚子,这老两口生活很不方便。转眼冬去春来,我惦念着给他家重盖厦屋棚子的事。虽说这不是什么大活,但那时林场各项任务紧,一时抽不出人来干。针对这种情况,我将场内的党员和干部组织起来,义务给老葛头家盖厦屋棚子。说干就干,一天下午,大家来到老葛头家,找来一些木杆,林场又支援了一些板子、油毡纸、钉子等材料。现场员都吉生已为老葛头家的厦屋棚子做好了房架子,因为人多,又都长期在林场居住,这些活儿都会干,很快将棚子建起,比原来的还好。老葛头老两口非常高兴,当着大家的面说:"我这无儿无女,比有儿女还强,共产党好,国家好,林场照顾得真周全"。

义务给群众干这点活,不算啥大事,但这说明一个问题,官不在大小,都要把群众的冷暖放在心上,不断给群众解决实际困难,这才能拉近党与百姓的距离。作为基层领导,要付出实际行动给群众解决困难,才能受到拥护。我在这个林场工作的七年中,对于职工遇到的各种困难,都尽力给予帮助,解决不了的,也耐心地解释清楚,以求谅解。

转眼时间过去十几年了,我也已退休,老葛头也早已作古。每当我想起领着党员和干部义务给他盖厦屋棚子的事,心中感到无愧。

运　煤

现在每当我看到汽车运煤的时候,就勾起对运煤场景的追忆。当年林场工人和家属在装煤、运煤、卸煤的工作过程中,是那样的热情高涨,吃苦耐劳、乐于奉献的精神,深深地印在我的心中,至今难忘。

二十世纪九十年代,我在带岭林业实验局环山林场任场长。前两任场长为改善林场工人和家属的居住条件,对场部和大部分居民区进行了集中供热工程建设。我到任之后,又将新建的两栋家属房也改为集中供热。小兴安岭林区的林场,能在冬季实现全场集中供热的,到现在也是为数不多的。我们林场每到入冬前,就要装煤、运煤和卸煤,一冬需要五六百吨。环山林场距带岭局址铁路专用线煤场四十三公里,运煤就成了短时间内的一项紧急又紧张的工作。铁路专用线有时间要求,必须在规定时间内将煤从火车上卸下,再用汽车拉走。时间紧,工作量大。我们每到这时,因自己林场汽车少,就向其他林场求援,集中十多辆汽车运煤。另外,林场人力有限,要分成两伙,强壮劳力都要到带岭卸煤和装煤,林场只剩下老弱病残人员从汽车上卸煤。记得一九九○年秋季运煤,为使任务顺利完成,我用林场大喇叭进行全场动员,号召有劳动能力的人员,包括职工家属,都要到场部大院卸煤。群众经过动员后,纷纷放下家中的活,自带铁锹,走出家门,来到场部。这些人中有年轻的媳妇,也有白发苍苍的老人,还有十几岁的半大小子,人海如潮,干劲儿冲天。为了安全,我们将年纪大的老人劝回,然后分成若干组,分别卸车。运煤的汽车一辆接一辆,整整干了两天。卸煤这活又脏又累,可大家没有怨言,虽说大部分是妇女,卸起煤来生龙活虎,丝毫不比男职工差。更让人感动的是,林场退休老工人、省劳模,七十多岁的张洪山也积极加入卸煤的队伍中。我见老人家年岁大,怕不安全,劝他回家。可他说不干怎能行,不能卸车还能将煤攒堆。对他的积极表现,我及时用广播进行了表扬。这更加激起了大家的积极性,主动参与卸煤的人越来越多。年岁八十的老葛头和他七十多岁的老伴也来参加劳动,我及时劝住了这二位老人。

在场部卸煤的人积极性越来越高,中午吃饭的时候,家属们不回家,啃着干粮,守候在现场等着车来,恐怕影响卸煤。群众的劳动积极性和自觉性让人感动。到带岭参加大火车卸煤和装汽车的职工们更是干劲十足,深秋天气已凉,可他们脱下上衣,光着膀子卸煤和装车。他们连夜奋战,汗水与煤尘将他们全身染得黑乎乎的也全然不顾。有时领导劝他们喘口气休息一下都不肯,饿了就啃几口干粮,晚上实在困了,就倚在一旁眯一下,接着再干。铁人的精神体现得淋漓尽致,那场面,感人至深。

我在环山林场工作的七年中,每年运煤的场面基本都是这样。在全体职工和家属的奋力拼搏下,每次都顺利完成运煤工作,从未出现过任何安全事故。职工们在木材生产和营林生产中,积极性高,组织纪律性强,每年都很好地完成各项工作任务。在日常生活中,我与他们亲如兄弟姐妹,结下了深厚的友谊和感情。

环山林场的工人和家属,朴实、能干,工作责任心和纪律性都强,在林场遇到困难时勇于挺身而出,尤其是当年运煤的场景,使我难忘。我怀念那时与他们一起工作的日日夜夜,他们的精神时时刻刻在感动着我,激励着我。

两码事

　　作为基层领导,面对群众工作上存在的问题进行批评与对群众的困难进行帮助解决是两码事,问题解决好了,对密切干群关系起着积极的作用。我就遇到过这事。

　　二十五年前,我曾在小兴安岭中的一个林场任场长。那时,政策上允许林场采伐一些枯立木进行销售,所得微薄收入用来冲销木材生产成本与额外的开销。对于这活儿,人们争着干。可施业区枯立木资源有限,得漫山遍野寻找,有时一个山沟两伙人争,出了矛盾由场长裁定,冬季里这事儿时有发生。

　　林场居民中有位五十多岁的寡妇,她的两个儿子、一个女儿都已成家,并在林场工作。这位寡妇有些彪悍,得理不让人。一个冬季的一天下午快下班的时候,寡妇风风火火地来到我的办公室,敞开大嗓门对我说:"场长,我要让我儿子到老张头沟采站干(枯立木),行不?"我说:"不行,这个沟我早已批准让别人干了,你如果想干这活儿,可到其他沟去找。"寡妇说:"别人能去,我也能去,非干不可,不让不行!"我见她有些不讲理,又耐着心向她进行了解释,说明了利害关系,最后我对她说:"你如果再去这个沟,一定产生矛盾,出了问题还得由我解决。再说一个姑娘不能许两个婆家,你不能去"。寡妇见我不批准,发起飙来,嘴里说着脏话。我心中很生气,但没有发作,仍与她心平气和地讲道理。寡妇见我坚决不批,自觉没趣,就骂骂咧咧地走了。我考虑到坚决不能再出现类似问题了,晚上就用林场大喇叭将生产枯立木的要求与规定说了一遍,不点名地对寡妇这种做法进行了批评,让群众明白。夜里休息时,我心中感到不痛快。自从我广播后,再没人来找我。

　　我休息后一夜无事。第二天刚起床,就听到当当的敲门声。开门一瞧,来人仍是那位寡妇,但看她的神色,与昨天判若两人,有奴颜婢膝之感,盛气凌人之态完全不见了。我见如此,就知道她有事求我。寡妇进来后,用哀求的腔调对我说:"场长啊,我来求您了,昨天夜里我姑娘与姑爷两口子打架,把门窗的玻璃全打碎了,屋里已不能住人,这大冬天可咋整啊!求您给批几块大玻璃,让木匠给安上,行不?"说完,眼巴巴地看着我,那种可怜样子也确实让人同情。我一听这事,因玻璃需求量大,她说的事是真是假我确定不了,于是同她一起来到她姑娘家。只见门窗全部用被褥堵着,一块玻璃也没有了。群众突遇这种情况,确实需林场帮助,如果到四十多公里外的镇上去购买,一时也办不到,存在着许多困难。在这种情况下,我批给了她大玻璃七块。林场材料员见批这么多,不敢付,急忙来请示我,说林场库里就只剩下这七大块玻璃了,如果林场急需,可一时没办法了。我说:"如数给她。"这位寡妇见我果断地解决了她的难事,很是激动,但当时她并没说什么。

  这事儿过了几天后,在街上我又遇到了这位寡妇。她见到我非常热情,主动与我说话:"场长啊,那天我因生产枯立木的事还骂了您,可您不记仇,夜里姑娘家出了事,我去求您,以为您不能给办呢,真是感谢您了。"我说:"工作上的事批评你与你家突遇难事是两码事。工作上必须以组织上安排为准,如果你还要到老张头沟去采枯立木,我仍然不批,你再骂我也不会同意,这是工作。可你家突遇一时难以解决的困难,林场有责任有义务帮你解决,我当场长怎能与群众记仇呢,解决难事不用感谢我。"说完,双方舒心地大笑起来。再后来,我调离了这个林场。几年后,我在大街上又遇到了这位寡妇,她见到我,大步向我走来,用力握住我的手直摇,用激动的语气对我说:"场长啊,您是好人啊!"见她这样,我笑了,她也开怀大笑。

二〇一六年三月十日

与森林结缘

森林是人类生存的重要保障,科学地开发利用森林资源,实现林业经济可持续发展,是摆在我们面前永恒的重要任务。几十年来,林区人民在中国共产党的领导下,在我国的林业建设中做出了不朽的贡献,有的一家几代人为此无私奉献着,与森林结下了不解之缘。

我与森林结缘有五十多年的历史,至今仍然为它奋斗着。

一九六〇年,我刚满八岁,随着火车的一声长笛,伴着轰隆作响的火车轮,我和家人从鲁西南广阔的平原来到了北国小兴安岭深处。从此与森林结缘,干上了林业工作,一生没有离开过。虽然艰苦些,可也其乐融融。

二十世纪六十年代,读小学的我,看到的是秀丽的山川、莽莽的林海、苍松翠柏。昼夜不停的小火车从密林驶来,将一件件木材送到林业局的贮木场。当时虽小,对木材生产没有太深刻的认识,可长大当一名林业工人的志向在心底萌发。上中学时,学校组织学生到几十公里远的林场去造林,时逢我国发射第一颗人造卫星"东方红一号"成功,极大地鼓舞了同学们的干劲儿,保质保量地完成了造林任务。同时,也明白了人工造林的意义,只伐树不造林,森林就不能延续下去。二十世纪七十年代初,知识青年上山下乡,我到了离林业局最远的林场青年队劳动。在那里,营林中的清林、搂带、刨穴、造林、抚育、人工林透光、透枝、间伐等活儿几乎都干过。那时年轻,干劲儿冲天,各工组之间常开展劳动竞赛,夏天虽然蚊虫叮咬、蹚露水,冬天爬冰卧雪,可工作热情不减,斗志旺盛,觉得能为国家林业的发展出力是件有意义的事,至今还怀念那时的工作和生活。成为林业固定工后,我调到林业局森调队工作,一年四季穿林海跨雪原,几乎爬过林业局辖区内的每个山头。特别是在搞森林经营普查时,我就住在深山老林里,常常几个月不回家,有时与野兽碰面,也没有觉得害怕。倒是我们的歌声,常在荒无人烟的山头、沟谷中回响。心中为我们调查得来的数据与资料能对领导决策起作用而高兴。以后，我又到带岭林科所工作，才知林业科研的艰难。林业科研因周期长而见效慢，需要长期的艰苦努力才能有成果，尤其是种子园研究，需十几年乃至几十年才能得出结论。不过我从老科研工作者身上学到了刻苦认真、锲而不舍的钻研精神，也深知林业科研成果的来之不易。在我任林业局秘书和行政办副主任期间，从领导身上学到了许多林业经营管理知识，以及处理林业工作中遇到的各种问题与矛盾的方法，受益匪浅，也懂得了发展森林、搞好林业经济的艰难与曲折。二十世纪九十年代，我到林场任场长，将学到的林业知识运用于实践之中。同时，也看到林场生产和营林一线工人工作环境的艰苦，我视他们为兄弟姐妹，尽最大努力给他们创造条件，谋福利。他们年年都很好地完成上级下达的各项任务与指标。我既体验到了搞好森林经营、发展好林区经济的曲折辛苦，又品尝了工作取得成绩而带来喜悦。二十一世纪初，我又到俄罗斯萨哈林岛（库页岛）从事森林采伐工作两年，将俄国林业方面的情况与见闻写成文学作品，在国内报刊发表了二十余篇。其中散文《夜卸工作房》刊登在二〇〇六年七月十四日的《工人日报》上，并获得该年度全国职工文学创作优秀奖；另一篇散文《俄罗斯森林生态保护印象》刊登在《中国绿色时报》上。

　　一生与森林结缘，我非常荣幸，也深感骄傲和自豪。人类需要森林，森林也需要人类的爱护。林业与农业一样重要，森林是人类的摇篮，更是人类生存必不可少的自然保障。让我们唤起更多的人来关心林业的发展，动员更多的人来投入林业建设，把祖国的小兴安岭和全国所有的林区建成森林公园，让森林为人类做出更大贡献，早日使林区迈入全面小康社会。

　　注：此文发表于二〇一二年四月七日《伊春日报》，二〇一二年四月二十日《黑龙江林业报》，二〇一二年《大森林文学》第三期。

雪花那个飘

又是严冬到来时,又到雪花飘落时。二〇一一年,寒冬比往年来得稍晚一些。可立冬一过,天霎时变了脸,雪花从天而降,天寒地冻,小兴安岭一夜之间"忽如一夜春风来,千树万树梨花开"。雪花将这里打扮得妩媚妖娆。

雪花飘落,给人太多的联想,也带来更多的回忆。

雪花飘落,将北国变成银白的世界,形成了独有的自然风光。关于对北国雪景的描写,人们马上会联想到毛泽东主席的那首诗词《沁园春·雪》:"北国风光,千里冰封,万里雪飘……"描写得美妙无比又气势磅礴,催人奋进,同时也使南方人产生无限向往。

我在顽童时代对雪花飘飘无大印象。生长在山东的我,八岁之前在巨野县老家。冬天很少下雪,雪花落地便融化,所以不见积雪。一九六〇年来到小兴安岭后,方知北国雪的美妙和严冬的寒冷。尤其是下雪时,我们小孩子顶着漫天雪花在野外打闹和堆雪人,真是趣味无穷。雪花给我们带来童年的欢乐。长大参加工作后,雪给我带来更多的认识。记得二十世纪七十年代初在林场青年队时,为了赶任务,我们小知青冒着纷纷扬扬的大雪,忘我地在山上清山林,棉袄和帽子上落了厚厚一层雪,可身上汗水如流,热气腾腾,工作干得热火朝天。九十年代在林场工作时,木材生产任务重。有一次在环山林场分水岭西北沟生产,由于地处高海拔,大雪足有一米多厚,集材拖拉机行驶都困难。工人曹武明不小心掉进雪里,只露个小脑瓜,惹得大家一阵笑声,可见雪下得有多大。

雪花之大,积雪之多,我亲身领教过。二十一世纪之初的前两个冬天,我在俄罗斯萨哈林岛(库页岛)进行森林采伐工作,那雪大得真是惊人。一次下班坐汽车回驻地,天突降大雪,雪花大如鹅毛,且雪速急。汽车每走几十米,大雪就将风挡玻璃盖住,车不得不停下来除雪,雨刷器根本不起作用。二〇〇一年冬天,萨哈林岛突降暴风雪,风雪肆虐了三天三夜,人们只得躲在屋里。风雪过后,屋门推不开,被大雪封住了,外面的雪足有一米多厚。二〇〇三年初,萨哈林岛又一场大雪下了两天两夜,个别刮旋风的地方,雪被卷起有五六米高,将我们拖拉机库房埋在雪里。几十个工人干了一天,才将机库门扒开。萨哈林岛一冬的积雪,将近两米厚,在那里进行木材采伐,离开推雪机是寸步难行。

　　天下雪是自然现象,雪量过大就成了灾难。北国又离不开雪。今年的雪就下得晚且少,就不利于我们小兴安岭的木材生产,虽说停止了木材主伐生产,但各林场少量的抚育伐还在进行。人们用牛马套子进行集材,就盼望着下雪。雪花飘落不仅有利于人们的生产,而且还有利于人类的健康。

　　愿雪花飘飘适时适量,给人类带来幸福,给自然界带来和谐。

　　注:此文发表于二〇一一年十二月七日《黑龙江林业报》。

游建设中的带岭大箐山风电场

位于带岭区址西南12公里处的大箐山,高达1 203.4米,是小兴安岭第二高峰。从带岭区址出发,经过27公里的盘山公路,驱车1小时就到达了山顶。站在绝顶处,一览众山小,五彩缤纷的山色惹人喜爱。大箐山顶南北长约1 000米,东西宽100米至300米不等,顶部较为平坦。山顶常年有风,是利用风能发电的好地方。2005年春以来,由带岭区招商引资来的项目,投资16 900万元在山顶建起的由19座电机组组成的风力发电场,现已初见规模。截至10月12日,已建起了10座风电塔,其中8号机组已并网发电,效果理想。

已建起的10座发电机组风电塔,高耸入云,全身呈银白色。塔身高55米,风旋浆叶片长26米,总高度达81米,耸立山顶,更显得挺拔俊美,巍峨壮观。已建起来的10座发电风车塔,从南到北,一字排开,在艳阳的照耀下熠熠发光,给人们留下无限的遐想。每座塔都由山顶公路连接着,交通极为方便。现在,山顶已建起了变电所,还有一座2层的黄色办公小楼,与原建在这里的电视差转台两座铁塔交相辉映,俨然一处难得的旅游圣地。离山顶一二公里处,还有一片石林,现在处于待开发阶段。

游玩中我还听当地人介绍,目前带岭区又与投资商洽谈好,在带岭区南沟的东方红林场境内的石帽顶子山再建一处风力发电场。这样,整个带岭风电场建设总投资便达到4亿人民币。我们盼望着那一天早日到来。

注:此文发表于二〇〇五年十一月四日《黑龙江林业报》。

四上大箐山

大箐山是小兴安岭中第一个安装风塔实行发电的,于是出了名。我曾四次登顶,亲眼见证它的三次变化,似祖国前进的一个缩影,在激励着我。

大箐山坐落在小兴安岭南麓,带岭林业实验局与朗乡林业局之间。山峰陡峭,气势宏伟,高达一千二百零三点四米,是小兴安岭的第二高峰。由于山高路远,很少有人去过,却有许多神秘的传说。说是王母娘娘下凡在此歇过脚,在山顶水池中洗过脸,她走后,山顶就终年云雾缭绕,说是为了保护这水池。也有的说,观音菩萨见小兴安岭石海一片,将仙水瓶的仙水倒入山顶一滴,从此,石海变成茂密的森林,倒水的地方就成了山顶的一个仙池,终年有水,润泽着林木。夏天,山峰常隐在云雾中;冬天,皑皑白雪覆盖于山上。

一九七八年夏天的一天,当时我在带岭林业实验局森林调查设计队工作,因调查山顶林木情况,第一次爬上了大箐山峰顶。那天,我们十余名队员早八点开始爬山,到了下午一点半才到山顶。我累得两腿发软,气喘嘘嘘,眼冒金花。一路看到,山的中下腹林木茂密粗大,上腹是一些矮小的老树,这是山高空气较稀、气候寒冷、土质脊薄的缘故。山顶部较平缓,南北长约一千八百米,东西宽一百米至三百米,山顶中部的确有十平方米左右的水塘,深不过四十厘米,布满了各种蚊虫。除树木和草塘外,还有一座高不过五米的小石山。这里一派原生态风貌。在峰顶的最高处,有一个高约四十厘米标高的小水泥桩,那是二十世纪六十年代初期解放军测量时做的,此外,再无人上来标记过。山顶的风很大,也很凉。由于大家第一次爬这样高的大山,很是兴奋,许多神秘的传说也随之被解。

一九八三年秋,我来到林业科学研究所工作,有幸跟随科研人员第二次上了大箐山。在这之前的一九八〇年,国家已在大箐山峰顶建立了电视差转台,公路修到半山腰。我们坐汽车到达半山腰后又徒步登上最后一道山峰。当时电视差转台接发转播塔还不太高,建的工作房也不大,工作人员在山上值班喝的是雨水,冬天化雪水饮用。电视差转台的建设,解决了小兴安岭南部人民看电视的大问题。从此,古老的峰巅有了人工建筑和人气,这在当时足已使我们激动不已了。

二〇〇五年十月初,我来到带岭区政协工作。时值国家在大箐山顶建设风力发电场,这是小兴安岭有史以来建的第一座利用风能发电的发电场。为激发人们爱国、爱故乡的热情,单位组织区政协委员上山参观,我第三次登顶。这次上大箐山,通山顶的盘山公路早已修通,不费吹灰之力就到了山顶。我们从带岭局址坐汽车出发,经过兵团沟,开上了盘山公路,总路程三十公里,一小时就到了。我们怀着激动的心情,参观了人们吊装发电风塔的作业现场。山顶上,黄色的二层小楼已建起,变电所粗具规模。发电风塔已建起了一半,高达八十一米的银灰色风电塔耸立在山顶,很是壮观。电视转播塔高达七十米,与发电风塔遥相辉映。祖国的进步,区域经济的发展,让许多政协委员流下了激动的热泪,我的心情更不平静。

二〇〇六年九月二十二日,带岭大箐山风电场已经建成投入使用快一年了。人们在带岭林业实验局局址的大街上,遥望大箐山顶,十九座风电塔清晰可见,像一块块磁铁,吸引着人们。我随同区政协委员们又一次上山参观,亲身体验风力发电给人们带来的喜悦。这是我第四次上大箐山顶。一路上,人们在轿车里像孩子一样,争相欣赏路两侧小兴安岭的秋色。黄红绿兰紫五花景色映入眼帘,清爽的空气沁人心脾,一路欢歌笑语。车跑到山的二道坎时,雄伟壮观的风塔使人们瞪大了眼睛,口中"啧啧"个不停。转眼间到了山顶,高高的风塔三叶片旋转带来的风扫在人们的身上。风塔像伟岸高大的青松,不,比青松还要高大,更像我们威武的解放军战士,整齐地排在一起,在向我们行庄严的军礼。秋风拂在人们欢笑的脸上,祖国发展进步的喜悦情感浸在人们的心里。大箐山更显得高大,远眺四周,五花山的秋色装点着层层群山,使小兴安岭像个大花园。我们从风电场工作人员那里了解到,十九座发电风塔总装机容量一点七万千瓦,投资一万六千九百万元,是北京龙源电力集团、带岭林业实验局等单位共同投资兴建的。风电场每天发电价值约二十万元,年收入五千多万元。风能发电,减少了煤耗和污染,是真正的绿色能源,给人们带来的不仅是经济的收益,更重要的是为林业经济替代产业找准了发展的路子。这不,二〇〇六年又投资三亿多元,在带岭林业实验局东方红林场高达一千零四十米的石顶山又建起了一座比大箐山风电场规模更大的风电场,预计十月末完工投入使用。据说,还将在带岭局址东山再建一座风电场,现正在做前期测试和准备工作。听到这儿,人们更是激情高涨,感到小兴安岭的风电之乡非带岭莫属。看到过去的梦想已经成真,大家恨不得变成一座座风塔,为人民发电,让祖国快发展。

四次上大箐山,三次大变化在激励着我。我感到人与自然、人与人之间和谐的时代已经到来。

注:此文发表于二〇〇六年《大森林文学》第四期。

一夜"逛"三城

"五更千里梦,残月一城鸡","山一程,水一程,身向榆关那畔行。夜深千帐灯",这古人的话,意思是说人在旅途很匆忙。我与同事曾经历过因工作事急,一夜之间"逛"沈阳、长春、哈尔滨三座大城市的事,效率很高,令我难忘。

二〇〇二年八月下旬的一天,我和同事陈蕴华突然接到长春富凯经贸公司董事长程权的电话通知,让我们立即从带岭出发到长春,速办理到俄罗斯萨哈林岛劳务输出的手续。此前,我们带岭林业实验局与长春富凯经贸公司签订过合同,曾派出森林开发队到俄罗斯萨哈林岛进行森林采伐,为期一年。回国后,长春富凯经贸公司决定继续聘用几个人,我和陈蕴华在其中。接到通知后,我与陈蕴华当日上午从带岭出发,中午赶到了长春。程权对我们说:"萨哈林岛的工作急等你们去,事情很急,你俩拿着文件和手续,在今天下午下班前赶到沈阳,到俄罗斯驻沈阳领事馆把签证办完,并连夜赶回长春。"见事急,为了抢时间,我与陈蕴华立即到高速公路公共汽车站,坐客车向沈阳进发。高速公路上的客车速度真是快,像箭似的向前冲,超车的距离只有十几公分,使我俩提心吊胆。下午三点半到了沈阳,在俄领事馆附近找了一个招待所临时住下,没顾休息,迅速检查了一下办理签证所需材料,填好了表,就立即赶到俄罗斯驻沈阳领事馆。当时,快下班了,人很少,我在办理窗口将文件手续递了进去。俄方工作人员检查手续后,将其退了回来。我见人家拒签,顿时出了一身虚汗,不知毛病出现在哪里。我俩立即赶回招待所,迅速检查了所有材料,没有发现错误。人家既然拒签,这说明所有错误我们没有检查出来。眼看快到了他们下班时间,我冷静下来,再次仔细检查了所有材料。我以前来这儿办过签证,回想以前的情况,望着材料,突然发现了问题,原来出现在填表上,空项部分没有划上斜线。于是我立即改正过来,然后,我俩跑步到了俄领事馆,我在另一个窗口将材料递了进去。俄方工作人员将我们的材料仔细检查了一遍,见无错误,给办理了签证。办完了签证,我俩悬着的心终于放了下来,这时,人家也到了下班时间。

　　这一天,我与陈蕴华忙得没有时间吃饭,办完了签证,才在附近找了个小饭馆吃了饭。同时,打电话给程权告知了情况。饭后,我俩又前往高速公路公共汽车站,坐上汽车又连夜向长春赶。这时的沈阳,夜幕已降临,街灯闪烁,车水马龙,很是热闹,我俩顾不上欣赏。汽车夜间在高速公路上的行车速度更快,一转眼,就将沈阳这座拥有五六百万人口的大城市远远地甩在了后面。到了长春,已是深夜,程权正在办公室等待着我们。见我们回来,很高兴,他说:"你俩办事还挺利落,很好。不过还得辛苦你们,哈尔滨的巴托克公司董事长急需我的一份文件,明天上午用。你俩现在要连夜再赶到哈尔滨,在上班之前将文件交给他。"这时,我与陈蕴华已人困马乏,见事情依然那么急,二话没说,就带上文件,告别了程权,又急忙赶到长春火车站,买了车票,约等了半个小时,又坐上火车,向哈尔滨进发。我们约坐了四个小时的车,就到了哈尔滨。下车后,我们住进了南岗鞍山街的招待所,巴托克公司的办公室就设在这里。等我俩躺下休息时,天已亮了。早上上班时,我们准时将文件交给了巴托克公司的董事长。

　　人在事情紧急时,就要拿出精神,尽心尽力去办好,宁肯不吃饭不睡觉,也要完成任务。这十二年前我与同事陈蕴华一夜之间连走三座大城市的事,至今令我俩难以忘怀。

注:此文发表于二〇一四年八月十四日《伊春广播电视报》。

与病魔抗争

人的一生,很难预防患病,一但患病,就要奋力与病魔进行不懈地抗争,这是人的本能。

人如果患上股骨头坏死这种病,是很难治愈的,想恢复到患病前的程度,目前我还没有听说过。所以人们说,患股骨头坏死,就是不死的癌症。对此,我有切身体会,严重时,难受得生不如死。

我是二〇〇二年末至二〇〇三年初在俄罗斯萨哈林岛霍埃村工作时患上股骨头坏死这种病的,到今天已有十二年多的时间。这些年来,我不断地与病魔抗争,现在已能上班工作,虽很难受,但只能克服。熟悉我的人见我能上班了,感到惊奇。他们知道,我在二〇〇七年和二〇〇八年需要挂着双拐,病情严重,见我现在恢复得很好,纷纷向我祝贺。

据我所知,不足四万人口的带岭区,患股骨头坏死病的人有四五十人,其中有十多人向我寻求药方,我都热情、认真地给予了帮助。人们吃的五谷杂粮是施过化肥的,食物有农药的残留,加之油腻食物增多,患这种病的人不断增多。过去,我没有听说过人患股骨头坏死病,为什么现在这样多,这是值得我们考虑的问题。

为了使人们了解这种病,能预防这种病,尤其是股骨头坏死病患者能从我与病魔的抗争中得到一些启示,或有益处,所以我写了这篇散文。

患 病 初 期

人为什么会患上股骨头坏死病,从我的经历中人们也许会得到答案。

我二〇〇二年五月从俄罗斯返回家后,有位邻居卖给我一种保健品,吃后迅速发胖,我怀疑里面有激素,从此设下了埋伏。但这种保健品的名称我忘记了。这是告诉人们,最好不要服用带有激素的保健品和药,激素对股骨头有着巨大的破坏作用。

　　二〇〇二年十一月份,长春富凯经贸公司聘任我为办公室主任,我二次受聘去俄工作,住在北纬五十三度天气寒冷的萨哈林岛霍埃村。到俄后,公司命我将有关木材生产的各种管理办法、规章制度、标准及注意事项写出来。这样,我就整天在办公室写材料。办公室很冷,房子是木质的,地板下面是悬空的,约有一人高,冷风从板缝吹上来。那时,公司的棉毡靴已没有了,我穿着从国内带去的棉胶鞋,腿受冷风而不觉。在饮食上,俄当地冬季缺少蔬菜,吃的是鸡鱼肉蛋,油脂高。元旦过后,公司的副董事长从香港返回俄罗斯,带回了名贵茶叶。我俩住同一宿舍,一天晚上,他请我喝功夫茶,喝到了半夜。由于饮茶过多,我竟三天夜里不能入眠。在俄当地,由于天冷,我们酒是常喝的。没有几天,我突觉两腿发麻,疼痛难忍,不能行走,难受得恨不得将两腿切掉。从敦化来的公司工人见我这样,就拿出"双录灭痛"药让我服用。当时好了,可过一天仍是疼痛难忍。这种药实际上是不能用的,激素量大,可当时并不知道。俄罗俄工人维克多在村里听说我腿病严重,因我第一次来俄时在工作上照顾过他,相处很好,他以为我腿受了风寒,于是从家里拿来好酒,与爱人一起来到我的宿舍,将酒喷洒在我的腿上,并给我搓。当时我也以为自己患了风湿。在我的双腿疼痛一时缓解时,我还为食堂挑水,为办公室搬运烧柴,这实际上加重了病情。我的双腿越来越疼痛,连走路也越来越困难,下蹲不了,如厕成了问题。直到今日,仍是蹲不下,所以不敢离家超过五小时,否则没有坐便不能如厕。在这种情况下,我还坚持上山到生产作业点工作了几天。二月中旬的一天,中午饭后,在山上双腿疼痛难忍,我就让陈蕴华负责生产指挥,我回驻地了。那一天下午我走后,陈蕴华又二次负伤。三月初,公司负责人从国内返俄,我向他辞去了工作,回到了国内。

　　吃带有激素的药品及食物,天冷,身体不活动,喝酒吸烟,食物多油腻,是患股骨头坏死病的主要原因。可当时并不懂。

　　从国外回到带岭,组织上一年多没有安排我的工作。当时我住在姐姐家。趁这时间,我抓紧治病,但方法不对,耽误了病情。

　　好友戚彦昌见我从国外回来得了病,很着急,就带我到长春市找到他的好友杨东山,让杨东山找个好中医给我看病。大夫号脉诊察后,说我患了风湿。于是我花了九百多元买了一大提包的中药。回到带岭,姐姐天天给我熬中药吃。虽经一段时间用药,一时感觉病痛减轻,但时间长了仍不见病情好转。一年后，组织上分配我到大青川餐具厂任工会主席。那时，病情还不太严重。有时我还与工人们一起发货装汽车，干完活儿后，腿就愈加沉重与疼痛。另外，领导班子成员五天一值班，时间是一天一夜。我上厕所很困难，蹲不下。在这种情况下，我找到区委书记，说明病情，要求调到局机关工作。此人很正派，于二〇〇五年八月十五日将我调到区政协工作。因工作需要喝酒，我感觉每次酒后腿疼加重。第一年冬季，我还能坚持与大家一起扫雪，第二年就支持不住了。这期间，王学军见我走路困难，建议我到医院拍片，看是否股骨头坏了。我说没磕没碰，股骨头怎能坏呢，没有在意。这时，我的腰也疼，就到南岔结核院拍片。医生说有腰椎间盘病，但不严重。于是我又按腰椎间盘病治，在带岭医院理疗科魏大夫处针灸、牵引了七十天，仍不见好。魏大夫见这种情况，向我建议说："治这么长时间还不见效，我看不是这种病，很可能是你的股骨头坏了，你快找杜大夫拍个股骨头片子。"我怀着疑惑的心情拍了片，杜大夫拿着片子对我说："你患了股骨头坏死病，而且严重，这种病咱医院没招，到大医院去治吧。"到这时我才知自己是患了股骨头坏死病症，时间是二〇〇六年十一月六日。当时我感到，从大腿根到脚跟就像有根绳子拽着似的，非常疼痛，膝盖也疼，走路极其困难。

说到这儿，我是想向读者说明一个道理，人患病，要找到正确的确诊方法，不能犟，要听人劝，如果我早听王学军的话，病情能早日确诊，就不能耽误治病时间。

初 期 治 疗

什么医院能治疗股骨头坏死这种病，我不知道。王学军说，沙景怀知道伊春有位老太太能治股骨头坏死。于是，我要来地址，到伊春找到了这位老人家。

这位老人已八十多岁。药是她自制的中药，还有膏药。她家住在二楼，我疼痛得已不能自己上楼梯，是扶着老伴儿的肩膀一步一步挪上去的。这位老人是祖传治股骨头病的，家中有许多患者送来的锦旗，挂在墙上。她说，中药和膏药二十天为一个疗程，价格四百五十元。那时我月工资才五百五十元，还要还一部分欠款，一个月工资吃药还不够，又没有积蓄，实在吃不起药。我只在她那里用药看病不到半年时间。但用她的药，确实感到病情的减轻。

二〇〇七年六月，五哥的大儿子吕春阳特邀我与老伴前去参加他儿子七月一日在北京举行的婚礼。我说去不了，腿疼，并且不能在外如厕。春阳说他买飞机票，一定要去。我与老伴坐飞机去了北京。从北京回到哈尔滨，趁这难得机会，我去了哈尔滨市骨科病院治病，并在那里拍了股骨头片子。医生看了片子后说："你这股骨头病太严重了，要马上住院，将股骨头切掉，换上人工的，半年换一侧，一年换完。人工造的股骨头有外国进口的，一个五六万元，更贵的也有，这还是便宜的。如果用国产的，一个两万元，两侧都换四万元，这还不包括手术费及其他费用。如果不换，你近期就要瘫痪，永远站立不起来了。你看片子，你的股骨头已烂得像鸡叨的一样，右侧股骨头已塌陷，腿已短了近两公分。"听大夫这么一说，与我同去的五哥、老伴儿、春明都惊出了一身汗，我脸色苍白。上哪儿去借这么多的钱治病啊，我感到绝望了。可大夫要求我马上住院，说是病情需要，再说片子上显示的病情是清楚的。这时，见大家着急，我却冷静下来，想到母亲一九六一年吃野菜中毒住院治疗，大夫要给她截肢时她说的话，"宁死不截肢"。这句话给了我力量，虽当时我没有说出这句话，但心里是这样想的。这十多万元一是借不来，二是就是借来了也无力还。想到这儿，我向大夫推说没带钱来，下次再来，于是我们离开了骨科医院。

离开骨科医院后，我们一行人都为我的病情担心着急，感到不好办。我对大家说："咱到曲线街找顾大夫看看再说吧。"顾铁成大夫的个体诊所是专治股骨头坏死病的，他已八十多岁，据说是哈尔滨市大医院的退休老中医。来到他的诊所，我的双腿已不能行走，是被扶着进去的。顾大夫看了我刚从骨科医院拍的片子说："怎么严重到这种程度，实在治不了。怎么不提前三个月来治，你还是到大医院去治吧。"我们听他这么一说，更觉我的病情严重，我向顾大夫请求说："我才知道您的地址，就立即来了，请您给我治吧！"顾大夫沉思了一会儿说："这样吧，你的病实在太重，先抓三个月的药用着。回家后，立即挂双拐，每天八小时牵引，烟、酒、茶都要忌。三个月后再拍个片拿来。你本人不用来，让别人拿来，到那时再决定是否继续给你治疗。"我在顾大夫那里买了三个月的药，将片子留给诊所备查，回到了带岭。顾大夫的药分一号、二号，用塑料包封闭，其正面印有"哈卫药制字(内)－(93－064)号，缀骨散一号，哈尔滨师范大学脑血栓专科医院骨疾病防治研究所"，背面是"功能：益肝肾、强筋骨、逐瘀通络补骨生髓。主治：筋骨萎软，风寒湿痹，股骨头无菌性坏死等症。用法用量：口服，一次一袋，日服三次。早、午、晚饭后三十分钟服用。重量：三克。禁忌：禁酒、孕妇禁用、禁用激素类药品。贮藏：密封、防潮。保存期：三年"。

回到家后，我双腿已无力站立，就连刷牙站立都痛得直哎嗦。睡觉不敢翻身,痛得有死的想法。岳父王信年近八十,见我急需双拐,就上山砍来木料,给我做好了双拐用上。内弟王学军到个体修理部求人做了带有滑轮的铁三角架,在我家墙上安装好,又找来四块砖,这是牵引必须的装备。姐姐吕爱琴连夜在家用布给我缝制了绑双腿的绑腿带。这样,我每天躺在床上八小时进行牵引,分四次进行,每次两小时。我坚持了整整五年。二○○七年下半年至二○○九年上半年,我无力走路,近两年没有上班。我按顾大夫嘱咐,戒酒、茶水和烟,但烟戒得不好,每天三支至五支。三个月后,我又到带岭医院拍了片,邮给在哈尔滨的五哥。五哥拿着片子到顾大夫处买药。顾大夫看完片子后说:"继续治吧。"就这样,我每半年拍一次片,抓一次药,每个月药钱四百五十元,比起李孝英处的药价,算是便宜一点。可我的生活极其困难,记得过年时,家里只买了二斤鱼,算是过了年,困境堪比一九六○年困难时期。这两年,单位与亲朋好友不断来看望我。由于瘫痪在家,老伴儿尽心尽力地伺候我。她脾气温和,很有耐心,家中的一切都由她操持,我很是感激。顾大夫的药虽是好,就是有些贵,我用了五年。

有病乱投医

在这些年治病的过程中,我也注意报刊上治股骨头坏死病的广告,希望能有神药、奇药,快速治好我的病。由于心急,走了一些弯路。

二○一一年四月二十日,看了某版登载的国际股骨头基金会中国股骨头坏死科研部的广告,说能快速治好股骨头坏死病,我相信了。用药后确实感觉很好,但每次需要一千九百九十元,而且每个疗程天数少,用了半年左右,最后因价格贵买不起而放弃。同时,也是因用药就减轻疼痛,不用药仍是原来那样,怀疑里面有激素。

二○一四年秋,电视上又有广告,说有股骨头恢复器,还有药。我又相信,邮去钱,人家寄来了。后因一个疗程需一万多元,实在买不起,又放弃了。但这次又花了七千元,药没吃几天,股骨头恢复器也只用了半年就停止了。

我们林区职工工资低,这时已退休,月退休费是二千元,对于市场上治股骨头坏死病的药是买不起的。这些年,我的工资除用在简单生活上外,都用在了治病上,所以家庭经济条件始终是非常困难的。

二○一五年初,听说太阳神保健品能治股骨头坏死病,我又花了一万多元买了这种保健品。服用就减轻病痛,不服用还是原来那样疼痛。也是因吃不起,不得不再次放弃。

通过几次的购药和试用,我感到治股骨头坏死病,是没有神药和奇药的。股骨头坏死病是需长时期治疗的,得有耐性,想快速治好,是办不到的,也易吃亏上当。

此 中 药 可 用

在我治疗期间,带岭人郭安也患了股骨头坏死病。二〇一一年十月十三日,我到郭安家,他向我介绍了他吃的中药,说这种药很好,而且价格低,在带岭区内就能买到。他把药方给了我一张,开始我没相信,药方放在家半年没用。因为我在外买药太贵,在无奈的情况下,二〇一二年初才用了此中药,一直用到现在。我觉得这个中药比北京、哈尔滨等地的药都好。在我写这篇文章时,为了准确,专门打车到带岭育林东街刘忠平、戚洁丽夫妇经营的博信医药连锁中西药店,对药方上的每个中草药名称进行了核对,对方热情接待了我。为了使其他股骨头坏死病患者能减轻病痛,现将药方写明如下:

人参30g、黄芪30g、当归30g、红花30g、乳香40g、没药40g、血竭30g、土虫50g、川断40g、三七40g、杜仲炭40g、牛夕40g、伸筋草50g、淫羊霍(洋火叶)50g、补骨脂40g、五加皮40g、威灵仙40g、肉桂40g、元胡40g、苏木40g、鸡血藤40g、自然铜50g、丹参40g、骨碎补50g、桃仁30g、穿山龙(串地龙)40g、地龙(广地龙)40g、白芍40g、熟地50g、海风藤40g、豨莶草40g、甘草50g、乌蛇(乌梢蛇)50g。

计三十三味中草药。

这个药方,有人用电脑传到北京,请中国的中医专家进行研究验证。说这个药方很好,可靠可用,目前还没有发现比这个药方更好的。近些年来,我服用此药,感觉很好,特告读者。

此药从药店买到后,要用机器粉碎成沫,然后搅拌均匀,早、午、晚饭后半小时温开水冲服,每次一羹匙。

这些年来,先后有十多人向我要这个药方,我复印了几十份,分别给了他们。现在,这些患者大部分都在服用此药。同时,我也将我的感受告诉了他们,衷心希望他们能早日康复。

锻 炼 与 热 敷

人患病,都会通过医治和锻炼与病魔抗争,想永远活下去。股骨头坏死病患者也是如此。

我的方法是用药、锻炼和热敷。

患股骨头坏死病后,医生嘱咐我要注意锻炼,避免血液流通不畅和肌肉萎缩,使关节僵硬得不到润滑。不能从事体力劳动,尤其是不能负重,更不能站立时间长,不宜走远路。还要注意,身体不能太胖,防止体重过高压迫股骨头。这些我都按医生要求做了。

凡患股骨头坏死病者,都是血流不畅引起的。血栓如果发生在脑血管,堵塞严重,叫脑血栓。如果在腿上,则把通往股骨头的血管堵塞,造成断血,使人体股骨头润滑剂不能再造,骨头磨透软骨,造成骨头磨骨头,股骨头必然坏死。

我害怕再患脑血栓。父亲年迈时患脑血栓九年,生活不能自理。所以我很注意锻炼身体。从患病到如今,我每天早上锻炼一小时,感觉很好,我腿肌肉虽有萎缩,但目前不严重,也没有患脑血栓。

我的锻炼方法如下:

身体锻炼是有讲究的,要有利于股骨头恢复。

早上起床后,扶着桌子先右腿站立,左腿向上抬起三十六次,再向内侧划圈三十六次。做完后,再左腿站立,重复做上述动作。然后下蹲十次,但要两侧扶着凳子。这些动作能促进股骨头血液循环与股骨头润滑剂均匀分布,同时也防止腿肌肉萎缩。

敲打身体。双手敲打臀部二百次,敲打后腰二百次,敲打前股骨头处一百次,拍打双肩二十次,敲打踝骨上方内侧三十次,再骑马蹲裆式双手敲打双腿外侧二百次。敲打的这些地方是穴位,目的是疏通经络,促进血液流通和股骨头恢复。

弯扭腰活动。站立,向右侧弯腰十次,向左侧弯腰十次,向后仰三十次至五十次,向前弯腰八十次至一百次。以胯为轴,向右转十次,向左转十次。双手抬起,双脚不动,头与身子向左右各拧十次。做这些动作的目的是使全身血流通畅,腰关节、颈关节保持灵活。

上身运动。双臂伸直,向前、后各摇三十六次。这是因为我有肩周炎,必须这样锻炼。然后再做扩胸运动、后背运动、拍掌运动,以及其他上肢运动。

上述运动做完后先洗脸,然后用木头梳子梳头,梳六百次,要均匀,左右两侧及前脑、后脑都要梳到,特别在颈椎处要适当多梳些次数。梳头时间大约需六分钟。梳头是防止脑血栓,促进头部血液循环最好的方法,我已坚持了多年。

手操活动。搓掌、敲手背、叉手指、轻掰手指等活动，需五分钟做完。手操活动目的不仅是活动手各关节和血液循环，是防止大脑萎缩活跃神经，增强敏感度的好方法。

　　上述活动做完后，我还用股骨头恢复器电疗二十分钟。这项电疗是从二〇一四年年末开始的。

　　晚上睡觉前，我用电足疗桶做理疗一小时，给双腿加热，促进双腿的血液循环。再用热水泡脚一小时，同样是为了促进血液循环。然后再用股骨头恢复器电疗二十分钟。用电足疗桶加热双腿这项活动已坚持了两年。

　　由于我坚持上述锻炼，所以我在退休后能坚持受聘上班工作，身体感觉较好。

　　这些年的经历，使我感受到，患股骨头坏死病不仅要常年坚持按时用药，还要坚持锻炼和理疗，最主要的是要有信心，保持对生活的乐观态度，才有利于疾病的治疗。

　　这篇文章，如果能给读者，特别是股骨头坏死病患者带来一点益处，我是很高兴的。

读　书

　　在读书上,我与有学问的人相比,差之甚远,所以知识面也不如他人丰富。但我肯读书,汲取一些营养,对我影响很大,在人生中受益匪浅。

　　书籍的营养浸润、影响人的灵魂,我深有感触。一九六六年我十三岁,当时有一本书——《欧阳海之歌》,是作家金敬迈写的。一天,我到林场食堂去玩,见食堂老师傅戴着花镜在读一本书。他看完一段给我讲一段,引起我极大兴趣。书中讲述了欧阳海童年时经历的苦难,讲述了解放后欧阳海的成长之路,讲述了欧阳海成为英雄的经过,我越听越爱听,被英雄的事迹所感动。这本书有几十万字,因到时间要做饭,老师傅就叫我自己接着看。后来,由于他忙,就叫我看完一段讲给他听。再后来,他干脆将书借给我看,看完后再讲给他听。这本《欧阳海之歌》我竟读了两三遍,还不解渴。欧阳海的人生经历深深触动了我,他的英雄事迹在鞭策着我,使我热血沸腾,暗下决心,向英雄学习,以英雄为榜样,来约束自己的言行。从那时起,我也萌发了当英雄的念头。后来,我虽没当英雄,但欧阳海的英雄事迹至今还印在我的心中。二十世纪六十年代后期,我又读了《红岩》《烈火金刚》《雷锋日记》等红色书籍。这些书对我的思想影响很大,对我以后的成长起到了重要作用。

　　小时候,由于家中困难,买不起书,常借人家的书看,有空就读,从中汲取营养,但也有别人向我借书的时候。一九六三年,父亲从山东巨野县老家退休后也来到东北,带来一些古典名著,其中有《三国演义》《水浒传》等名著,我如饥似渴地阅读。那时虽看不懂全部内容,但也领悟个大概。后来,同学见我家有书,就向我借,说看完送还。我借给了他,谁知他一借不还,为这,父亲还狠狠地批评了我。

　　"文革"期间,人们都背诵《毛主席语录》和《毛泽东选集》四卷。那时我虽小,有些精神实质领会不透,只是机械地背原文。后来,我参加工作了,由于忙,读书的时间少了。二十世纪九十年代,我在环山林场任场长时,闲暇之余,我学习起《毛泽东选集》。这四卷书我反复阅读了四五遍,越读越爱读,越读越觉得毛泽东思想理论深奥,这不仅是对我的一次近代革命史的教育,对我的工作也是一种无形的指导。毛泽东同志许多理论、许多名言使我深受启发和教育。特别是毛泽东同志关于关心群众生活的论述,使我懂得了关心群众生活的重要性。每当职工群众生活有了困难,我都在能力和政策允许的范围内帮助解决;谁家经济困难,我尽力给予救助,群众很满意。在全场职工生活上,我延续前两任场长的做法,扩大了全场居民房集中供热的面积,使工人冬天下班后能有温暖的屋子。由于我注重职工生活,调动了职工的积极性,林场由缺劳动力变为劳动力充足,每年都很好地完成了上级交给的各项任务。这是我学习毛主席著作的结果。

二十世纪七十年代末八十年代初,我自学了山西刊大的全部中文课程。八十年代前半时期,又参加了职工业余中文班,学习了五年。接着,又考上了黑龙江省森工管理干部学院,在林经专业学习了两年。这些年,我读了许多书,我的文化知识有所增长。我还发表了一些学术论文和文学作品,曾获得过国家、省、市奖项,其中,文学奖项截至二〇一三年十二月末,获得过六次。我于一九九六年成为伊春市作家协会会员,二〇〇八年又成为黑龙江省作家协会会员,这些都是我认真读书得来的。

读书无止境,让我们永远读下去,为中华民族之崛起而奋斗。

注:此文发表于二〇一五年五月二十七日《黑龙江林业报》。

退休后，我快乐地写作着

"恰不道人到中年万事休，我怎肯虚度了春秋。"我已退休三年了，被聘为区老区建设促进会秘书长，余辉又得尽洒，深知时间的宝贵，为释放正能量，结合工作与生活，不曾停歇，快乐地写作着，颇有收获。

我是位文学爱好者，经常写些文学作品，有的文章还获过奖，因此，成为黑龙江省作家协会会员。四年前，我在带岭区政协退居二线，离开了工作岗位。后来，由于工作需要，组织安排我到了老区建设促进会担任秘书长，很高兴还能为党继续工作，为党的事业奋斗到最后一息也是我的心愿。

我们带岭林区是革命老区，是小兴安岭抗日斗争的中心区，是抗战时期中共北满（临时）省委驻扎地之一，抗联三、六、九军等十多支部队曾在这里驻扎战斗过的地方，发生大小战斗百余次，消灭敌人千余人，是小兴安岭抗战史实的"富矿区"。挖掘、抢救、收集、整理和宣传抗战史实与抗联精神是我们的重要任务之一。为了宣传抗联英雄事迹和抗联精神，我与同事们走访了老同志和专家学者，走进深山老林中拜谒了抗联密营遗址，深入细致地研究了带岭区抗战史，在报刊上发表了八篇抗战史料文章，受到人们的关注和喜爱。抗联英雄事迹和抗联精神深刻地教育和鼓舞了我，为使人们继承和发扬抗联精神，我又在报刊上发表了八篇抗战方面的散文，热情歌颂了抗联英雄事迹与精神，受到一些读者的好评。宣传和歌颂抗联给我带来快乐，鼓舞了我的写作与创作热情。二〇一三年，伊春市老区建设促进会号召与动员各县、区局老区建设促进会在史实基础上，创作抗联故事，这给我带来了新机遇。那一年，我在高涨的热情中，深入学习、研究了《带岭革命老区史料汇编》，在史实基础上，用八个月的时间，起早贪黑、废寝忘食地创作，就连睡觉与吃饭时也在思考着，枯燥中透着快乐，快乐中含着艰辛。因我对历史资料掌握较细，所以在写作中"情往似赠，兴来如答""文必虚字备而后神态出",创作出由三十八个故事组成,计十八万字的《带岭抗联故事》。中共带岭区委宣传部从这部书中挑选出二十个故事计十万余字,印刷成书,面向全区发放,供人们阅读。二〇一四年,伊春市老区建设促进会编写的《不可忘却的历史——小兴安岭抗联故事》一书又将八个故事收录于书中,面向全市发放。最近几年,《黑龙江林业报》《伊春日报》《伊春社会科学》等报刊又发表了我创作的抗联故事七篇。许多读者阅后受到教育,用各种方式与我联系,进行询问和探讨,并提出要求,希望我能创作出更好、更多的带岭抗联故事。有的读者对我说,他们只知道带岭是革命老区,却不知道带岭还有这么多的抗联事迹;还有的读者说,当年抗联对日作战那么艰苦,我们更应该向先辈学习,继承抗联精神,建设好家乡等。红色文化的宣传给我自身带来了正能量,我也在传播散发着正能量,也正是正能量,给我带来了快乐。

宣传歌颂革命前辈的事迹与精神,不仅是一名共产党员的责任和义务,也是每一位文学爱好者的责任与义务,更是一位退休干部的责任与义务。二〇一四年,带岭区文化馆馆长张淑霞同志找到我,请我创作歌颂革命先辈的作品。我首先想到全国模范共产党员、老红军、带岭林区老党委书记张子良。张子良在带岭林区工作十年,为林区做出的贡献是重大的。他清正廉洁,艰苦奋斗,心中始终装着党和人民,虽故去四十多年,可在带岭人民心中,却永远活着,被人们怀念和颂扬。我根据他的事迹,创作了音乐快板,题目是"人民公仆张子良"。经带岭区文化馆修改后演出,受到社会广泛好评。二〇一四年在省农民文化节农民大舞台比赛中获银奖;在二〇一四年省十四届"群星奖"伊春赛区选拔赛中获曲艺类一等奖;在二〇一五年省十四届"群星奖"大赛中获曲艺类三等奖。看到这些,我心中甚感欣慰,进行文学创作的劲头更足了。

在快乐中写作,在艰辛中收获,在收获中释放正能量。工作之余,我还写了一部十二万字的《忆赴俄森林采伐的经历》。二〇〇一年至二〇〇三年,我受带岭林业实验局派遣,任带岭林业实验局赴俄森林开发队副队长,在俄罗斯萨哈林岛(库页岛)工作。这部回忆录,反映了中国林业工人在俄工作与生活的情况,俄当地人民的风土人情及中国林业工人与俄当地人民的友好相处。这部回忆录已于二〇一五年,由黑龙江省带岭林业科研所主办的《林业科技资料》进行连载,目前已发了两期,读者反响很好。与此同时,我还不停地写作,在报刊上发表了百余篇散文,曾多次获奖。

用文学记录历史,用文学释放正能量,用文学歌颂党和人民,是我一生奋斗的目标之一。我虽已退休,但我在快乐地写作着。

注:此文发表在二〇一六年《退休生活》第五期。

情感之旅

人生,爱国、爱家、爱生活,才能充满激情,充满阳光,充满美好,绚丽多彩。

父　亲

　　我的父亲吕谦和是位教育工作者。他对子女很严厉,也曾打过我,但我依然十分敬重父亲,他是一位有骨气的人。父亲已去世多年,我常常怀念他。

　　二十世纪六十年代,父亲退休了。为了挣钱养活我们,他和母亲一起在带岭明月林场家属生产队干活。父亲对我们要求非常严格,每次我们没完成作业或考试成绩不理想,他就不让吃饭,有时还罚站。记得小学四年级时,父亲天天让我点油灯学习。有时遇到难题请教他,若是他讲几遍我还不会,就拍我几巴掌。说来也怪,我精力一集中,就听懂了难题。

　　母亲病故后,我与父亲一起生活。我虽参加了工作,但老人对我管教依然严厉。有一次,我去同学家玩,一高兴就回来晚了。我敲了几次门,父亲都不给开,没办法,只得跑到火车站候车室蹲了一宿。现在回想起来,父亲的做法是正确的,我们兄妹九人,无规矩怎能成方圆?

　　父亲一生以教书为主,常把在外教书的办法用在我们身上。除正常学习功课外,还教我们背诵《百家姓》《三字经》。他老人家还教我们向古代那些对中华民族有过贡献的文人和名人学习,学他们的优秀品德,做有骨气的人。父亲常讲孔子、孟子、岳飞、杨家将、秦始皇、刘邦、康熙等名人故事给我们听,还讲韩信、张良、诸葛亮、刘伯温等人有预见性……这些对我们的健康成长,起到了潜移默化的作用。

　　父亲在世时,常教育我们诚实守信,对人千万不能有占他人便宜的想法和行为,否则等待自己的将是失败或倒霉。所以这些年来,我们都是勤奋自强,自食其力,从不想飞来的横财。父亲常告诫我们,为人要善,要谦虚,不要骄傲。为这,父亲的名字才改为吕谦和的。为提醒我们,父亲还专门写了条幅"谦虚使人进步,骄傲使人落后",挂在正屋的墙中央,让我们天天看。他还经常教育我们,为人要善,并常说"百善孝为先",这是中华民族的优秀品德之一。如到同学或同事家做客,要先向其父母或长辈问安,不要与那些不孝之子在一起交朋友或办事。

父亲晚年患脑血栓九年,但他很刚强,也很干净,只要自己能办到的事,就不用子女伺候。直到病故时,父亲全身都是洁净的。患病期间,只要能说话,他就常告诉我们,不要忘记山东老家的人和来东北后遇到的好心人对我家的帮助,有能力时就报答人家的恩情。父亲还告诉我们,不管手中有权无权,都要心眼放正,要宽以待人,能容人,不要有私心,更不能整人。这些我们都按父亲的话去做了。父亲遗体火化时,我含着泪水用脸最后贴了他那已冰冷的脸庞,握了又握他那已冻成冰棍似的手,怀着悲痛欲绝的心情,与他诀别。

我的父亲是一位有民族骨气的人,曾亲手杀过日本鬼子,这是鲜为人知的。在父亲去世十五年后,即二〇〇〇年,五哥吕文魁回山东老家巨野县办事,拿回了一本内蒙古人民出版社出版的以真人真事为题材的小说《蛟潜大野泽》。内蒙古军区政委为此书作序。书中有处提到我的父亲吕谦和。说的是在抗日战争期间,一天,在巨野县城北面偏僻地区,正在集训的抗日武装力量突遭日本鬼子队伍包围,杨世香(此书作者)与我父亲等五人赶着一辆马车向外冲,途中遇到日本兵盘查。他们五人赤手空拳,将两名全副武装的日本兵打死,化装后又三次冲破日本鬼子和伪军的军事封锁线。父亲将缴获的两匹日本大洋马亲自送到抗日游击队。这一段经历读来可谓惊心动魄,但证明父亲是可敬可爱的爱国者和民族主义者。但是他从未提过杀过鬼子的功绩。

父亲教了一辈子的书,他的学生几乎遍布各行各业,可父亲有困难时,从不找他们帮忙。据我在山东老家工作的三哥讲,经常有大干部到巨野县找我父亲,说要看看老师。父亲的学生现在都是七八十岁的年纪了,早已退休。但父亲的九个子女,对他的这些学生中的大干部基本上是不认识的。

父亲是位有骨气、有民族正义感的知识分子。一九五八年,父亲从巨野调到成武县教书。后来,被扣上右派分子的帽子。从此,我家二十多口人不但政治上二十年没翻身,而且父亲的工资从五十六元一下子降到二十七元。三年自然灾害时期,我们吃过树皮、棉花种、地瓜秧子,饿得我们小哥儿几个全身浮肿。父亲忍辱负重,又工作了几年,于一九六三年退休。从此离开了他一生钟爱的讲台,来到了带岭林业实验局明月林场。谁知,"文化大革命"开始后,父亲的历史问题又被搬了出来,不分昼夜地批斗,还把他关进牛棚。可父亲没有牵扯他人,更没有屈服。一九七八年后,在党中央政策的支持下,父亲的历史问题终于彻底得到了平反昭雪。当时,他拖着虚弱的身体,久久地伫立窗前,泣不成声……

　　父亲虽然远行多年,但是,他人生的一幕幕场景时时在我心中闪现。我告诫自己,要做父亲那样的人,为祖国、为民族多做贡献。

　　注:此文发表于二〇〇二年四月九日《伊春日报》;二〇一二年六月十三日《黑龙江林业报》,并获该年度副刊一等奖。

父亲原来是位抗日英雄

二十世纪三四十年代,在中华民族遭受日本侵略的时候,有多少热血男儿挺身而出,奋起反抗,涌现出千千万万的民族英雄。可是,不出名的民族英雄更多,我的父亲吕谦和就是其中的一位。一九八五年父亲病故的时候,我们这些做子女的还不知道。

一九一〇年,父亲出生在山东省巨野县杨官屯。父亲当了一辈子的教师。一九六三年退休后,他来到带岭林业实验局明月林场居住。父亲性情刚强,一生充满坎坷。一九五八年,在反右运动中,他被错划为右派。一九六〇年虽被摘帽,但还是受到歧视。在"文化大革命"中,他又遭到造反派的批斗,一九七八年才彻底平反。在父亲病故十五年后的二〇〇〇年,五哥吕文魁回山东老家,我让他想办法捎回一本《巨野县志》,想了解老家的历史情况。五哥回来时还带了一本《蛟潜大野泽》。这本书是巨野县老中共地下工作者杨世香(又名杨传房)写的革命回忆录,由内蒙古人民出版社出版,时任内蒙古军区政委的杨恩博写的序言。这本书的第十三章写的是冲破日本鬼子封锁线,杀死日本兵的一场战斗。其中有十四处提到我的父亲吕谦和等五人,赤手空拳杀敌的惊险经过,我们这才知道父亲是一位抗日杀敌的英雄。

据巨野县史料记载,在杨官屯教书的父亲与中共地下党员杨世香亲如兄弟,父亲在杨世香的引导下,走上了抗日救国的道路。一九三九年的一天,杨世香和我父亲正在巨野县北部一个偏僻的村庄进行抗日斗争集训,突遭日本兵的包围。在这场战斗中,杨世香与我父亲等人赶着一辆大马车向南突围,在快冲到村南路口时,远远看到有两个骑着大洋马的日本兵将路口封锁住了。这时,想躲已来不及了,杨世香说:"准备战斗,我们干掉他俩。"大家说:"好。"并迅速分了工。在接近日本兵的时候,马车速度慢了下来,杨世香以迅雷不及掩耳之势扬起马鞭,将一个日本兵抽下马来。五个人同时跳下马车,又将另一个日本兵拽下马，并将两个日本兵解决掉。由于事发突然，日本兵来不及开枪，就魂飞西去。紧接着，父亲他们五人将敌人的尸体装上马车，找来些草将其掩盖。然后，其中三人赶着马车疾速向南突围，父亲和另一个人则骑着敌人的两匹大洋马与马车同行。中途又遇到一伙日本兵和一些伪军，由于父亲会说些日语，所以遮掩了过去。就这样，他们一路上接连冲破三道敌人封锁线，突围取得成功。突围后，杨世香指示我父亲将两匹大洋马及其他战利品送到中共抗日游击队，父亲顺利地完成了任务。

二十世纪五六十年代，我还很小，只是在父亲与母亲的闲谈中，偶尔听说在抗日战争年代，父亲常帮中共抗日游击队撒传单。有一次，父亲刚完成任务回家，不一会儿，敌人就进家来搜查。父亲假装上厕所，被敌人发现。由于日本兵不认识我父亲，父亲就用笔写了"我给你们找鸡蛋去"几个字。敌人认识这几个字，说了声"开路"，父亲趁机逃了出去。还有一次，敌人来抓父亲，父亲事先知道了，在野外庄稼地里躲了三天没回家，母亲在天黑后给他送饭。敌人来家里盘问我母亲，母亲说我父亲根本就没回来，躲过了一劫。

在中华民族的危亡时刻，有多少中华儿女奋起反抗，又有多少无名英雄为国出力，先辈的革命精神时刻激励着我们前进。虽然父亲病故二十五年了，但我越来越敬佩他老人家，缅怀之情在心中越来越重。

注：此文发表于二〇一一年一月四日《林城晚报》。

父亲的木工凿子

父亲一九八五年病故后,我在整理他老人家的遗物时,又见到了他用过的木工凿子。这些年来,每当我看见它,就会想起父亲生前用这把凿子给邻居们义务做爬犁的情景。

我父亲过去是一位教书先生。一九六三年退休后,从山东巨野县老家来到小兴安岭的带岭林业实验局明月林场。当时我家住在明月林场东山脚下。那时,林场居民住的是木刻楞草房,一年下来需要很多烧柴。冬季上山捡拾烧柴,运输主要靠人力爬犁。

我家人口多,烧柴需求量大,爬犁用的数量也就多。父亲原本不会木工活,但求人做爬犁是件难为情的事,怎么办？父亲说,天下没有难住人的事,自己学着做吧。于是,父亲就常看人家做爬犁,把每道工序、尺寸及要求看在眼里,记在心上。之后,他到商店买来木工用的凿子等工具,又到山上砍来做爬犁用的色木原料,自己做。做出的爬犁又结实又好用,家里做爬犁再也不用求人了。左邻右舍发现我父亲爬犁做得好,于是有人来求他。凡是来求的人,父亲从不推辞,而且抓紧时间做。白天,父亲与我们一样上山拾烧柴,晚上利用休息时间做。爬犁用料是色木,木质硬得像骨头,凿起来很费劲。加之冬季天冷,在屋里也得戴手套,还得用毛巾包住凿子的手柄,很是辛苦。由于求做爬犁的人多,爬犁做出一个又一个,父亲手上的虎口也震得开裂,很是疼痛。尽管这样,父亲从没有怨言,坚持不懈地为邻居们无偿服务着。用色木做爬犁很费凿子,往往一个爬犁做不完就要磨几次,还易损坏。于是,父亲又买了第二把,替换着用。父亲用的凿子上的木头手柄不知换了多少回,只见凿子柄越来越短,时常更换。父亲每年冬季义务给村子里的人做爬犁十几张。有一次,父亲忙着赶活,凿木头时不小心用斧子将手砸伤。他硬是忍着疼痛,坚持把活干完,没有影响人家取爬犁的时间。

父亲为邻里义务做爬犁,得到母亲的支持,她常把原料提前拿进屋里,让父亲画线和凿刻。有空的时候,还帮父亲磨凿子和斧子。父母常对我们这些子女说:"人家求咱做爬犁,张回嘴不容易,这是看得起我们,一定要给人家做好。"父亲、母亲对人一副热心肠,乐于助人,给我们子女做出了榜样。

几十年过去了,父亲、母亲都已作古,老人家义务给邻里们做爬犁的事深深地印在我们的心中,指引着我们前进的方向。父亲用过的木工凿子仍在散发着无私的光芒。

注:此文发表于二〇一五年四月十六日《伊春广播电视报》。

母亲的善良与刚强

在改革开放的前一年,母亲因患肝癌病故了。如果慈母健在的话,今年九十三岁。三十二年来,我时时刻刻都在思念着她老人家。

母亲是位善良的人,与人为善,乐于助人。一九六四年的夏天,正是我家种地活儿多的时候。这时,邻居鲁二嫂生小孩儿了,鲁二哥整天上班很忙,无人伺候,鲁二嫂很是着急。从接生开始,母亲就守候在鲁二嫂身边,起早贪黑给其做饭,一直伺候到鲁二嫂满月,感动得鲁二嫂直流泪。四十五年过去了,鲁二嫂还念念不忘母亲的恩情。一九七七年,母亲病危前几天,身体还稍能行动。同病房的一个女病号当时病情也很重,身体不能行动,半夜母亲就起来给其喂水,给予照料和帮助。这位病友和医院的医生与护士很感动,大家说母亲的心眼儿真好。二十世纪六七十年代,我家住在带岭林业实验局明月林场。由于母亲年岁大,在抚养小孩子方面有些经验,场子里的人们常向母亲讨教,母亲总是细心地告诉他们。那时候,谁家小孩子闹了毛病,母亲都是尽自己最大能力给予帮助。母亲在病危时,还叮嘱从山东老家赶来的三哥吕厚省,一定要孝敬其岳母。母亲的善良一直伴随她到生命的最后一刻。母亲生前常教导我们子女,不管手中有权无权,不能整人,要容人,要善待人,这样才能团结人,团结人才能为国家办大事。

母亲的刚强为我们树立了一面旗帜,为她的后人做出了榜样。

母亲是山东省巨野县佃户屯村人,三岁无母,十二岁丧父,从小缠足。苦难伴随着母亲的一生,也就造就了她那刚强的性格。母亲与父亲结婚后,生育了我们八个儿子和一个女儿。那时还要种地、织布,还要照顾我爷爷。我父亲是位教育工作者,常年在外教书,家中靠母亲一人支撑,真是难极了。一九五八年,我父亲被错划为右派,接着是三年自然灾害,母亲领着我们吃过地瓜秧子、棉花种,要过饭。一九六〇年,我家搬到东北带岭林业实验局明月林场。一九六一年,母亲吃野菜中毒,住院半年,险过生死关。接着,又开始了"文化大革命",父亲又挨批斗,母亲又跟着担惊受怕。来东北十七年,母亲没有回过老家。母亲常对我们说:"人活着要有志气,要好好读书,报效国家,做出成绩,人们才能高看你。"

记得母亲吃野菜中毒住院治疗的时候,母亲身上皮肤凡能见到阳光的地方都腐烂。护士换药时,白森森的骨头露了出来,疼痛程度可想而知,可母亲从没有叫过一声痛。医生根据病情决定要给母亲截肢,在征求她老人家意见时,母亲坚定地说:"宁死不截肢。"硬是挺了过来。

母亲是小脚,二十世纪六七十年代在林场家属生产队劳动,干活从来没有落过后,与年轻人一样。在明月林场居住时,自家开荒种地,田地离家三四公里远。母亲常年累月用她那小脚来回走,曾两次遇到黑熊,躲过劫难。母亲患肝癌后期住院期间,疼痛折磨着她,豆大的汗珠从脸上淌下,可她老人家直到病故,始终没有哼过一声。母亲的刚强感动了周围的人。母亲一生中,只要她自己能办的事,从不支使或依靠他人,她刚强的性格影响了我的一生。

母亲驾鹤西去已多年。在平凡的生活中我看到了母亲的伟大,在她身上凝聚着咱中华民族妇女的美德。她的善良与刚强使我们前行有了榜样。父母都已作古,我们后人在碑文镌刻上这样的挽联,"思教泽高风文明经世昌万代,念慈正勤善华贵育才盛八方"。母亲的善良与美德永远值得我追忆和学习。

注:此文发表于二〇〇九年六月二十九日《林城晚报》。

慈母的老花镜

每当我看见慈母留下来的老花镜,她老人家坐在炕上给我缝补衣服的情景仿佛就在眼前,心中感到一阵阵地难过。母亲病故三十三年了,这副老花镜一直伴随着我。

一九六四年,五十多岁的母亲眼睛就花了。那时我家刚从山东老家到东北没几年,住在带岭林业实验局明月林场,当时还没有电灯,一到晚上,母亲就把炕桌放上,点上小油灯,一家人围上,父亲看书,母亲戴着老花镜做针线活儿,我和七哥学习。小油灯有时跳着火花,嗞嗞作响,这时,母亲就放下手中的活儿,用针拨一拨灯捻,灯光就亮了许多。在这之前两年,母亲没有戴花镜,油灯下做针线活儿,常常纫不上针,就叫我们帮忙纫针,有时做活儿还针脚大,渐渐便觉得力不从心。父亲就放下书说:"你就是眼睛花了,配个老花镜吧。"就这样,母亲才戴上了老花镜。母亲的花镜是老式的,两个镜片圆圆的,开始,母亲觉得虽能看清,可有些不习惯,慢慢地做针线活就离不开了,还说:"这人真有能耐,眼花了还能配镜子,这下做活儿不愁了。"

二十世纪六七十年代,人们的生活很是艰难,我家人口多,生活更困难。父母生下八个儿子和一个女儿,当时,大哥、二哥、三哥已成家另过,姐姐也已参加工作,可母亲的针线活仍是很多,四哥、五哥、六哥、七哥和我,再加父母二人的衣服都是由母亲一人一针一线地缝做,那时候我才十多岁。白天,母亲和父亲一样在田地里劳作,一天三顿饭由母亲做,晚上,母亲拖着她疲惫的身体,戴上老花镜在小油灯下给我们缝补衣服,从来没有休息的时候。母亲是从旧社会过来的人,小脚,干活从来没有落后过,劳动强度那么大,是真正的"铁人"。小油灯下,母亲戴着老花镜,含辛茹苦地做活儿,每一个针脚,饱含着多少母亲的心血啊,那时我小,不知道心疼母亲,现在想起来就非常难过。

一九七一年下半年,我高中毕业了,要到离家很远的寒月林场劳动。那时,百姓的衣服大都是自家做，很少到市场上去买。母亲很要脸儿，老儿子出去工作要穿得体面才好，不仅把家中最好的被褥给了我，还拿节省下来的一点钱到商店买了当时流行的蓝布，在小油灯的陪伴下，戴着她的老花镜，一针一线地给我做衣服。老人家是按中山装样式做的，连做了几个晚上，做好后，我穿起来又合体又好看，给人增添了几分精气神，全家人都很高兴。母亲仍戴着老花镜，对我看了又看，瞧了又瞧，兴奋得掉下眼泪，那情景令我终生难忘。那时，干活儿和休息都穿这一套衣服，我非常爱惜，洗得干干净净。一年后，衣服磨破了，回家后母亲又戴着老花镜，将衣服补好。我穿着这件衣服，人们问我在哪儿买的，我说："这是我娘给我做的。"

　　看着母亲的老花镜，我就觉得母亲就在眼前，老人家的音容笑貌在我心中永不磨灭。我想起唐朝诗人孟郊的《游子吟》："慈母手中线，游子身上衣。临行密密缝，意恐迟迟归。"愈加感觉母亲的老花镜的珍贵和沉重。

　　注：此文发表于二〇一〇年十一月十八日《黑龙江林业报》。

母亲手上的老茧

母亲的一生是艰辛的,劳动一直陪伴着她。从我记事起,她老人家就没有闲下来的时候,手上磨出厚厚的老茧,用她辛勤的汗水将我们养大。

母亲生于一九一六年,封建社会的旧习给她留下了两只小脚,可在劳动中,她没有落在别人的后面,很是刚强。记得我小时候,那是一九五八年"大跃进"时,在山东省巨野县杨官屯老家,人民公社兴起,上级号召要深翻地,母亲就带着我们,到外地去支援外队,吃住在帐蓬里。母亲与年轻人一样参加集体劳动,她握着铁锹,挥汗如雨,照样完成了任务。队里在检查每个人翻地的深度时,还表扬了母亲地翻得好,达到了要求,要知道,小脚女人每挖一锹,付出的辛苦要比大脚男人多得多,握锹的手磨出的茧子厚厚的,手粗糙得很。

一九六〇年,我家从山东巨野迁到东北小兴安岭的明月林场,时值国家困难时期,开荒种地是最大的事。当时外出没有公路,只有小火车道一条路,开荒种地只能在森林小铁道两侧,且路不好走。为了养活我们,母亲常一人扛着斧头和镐头,到荒无人烟的森林边上开荒种地。母亲起早贪黑地劳作,回到家吃饭时手都有些僵硬,手上的老茧磨了一层又一层,形成厚厚的硬茧。母亲外出劳动有时遇到黑熊,就用镐头敲小火车轨道,用响声吓走黑熊,母亲是用生命来换取我们的成长。

一九六四年以后,林场成立了家属生产队,母亲就到生产队参加劳动。生产队的农田大都在离家三四公里远的地方,干农活儿时要沿小火车道步行,小脚的母亲显得很吃力,但她一年四季坚持与大家一起走,咬着牙走,脚痛得很,晚上洗脚时总会发现脚上起了泡,鲜血不时地流出来。第二天,又和大家一样铲地、背地等,从不落在别人后面,母亲手上的老茧也在不断地加厚。尤其使人心酸的是,每到中午吃饭时,母亲都悄悄躲到一边自己吃。这是因为我家穷,带不起干粮,只能吃些煮熟的土豆。现在回想起来,我的眼泪还会流下来。

母亲哺育了我们八个儿子和一个女儿,她老人家手上的老茧,该饱含着怎样的艰辛。今年,我已经六十岁了,六十年里,母亲手上的老茧一直印在我心中,时时呈现在我的眼前。

注:此文发表于二〇一二年十二月二十日《伊春广播电视报》。

慈母的纳鞋锥子

慈母生前经常不离手的是她那把纳鞋锥子,用它来给我们纳鞋底、做鞋帮。她老人家虽然离开我三十七年了,可她那把做鞋用的锥子在我的脑海中始终挥之不去,每当想起,思绪万千。

慈母的那把纳鞋的锥子,长约十公分,锥把是黄铜制作的,前面有个夹针的箍,很是好用。由于母亲常年使用,把它磨得油光锃亮。从我记事起,这把锥子就没有离开过母亲。

一九六〇年,我家从山东巨野县农村老家搬迁到黑龙江带岭林业实验局明月林场,母亲将这把锥子带了来。二十世纪五六十年代,那时人们生活还不富裕,一般人家都是穿自家做的鞋。我家兄弟姐妹九人,加之父母,这十多口人的鞋都是由母亲一人做,所以做鞋的锥子总不离开母亲的手。记得我小时候,母亲一有空,就打袼褙、捻麻绳,为做鞋忙碌着。特别到了晚上,炕上放上桌子,点上小油灯,我们写我们的作业,她纳她的鞋底。母亲总是盘着腿,戴着老花镜,用她那把锥子,一针一线纳鞋底子。母亲年岁大,眼睛花得比较厉害,即使戴着花镜,有时也纫不上针,就让我们帮她。鞋底子较厚,母亲用锥子先锥眼,然后用针引线,每一锥一线,都渗透着她老人家的辛勤和汗水。纳出的鞋底虽然针线密密麻麻,但每行每趟都非常整齐,做出的鞋非常合脚耐用。我清楚地记得,每当针发涩时,她老人家就将针头在自己的头皮上磨一磨,接着纳。有时一只鞋底要纳几个晚上,有时手磨出泡,就用布包上接着纳,实在累了,就停下来歇口气,这情景,我永远都忘不了。母亲做的鞋,都按我们各自的脚量好尺寸,因此很合脚,既结实又美观。特别是做的棉鞋,在严寒的冬天也很暖和。可惜的是,那时我小,不太懂得爱惜母亲做的鞋,在外边经常淘气,因此,鞋穿得很费。母亲也经常告诉我们,走道儿要看路,不要向石头上踢,小心把鞋弄坏了。母亲还说:"你们几个穿鞋还行,不听话的是你二哥,小时候不让他走水泡,他偏向水里走,真是气死人了。"在五年前二哥七十二岁时我向他提起这事,二哥说他小时候只顾淘气,哪懂得母亲的辛苦,想起来深感愧疚,对不起母亲。

二十世纪七十年代初,家里兄弟姐妹中最小的我也参加了工作,哥哥姐姐们早已成家,母亲也六十多岁,我们穿的鞋再也不用她老人家做了。但母亲依然没有闲着,又用她那把锥子,为我们做起了鞋垫。每当子女们来到她的眼前,就检查鞋垫坏了没有,常把做的鞋垫垫在我们的鞋中。这把纳鞋锥子伴随母亲一生。一九七七年,慈母离我们而去,她的那把纳鞋锥子仍然闪烁着光芒,散发着母亲对子女的爱,让子女们走向美好的未来。

现在,我们所穿的鞋都是从市场上买来的,再也看不到自己家做的鞋了,工厂制作的鞋,讲究高档和品牌,折射了时代的进步和生活质量的提高,这也是母亲的希望和期盼。但是每当我穿鞋时,就想起慈母的纳鞋锥子,她老人家辛苦为我们做鞋的情景仿佛就在眼前。这把做鞋锥子就像一面镜子,告诫我们,跟着党走正路,不能让母亲的心血白费,不忘过去,珍惜今日的幸福生活。

慈母的那把纳鞋锥子永驻我的心头。

注:此文发表于二〇一四年三月六日《伊春广播电视报》。

母亲的织布机和纺线车

古人云："一夫不耕，或受之饥；一女不织，或受之寒。"一九六〇年以前，山东农村的百姓们大都是自家纺线织布，用来做衣服和被褥。五十四年前母亲的织布机和纺线车至今我还记得很清楚，她老人家起早贪黑纺线织布的辛苦情景仿佛就在眼前，永生难忘。

旧中国的农村，生产力不发达，大都是吃、穿、用自给自足，一直延续到二十世纪的五六十年代。那种封闭式的小农经济，给农民尤其给农村妇女带来的是无尽无休的艰苦劳作，她们勤劳、善良、节俭的精神在漫长的岁月中体现得淋漓尽致。

我家在一九六〇年以前，始终住在山东省巨野县杨官屯农村。刚八岁的我，把很多事情装入记忆中。

父母养育了我们八个儿子、一个女儿。父亲常年在外教书，家中只有母亲一人支撑，种地、喂牛，还要照顾老人、抚养子女，劳作之苦可想而知。裹着小脚的母亲从来没有闲着的时候，一有空儿，就立刻支起纺线车，将棉花放在身旁，地上铺个垫子坐在上面，一手摇车，一手纺线，胳膊一扬一扬的，从天明纺到天黑。晚饭后，将我们安顿睡下后，她又点着小油灯，继续纺线。半夜我起床方便时，会看见她老人家仍在纺线。当时我们不懂得母亲的辛苦，现在回想起来，母亲的恩情是永远也报答不完的。

从棉花纺成线，再到用线织布，中间有一些较为复杂的工序。我所知道的工序是姐姐告诉我的。她说，母亲纺线还要由小桄线绕成大桄线。大桄线还要浆洗，浆洗过程很繁琐，要把面粉揉搓成末儿，挑出面筋，用水煮开，然后浆洗、晾干。这中间还有其他的工序，我就不知道了。这一整套工序完成后，就可以上织布机织布了。

记得母亲的织布机是用木头制作的，结构很复杂，横七竖八的支架占满了一间房,很是庞大,架设在院里的西屋中,机上的线比蜘蛛网还密。母亲起早贪黑地辛苦织布,伴着母亲织布声入睡的我们,常梦见母亲在叮叮咣咣地织布。我是家中最小的孩子,常跟在母亲身后,看着她老人家纺线织布。母亲常告诉我,不要用手去摸,以免碰断线。就这样,母亲常年累月地纺线织布。每当冬天降临刮起北风的时候,母亲用自己织出的布,昼夜不停,给我们做棉裤,一天一宿可做出五条棉裤。当我们早上起来穿上新做的棉裤时,身体暖烘烘的,心中更是美滋滋的,别提多高兴了。现在回想起来,那时不懂得母亲所付出的辛苦。

我家孩子多,最听话、最体贴母亲的就是姐姐。姐姐大我九岁,七岁时就跟母亲学会了纺线,减轻些母亲的负担。那时,我与四哥、五哥、六哥、七哥还小,小哥儿几个年龄有的只差一二岁,需要人照料。母亲实在太忙了,孩子一时无人看管,她就把我放在怀中,边纺线,边哄我,哄睡了,就放在床上,再把另一个孩子放进怀里,继续纺线。

母亲织出的布,用来给我们做衣服和被褥。母亲只有一个女儿,她还特意把线染上颜色,为姐姐织出花格布。给姐姐做花格布衫和花格棉袄。这是姐姐在父母众多的孩子中享受的唯一的特殊待遇。母亲织的布做成的被褥,盖在身上,实际上没有买的布那样柔软,但是结实耐用。我家来东北后,还继续用着母亲亲手织的布做成的被褥。我长大后才认识到,这被褥都是母亲用心血织成的。

一九六〇年,随着火车的一声长笛,飞转的车轮将我们带到了东北小兴安岭林区。母亲也与她那日夜相守的纺线车和织布机告别了。直到一九七七年母亲病故,她老人家一直也没有回老家看看她的纺线车和织布机,这成了她老人家的遗憾。记得母亲在世时,每当山东老家来了亲人,她总是打听她的纺线车和织布机放在什么地方,是否安全,盼望着有朝一日回山东老家,继续纺线织布。每当想起这些,我心中会感到无限酸楚。

这几十年来,母亲在织布机和纺线车前忙碌的情景常常浮现在我眼前,母亲辛苦劳作的场面和与生活抗争的精神永远留在我的心中。

注:此文发表于二〇一四年七月十七日《伊春广播电视报》。

我的大哥大嫂

我的大哥、大嫂，一生像老黄牛似的，为国、为家默默无闻地贡献了一切，在外人和我们弟弟妹妹心中，形象是高大的。他们善良、奉献、无私的美德永存我的心中。

大哥叫吕厚生，一九三六年生人，大我十七岁。他在林区奋斗了大半生，一九九七年冬天，因车祸不幸离世，过早地离开了我们。大哥容貌像母亲，脾气暴躁像父亲，晚年脾气又温和起来。他心地善良，为人真诚、正直。大哥是新中国一九五五年第一批义务兵，在部队是卫生员。他参军，是我们老家杨官屯全村的光荣。大哥从部队退伍后，回到老家山东省巨野县农村务农。一九六〇年秋天，来到小兴安岭的带岭林业实验局工作，大部分时间在林化厂和木材贮木加工厂锯木车间干活儿，直到退休。大哥在工作上任劳任怨、认真负责，繁重的体力活常累得他汗流浃背。那些年，他经常被评为厂里的劳动模范，木材贮木加工厂的宣传橱窗里常挂有他的照片。大哥还是车间的工组组长，做事一心为国为集体着想，是组织上和工友们信得过的人。大哥善良，心地无私。二十世纪六十年代末，锯木车间发生了一起生产事故。带锯片崩断，飞起的带锯片将一个工人的脖子割断一部分，生命垂危，急需输血。大哥为救工友，不顾自己虚弱的身体，毫不犹豫地献了五百毫升的血。献血后，公家发给他二斤糖，并让他休息几天。那时，由于家庭生活困难，大哥把糖省下给家人用，自己没有吃。他看到厂里任务紧，也没休息，就上班了。从此，繁重的劳动把他身体拖垮了，直到他离世时，身体也没有完全地恢复过来。大哥在部队当过卫生员，一些常见小病会医，邻居和工友们常让他医治。大哥总是尽力而为，从不收取人家一文钱，有时还搭钱。大哥对弟弟妹妹们照顾有加，尤其在学业上，尽其所能，只要弟弟妹妹们愿意上学，他供到底。大哥就是这样的人。

我的大嫂叫王爱清，今年七十五岁，现在和她的儿子吕尊军生活在一起。

大嫂是位可敬可爱的人,更是我们的好嫂子。俗话说,有位好哥哥不如有位好嫂子,真是这样。大嫂娘家在老家的姚桥村,与我家杨官屯相距十多里。大嫂与大哥一九五九年结婚,正是国家困难时期。大嫂心地善良无私,感动了全家人。大嫂与大哥刚订婚时,大嫂给村生产队放羊,公家每天发给她两个窝头,她只吃半个,省下一个半专程赶着羊群送到我家给我们吃,知道我家人多生活困难。母亲说,没过门的大儿媳心眼真好。大嫂甘愿付出、做贡献,不图回报。她最使人感动的是伺候我们兄妹五人长达十多年,为我们完成学业做出了巨大的贡献,这是我永难忘怀的。一九六〇年,全家来到小兴安岭的带岭局后,我与父母住在离林业局址十八公里的明月林场,大哥家住在局址。那时,林场没有小学六年级班,也没有初中学校,四哥吕文祥就住在大哥家上学,直到初中毕业,一住就是四年;五哥吕文魁也是住在大哥家上学四年;姐姐吕爱琴一九六四年从山东来到带岭,上青年学校,有两年时间住在大哥家;我一九六九年秋到一九七一年秋又在大哥家吃住,读了两年高中;我刚走,七哥吕文华从北沟"五七"干校选调出来,到带岭木器厂工作,又吃住在大哥家一年多。在这长达十几年的时间里,大嫂如慈母般地呵护和伺候我们,从未发过脾气。大嫂为保证我们上学上班,起早贪黑,从不误饭时。大嫂有段时间患重病,她为了保证哥哥们按时上学,强忍疼痛,跪着做饭。后来,我们都大了,参加了工作,没有给大嫂什么回报,深感愧疚。可大嫂说:"一家人,我不图什么,是应该做的,只图你们干好工作。"大嫂一生总是默默无闻地为大家庭无私奉献着。一九六一年,母亲和我们兄弟四人吃野菜中毒,住院半年,大嫂省下自己的口粮给我们。等我们出院了,她却因饥饿和劳累落下了病根。记得五哥住院时,因病弄脏了衣服,大嫂不嫌脏,默默地洗干净。大嫂懂礼貌、有孝心,在孝敬老人方面为我们做出了榜样。她对公公婆婆非常孝顺,有活儿主动去干。吃饭时,如老人不伸筷,她决不先吃。老人吃饭后,她又让我们吃,自己最后吃残羹剩饭。我父亲在二十世纪八十年代上半期,患脑血栓病瘫痪,生活不能自理。父亲住在大哥家,大嫂始终护理得非常好,直到老人病故。大嫂身上,闪烁着咱中华民族劳动妇女的优良美德,使人佩服与敬重。

  大哥走得早,使人怀念,健在的大嫂,叫人敬佩。现在每当过年过节,我们都去看望她,从内心祝愿大嫂健康长寿。在我们心中,默默地以大哥、大嫂为榜样,努力为国为家多做贡献。

我的二哥

二哥吕文忠,于二〇一〇年八月十八日病故于带岭,享年七十二岁。遗体火化后,与已故二嫂的骨灰合葬于东山坡上。二哥是在小兴安岭林业上奋斗了五十多年的退休老工人,一生坎坷。他对我们大家庭的贡献是重大的,我非常怀念他。

二哥曾有过辉煌。一九三九年出生于山东巨野县杨官屯老家的二哥,一九五九年支援边疆建设,来到小兴安岭的带岭林业实验局工作。他年轻时是位俊美帅气的小伙儿。工作热情高,虽个头小,但干活儿、办事利落、高效,为人宽宏、大气、热心,乐于助人,脾气温和,外人和家人都愿与他相处。二哥小时候念的书不多,小学毕业就参加了生产队劳动。在山东老家农村合作化的时候,二哥是乡青年队队长,还是共青团组织的宣传委员。在工作与劳动中,冲在前、打头阵,不怕脏和累,为新农村建设做出了突出贡献,组织上和群众对他评价很高。那时,人们的文化程度普遍不高,尤其农村,许多年轻人没有文化,二哥的小学文化,已是鹤立鸡群了。二十世纪五十年代,国家号召人们学文化、学科学,开展了文化扫盲活动。二哥积极响应国家号召,被组织上任命为队里农民文化夜校的副校长。他一面刻苦学文化,一面组织人们学习,常忙到深夜。文化扫盲活动开展得有声有色,成绩突出,成为县、市的先进典型。那时我还小,后来听四哥、五哥对我说,大约在二十世纪五十年代中期左右,在北京召开了农村文化扫盲活动先进集体、先进个人代表大会,二哥代表全县出席了大会,见到了时任共青团中央书记的胡耀邦。大会颁发给二哥一枚奖章、一支钢笔和一本日记本,还有用繁体字印刷的几本书,有《钢铁是怎样炼成的》《水浒传》,还有横版排版的《青春之歌》和《老共青团员》等。二哥能出席这次大会,是全县的光荣,是全家的骄傲,是他人生的一大辉煌。

二哥是小兴安岭林区开发建设的积极实践者。为响应国家号召,二哥毅然走出老家,来到带岭,在森铁运输处担任过团组织的宣传委员,担任过食堂管理员,在商店当过售货员,热心为群众服务。那时候,从山下到山上林场,只有森林小铁路一条路,地处偏远的林场有上百里路。二哥常为山上食堂采购粮、菜、油等给养,从不误事,保证了职工的生产生活所需,深受领导和工人的信任和肯定。平时,他带头学理论,年节为大家义务写春联,并常写报道,把单位中的好人好事写成稿件投到报社,《伊春日报》刊登过他的稿件。

二哥不但为国家做出了贡献,对全家人也做出了重大贡献和牺牲,特别在二十世纪六十年代初的困难时期。二哥来东北后的第二年,我们全家人奔他来到带岭,生活的压力当时由二哥一人承担。因工作需要及家庭人口多、负担重等生活压力,二哥辞去了干部工作,来到森铁线十九公里,为单位开荒种地,保证蔬菜自给自足,同时养家糊口,供五个弟弟上学。那时候,十九公里刚开发,眼前是荒原一片,陋室一所,缺吃少穿,居住拥挤。二哥乐观面对,毫无怨言,起早贪黑地苦干,忙完公家的,再忙自己的。别看二哥个头不高,块头不大,干活儿却是一把好手。劳动中总是他当打头儿的,常被评为先进分子和劳模。为解决烧柴,冬天山上积雪没膝,他总是第一个上山开路。冬天学校放假时,四哥、五哥跟二哥捡烧柴。二哥早上二三点钟起床,人力推石磨为单位做豆腐。五六点钟干完公活后,天不亮,他就拿着锯,拉着爬犁蹚雪上山。七点多钟,家在五里地外的四哥、五哥在山上找到二哥时,他已捡到了烧柴,只见他累得满头是汗,浑身冒热气。

二哥不但能干,而且勇于克服困难。二十世纪六十年代初,粮食不够吃,他是全家主要劳动力,可他带头吃瓜菜代饭,穿戴最简陋,省下吃穿给弟弟妹妹。他找来旧书、旧本子供弟弟上学用。家里冷,冻得住不了人,他经领导批准,把几个弟弟安排到职工大棚里避寒过冬。二哥爱吸烟,没钱买,只好捡人家扔在地里的烟梗,粉碎成丝,吸"自卷牌"的。干活缺工具,借不到时就捡废弃的破工具,修理一下,将就着使。弟弟上学缺钱,他夏秋两季,割野草换钱交学费,硬是不让弟弟们辍学,直到他们完成学业。就这样,终于渡过难关,走上了坦途。

二哥让人怀念的地方有许多,因文章篇幅有限不能详述。但他的形象,不时地在我脑海中浮现,许多优点值得我学习,永存我心。

怀念三哥

二〇一一年夏,七十二岁的三哥因患胃癌,病逝于山东省巨野县老家,我很悲痛。"其人虽已没,千载有余情",这些年来我常想起他,非常怀念他。

三哥一九五八年就参加了工作。一九六〇年,我家从老家搬迁到带岭林业实验局明月林场时,因他当时在县委做通信员工作,便留在了老家,唯独他没有来东北。

三哥是讲原则、求上进的人。父母生前常对我说,三哥从小就有正事,小时候最爱听黄继光等人的英雄事迹,当兵心切。三哥参加工作后,虚心好学、工作认真、踏实肯干,因表现突出,常受组织的表扬,在群众中威信很高。三哥生前常要求兄弟们,要听党的话,不要做错事。一九六一年,三哥如愿参了军。一九六六年加入了中国共产党,连续八年被评为五好战士,当了多年的班长。因他文化低,未能留在部队提干。转业后又回到老家,他先后在县新华书店、县委招待所、县公安局和司法局工作。他事事严格要求自己,办事都按照组织上的要求,从不徇私情,党纪国法时刻牢记心中,一身正气,被周围的人亲切地称为"老班长"。三哥退休后,不但自己洁身自好,还常告诫身边的人,要听党的话,向焦裕禄学习,千万不能搞不正之风。三哥名叫吕厚省,因排行老三,当教师的父亲摘《论语》中"吾日三省吾身"中"三省"二字给他做名。果真如此,三哥继承了黄河儿女齐鲁汉的血性,遵圣典、守大法、继父志、承母教,守党纪国策高于一切的铁律,"三省"就成了他的人生座右铭。所以,三哥一生始终为党为国为民释放正能量,没有做过错事。

三哥是工作踏实,干一行爱一行的人。三哥在县委工作时,对于领导和组织交给的任务,都不折不扣地严格执行。在业务上精益求精,是个工作狂,宁肯不吃饭、不睡觉,也要完成工作任务。天长日久,深得组织上的信任和群众的拥护。由于他表现优秀,当时的县委书记做媒,将全县有名的女劳动模范、铁姑娘队队长、共产党员刘爱玲介绍给三哥。三嫂果然优秀,成为父母的好儿媳,也是我的好嫂子。三哥在部队是特警,练就了一身硬功夫,格斗擒拿不在话下,六层大楼能很快地徒手攀登上去,人称"蝎子倒爬墙",还给军区首长表演过。一九六四年,解放军大比武中,三哥在军区名列前茅,在部队多次立功受奖。转业后,三哥在新华书店工作。他积极响应上级号召,主动送书下乡,深受组织好评和农民的欢迎。在公安局工作时,有一次,县里发生一起命案,一时未破,组织上将三哥调进专案组。他接案后深入群众,注重调查,在勘查现场时,由于有功夫,人们感到惊叹。于是有人传说上边来了高手,客观上给犯罪分子心理以强烈震慑。三哥很快将案子侦破,又立了功。"工作上就要认真,有困难要想办法完成,只有这样,才能为党为国分忧,为民解难。"这是三哥常说的话。

　　三哥是有情有义的人。记得小时候在山东老家时,由于我家人口多,父亲又常年在外地教学,家中一切由母亲一人支撑。三哥见母亲辛苦,就主动帮母亲劳动,照看弟弟们。在兄妹九人中,他干活最多,也最勤快,是父母喜爱的孩子,也是兄弟姐妹最欢迎的人。他在县委工作时,常领我到县城里住几天。

　　一九六九年夏,三哥从老家到黑河公出。完成任务后,请了两天假来到带岭的明月林场,看望父母及家人。在极短的时间内,他还到农田里干农活儿。一九七七年,母亲病重住院期间无药,三哥接到电报后立即买好了药邮来。当他听说母亲病危时,又立即向组织上请假,火速赶到带岭医院,来到母亲身边,与母亲做最后的话别。话刚说完,母亲便离开了我们。二〇一〇年夏,二哥逝世时,三哥不顾自己患重病身体虚弱,又从山东赶到带岭,与二哥做最后的告别。

　　三哥退休后,由于他在县城熟人多,乡亲们常求他办事。凡符合政策的事,他都热情帮忙,不符合政策的事,他也解释清楚,劝说对方不要给国家添麻烦。

　　在日常生活中,他总是把胡同儿的道路打扫得干干净净,遇有雨天,披着雨衣也要把路面填好修好,使大家出行方便。邻居们有难事,他热心帮忙,尽能力去办。大家亲切地称他"活雷锋""模范公民"。他对大家说:"我虽退休,但心还在党。在党一天,就必须为大家做出样子。"由于三哥有情有义,他病故时,乡亲们主动为他办丧事。三哥一生不断反省自己,做一个对党对人民有用的人,有着四十五年党龄的三哥,确实做到了每日"三省",让人敬佩。

三哥病故时,我因病未能回山东老家给他送葬,成了我终生的遗憾。我的好三哥,你永远活在我心中。

注:此文发表于二〇一四年十月二十三日《伊春广播电视报》。

我的姐姐

我的姐姐吕爱琴是个善良的人,虽已近古稀之年,她仍是保持那股热心肠,把困难留给自己,把光和热献给社会和他人。姐姐用行动留下了一串串感人的故事,备受别人尊重。

姐姐热心帮助别人。姐姐退休前是单位的会计,前些年原单位撤销,有位到了退休年龄的女职工要办退休手续,不知找谁,便找到了姐姐。事情复杂,一时难办。可姐姐不怕麻烦,马上放下家中的活儿,为这位女职工找档案、搞调查、下基层、跑机关,忙了好一阵子,给办妥了,感动得这位职工直掉眼泪。还有一件事,看似小事,却充分说明了姐姐的无私情怀。那是一九六五年,姐姐是永兴大队的知青,用年终分红的钱买了一辆永久牌自行车,上下班骑。那年月能有台自行车是不容易的,姐姐的同伴和同事纷纷用这辆车练习骑自行车。等大家学会了,新自行车被摔得狼狈不堪,姐姐只好把车送到修理部修理。修好后,大家还是用这辆自行车练习,可姐姐从没有怨言。

姐姐不仅在社会上受到了称赞和尊重,关心家人的行为更是叫人佩服。姐夫杨久科患病下肢瘫痪,二十多年生活不能自理,常年需要日夜护理。那时,姐姐的三个孩子还小,家中的重担全部落在她的身上。姐姐日夜护理、照料姐夫,把病中的姐夫伺候得干干净净,三个孩子培养得都很出色,左邻右舍都夸姐姐是好样的,姐夫临终前表示对姐姐非常感激。在护理姐夫方面,姐姐二十多年如一日,感动了大家,《伊春日报》前些年还登载了她的事迹,感人至深。姐姐对双方父母非常孝顺,老人们生前都夸她是好样的。同时,姐姐用自身的言行为孩子们做出了表率。

善良的姐姐充满着爱心与耐心。我的二哥在二嫂病故后独自生活,十多年里,姐姐为他洗衣服、做饭、买药,病重时为他擦屎擦尿,感动得二哥泪流满面,直到二哥故去。现在,我的七哥独自生活,需要照顾,又是姐姐亲自为他做饭、料理家务,直到今天仍在尽一位姐姐的义务。

  姐姐对我的帮助更大,终生难忘。父母养育了我们八个儿子和一个女儿,姐姐在三哥和四哥之间。二十世纪五十年代中期,我还小,为给母亲减轻负担,姐姐常看护着四哥、五哥、六哥、七哥和我。为使我不哭不闹,姐姐常背着我,哄着我,手都累肿了生了疮,依然耐心地看护着我们。二十世纪初,由于家庭变故,我从俄罗斯回国后无处住,是姐姐主动将我接到她家住了半年多,解决了我一时的困难。在工作与生活中,姐姐常告诫我要克服缺点,要谦逊谨慎、与人为善,干好工作,保持清醒的头脑。

  姐姐总是不闲着,直到现在还是在忙。给外出的弟弟看家,给外出打工的多个侄儿、侄女交各种基金与费用,帮困难的同事解决问题……

  多年来,姐姐宁可自己吃糠咽菜,也要节省下钱来帮助别人,宁可自己累着,也不给他人添麻烦,他人的困难不解决,她吃不好饭睡不好觉。

  这就是我的姐姐,默默奉献的姐姐,不知疲倦的姐姐,可亲可敬的姐姐,慈眉善目的姐姐,我为有这样的好姐姐感到骄傲和自豪。

  注:此文发表于二〇一三年一月十日《伊春广播电视报》。

姐姐从故乡归来

前些日子,六十六岁的姐姐吕爱琴在其女儿杨秀梅的陪同下,回了山东省巨野县老家一趟。这是她来东北带岭四十六年后唯一一次故乡之行。归来时,我急切地打听家乡的变化,因为我也离开家乡近五十年了。

来东北近半个世纪,姐姐和我与家人时时刻刻都在思念着故乡,想念着仍在山东省巨野县的已退休的三哥吕厚省及亲人们。过去,因为经济不翻身,哪有钱回老家看望,只能思念在心里。从故乡归来的姐姐虽然只走了十几天,可明显看出她的精神状态比走之前好多了。说起家乡的变化,她侃侃而谈,受其感染,我也觉得故乡的变化促使我也年轻了许多。

"老家的人们现在是丰衣足食,而且在生活品位上也讲究了许多……"姐姐兴奋地说。她还说,现在杨官屯完全不见了老样子,昔日的杨官屯离县城很远,如今是城乡相连。土坯房不见了,到处是一座座砖瓦房,房前屋后都种了树,房在绿荫下,远看一片绿,简直就是一幅画。姐姐一席话,不禁使我联想到五十年前家乡闹粮荒的情景。那年月,我们连野菜都吃不饱,饿得面黄肌瘦,整天头发晕。

"巨野县城的变化更是天翻地覆。老城区的样子不见了,过去低矮的房屋完全由高楼大厦代替了,现在的县城是高楼林立、马路宽阔、设施完备,我根本就不认识路了,这变化就像做梦一样……"姐姐很是兴奋,说得滔滔不绝,恨不得一口气将家乡的变化与进步说完。她的脸上泛着喜悦的红光。"如果说老县城的痕迹还有点的话,那就是原屹立在城南的永丰古塔还在。可古塔也变了模样,过去样子残破,现在经过政府的修缮,披上了水泥外衣,各种霓虹灯在夜晚放射出迷人的光彩。"说起县城的变化,姐姐是那么高兴!我的心也像是回到了故乡。姐姐还告诉我,在巨野县城工作的六个侄子、侄女,有四个住进了面积一百平方米的新房子。

"现在,家乡的人们不但物质条件好,精神面貌也好。"姐姐还告诉我,七十岁的三哥虽已退休,却闲不住,总是抽空为街道办些好事,为左邻右舍排忧解难,被群众亲切地称为"活雷锋""模范公民"。姐姐还说了许许多多家乡的变化,就像一支兴奋剂,使我高兴得多少天都难以入眠。

　　姐姐从故乡归来,收获颇丰。家乡的变化折射出祖国的大变化,更促使我也想早日回到老家走一遭。

注:此文发表于二〇〇九年八月十日《林城晚报》。

四哥与五哥

俗话说,一母生九子,九子各不同。我四哥吕文祥与五哥吕文魁有一些相同的方面,也有不一样的地方。相同的是,都在二十世纪六十年代读过中专,不同的是,四哥是学林的,五哥则是学农的;相同的是两人都是干部,直到退休,不同的是,四哥毕业后就从事干部工作,五哥则是毕业后当了一段工人,后转为干部的;相同的是,他俩都有两个孩子,不同的是,四哥有一男一女,五哥则是两个男孩。两人在性格上没有共同点,四哥少言寡语,较沉稳,五哥则爱说爱笑,很活跃。在学习方面,两人的共同点是刻苦认真,成绩很好,不同的是,四哥爱学理科,五哥文科较突出。

四哥与五哥最大的共同点是善良、乐于助人。

四哥一九六四年考入牡丹江林校,毕业时正是"文革"时期,毕业分配按成分论。那时,学生们毕业后大都想回本林业局工作,贫下中农的子弟在分配时能如愿以偿,成分"高"的则必须服从分配。四哥的班级有位同学,与他同是带岭林业实验局的子弟,毕业后想回到当地。但他家的成分"高",不能挑选分配地点,很是发愁。这位同学家庭情况特殊,年迈多病的奶奶需要他来赡养。四哥见他愁眉苦脸,孤助无援,心生怜悯。考虑到自己家中弟兄多,父母身边有人照顾,就主动找到学校,将回本地的分配名额让给了那位同学,自己却被分到外局工作。那位同学对四哥感激不尽,直到今天他们仍保持着深厚的友情。

五哥参加工作后,二十世纪八十年代初又参加全国成人高考,以优异成绩考入伊春市教育学院。在校学习期间,遇突发事件,伤员急需输血,学校动员学生献血。为了救人,五哥不顾自己从小身体就弱的情况,毫不犹豫地献了许多血。伤员得救了,可五哥的身体更弱了。后来五哥对我说:"我们必须救死扶伤,不能只顾自己,这是做人最起码的准则。"我听后,很受感动和教育。

四哥与五哥在工作上实干勤奋、认真努力。

四哥在林场工作时间较长，前期任机械技术员。那时，林场木材生产任务重，采运机械磨损量大，四哥与机械修理工常年累月地战斗在机械修理一线上，起早贪黑地在修理部、山场忙个不停，有时昼夜连续干，保证了木材生产的顺利进行。后来，四哥年岁大了，组织上让他担任会计工作。他虽没有学过会计专业，但他刻苦学习，很勤奋，很快就适应了工作，从未出现过差错。再后来，由于业务精通，他被组织上从林场调入林业局财务科，直到退休，工作得一直很好。四哥干工作和为人处事与世无争，只有默默奉献，很受组织上的信任和群众的拥护。

五哥从市教育学院毕业后，组织上调他到区二中教课，教语文课。他认真备课，用心教学，三年中，他所教的班级在考试中取得很好成绩，他的能力得到了组织上的肯定和同行们的认可。由于五哥耳朵听力有些障碍，后来被调入区计生办工作。他认真学习业务知识，很快就成为业务骨干，常给基层计生员们辅导业务。在本科室的工作上，一人干几个人的活儿，宁肯不吃饭不睡觉，也要把工作保质保量地完成。在一次机关人员精减时，有人想把他精减掉，可科室负责人说："减掉吕文魁，谁来干活儿，他一人干了几个人的工作量，必须保留下来。"五哥用他实干、勤奋的工作态度赢得了组织上的信任和群众的支持。这期间，他还光荣地加入了中国共产党。五哥工作到退居二线的年龄。

四哥与五哥对老人孝顺，值得学习。

一九七四年，居住在明月林场的父母的草房年久失修已不保温，加之老人年岁大需要照顾，在环山林场工作的四哥，就在自家院中新建了一所木刻楞房，将两位老人接了过去，使父母老有所依。一九七七年母亲病故，那时还实行土葬，又是四哥在林场的关怀下给母亲制作了上好的红松棺木。

母亲病故后，父亲患了脑血栓，瘫痪在床。那时，五哥在南列林场工作。五哥见父亲在大哥和二哥家，心中想，不能再让哥哥、嫂嫂们这样辛劳护理。这时，邻居搬走了，他经场领导同意，将房子修缮好，将父亲接了过去。

四哥、五哥对老人的孝顺，为我做出了榜样。

现在，四哥、五哥已退休多年，过着幸福的晚年生活，还时刻不忘为社会做贡献。我相信，他们身上的闪光点定会在子孙身上发场光大。

五嫂笑了

　　这几年,五嫂手头宽裕了,穿戴比以前时髦多了,还住上了儿子给买的楼房。心情好了,脸上的皱纹显得也不那么多了。叫人高兴的是,以前常与五哥吵架的事不见了,生活进入了和谐期,笑容常常挂在她脸上。

　　二十世纪七八十年代,五嫂与五哥家中共四口人,两个儿子上学,五嫂没工作,只靠五哥一人养活一家人。生活的压力令他们喘不过气来,两口子经常吵架,四十左右岁的人,已叫磨难把头发磨白了。人越困难越添事,那时五哥家住在林场,儿子要去林业带岭实验局址所在地读中学,住宿、吃食堂供不起,没办法只得让孩子寄住在大哥家。人有时也能遇到好事。五哥在二十世纪八十年代后期,从伊春教育学院毕业后,从林场调到局里工作,家搬到带岭,两个儿子上中学的难题才解决了。五嫂好歹喘了一口气。两个儿子很努力,也很长脸,于一九九六年和一九九八年先后考上了大学,都要到哈尔滨去读书。五嫂又犯了愁,拿什么供两个孩子上大学?逼着五哥想办法,五哥也没辙。后来,在兄弟和姐姐的帮助下,才没有耽误孩子读大学。孩子们大学毕业后,都在省城工作,工资也不断涨高。五嫂长长舒了一口气,悬了十几年的心总算落了地。衣服能新换一些,也敢稍改善一下生活了。五嫂知道,任务还没有完成,孩子成家是大事,还得攒钱给孩子结婚。当时,五哥家住带岭西山头,五哥、五嫂一起开荒种地,常是闻鸡鸣下地,日落西山还未到家,整日劳作使腰都直不起来。孩子们大了,两个儿子都有了对象,对象都是大学教师,成家时是没有用多少家里的钱,这样的好事真是五嫂没有预料到的。孩子结婚时,把五嫂高兴得不知咋表示,倒是激动得流出了喜悦的泪水。

　　国家飞速发展,五嫂有些感觉到了。但真正让她惊诧和欣喜的,是大儿子与儿媳跑到北京发展去了,还购置了楼房。这还不算,儿子经常出国,在国内待的时间很暂短。五嫂想大儿子,每次大儿子回来都想办法多陪她一会儿。二儿子的住房很宽敞，孙子五六岁了，顽皮可爱。二儿子、儿媳因工作无时间照顾小孩儿，把五哥五嫂接到哈尔滨一起住，便于照看。白天他们将孙子送进幼儿园，晚上负责接回来。都市生活也使五嫂年轻了许多，衣服经常换，黝黑的假发套戴在头上，无事时健身房和保健店经常光顾，常与五哥两人手牵手地街上逛，变成了都市人。

令五嫂乐得合不拢嘴的两件事都发生在前年。一件事是国家实行了林业混岗，知青给开支了，这是五嫂做梦都不敢想，也想不到的喜事。五嫂自一九六六年毕业便在林业行业劳动，营林、农业方面的活儿都干过。却没想到，年近六十，国家给退休金了，从心里感激党和国家，真正感受到腰杆子硬了。二是两个儿子将他们老两口接到北京，登长城、天安门城楼，站在当年毛主席接见红卫兵和阅兵的地方，俯瞰天安门广场，兴奋得五嫂几天都没有睡着觉。

五嫂笑了，她觉得她才是世界上最幸福的人。

注：此文发表于二〇〇九年九月十日《林城晚报》。

怀念夭折的六哥

在我父母眼里，六哥吕文庆是个懂事、爱学、善良的孩子。不幸的是，一九六一年夏，十二岁的他因病夭折，过早地离开了我们。他是我的好哥哥，这些年来我时常想起他。

六哥从小身体就瘦弱。他对父母很孝顺，也很听大人的话。每当父母让我们干活儿时，他都先抢着去干，并干得很好。六哥总是尽力替父母分忧，主动看护我与七哥。小时候我很顽皮，我淘气时，六哥嘱咐我别干让别人讨厌的事。虽然他语气温和，但是在我心里似有股无形的力量在制止我。渐渐地，他在我心中的形象高大起来，我特别敬重他。

六哥虽然身体不好，但很爱学习。每次班级考试，他的成绩总是排在前二名。记得小时候放学后，六哥回到家总是不声不响地先写作业。作业写得很认真，字写得也很工整，他的作业每回都得满分。父母对我说，要向六哥学习，把作业完成好，把学习成绩撵上去。我发现，六哥的课本和作业本总是很整洁，装在书包里有顺序，放在桌上很规整。

六哥虽然身体瘦小，但心地很善良。我最难忘的是一九六〇年初冬，母亲让大哥和二哥买了两顶小孩儿戴的狗皮棉帽，考虑到六哥、七哥两人从小身体就不好，就给他俩戴上了。那时家里穷，刚刚从山东来到东北，父亲仍在山东老家，生活上靠大哥和二哥支撑。那时我刚八岁，不懂事，见他俩有了新棉帽，就吵着闹着向母亲要。但没有钱再买。这时六哥看到了，就主动将他的新棉帽摘下来给我戴上。他宁可自己不戴帽子。现在回想起来，我愧对六哥，心中有一丝难过。

六哥那时虽然只有十二岁，但在许多方面都显示出了他的良好品德。他为我树立了榜样，我深深地怀念他。

一九六一年春，六哥病得已支撑不住了。那时，我家住在明月林场。大哥、二哥背着六哥上了小火车,到带岭医院治病。时间不长就回来了,说医院不给治了,病情已经达到治不了的程度。六哥就躺在炕上。后来,我长大了才知道,六哥患的是肺结核。怪不得六哥经常咳嗽。当时我们国家的医疗水平还治不了晚期肺结核这种病。那天夜里,六哥临咽气之前,他知道自己不行了,就招呼母亲说:"娘,我不行了。我活着的时候没有惹您生气,不愿离开您,可病不行。我走后,您别哭,哭坏了身子咋领我两个弟弟生活……"他说着,母亲的眼泪就止不住流下来,母亲握着六哥的手,颤抖着说:"小六,小六,好孩子,你别走……"六哥微声说:"娘,别哭,别哭……"说着,六哥就咽了气。母亲悲痛到了极点,哭声使我的心都在颤抖。

六哥病故后,葬在明月林场森铁线十八公里路边北侧的落叶松人工林西侧。因未成年,所以也就没有立碑。记得那时候,我与母亲到十九公里种地路过时,母亲到六哥坟前痛哭,我们心中都极其悲痛。后来我长大了,在二十世纪七十年代末八十年代初,我与七哥吕文华还到六哥坟前添土,以示怀念。二〇〇九年七月三十一日,我发表的散文《那片落叶松人工林》中说的林子,也是有寓意的,六哥的坟就在那里。

六哥虽走了半个多世纪,但他的形象时不时地在我眼前浮现。

憨实的七哥

父母生养了我们八个儿子、一个女儿。大我一岁的、身材瘦小的、一只眼睛残疾的七哥吕文华,已退休两年了,独自生活。平日里常拿着小板凳,在十字街工商银行大门口的雨搭下闲坐。每当我看到他时,便心生怜悯。他为人善良、工作踏实,虽默默无闻,但在我心中,他的形象却是很高大的。

从小身体弱的七哥,一九六九年秋初中毕业就到区"五七"干校参加了工作。领导看他瘦小体弱,就分配他喂马。七哥是个实在人,见领导信任他,就下定决心把马喂好。喂马是个辛苦的活儿,不分昼夜,时刻都不能耽误。那时干校马匹多,七哥就像伺候婴儿一样,精心饲养。他把马料配方学到手,每次喂马都把马料搅拌得非常均匀,把草料中马不能吃的东西挑净,不管白天黑夜,从不误时。因他的精心和勤劳,马长得膘肥体壮,干起活儿来就有劲儿。领导常在群众大会上表扬七哥,说他有责任心、工作踏实。七哥那时就加入了共青团。

二十世纪七十年代,七哥到了木器厂工作,工种是机械锉锯工。组织上见他工作踏实,有上进心,还让他兼任厂的团支部书记。为了干好工作,做出表率,他事事严格要求自己,件件工作干在前。一次,木器厂建厂房,在盖房顶时,由于房脊陡板滑,七哥不小心从房脊摔下来,把腰摔伤。弱小的他,伤还没好就忍痛上班了,至今他的腰伤有时还犯。

二十世纪九十年代初,七哥又二次受公伤。在一次锉锯工作中,运行的机械突然被一个东西卡住了。因任务紧,为了赶活儿,七哥没有拉闸停机,而是用手指去顶掉那个卡住机械的东西,东西虽然被他顶掉了,可快速的机器却把他的一只手指切掉了。我到医院去看他,见他疼痛难忍的样子,我流泪了,心疼得不得了。他说,为了赶任务没停机,看来安全操作时刻都不能忽视。

七哥为人实在、善良,从不藏心眼,不管在哪里都是这样。谁有困难他都倾力相助,达到了"憨"的程度。单位有个人一时困难,七哥借给人家数量不少的钱,那个人至今不还,几十年过去了,七哥从未向人家索要过。像这样的事,有过几次。他说人都有困难的时候,帮就帮了,不要计较那些事。可七哥家的生活也很困难。他人虽瘦小,心胸却是很宽广的。

七哥在外是个憨实的人,在家也是个孝顺的儿子。二十世纪六十年代,我们正在上小学和初中,家中生活极其困难,往往几个月吃不到肉。为了让父母身体好些,七哥常到小河边钓鱼,每次能收获一二十条小柳根鱼。回到家中,将鱼收拾好,用葱花、油、盐调好味,用锅蒸熟,鲜美可口,给父亲吃。一九七七年夏,母亲患肝癌住院治疗。听人说小活鱼能治母亲的病,七哥二话没说,立刻到已涨水的河中,不顾危险,抓回小活鱼,给母亲吃。

记得我小时候好逞强,七哥遇事从不与我争,处处让着我,呵护我,现在回想起来,觉得很对不起他。

七哥用他的憨实、善良,在工作与生活中给我做出了榜样,我越来越敬重他。

憨实的七哥,八弟祝您健康长寿。

注:此文发表于二〇一四年九月四日《伊春广播电视报》。

楷模张子良

二十世纪六十年代初，我还小，听大人们说，张子良是党的好干部，清正廉洁、艰苦奋斗、一心为民。长大后，才知道较为详细的情况，从心里感到张子良是群众信赖的好干部，是我们学习的好榜样。

张子良（一九〇五年至一九七二年），党的高级干部、老红军、模范共产党员、带岭林业实验局老党委书记。他一九三四年参加革命，一九三七年加入中国共产党，在延安时，担任过中央党校总务处副处长、党中央办公厅供给处长，还在毛泽东同志身边工作多年。他两次获得毛泽东和陕甘宁边区政府授予的特等劳动模范称号。解放后，又在全国群英会上获得模范工作者等荣誉称号。

一九三六年秋天，周恩来同志在延安招待国际友人埃德加·斯诺时所吃的菜，是张子良用自己刚刚发的新单裤从老百姓那里换来的。一九三九年九月，党的七大房舍是张子良指挥建设的。一九四二年修建中共七大会址和中央礼堂时，张子良负责监修和管理，费用支出分毫不差，而且还节省了许多钱。他的廉洁奉公之心、光明磊落之德、精打细算之脑，受到了毛泽东、刘少奇、周恩来、朱德等中央领导同志的称赞。

张子良是东北国有林区的开拓者。他一九四八年任合江省林务局副局长，一九五〇年九月，任伊春森林工业管理局局长。这时期，他深入伐木现场，在美溪林务所的山上，同工人一起研究解决森林资源浪费问题，把伐根降到零高度，控制树倒方向和捡拾"梢头木"，并将此经验推广到整个东北林区，给国家节约了大量的木材。一九五四年，张子良调任中央林业部木材生产局局长。一九五六年，他担任中央林业部部长助理，大部分时间都是在东北及内蒙古的林区度过的，终日忙于搞调研、指挥生产。

张子良是带岭林区杰出的领导。一九五八年，他响应党的干部下放充实基层,参加劳动联系群众的号召,第一个主动申请下放,来到带岭,任中央林业部带岭林业实验局、东北林学院带岭分院的党委书记,兼任东北林学院副院长。来到带岭后,对营林生产怎么搞、走哪条路的问题,张子良深入实际,经过考察和摸索,决定走人工丰产林的道路,得到中央林业部和黑龙江省委的认可和支持。一九五八年六月,黑龙江省委向全省林业工作者发出了《走带岭人工丰产林的道路》的号召,《黑龙江日报》发表了社论。张子良担任东北林学院带岭分院党委书记期间,制定了以"育人、育林、出经验"为主的办学方针。一九六二年,面对小兴安岭几个林业局的过量采伐状况,他提出了新主张:组成一个林农工学商并存,林农牧副渔并举,以林为主,全面发展的林区小社会。可实现"越采越多,越采越好,青山常在,永续利用"的林区建设方式。张子良因其行动和主张,被苏联专家称为"最诚实的中国干部""中国的林业专家"。在张子良的领导下,带岭成为全国营林战线上的一面旗帜。

张子良心中无私,是群众拥护和佩服的人。一九五二年以前,东北的工资实行工分制,但他只收应得的四分之一。一九五二年工资改革后,他被定为行政八级干部,月工资为二百七十元,可他只领一百五十元。一九五四年调到中央林业部时,张子良的账面积攒了两千多元钱。他将这些钱全部捐给了总局机关托儿所。到中央林业部后,他仍坚持每月只拿一百五十元工资,四年中又积攒了五千多元钱,一九五八年他调走时,用这笔钱为林业部机关修了一个运动场。在他的一百五十元的工资中,五十元是家庭生活费,二十元抚养孤儿,其余作为自己公出、招待的费用。他公出从不坐卧铺,不报旅差费。来到带岭后,仍是这样。一九六〇年困难时期,张子良又将老伴辛苦喂养的肥猪全部无偿捐给了职工食堂。

张子良时刻不脱离群众,是群众的贴心人。他在带岭工作时期,广大群众经常见他出现在林场、劳动在山场、活动在群众中。白天,他与工人一样劳动;晚上,他与工人一起睡在工棚,与群众促膝谈心,了解群众的生活和生产情况;吃饭时,他与工人一同在食堂排队买饭。他始终坚持与工人们同吃、同住、同劳动,从不搞特殊。一次,张子良到北列林场蹲点,当时副食供应不足,炊事员给他做了点葱花黄豆汤。他知道工人们十多天没吃菜了,便把汤分给了大家。当时正是隆冬时节,他与工人们住在一起。夜里怕工人们冷,便给大家烧炉子、烤绑腿、烘鞋袜。

张子良一九六二年六月在工作中突发中风,病情稍有好转,就又到林场、学校、苗圃指导工作,每天都拄着拐棍。一九六四年八月,他的病情加重,但只要能行动,仍会出现在群众之中和工作岗位上。一九六六年,"文革"开始了,在哈尔滨家中卧床养病的张子良没有逃过厄运。这时他已失语了,仍被造反派揪回带岭批斗。我看见个别人还打了他的头,很是心痛。一九七二年四月三日,张子良在痛苦中与世长辞。一九七八年十二月九日,黑龙江省委、省林业总局、伊春市委、带岭林业实验局、带岭林业干部学校党委在带岭举行追悼会,为其平反昭雪,恢复名誉。

　　一代楷模走了,虽然四十多年过去了,但在带岭人民心中,张子良仍然活着。人们知道,无论在战争年代,还是在和平时期,他都经受住了考验,一贯保持着共产党人的高贵品质和先锋作用。他不计报酬、无私奉献;他胸怀坦荡,把一生献给党和人民;他追求真理,讲求实效,不哗众取宠,不好大喜功;他探索真理,不折不挠;他不给自己谋私利,也不给子女和亲属任何特殊待遇。然而,他却把所有的爱献给了林区,把所有的关怀留给了林区群众。他艰苦奋斗、廉洁奉公的精神,已在带岭乃至整个伊春林区深深扎下了根,他成为人们学习的楷模。

　　注:此文发表于二〇一四年七月一日《林城晚报》,二〇一五年《伊春社会科学》。张子良同志纪念馆已于二〇一六年四月三日在带岭开工建设。

一位老工人的回忆

敬爱的老书记、模范共产党员张子良同志虽然逝去三十九年了,可他永远活在带岭林区人民的心中。张子良同志在带岭工作十余年,为党为人民做的好事永远也说不完。退休多年的老工人李坤,用他的亲身经历向我们述说了张子良鲜为人知的动人事迹。在平凡的工作中,我们看到了张子良同志伟大的品质和高尚的人格。

不搞特殊

一九五七年,李坤还是个年轻小伙儿,在带岭林业实验局明月林场当木材检尺队队长。那年开春,正在明月林场巴彦沟生产作业,老领导张子良来到这里。巴彦沟距明月林场十七里地,不通小火车,张子良是徒步来的。白天,张子良走遍了生产作业的每个现场,晚上与工人们住在工棚里,吃饭时与工人一样,在食堂排队买饭,不认识的人还以为他是个干活儿的老工人。林场主任李智见张子良年岁大,有时还与工人一样干活儿,怕他身体吃不消,就派李坤到河里抓鱼。李坤年轻勤快,很快就准备妥当,第二天就抓到了两条重一斤的细鳞鱼,送到食堂给张子良做好菜。晚上吃饭时端给张子良用,可他说什么也不吃,对场领导说:"工人干一天活儿非常累,不容易,我们应多关心他们,给工人吃吧。"可工人们见老领导不吃,他们也舍不得吃。这做好的菜放了两天,怕坏了,最后,工人们与张子良一起吃了,大家很高兴。

晚饭后,在工棚里,张子良给工人们讲红军长征的故事,讲延安军民艰苦奋斗的事迹。其中,讲到有一年过春节,红军是喝糊粥过的。可这时林业工人的生活比延安强多了,这大大地鼓舞了工人的干劲儿。当张子良离开巴彦沟时,领导让李坤赶马车送他。张子良硬是不让,说这是搞特殊,还影响生产,最后,自己走到明月林场的。

问题解决在林场

一九六一年入冬到一九六二年开春,李坤在带岭局北列林场采伐三段当集材拖拉机助手。那时,公家发的棉大衣质量差,他一冬穿坏七件,露出了棉花和纸。棉手套不到一天就缩到手腕以下,不能用了,冻得不得了。有一天,老领导张子良领着林业局的生产科长、物资供应科科长等部门负责人,深入各山场作业点,遇到问题就地解决,实行现场办公。来到北列林场三段,张子良临时将工人集中到一起,询问工人们在工作生活上有啥问题和困难,提出来给予解决。李坤就当着大家的面,把棉大衣、棉手套质量差的问题提了出来,当时就把棉大衣、棉手套拿给大家看。张子良对劳动保护工作服质量差的情况非常生气,当时就批评了物资供应科的领导,立即指示回去整改。此事过去约十天,质量合格的棉大衣、棉手套就发到了工人们手中。

这天,张子良还检查了作业现场,发现有丢失小径木的情况,很是生气。他向大家说,我们的国家森林不多,树木得几十年才长十几公分粗,丢了可惜,将来木材少了,伐每棵树都得经过森调队人员的挂号。他说着,就扛起一根小径木下了山。这事对大家的教育很深刻,丢失小径木现象从此改变了。四十多年过去了,老领导说的伐树挂号的事真应验了,可见张子良是有远见卓识的,至今令林区人民难忘。

为工人解决困难

一九六〇年一月十二日,李坤的爱人宋庆霞生了两个男孩儿。但产妇大出血,生命垂危,住进了带岭职工医院。张子良听说后,立即到医院看望。他叮嘱医生,一定要尽力抢救、治疗,尽最大努力保住大人和孩子。他问李坤家有什么困难,李坤说,奶水不够吃。因当时是供应制,买奶粉困难。张子良当即就给李坤写了特批条子,以后按期到局商业科食品店购买,这才保住了两个孩子。

老工人李坤现在过着幸福的晚年生活,他经常向人们讲述张子良的感人事迹。他要求子女们,做人要做张子良式的人,做官要做张子良式的共产党的官,心中要永远装着党和国家,装着老百姓。

注:此文与杨秀梅联名发表于二〇一一年五月十六日《黑龙江林业报》,并获该报二〇一一年度副刊二等奖。

张子良二三事

党的好干部、老红军、模范共产党员、带岭局老党委书记张子良,在带岭工作十年,深受人民群众的敬佩。他清政廉洁、艰苦奋斗的事迹广泛传颂。前不久,当年曾做过他的警卫,从区(局)领导岗位上退下来的魏福同志,向我讲述了张子良的几个故事。我们看到了张子良同志胸怀坦荡、廉洁奉公、勤俭节约、一心为民的精神,他为我们树立了心中的一面旗帜。

故事一:不搞特殊。一九六二年的一天,时任带岭林业实验局党委书记、东北林学院带岭分院党委书记、东北林学院副院长的张子良到牡丹江地区一个林业局开会。带岭林业实验局副书记邱树臣,派在区(局)公安局负责警卫工作的干警魏福负责警卫。因张子良外出反对工作人员陪同,魏福只能在暗中保护。张子良出门从不坐卧铺,买了一张硬座票上了车。上车后,魏福向乘警说明了情况,乘警请张子良到卧铺车厢休息。张子良婉言谢绝,与旅客一起唠嗑,了解他们的生活与工作情况。乘警事先给牡丹江车站挂了电话,车到牡丹江时,车站已准备好了饭菜,招待张子良。这时,魏福出现了,张子良谢绝了车站为其准备的饭菜,而是自己掏钱买了两碗面条,与魏福一人一碗,并对魏福说:"我们共产党人,在任何时候都不能搞特殊,一刻也不能脱离群众。另外,没人害我,我不需要警卫,你回去吧。告诉林业局,今后我出门,不许再派人警卫。"五十二年过去了,这事魏福仍牢记在心,深受感动。

故事二:心装群众。张子良一刻也不脱离群众,心中始终装着国家和百姓。二十世纪六十年代的一天,魏福同张子良乘小火车到带岭北沟各林场检查工作。每到一个场,张子良便与工人打成一片,晚上就在工人住的大棚里与大家睡在一起,了解工人的生活与工作情况,询问存在的问题和困难,向群众请教提高工作效率和质量的办法。工人们见老书记没架子,都愿意向他掏出心里话。一九六三年秋的一天,他们来到北列林场(今朝阳村),下车后步行六里多路到山场。那时,那里正搞J-50集材拖拉机生产试验,张子良向工人及技术人员了解了试验情况,又向工人们询问了生产进度。魏福看到,工人们与张子良就像一家人那样亲热,毫不掩饰地把一切实际情况都说了出来,张子良非常高兴。张子良还检查了职工食堂的菜窖,发现大白菜晚入窖了几天,有的冻烂了。他严厉地批评了林场领导,没有把群众吃菜问题放在心上,是失职行为,要求立即整改,保证职工冬季吃菜。他心中,始终把群众放在第一位。那次,张子良与魏福在北列林场住了两天,临走时,张子良拿出二十元钱,让魏福给食堂交伙食费。食堂按实际发生额收了七元钱,找回十三元。见找回了钱,张子良生气了,说都应交给食堂,为此,还把魏福批评了一顿。张子良的无私胸怀可亲可敬,他永远是我们学习的榜样。

　　故事三:病中不忘工作。一九六三年秋,张子良患脑血栓住进了哈尔滨的医院。魏福去看他,临走时,张子良的老伴让其捎去自己家种的玉米十多穗。到哈尔滨后,张子良见魏福拿来玉米,问玉米是谁的,当他知道是自己家种的后,便让护士煮熟,分给护士们吃了。张子良向魏福了解了局里的生产情况,他将每个林场,甚至每个生产段的情况都问到了。山场的作业条件,张子良都掌握得十分清楚,魏福感到惊讶,老书记对生产情况真是知道得全面、细致。最后,张子良让魏福早点回林业局,不要再来看他,并且要转告林业局负责人,要抓好全局各方面工作,完成好生产任务,特别要抓好群众的生活和安全生产。张子良还提出了几项具体措施,要求落实好。他心中始终惦念着全局工作,表现出了一心为公的优秀品质。

　　张子良廉洁奉公、艰苦奋斗是出了名的。有一次,魏福陪同张子良到哈尔滨开会。会场工作人员不认识张子良,见他穿得与百姓无区别,以为是老百姓,便挡住门口不让进。见此情形,魏福上前进行解释,并拿出工作证,说这位是张子良书记。一听说此人是张子良,又检查了工作证,这才让张子良进了会场。工作人员早听说了张子良的先进事迹,但不认识其人。

　　张子良的事迹在带岭的广大干部群众中广为传颂,在实现中华民族伟大复兴的今天,需要千千万万个张子良式的好党员、好干部。

　　注:此文发表于二○一四年五月十三日《伊春日报》,二○一四年五月一日《伊春广播电视报》。

那片落叶松人工林

带岭有片著名的落叶松人工林。

据老工人说,那片落叶松人工林是二十世纪五十年代末,带岭林业实验局老党委书记张子良亲自带领工人和家属栽植的。近五十年来,我几乎年年去看它,每棵树都长得笔直挺拔,让人感觉这片林子给人一种希望和启示,影响了我的一生。

一九六〇年夏天,我家从山东省迁移到带岭林业实验局明月林场,住在老森铁十七公里处,二哥家住在十九公里。那片落叶松人工林就在十八公里紧挨路边北侧,面积有五六公顷,来回走路都会经过那里。刚来东北小兴安岭,这里到处是苍翠覆盖着的重重山峰,放眼望去全是森林,是绿色的天下。那时还小,以为所有树木都是自然生长的,不懂得人还能种树。那个时候,每当我路过这片林子,看到树高都在一人左右,便觉得奇怪,怎么这些小树长得一样高,左看成行,右看成趟,天生的树怎么长得这样整齐?后来长大了,才知道这是人工造的林。那是我第一次看到的落叶松人工林。一九六四年以后,林场工人在这片林子的北边和东侧都造上了落叶松,一直延续到北山上。林场其他地方的人工落叶松林子也渐渐地多了起来,随着时间的推移,人工林也慢慢地都长成了。

二十世纪六十年代末七十年代初,我读高中时,学校组织我们到老北列林场进行春季造林。来回又经过那片落叶松人工林,只见林子长得已经与路边的电线杆一样高了。心中感到欣喜,心想,我们在北列林场造的林什么时候也能长这么大呢?有些心急。

参加工作后,单位在寒月林场,来回又路过那片让我牵挂的林子。看到林子又长大长高了许多,每棵树都像个好小伙儿竖在那里,惹人喜爱。我很是高兴,盼望着这些树早日成材。工作中,我干的活儿是营林。为造好林,我清过采伐迹地,搂过带,刨过穴;造林时,我把过锹,植过苗;为树苗生长得更好,我打过抚育草,透过光,透过枝,间伐;为树苗安全生长,我撒过鼠药,捉过松毛虫,喷过药剂。究竟干了多少营林活儿,也无法统计,心中就是希望自己过手的人工林都像十八公里那片落叶松那样长势喜人,那该有多好啊!干起活来我非常地认真。

二十世纪九十年代,我曾在环山林场任场长,经过十八公里那片落叶松人工林无数次。每次路过,我的眼睛都注视着这片林子,恨不得每棵树都检查一遍,盼望着它们快长大长高,祈祷这片林子平安,好像这些树木比我的生命还重要。在单位,林场老营林技术员实行平斜式造林法。就是在刚开春解冻时顶浆造林,在穴中刨个猪槽子坑,将苗根平斜放入踏实。经过多年实践证明,这种造林法成活率与保存率都极高,只不过没有经过专家鉴定罢了。在技术员征求我的意见时,我坚定地支持了他们。那些年,环山林场造林成活率和三年保存率相当高啊!在我心中,希望所有人工林都像十八公里人工落叶松林一样茁壮成长。

五十年时间快过去了,带岭局的人工林早已漫山遍野,在阳光下,长势喜人。早年的人工林有的已经进行间伐和轮伐,十八公里那片落叶松人工林都已成材了,棵棵树像威武的战士依然守卫着那片土地。我知道这片林中流有张子良的汗水,我更知道,这片林子永远是人工林的榜样,在引导着后人走人工丰产林道路!

注:此文发表于二○○九年七月三十一日《黑龙江林业报》。

我是话剧《张子良》原创者

二〇一五年四月二十一日晚,在带岭区文体中心会场,多场次话剧《人民的好儿子——张子良》进行了首场演出。我作为该剧顾问,被安排在观众席靠前位置的正中,怀着激动的心情观看了这场演出。

该剧由中共伊春市委宣传部、伊春市文化广电新闻出版局主办,由黑龙江林业文工团有限公司演出。总监制王雪梅、范庆华,总策划张志麟、高伟东、刘子军,艺术总监张建国,编剧刘英姿,导演蔡晶,舞美设计杨丽娟、丁岩,顾问魏福、刘奇、吕文俊。历史资料提供者为带岭区委宣传部、带岭区老促会、带岭区资源馆。

演出会场座无虚席,剧情动人,紧紧扣着观众的心弦。演出结束后,赢得了观众一阵一阵热烈的掌声。

张子良(一九〇五年至一九七二年)是老红军、全国模范共产党员、延安时期的特等劳动模范,曾任党中央办公厅供给处处长,在毛泽东主席身边工作多年。一九五八年,他主动要求下放,从林业部部长助理位置退下来,到带岭林区任党委书记。他在带岭工作十余年,一贯保持着共产党人的高贵品质和先锋作用,廉政为民、联系群众、艰苦朴素,有着崇高的威信。他虽逝世四十多年,但林区人民仍深深怀念他,赞美他。他是林区人民心中永恒的丰碑。

我为与话剧《张子良》结缘而高兴,备感荣幸。

二〇〇九年,时任中共伊春市委宣传部部长的华景伟提议,要带岭提供资料,创作一场张子良事迹的话剧。时任中共带岭区委宣传部部长的黄有林找到刘奇同志,让她来完成。刘奇创作了一段时间,拿出了自己的意见。这年的六月二十日左右,黄有林召集各方人士,在带岭林业实验局机关小会议室召开座谈会,征求意见。我参加了这次会议。会上,一些同志提出意见,感到刘奇的创作不成功,刘奇感到尴尬且压力大。这是由于她年轻,阅历浅,没有从事过林业工作和不懂话剧写作的缘故。会后,刘奇主动找到我,提出合作创作这部话剧,我愉快地接受了邀请。

我在林区工作多年,熟知林业工作,加之我对张子良同志的敬仰,怀着负责的精神,查阅收集了许多关于张子良的资料,几个通宵不睡觉,连续奋战,终于于二〇〇九年六月二十六日创作出话剧《张子良》。此剧分五幕,序幕:人民公仆,由讲解员向少先队员介绍张子良同志的生平和主要事迹。第一幕:艰苦创业,主要写张子良在林区艰苦创业,与工人同甘共苦的事迹。第二幕:执政为民,主要写张子良同志清廉无私的事迹。第三幕:走人工丰产林道路,主要写张子良如何带领林业工人搞好营林;第四幕:惜木如金,主要写张子良同志与林业采伐工人节约森林资源的事迹。我写好后,交与刘奇录入电脑。刘奇接稿后,又进行了字句的个别修改。然后,我们联名上报给带岭区委宣传部。二〇一四年五月,我们又对该剧原稿进行了修改,再次报给区委宣传部,区委宣传部又上报给市委宣传部和有关部门。

对于话剧《张子良》,市长高环同志很重视,要求排演。我听说后感到非常欣慰。最后演出的话剧《张子良》,吸入许多我的原创内容,市里改编得很好,演出基本达到了预期效果。但也有我不满意的地方,比如"走人工丰产林道路",演员们竟说成"人工丰林",不准确、不完整,这在林业行家面前是通不过的,可能是编剧不懂业务所致。另外,该剧切入点有的地方没有找准。当时,张子良月工资二百七十元,他只要一百五十元,其余一百二十元交公。这一百五十元包括他全家生活费五十元,抚养两个孤儿二十元,剩余八十元用作公出开会、招待上级来客等用,所以张子良从不报销差旅费和招待费。并且他全家每月五十元的生活费中还包括供儿子上大学的费用。这样好的干部现在极少,对当前的廉政教育是极好的教材,在演出中应放大深入些,更能很好地教育群众,尤其是各级干部。这些建议,望演出单位采纳一下为好。

话剧《人民的好儿子——张子良》终于与观众见面了,我为它的演出感到高兴,更为与它有缘而自豪。

解放战争时期张学第在带岭

张学第(一九一一年十一月二十九日至一九七五年九月二十一日),一九三八年参加革命,是伊春林区开发建设的代表性人物,是中国共产党派往林区的第一位领导干部。八路军出身的张学第在伊春的工作经历带有浓厚的传奇色彩,也有着惊心动魄的故事,他生前的最高职务是伊春林管局副局长。张学第解放战争时期(一九四六年四月至一九四九年三月)在带岭林区任林务局长。他团结广大群众斗恶霸、战土匪,恢复和发展木材生产,在人们心中树立起了共产党人的伟大形象,成为小兴安岭一座不朽的丰碑。

巧摆地雷阵吓跑"占东洋"

一九四六年四月,老八路张学第受中共合江省委指派,到带岭任首任林务分局局长。当时的带岭生产停滞,政治混乱,内有伪满警察特务、汉奸把头、劣绅豪强结成的维持会把持地方政权,外有土匪作乱,烧杀抢夺。以张学第为代表的新生政权,与这些和国民党勾结的反动派进行了一场殊死较量。

是年秋,一封土匪送来的恐吓信,摆在张学第的办公桌上。信上说要带岭林务分局马上拿出三十万万旧币(相当于现在三十万元人民币)交给来人,否则就要打进带岭,烧掉火锯厂,砍下局长人头,落款是"占东洋"。张学第读罢,怒不可遏,"嘭"的一声将拳头砸在桌子上,大声吼道:"要钱没有,要命一条,有种的就过来。"随即将那封信撕得粉碎。片刻,警卫战士进来报告,带岭村杨村长领人求见。张学第想,来得真快! 于是说了声"有请!"立即做好了迎接不速之客的准备。

紧接着,只见杨村长推门进来,皮笑肉不笑地把一个满脸横肉的彪形大汉引见给张学第。这个家伙也不客气,开门见山:"你就是张局长吧? 信,想必你收到了? 兄弟受当家的委托,给阁下带来件小礼物。弟兄们吧,随后就到!"说着，这个狂妄又不知死的土匪径直走到办公桌前，把手里的一个小布包"叭"地一下子摔到局长的桌子上，两颗锃亮的手枪子弹从里面滑落出来。身经百战的老八路张学第哪吃这一套，说时迟，那时快，他左手拉开抽屉，抓起里面的一颗手榴弹，右手迅速地掏出子弹早已上膛的手枪，对准土匪高声断喝："不许动！动一动就打死你！"这个土匪被张学第震住了，等他明白过来，伸手掏枪时，早被从背后冲上来的警卫员一脚踹倒，缴了枪，人被结结实实地捆了起来。张学第大声命令："拉出去毙了！"事后，张学第更加提高了警惕。为防止土匪报复，扩充了警卫队，又建起民兵队伍。从此，新生的带岭人民政权开始有了五十多人的武装，但这支力量比起猖獗的土匪，仍然是敌众我寡。为了克敌制胜，张学第想出了一条妙计。

当年八月十三日，天还没亮，分局警卫队就把一颗"大地雷"悄悄地埋到西山日本神社的混凝土底座下面，故意在天亮时往外接导火线，自然引来许多群众前来围观。警卫队把这些人请到三百多米外，告诉大家说："我们要进行新式地雷试验，请大家注意安全。"不大一会儿，导火线点燃，"地雷"爆炸，十多米见方的日本神社混凝土底座在一声巨响中被炸得粉碎，飞上天空的石块落到了百米之外。

随后，分局又贴出布告，上写："警卫队近日要在西山试验九响连环雷，请居民注意安全，暂时不要到那里去。"果然，不几日，西山方向烟尘飞扬，传来阵阵巨响。有好事者前去观看，那里果然炸出了十几个大坑，树木的枝叶被炸得满山坡都是。消息不胫而走，人们纷纷传言："林务分局的地雷可真厉害呀！"更有人添枝加叶："那还算厉害！新式更厉害的还没拿出来呢！"接着，村内又贴出林务分局的布告，上面写道："居民夜间行走，请勿靠近林务分局，以免踩响地雷。"同时，林务分局又组织警卫部队、民兵和工人排成长长的队伍，在朦胧的夜色中，从村东面进入林务分局，从村西面出来，绕了半圈，又从东面进去，西面出来。第二天，村上又传开了："昨天夜里，合江省军区给带岭派来一个营，还发了好几挺机枪，在林务分局院里埋了好些地雷，比神社的那个还厉害呢。"

早就有人把这些消息传到土匪的耳朵里。"占东洋"等众匪一见这个张学第不好惹，带岭林务分局不可欺。于是，三十六计走为上，其他土匪也闻风而逃，再也不敢到带岭骚扰了。

其实，我军初建，哪里有什么地雷。炸日本神社的那颗，是警卫战士从日本炮楼里捡来的炸弹，而西山连环爆炸的是几个捆在一起的手榴弹。张学第以革命者的大智大勇巧摆地雷阵,吓跑"占东洋"等外强中干的土匪,保证了一方平安,为壮大我党我军力量,彻底剿灭这些土匪赢得了宝贵时间。

斗垮封建把头

一九四六年五月,为了早日恢复木材生产,保证军需民用,张学第团结广大工人,同封建把头进行了坚决的斗争。当时,带岭的社会很不安定。一些林业把头控制着带岭的木材生产,他们与土匪暗中勾结,狼狈为奸。其中最为嚣张的有两个人:一个是带岭火锯厂的把头李小手,他除用包工的方式盘剥工人外,还在每个工组吃好汉股。另一个是时任带岭林务分局副局长的李序卿,伪满时期他曾在营林署混过几年,后来又当上了鸦片专卖所所长,光复后又借缺人之机,毛遂自荐,当上了副局长。他在任期间拉帮结伙,营私舞弊,甘愿拜倒在李小手的脚下,与林业把头同流合污,继续盘剥、压迫工人。

张学第到带岭时,这里的林业生产已经停顿,职工已几个月领不到工资,很多人家断了烟火。为解决燃眉之急,张学第带人到佳木斯,从省里要来四袋小米作为应急之需。职工们都满意地说:"到底是老八路呀!真给咱们办实事。"然而,这件事却震慑了李小手和李序卿。李序卿惧怕张学第大刀阔斧地干起来搞到自己头上,李小手则担心张学第挡住自己发财的路。于是,他们便和敌伪残余分子勾结,同张学第展开了对抗。起初他们软硬兼施,想逼走张学第。后来,又不择手段地加害张学第。李小手以开"穷棒会"揭发伪村长罪恶为名,诓骗张学第赴会,企图趁机绑架。接着,又想用重金收买警卫人员,伺机暗杀。但张学第临危不惧,靠着大智大勇巧妙地同敌人展开斗争,敌人的种种阴谋都未能得逞。

一九四八年八月,在党组织的领导下,带岭林务分局从火锯厂工人中挑选出王建有、曲家才、戚春林等一批业务骨干,负责管理全厂工作,撤销了原来的工组长,从此结束了把头式的管理方式。

为了惩治作恶多端的林业把头,在林务分局门前操场上,由林务分局局长张学第主持召开了有数百名林业工人参加的斗争林业把头大会。会上工人们愤怒控拆了林业把头王蒙和马三的罪行。时任合江省林务局专员的陈剑飞参加了斗争大会,并在会上讲了话,极大地鼓舞了工人们同封建把头作斗争的热情。根据王、马二人的罪恶事实和工人的强烈要求,会后将二人处决。李小手、李序卿两人早就吓得逃之夭夭。

张学第来带岭后,还取缔了日伪反动残余势力、伪满把头、反动建军组成的封建会道门,俗称"家礼教"的组织。

积极发展林业生产　支援全国解放战争

一九四六年初冬,在张学第的领导下,带岭林务分局火锯厂的工人修复了发电设备和三台5吨型内燃机,做好了木材生产前的各项准备工作。一九四七年,带岭的林业生产走上了正轨。当年冬,带岭林务分局克服了重重困难,主动承担并如期完成了两万四千立方米的木材生产任务,为恢复国民经济,支援解放战争做出了巨大贡献。

一九四八年夏天,解放战争中的东北战场处于战略反攻阶段,为了解放军顺利进军,上级决定增加木材总量。在这种形势下,带岭林务分局成立双河、朗乡两个林务所,下设五个作业所,组织了二千多名民工和一批牛马套子上山参加采伐作业。这一年,木材生产任务计划二十五万立方米,实际完成二十六万立方米,超额完成了上级交给的任务。

张学第的工作是出色的,带岭林务分局的工作也走向了正轨。一九四九年三月,张学第被调到合江省林务局担任副局长。

张学第在带岭的传奇故事,至今仍在人们口中流传,他的个人形象已与老八路、共产党紧密地联系在一起,并融为一体,摄入人们心灵的底片。

注:此文发表于二〇一三年五月二日《伊春广播电视报》。

中国第一油锯手——孟昭贵

孟昭贵生前是带岭林业实验局副局长，全国劳动模范，中国林业第一个油锯手，为林区发展做出了重要贡献。

孟昭贵一九三五年十二月十三日生于山东省海阳县一户贫苦农民家中，二〇〇三年病故。孟昭贵一九五二年来带岭林区，在寒月林场当工人。工作踏实肯干，能吃苦，干活儿有窍门，表现突出，不久就加入了共青团，同年冬天加入了中国共产党。一九五三年，带岭局大搞技术革新，一些外国生产的采伐机械相继引进带岭搞实验，然后向全国林业战线推广。孟昭贵学会了使用德国哈林100号油锯伐树，也学会了使用苏联生产的克勃K-5电锯采伐，创造过日产二百多立方米的纪录，超过了当时电锯设计要求。一九五四年，带岭局引进苏联悉尼麦K-5单人操作电锯，在第一伐木场，由孟昭贵和骆景福、刘乃金等人进行试验，曾创造伞形电缆敷设法，减少铺助工时百分之二十。一九五六年夏季，苏联专家有一次来带岭，带来两台友谊牌单人油锯，其中一台在带岭搞试验，很多人使惯了笨重的电锯，又怕影响计件工资收入，对此不感兴趣，而孟昭贵迷上了这台油锯。当领导问他有什么困难时，他说："我是一名共产党员，试验油锯没说的。"经过二十多天的学习实践，他很快就掌握了使用要领，成为中国林业史上第一个油锯手。一九五七年十月，国产柳州051型油锯诞生，在带岭局又由孟昭贵进行采伐试验。一九五八年，中央林业部在带岭召开051型油锯鉴定会，开始正式投入生产。在生产实践中，孟昭贵总结出油锯"三勤保养法"和一首"锉锯歌"，创造了"人字型"树倒方向控制法，总结了采伐注意的"四大要素"和科学使用油锯"四大要领"，为培养新一代油锯手做出了贡献。一九五八年，他创造的单人油锯日伐木五百六十一立方米的高产纪录，至今无人超越，他被苏联林业专家称赞为"了不起的中国人"。

孟昭贵由于贡献突出，于一九五八年出席了省工交先进生产（工作）者代表大会和团中央在上海召开的全国青工代表大会。一九五九年十一月,又出席了国务院召开的全国工交计件财贸先进生产(工作)者代表大会暨全国群英会,受到党和国家领导人的亲切接见。一九六一年七月二十一日,国家主席刘少奇来带岭视察,孟昭贵进行伐木表演,刘少奇主席称赞"这个伐木工技术水平真不低"。一九六五年一月,孟昭贵出席全国青联会议,受到毛泽东主席等党和国家领导人接见。

注:此文与杨秀梅联名发表于二〇〇九年九月十五日《黑龙江林业报》。

难忘当年筑路修桥

一九七三年,正是带岭林业实验局由森运改为汽运筑路大会战最紧张最关键的时期。筑路要先修桥,桥不修好,筑路大军就难以继续修路。尤其是各林场需要修建的小型桥数量多,工程量大。最近,年近八十岁的、从领导岗位上退下来的魏福同志向我讲述了当年在带岭林业实验局老党委书记蒋基荣同志的率领下,修桥筑路的艰苦岁月。魏福同志说,永远也忘不了日夜战斗在筑路会战前线的情景。

带岭的筑路会战在一九七三年初就打响了。开春后的一天晚上,时任林业局党委书记的蒋基荣同志把时任林业局基建工程处一把手的魏福同志叫去,让他立即组织人员到各林场修筑简易桥。在人员、物资、交通工具等方面有什么困难,先提出来,予以解决,以免干起来影响工作进度。魏福说,修桥的人员、物资及交通工具本单位能解决,但需林业局帮助解决放炮工、伐木油锯手、抬木头的人的问题。蒋基荣说即刻解决。修筑简易桥需木材,魏福请求组织上批准他就近伐树,不能算乱砍滥伐。蒋基荣当即批准。最后,魏福请示什么时候开始干。蒋基荣说:"林业局的木材生产需道路修通,一刻都不能耽误,明天起早干,你在干的过程中,不能影响筑路大军筑路进程,必须起早贪黑两头干。"魏福说:"马上就行动。"然后他与蒋基荣各自连夜组织人员并落实各方面准备工作。

魏福领命之后,第二天天不亮就带领工人们冲上了工地,与大家热火朝天干了起来。修桥需在水中作业,当时小兴安岭山中水非常凉,工人们在水中挖掘与作业,几分钟腿脚就被凉水泡得受不了,得轮流勤换人,影响了工作不说,人的身体也受不了。蒋基荣也是天不亮,就到筑路大军各处检查巡视,有问题现场解决。这时他来到了桥涵修筑工地现场,问魏福还有啥问题需要解决。魏福说:"工人们在水中作业,水凉受不了,能否允许给下水作业的工人们喝点酒,暖和一下身子"?蒋基荣立刻批准,但要求不许喝多,以免影响工作。工人们有了酒，下水作业的进度加快了，一个个用木材修筑的桥涵很快就建了起来。经过四十多天的日夜奋战，魏福与工人们一起，完成了老书记蒋基荣下达的筑路修桥的任务，丝毫没有影响筑路大军的筑路进度，老书记蒋基荣很满意。

  四十多年过去了，魏福同志还记着那时老书记蒋基荣艰苦奋斗、求真务实、雷厉风行的工作作风和工人们奋力拼搏、不怕吃苦的精神，当年火线修桥的情景深深地刻印在他的心中。

二〇一五年八月十日

造林功臣——王海廷

已故的王海廷，生前于一九五六年四月二十三日，出席全国先进工作者大会，荣获奖章一枚，受到毛泽东、周恩来、朱德等领导人的亲切接见，并合影留念；一九八八年荣获伊春市政府授予的"小兴安岭优秀儿女"称号；多次被评为省、市、区（局）先进生产工作者。

王海廷生于一九二五年十月十六日，一九五一年来带岭林区工作。工作中，领导怎样指示他咋干，一点儿不走样。他任山场现场员期间，在验收上非常严格，清林、造林质量不合格就不验收，令其返工，直到合格为止，人们给他起个外号叫"老教条"。他的一丝不苟的高度负责的精神和劲头一直贯穿到生命的最后一刻。一九五二年，王海廷任林业局首任造林队队长，领导二百多人在木曾河西造林。苗木运来后，立即假植浇好水，防止苗木死亡。造林过程中，谁违反了造林质量要求，立即批评处理，并且挨棵挨行进行仔细检查，保证了造林合格率和保存率。一九五一年至一九五六年，他先后在木曾（今松青）所、带岭东山、永翠和平沟、明月红叶沟等地造林，营造红松、落叶松、樟子松、黄菠萝、水曲柳等树苗，面积达四千零八十四公顷。

进行人工更新造林，当时是全国北方林业高寒地区首开先河，既没有现成经验，又无操作规程，只能是边干边学边总结。在王海廷的带领下，人们严格执行操作要领，真正做到了栽一棵活一棵，栽一片活一片。现在，当年人工栽的树已开始采伐利用，创造出很好的经济效益。他还根据不同地块条件，总结了实行早春造林、防止冻害以及加强幼林抚育的经验办法，以提高成活率。由于方法得当，措施具体，他领导的造林队实现了造林面积大、质量好、成活率和保存率高的最佳业绩。经林业局全面检查，在他的带领下，每年营造的红松成活率达到93.9%，落叶松达到93.3%，云杉和樟子松达到89.1%，黄菠萝达到95%，混交林达到92.3%，平均造林成活率为92.7%，三年面积保存率都达到100%，株数保存率平均在90%以上。王海廷成为带岭林业实验局建局以来首位造林功臣,多次受到带岭林管局、带岭林业实验局、伊春市林管局、黑龙江省政府的表彰奖励。

　　为了多育红松幼苗,一九五六年,他利用休息时间捡了十斤松子,拿回家孩子们要吃,他不让,说:"这松子育苗,树长大了你们还能用着,这松子不能吃了。"他把这些松子送到了苗圃。孩子们从此懂得了从小就要栽树的道理。

　　注:此文发表于二〇〇九年十月十六日《黑龙江林业报》。

怀念李指导员

他是一名令人敬佩的普通共产党员,虽然已病故多年,可在我们老知青心中却永远活着。他就是当年带岭局寒月林场青年队的指导员李万和。一九九六年深秋,李指导员病故那天,许多老知青赶到他家,深切缅怀这位对党、对人民忠诚的共产党员,回顾着他那不朽的业绩。

二十世纪七十年代初,李万和就担任着有二百多名知青的青年队的指导员。青年队是林场营林工作的主力军。

李指导员是位勇挑重担、敢啃硬骨头的人,每当林场有急难险重任务时,领导首先点他的将。那些年,由于受"文革"的影响,营林跟不上采伐,欠账很多,清理采伐迹地成为当时的中心工作。一九七二年夏,李指导员带领我们知青进驻距林场二十多里,荒无人烟的老门沟作业点。白天他与我们知青一样奋战在清林一线,晚上与我们住在一个帐篷里。为了加快工作进度,李指导员很用心,常利用晚饭后的时间召开班组长会,研究生产工作,找出问题,做到心中有数;有时召开大会,表扬先进,指出不足,极大地调动了大家的干劲。大家集思广益,采取了白天清林,晚上上山烧枝丫的做法,加快了工作进度。干到晚上九点还不下山,李指导员怕出事故,就上山撵我们回去。到了秋天,夜里山中很冷,李指导员给大家烧炉子,见有蹬被子的,就给小心地盖上。在他的领导下,林场清林进度很快就跟了上来,没有拖林业局的后腿。一九七三年秋,林场突然接到林业局一项紧急任务,要在七天内修好绕南山人工红松林内两公里的盘山参观公路。这次领导又点了李指导员的将。他接到任务二话没说,立即给工人和知青们召开誓师大会,进行紧急动员,提出了"不吃饭、不睡觉,七天内把任务完成"的口号,与大家一起不分昼夜干了起来。由于李指导员思想正、作风硬、有方法、干劲大、号召力强,大家从心里服他,所以工作热情就高,在质量合格的情况下,提前一天完成了任务。大家说:"跟着李指导员干活儿,累也愿意。"

共产党人讲公平正义、清正廉洁,这一点在李指导员身上得到了充分体现。二十世纪七八十年代,在人员使用上,当时有一条成文的规定,上山下乡的知识青年如表现突出,可先补充到工人队伍中,名曰"选调",只有选调了,才算有了固定职业。为了早选调,有的知青家长走起了歪门邪道。有一个本地的知青,家长半夜给李指导员送礼,被拒绝。恰巧一九七五年有一批选调,李指导员坚持原则,将表现突出的知青选调,虽遭到一些人,包括那个送礼被拒的知青家长的造谣中伤,可李指导员却得到了广大群众和知青们的支持和拥护。

李指导员是不信邪的人,工作方法又非常得体,讲究细致入微地做工作。当时,青年队有极少数有背景的地痞式人物,影响了安定团结。如果硬碰硬的话可能两败俱伤。李指导员考虑好后,在知青中说:"我是共产党员,决不能让歪风邪气占上风。宁可指导员不当,也决不能让邪气把青年队搅黄了。"话传到了对方的耳朵里,平时就知道李指导员正气凛然,这次为治歪风邪气下了这么大的决心,对方害怕了,于是主动找到李指导员承认了错误。李指导员又因势利导,指明了利害,使捣乱的人不敢兴风作浪了。

关心、爱护青年人健康成长,是每一名共产党员的责任,李指导员用他的真心和行动证明了这一点。在生活和工作中,凡是要求知青们做到的,李指导员自己首先做到。在老门沟各个山沟,有十多个知青工组作业点。李指导员虽患有严重胃病,仍然坚持每天拄着木棍巡视一遍,检查生产质量。有一天,在山道上竟昏厥三次。他带病工作,用实际行动给大家做出了榜样。那时,我是青年队队长、团支部书记,李指导员常教我工作方法,需要注意的问题,遇到什么样的问题如何解决等,使我不断成长。他经常找知青们谈话,肯定成绩,指出不足,鼓励大家学习政治与文化,要求知青们要比工作,看谁干得好;比学习,看谁进步快;比友谊,看谁团结得好。在李指导员的领导下,我们青年队的知青们干劲冲天,纪律严明,形成了良好的品质和作风。后来,有近三十人走上了领导岗位,至今仍保持着纯洁的战斗友谊。这都得益于有一个作风正派、敢于负责、工作认真、管理严格的好指导员。

李指导员是千百万共产党员中的普通一员,在平凡的工作中充分发挥了先锋模范作用,给我们留下了可贵的精神遗产,他永远值得我们怀念。

注:此文发表于二〇一一年《大森林文学》,二〇一一年七月四日《黑龙江林业报》。

恩师朱东辉

朱东辉既是我的师长,也是我的知心朋友,对我一生的帮助是重大的,终生难忘。他长期奋斗在党的宣传岗位上,收获很大。退休后,仍在为党、为社会奔忙着、奉献着,是位可亲可敬的人。

朱东辉老师引导我走上写作之路。一九七二年春,我到带岭林业实验局寒月林场当知青。时间不久后的一天上午,我在场部遇见一位戴眼镜,文质彬彬,高个且俊美,态度和蔼的青年男子,一看就知是位有学问的人。我与他攀谈起来,得知他是林业局宣传部的干事,二十七岁,大学毕业刚参加工作不久。又得知他原籍是山东微山湖,我的原籍是山东巨野县,我们是老乡,更加亲热起来。他对我说:"你才十九岁,要好好劳动锻炼,更要抽时间学文化。有专长,才能对社会有大贡献。"我问他学什么好,他说如有兴趣,就跟他学写通讯报道吧。就这样,我一有时间就到他办公室学习,写了几篇小报道,《伊春日报》还真发表了。从此,我跟他学习的劲头更足了。这次偶遇改变了我人生的发展方向,从此与写作结了缘。当我遇到难题时或不会写时,就请教他,他就像老大哥那样和蔼可亲,耐心地教我,并告诉我越难写的文章越要去写,这样才能进步。二十世纪七十年代,朱老师经常在区委宣传部开办基层通讯员学习班,培养了一批又一批通讯员,几乎每期我都参加了。那时他培养的通讯员,后来几乎都成长为基层领导干部,有的还成为处级干部。在朱老师的培养下,我有了很大进步,二十世纪八十年代在带岭区里当秘书,后来又到林场任场长。在我有了收获之后,朱老师常告诫我:"当官了,要谦逊谨慎,更不要忘记写作。写好了是人生一大乐事,利国利民。"于是,我又学写文学作品,成为黑龙江省作家协会会员、带岭区作协副主席,创作出几部作品,十一次获国家、省、市文学奖,这都是朱老师对我栽培的结果。

朱老师是位乐于助人的好人。一九九七年,当我处于工作与人生低谷时,朱老师听说了,给我打来电话予以安慰。又将我从带岭请到伊春家中小住,叫我正确对待,指出我的不足,鼓励我树立信心,振作起来,继续走好人生路。在他的安慰与鼓励下,我又鼓起勇气,扬帆起航了。后来,我到俄罗斯萨哈林岛(库页岛)工作了两年,其间写了一些国外见闻。因通信不方便,我便寄给朱老师,再由他送到报社。朱老师每次都予以认真办理,使我二十余篇散文得以顺利发表。对于朱老师的帮助,我永生难忘。朱老师帮助过的人数不清。我所认识的人,凡熟悉朱老师的,都对他竖起大拇指,说他是一位善良、乐于助人的人。

  朱老师是我学习的榜样,他用实际行动在影响、指导我进步。二十世纪七十年代,国家号召一对夫妇一个孩儿,他积极响应。他可要两三个孩子,政策是允许的,但他只要一个孩子,是带岭区树立的标兵。他在带岭工作期间,工作干得好,多次被选评为劳动模范。他先后担任过通讯报道干事、秘书、组织员和宣传部副部长等职务,工作踏实、任劳任怨,被人们赞为"老黄牛"。他到伊春市工作后,任过市委宣传部副部长、市社科联主席等职,成绩突出,黑龙江人民出版社出版了他撰写的《思想政治工作论丛》《伊春经济发展研究》两部著作;《人民日报》刊载了他撰写的消息、调查报告、短文等五篇;获省级荣誉四项:优秀思想政治工作者、思想政治工作思行杯创新奖、优秀老科技工作者、优秀社区志愿者;论文获省社会科学优秀研究成果三项三等奖。他退休后,仍在为党的事业发挥余热,文学作品常见报端。还在社会上兼职,参加了伊春区关心下一代工作委员会,工作卓有成效,受到市委的表彰。我常在市电视台的报道中见到他的身影,中央电视台也播出过。他还曾获市优秀"五老""十大员"和区精神文明建设标兵等荣誉称号。看到这些,我感到无比高兴和敬佩。在朱老师的影响下,我从事文学创作的劲头更足了。

  几十年来,朱老师培养的新人数不清,他帮助过的人更是不计其数。能遇到这样心地无私、乐于助人、为人师表的老师是我一生的福气;能结识这样的好人、兄长和知己,我感到骄傲和自豪。要是我们的社会人人都像他那样,那么人间该有多美好。

追 思

　　他是位勇于出面、爱护同学的小战士；他是位敢于舍身、勇救同学的小勇士；他是位刚直不阿、坚持真理，值得学习和敬重的人……

　　他就是我的小学同学李文明。近日，突闻噩耗，他因突发心脏病，与世长辞。顿感悲痛，"死别已吞声，生别常恻恻"，他生前的一幕幕令人感动的事在脑海中闪现。

　　一九六〇年，我从山东来到小兴安岭的带岭林业实验局明月林场居住。一上学就与李文明在同班，我俩同属蛇。那时，李文明长得很瘦，常剃光头，肤色较黑，可他的两只大眼睛却炯炯有神。他很顽皮，但从不欺负人，我俩常在一起玩耍。他的爱好很多，爱玩弹弓，且打得准，他喜欢游泳，夏天我们常到河里玩。他早已学会了游泳，而我却不会，同学们都很羡慕他。二十世纪六十年代末，他跟着姐姐和哥哥去了云南，从此我们再也没有见过面。可他少年时的感人事迹却深深刻在我的心中，永生难忘。

　　一九六五年的"六一"儿童节，我们是在老师的带领下，在明月林场老森铁二十一公里的山头上度过的。那天，天空晴朗，微风拂面，山野一片嫩绿，鲜花开满山坡，蝶舞蜂绕，山下河水潺潺。同学们穿着整洁的衣服，鲜艳的红领巾飘荡在胸前。老师正领着同学们玩在草丛中寻找写有奖品的纸条的游戏。正当大家玩得高兴的时候，突然山坡下传来女同学大喊"救命"的声音，不知发生何事。大家跑近一看，原来是条大蛇向那位女生爬来，女老师也害怕，不敢上前。这时，只见李文明同学一个箭步冲上去，一脚踩住蛇头，顺手提起蛇尾，在空中迅速抡了起来，不一会儿，蛇就僵直了。李文明快步穿过草丛，越过森林小铁路，将蛇扔到河水中。同学们和老师被李文明的勇护同学的举动感动了。老师表扬了他，说这就是学雷锋的具体表现。而李文明说，爱护同学是应该的。从此，李文明在师生中的形象很是高大，一个十多岁的小孩能有这样勇敢的行为，值得学习和佩服。

夏天,我们小男孩都喜欢到大河中游玩。一九六六年夏季的一天,我与李文明等十多个同学到林场森铁桥西边的河中学游泳。游泳的地方有一个深约三米的坑。我看到大家尽情在水中玩耍,也下了水,一不小心就滑进了深水坑。因不会游泳,扑腾几下就被淹没了,河水灌进了肚里,顿感天昏地暗,直喊叫"救命"。有几个比我大的男同学顿时也傻了眼,不知所措。正在这时,在一边游泳的李文明见状,奋不顾身,一个猛子扎下去,在水下找到了我。当时,我乱抓乱挠,抓住了他的手不放。李文明挣脱我的手,顺势将我托起,迅速地浮出水面,一只胳膊揽着我的脖子,另一只手奋力划水,将我拖上了岸,又把我放到河滩上,将腹中水控出来,使我保住了性命,不然,哪有我的今天。

一九六七年,"文革"时期,李文明的父亲是林场的主任,整天地被造反派批斗,十多岁的李文明"有眉不伸,有志不舒"。学校一些人也想借李文明来揭发其父的所谓罪行。有一天,学校组织班级批资产阶级思想,让李文明发言。我想,可能他要批斗或揭发父亲的,可他的发言却让我很惊讶,也很佩服,至今他的发言我还记得很清楚。他在发言中说:"资产阶级思想在知识分子中表现得较重,就应予以思想改造,应予以批判。应向工农兵学习,工人的手虽然粗糙,手虽黑,可他们是在社会主义建设中磨的,他们的心灵是红的;农民虽然脚上有牛屎,较黑,这是在为人民种粮的劳动中被太阳晒的,他们的思想是纯洁的……"他的发言谁也挑不出毛病,也丝毫没有涉及他的父亲,弄得那些造反派哑口无言,只得作罢。李文明的发言稿究竟是他自己写的,还是有高手指点,到现在我也没有弄清楚。总之,我觉得他的发言很有水平。

二十世纪六十年代末期,李文明去了云南,去支援那里的林业开发建设,从此我们失去了联系。"故人江海别,几度隔山川",从那以后我再也没有见到这位可敬、可爱的同学。这几十年中,我听说李文明同学在云南的林业建设中,工作得很出色,还担任了一个机械厂的厂长,我很高兴。当我近日惊闻噩耗,很是难过与悲痛。当年我们"乡村年少生离乱,见话先朝如梦中",而今"英雄一去豪华尽,唯有青山似洛中"。让我永远记住他吧,追思他的壮举,继承和发扬他的精神、他的美德。

注:此文发表于二○一四年《大森林文学》第一期。

与高尚同行

他是位老林业工作者、林业专家。

他是位可敬的长者、人们的知音。

他是位心实口快、善良的人。

认识他,并与他打交道约半个世纪。他人长得虽然瘦小,身高不足一米六,可在我心中他是位高大的人。这位长者今年七十八岁,耄耋之年身体硬朗、精神矍铄,虽退休多年,可依然活跃于群众之中。他就是广受人们敬重的贺老师。

父母在世时常向我们念叨:"贺技术员是个好人,不要忘记人家的恩情。"这一点我也深有体会。一九六四年,我家住在明月林场,父母在林场家属生产队干活,生活比较困难。四哥吕文祥考入了牡丹江林校,可连像样的被子都没有,为买被面,母亲愁得睡不着觉,常在夜中坐起,长吁短叹。我家从山东老家来到东北时间短,认识人少,父母听说在林场当技术员的贺成瑞心眼好,就去求他给商店说情,先赊被面给我们,等年终生产队分红时再把钱还上。贺老师果然办到了,全家人感激不尽。一九六五年,林场放映电影,虽然票价一角五分,可我们小孩子没钱买票,还想看,就挤在门口不愿走。有一次,贺老师负责把门收票,看我们小孩子怪可怜的,就一挥手放我们进去了,他自己买了十张票给补上了,这件事我终生难忘。还有一件事鲜为人知,这也是我最近才知道的。也是一九六五年,林场工人王信的爱人得了重病,无钱医治。贺老师知道后前去看望,临走时悄悄留下三十元钱。怕耽误医治,便悄悄告诉王信的孩子,让大人快去治病。贺老师做好事不愿留名。这年秋天,上级号召青年人下乡。林场工人杨友的内弟要到兰西,临走时没有被褥,贺老师见状,就把自己的全套行李无偿送给了他。贺老师的善举有许许多多,他的高尚品德赢得了人们的敬重。

人们非常愿意与贺老师接触,这是因为他没有知识分子的架子,心直口快,与人为善。一九七○年,贺老师任区一中副校长,我正在一中读书。春天,在学校召开的学生上山造林大会上,贺老师做动员讲话,当讲到学生不要喝冷水防止泻肚时,说:"拉三泡稀屎就爬不起炕……"话说得直白明了,可让人觉得太土,顿时引起全场师生的哄堂大笑。他就是这样一位可爱的人。

　　人们都叫他贺老师,因为他是位知识分子,同时又是对他的敬重。他一九六〇年末从东北林学院毕业,并留校任教。第二年,时任带岭黑龙江林学院党委书记的张子良到东北林学院要人才,把贺老师调到带岭。从此,贺老师把一腔热血贡献给了这片森林土地,先后任过技术员、副场长、学校副校长、营林处副经理等职。他一心钻研林业技术,先后发表二十多篇论文,还常获奖。一九八八年,贺老师晋升为林业高级工程师。退休后,他仍奔忙在林业战线,直到今天还在忙,经常给各种学习班和培训班讲课,还发明了多功能营林修枝工具,获得了国家专利。

　　品德高尚才能做出高尚的事。在我心中,贺老师是我学习的榜样,我们的党和国家永远需要这样的人。

注:此文发表于二〇一二年八月八日《黑龙江林业报》。

诗人艾砂在林区

九十岁的他,曾是我党地下工作者,曾任《林业工人报》《黑龙江林业报》副刊主编、总编室主任秘书,并在带岭林区工作二十余年,与诗为伴,硕果累累。他就是中国作家协会、世界诗人协会会员,北京新诗歌理事,北京市海淀区文联委员,《中关村》杂志编委,《稻香湖》诗刊创刊者兼主编,二〇〇五年获香港龙文化金奖,二〇〇九年十月获全国文学艺术大奖赛作家特殊贡献奖,二〇一〇年获中国作协六十周年创作荣誉证书的艾砂同志。

艾砂,现名刘沙,本名刘树春,字向舒,又名刘萧沉。解放前,他曾发表大量进步散文、小说、诗歌和评论文章,被敌人列入"抗日危险分子"的黑名单,并遭追捕。一九四八年十一月,经中共地下党人介绍,加入中共地下党,先后潜入蒋军207师和沈阳兵工厂从事地下工作,为我党做了大量有益工作。解放后,先后担任内部刊物《军工》《东北兵工报》编辑,《军工报》副主编、主编,《林业工人报》副刊编辑组长等职。一九五五年被错划为右派。一九六〇年,在黑龙江林业报社任编辑主任。一九六二年,调到带岭林区工作,直到一九八五年离休。在带岭工作期间,他先后写出宣传张子良事迹的材料两万字,赞美林区的诗歌上百首,多次在《伊春日报》《黑龙江林业报》等报纸上发表。特别是在任带岭区志办主任期间,倾注了大量心血,完成了六十多万字的《带岭区志》并获奖。

我与诗人有过交往。一九八五年,我在带岭林业实验局办公室任秘书,与艾砂同志在一个党支部。这年党落实政策,恢复了他的党籍,我参加了讨论。会上,艾砂讲述了他的历史,大家很感动,经过长时间接触,大家对他也比较了解了,一致同意恢复其党籍。因此,给我留下了深刻印象。一九八六年,他回到原籍北京,也巧我因公到北京,便去看望他老人家。一进他家,老人家非常高兴,沏茶倒水,并同我进行了长谈,我感到老人可亲、可敬。临走时,他与老伴马乙亚阿姨给我摘了他家院子里香椿树的叶子带回,我心中热呼呼的。自那以后,我再也没有见到可敬、可爱的两位老人家。

以前,我只知道艾砂是文化人,文章写得好,但不知还是诗人。前些年,同事从北京回来,艾砂老人给我捎回一本他出版的诗集《南国情》。我读后,爱不释手,才知他是位诗人。现在,我还保存着他于一九八五年七月一日写的张子良事迹辑要《呕心沥血绘青山》,文笔流畅,描写生动,事迹感人,是我珍藏的宝贝。在他诗集的《南国情》中有一首诗《追祭张子良》,其中有这样几句,使人很是回味:"……他登的山,山山放绿/他办的事,事事公平/嫌职位高、嫌工资多/与工同作、与农同耕/比松,松常绿/比水,水至清/为什么他的路走的人太少/为什么提起他许多人脸红/只因为:张子良顶天立地/风刮不倒,钱推不动。"

这几天,我有幸看到二〇〇八年八月由大众文艺出版社出版的四十八万字的《一滴水流动的声音》一书,该书较为全面地介绍了艾砂、马乙亚的生平、作品和交往情况,著名诗人贺敬之、藏克家、谭维克等十余人题了词,对艾砂、马乙亚的为人与作品给予了高度评价。我一口气读完了这部书。在书的结尾,有诗人的一首诗,被称为代表作,抄写如下,以飨读者。《一滴》:"一滴情也不轻施/一滴露也洒落禾间/一滴水要升腾成云/一滴血叙述祖宗的恩典/珍惜一滴情/挽生民之涂炭/珍惜一滴血/去喂磅礴的河山/珍惜一滴水/润活干涸的古楼兰/一滴 亿滴/易滴 亦滴/淌出戈壁的塞北江南。"这正是诗人本色的写照。

诗人离休不离笔,耕耘永不止,出版了多部诗集。艾砂的名字已被录入《中国文学家辞典》《中国诗歌大辞典》《中国新诗大辞典》等十几部辞书,并收入"今日作家国际互联网站"。他的精神是我们后人学习的榜样。

诗人曾在林区工作,诗人曾是我的同事,诗人是我的老师,这是值得骄傲的。

注:此文发表于二〇一二年十一月八日《伊春广播电视报》。

忆作家马乙雅阿姨

近日,惊闻中国作家协会会员、诗人,荣获"抗战功勋诗家"称号,二〇〇五年获香港龙文化金奖的马乙雅阿姨在睡眠中安详离世于北京,享年九十岁。她老人家退休前是我们带岭林业实验局的职工,但那时我并不认识她,只是听说过。退休后,马乙雅阿姨随丈夫刘沙回到了北京西小营乡的老家。一九八六年,我到北京公出,去看望刘沙,才见到了马阿姨。近一二年内,我们常通电话,感情日渐加深。在她离世百天之时,我写了这篇文章,以解悲痛之情。

马乙雅又名马乙亚,一九二五年三月二十六日生人,中国作家协会会员、中国诗歌学会会员。解放后,她曾在长春东北大学(东北师范大学)就读。马乙雅阿姨在中学时代就从事文学创作活动,发表过散文、诗歌。一九四六年,主编沈阳《市政公报》。翌年,主编沈阳《时报·妇女报》《新报·副刊》及《东塔》月刊。曾出版诗集《草原的足迹》、散文集《女兵日记》等。一九五二年,任东北《军工报》《红旗报》助理编辑、编辑。一九五四年,任《林业工人报》副刊编辑。一九五六年开始,先后担任《森林工人演唱》《林业演唱》主编。当时,她创作了大量演唱作品,在哈尔滨、伊春、牡丹江等地及《工人日报》等报刊发表。她作词兼作曲的女生表演唱《看光荣榜》、独唱《宋恩珍颂》《王杰是我们的好榜样》《歌唱张子良》《营林村好》《小伙来到营林村》《林业工人爱唱歌》《营林村是只金凤凰》《林区服务车》《造林姑娘》等作品曾荣获黑龙江省文化厅、省职工文艺汇演的创作奖,及伊春市职工文艺汇演大奖。一九六二年,她调黑龙江林学院校刊任主编,翌年任带岭一中教员。在"文革"中,她受到残酷的迫害,生活不能自理,多次住院,她的作品全部流失。党的十一届三中全会后,冤案得以昭雪,病情逐渐好转。一九八五年退休,定居北京。心情安稳后,她与老伴诗人艾砂共同投入文学创作活动。一九九二年以来,先后出版了四部伉俪诗集,分别是《梦圆情》《南国情》《不了情》《凹凸情》,并翻译了一部中篇小说《靓女历险记》。

这期间,她协助丈夫共同创办了《稻香湖》诗刊,倾尽了大量心血,诗刊发行于国内外。她的作品除收入诗集外,还在《诗刊》《海南晚报》《桂林日报》《诗信报》等十余家刊物上发表数十首。所用笔名有马乙亚、乙娅、克尼、塞征、艾菌、郁哈、萧歌、马塞等。她的名字被收入《中国当代艺术界名人录》《中国民间名人录》《中国当代诗人大辞典》等辞书中。

马乙雅阿姨是在新中国诗坛有一定地位和影响的女诗人。二〇〇八年八月,大众出版社出版了《一滴水流动的声音》一书,此书由贺敬之、文怀沙任顾问,谭维克任名誉主编,王耀东、卫汉青任主编,较为详细地介绍了马乙雅与丈夫刘沙的生平、文学作品及与现代著名诗人交往的情况。书中有一些著名诗人为刘沙、马乙雅夫妇作品题的字,其中贺敬之题字为"一滴水流动的声音,就是江涛海浪的声音",谭维克题字是"苍桑情重,伉俪诗香",臧克家题字是"生活——诗的土壤,生活越深,表现力越强","留下一路风尘"。书中还介绍了马乙雅与唐弢、徐放、满锐等几十名著名诗人、学者的交往情况。书中对马乙雅阿姨协助丈夫刘沙创办《稻香湖》诗刊给予了高度评价,原文评价如下:

进入九十年代以后,艾砂、马乙雅主要精力投入《稻香湖》诗刊上。虽然年事已高,但以诗为生命,整天都沉浸在诗中。他们的特点是,每诗每信必复,每赠发一次诗刊,寄刊时对大部分作者都有简短附言,以诗做信,同国内外诗人进行诗意的沟通。他对诗的忧患意识,对诗的奉献精神,对诗人之间的交往,正如一位诗人给他的信中所说:'诗是爱情的纽带,把你们牢牢地连在一起,从苦难的岁月,走到黄金的老年时代。'诗在艾砂笔下升华,诗在他心中开花,与诗神往,与诗长在,在艾砂和马乙雅的心目中,绽开着一个永恒的春天。

从上述评价中,我们可以看出马乙雅与丈夫刘沙在诗坛的地位和影响力。另外,前几年刘沙、马乙雅从事文学创作七十年之际,中国作家协会还专门为他们召开了庆功纪念座谈会,并将会议情况在《中国作家报》上做了专题介绍。中央电视台从模范夫妻的角度报道了他们牵手一生,文学创作一生的事迹。

我忘不了与马乙雅阿姨唯一的一次见面。一九八六年,我到北京林业部,代表单位去汇报工作。抽空到西小营乡后沙涧队看望刘沙、马乙雅。这对夫妇见我来看望他们,非常高兴。在我离开时,马阿姨与丈夫刘沙还亲自到院里的香椿树上摘下了不少的香椿叶叫我带上。这对老人家的热情、真诚,我至今难忘。二〇一二年十一月八日,我将发表的散文《诗人艾砂在林区》一文的影印件捎给他们,他们阅后很是感慨,从此我们重新取得了联系。马阿姨经常给我来电话,鼓励我继续进行文学创作。同时,她还经常将他们退休后在北京创办的诗刊《稻香湖》寄给我。在马阿姨的鼓励下,我写了一些文学作品,收获颇丰,很是感激她老人家。不幸的是,马阿姨的丈夫刘沙于二〇一五年四月三十日病逝于北京,我怕她老人家过于悲伤,未敢打电话打扰。在我犹豫之时,突闻马阿姨在百天前也与世长辞,深感悲痛。为不失这对夫妇对我的关心与鼓励,我写了这篇散文,以示悼念。

注:此文发表于二〇一五年《伊春社会科学》第二期。

我心中的张老师

漆黑的夜,伸手不见五指,在茂密阴森的森林里,我与张老师手拉手,深一脚浅一脚摸索着前行。周围大山里不时传来野兽的嚎叫声,蚊虫叮咬在身上,恐怖与烦躁全然不顾,耐着性子寻找丢失的两名同学。为这事,我俩几乎忙了大半夜。

这事发生在四十三年前的老门沟,有些人可能忘记了,可我却牢记在心里。学生的安危让张老师操碎了心,我更是对张老师充满了敬重。

一九七一年,我从区一中毕业后,便被分配到离林业局最远的寒月林场当知青,第二年便住进了老门沟(翠源沟)。当时我任队长兼团支书。在一中教学的张老师听说我们知青点组织纪律很好,为使学生得到很好的锻炼,一九七三年夏天,就带领全班同学到这里体验生活。

老门沟是寒月林场中最大最远的山沟,距离林场二十多里远,面积达四千多公顷,到处是茂密的原始针阔混交林,野兽经常出没,除知青点外再无人烟。白天,我们在山中劳动,常见到各种野兽,到了夜晚,野兽的嚎叫声传到宿舍,阴森恐怖。

张老师带领学生来到老门沟后,工作上的事常与我商量。尤其是安全问题,他千叮咛万嘱咐,一定要确保安全,还让我多给学生讲安全知识和纪律,很怕出问题。工作与生活上的事情,我也主动向他汇报与沟通。

谁知,越怕出事越出事。一天晚饭后,大家劳作了一天很累,很早就休息了。我正要休息,突然张老师神情紧张地来找我,小声对我说,有一名男同学和一名女同学饭后不见了,怕叫野兽所害,叫我赶快派人去找。于是,就出现了文章开头的那一幕。

我们找了大半夜没找到,回到宿舍时,有的同学来报告说,丢失的两名同学回来了，各自回到了宿舍。原来是偷偷谈恋爱，他俩就在宿舍附近，真是虚惊一场。张老师对我说："这是我没有尽到责任，应该好好检讨。今后要加强对学生的思想品德教育。"

张老师对学生比对自己的孩子还关心，他每天晚上都到男同学宿舍查看几次，发现有蹬被子的马上给盖好，怕凉着，又叮嘱女同学互相照顾好。他就像慈父一样，我看在眼里，记在心上，感到一股暖流在心中流淌。

四十六年前，我在区一中读书时，张老师是我的班主任，负责全学年的数学课。张老师名叫张乐三，那时年约四十，中等身材，略有些驼背，常年带着高度近视眼镜，说话声较慢，态度和蔼可亲，是公认的好老师。张老师数学课教得好。其他数学老师课讲得抽象，枯燥乏味，可他讲得生动，通俗易懂，学生们愿意学，所以他教的班级，数学成绩比其他学科好。记得我有一道数学题不会，去请教他，张老师耐心给我讲，打比方，讲逻辑，直到我明白为止。然后，又给我出了一道题，我很快就做对了。他说数学是一环套一环，基础知识一定要打牢才行。要知道，当时正是二十世纪六十年代末七十年代初，处于"文革"时期，教学工作常受到各种冲击，可张老师依然如故，对教学一丝不苟。他常对学生们说："要革命，建设好国家，没有知识是不行的。毛主席说了，没有知识的军队便是愚蠢的军队，而愚蠢的军队是不能战胜敌人的。卫星上天，原子弹、氢弹，没有知识是造不出来的。所以，大家一定要学好各科知识。"他的话，深深扎根在我的心里。

张老师因病不幸于一九八九年九月病故，我很悲痛。他是因工作劳累病故的。听同志们说，他正在紧张地编写技工学校的教材，此时他是技工学校的副校长。他的逝去，使我失去了一位好老师，大家失去了一位好同志。《带岭区志》里记载了他，其中有这样的叙述："他在家乡读完小学和中学，于1953年以优异的成绩考进了哈尔滨东北林学院附设的森林工业学校。""1956年8月，张乐三被分配到带岭林业干部学校任教，他认真地向来自全国各地的林业干部传授知识，在教学中百问不厌，直到把每个学员教会为止。""1963年，根据工作需要，组织上把张乐三调到带岭一中任教。他长期承担数学课教学任务，除认真教学外，还自制教具，深入浅出地讲解，循循善诱地启发学生的积极性，加之他和蔼可亲的教态，慢条斯理地演示，学生的数学成绩提高很快，受到同行和学生们的一致好评。"历史这样准确地评价张老师，作为他的学生，我心中感到骄傲和自豪。

　　心中敬重的张老师虽已故多年,但他的音容笑貌、品德与精神永远印在人们的心中,他是人们学习的榜样。

　　注:此文发表于二〇一五年五月十四日《伊春广播电视报》。

我心中的"姜一悠"

在林场干了一辈子工作的老工人姜再文师傅已去世多年,我很怀念他。因姜师傅长期在生产段开装车绞盘机,技术过硬,工友们又叫他"姜一悠"。"姜一悠",中等个,干瘪黑瘦,小眼睛,说话直率,因他朴实无华、踏实肯干、心地善良、与世无争,受到了人们的尊重。

"姜一悠"这个绰号的来历,他从事的绞盘机手工作有关。他开绞盘机装车,把吊起来的木材悠来悠去,找准最佳下落时机,准确迅速地装在车上,时间一长,工人们就给他起了一个绰号叫"姜一悠"。

一九七二年,我在寒月林场当知青时就认识姜师傅。那时他在生产段干活。一九七三年,林场生产段的工人从寒月林场分出,组建了环山林场,姜师傅仍在生产段开装车绞盘机。二十世纪七十年代末一个冬季的一天,我到生产段给在林场工作的四哥吕文祥捡烧柴,亲眼见识了姜师傅娴熟的装车技术,真是了不起。那时,生产段是机械化大兵团采伐作业,很是繁忙。早上天刚放亮,林场工人就坐通勤车来到老胜沟后堵生产段作业现场,局里运输木材原条的汽车在装车位置已停好,等待装车。我看到姜师傅下车后,先跑到绞盘机房,忙着加水启动机器,一切准备就绪后,便与装车工迅速装车。几吨重的木材原条在姜师傅的操作下,像顺从的猴子似的,又快又稳地越过爬杠,旋在运材车的上空,并悠来悠去。姜师傅看准时机,将木材原条稳稳地、准确地落在车中,二三十米长的木材原条就像挂面那样,整齐地码放在运材车中。我被姜师傅娴熟的装车技术惊呆了,车装得又快又好又安全,没有过硬的技术是不行的,怪不得大家叫他"姜一悠"。从此,"姜一悠"在我心中留下了深刻的印象,敬佩之情油然而生。

姜师傅是闲不住的人,林场的任务他始终放在第一位。一九九〇年,我到带岭环山林场任场长。那时,清林任务重,便动员林场一切有劳动能力的人上山清林。当时,姜师傅已接近退休年龄,正在场部办公室当夜班更夫。看到林场动员令,他不顾劳累,白天带着老伴上山清林,活干得又快又好。有一天,我与时任林业局副局长的贾其功,还有局生产科的同志一同到山上检查工作,遇到了正在清林的姜师傅和他的老伴儿。看到清林质量好,贾其功当场表扬了这夫妻俩,还说姜师傅人好,心中时刻装着国家,是工人的表率。听到领导的表扬,姜师傅还不好意思地说:"我看到林场任务拖后,心里着急,能干就尽最大努力。"我也很高兴,为有这样好的工人而自豪。

姜师傅是位憨实的人,工作起来从不讲条件。我在环山工作时,一个冬季的一天晚上,林业局与公安部门联合检查各单位更夫值班情况,来到环山林场场部后,要求更夫值班室内不许有卧具,撤掉了褥子。说实话,时值冬季,天寒地冻,林场供热保证不了温度,值班室冷若冰窖,如果站或坐一宿,谁也受不了。姜师傅见上级有要求,啥也没说,就挺着。我看他冻得直打颤,就回到办公室,将我的电褥子拿出来送给他用。姜师傅说啥也不要,怕我冻着,见我态度坚决,他才留下。

我调离环山林场几年后,听说姜师傅去世了,深感悲痛和惋惜。姜再文的先进事迹,常浮现在我的脑际……

注:此文发表于二〇一四年一月十六日《伊春广播电视报》。

革命老区有心人

——记《碧水箐山映丹心——带岭抗日风云录》一书编著者卢德峰同志

带岭区是小兴安岭最早的革命老区。在艰苦卓绝的抗日战争中,在中国共产党的领导下,抗联与这里的人民共同抗击日本侵略者,涌现出许多可歌可泣的英雄人物和事件。可是长期以来,关于这些人物与事件只是有些传说和零散的材料,没有一部较为完整的史料。作为革命老区,人们希望能有这样一部史料,更渴望把前辈的抗日精神——这宝贵的红色遗产留给子孙后代,将其精神传承下去,把祖国建设得更好。

在急切地盼望之中,带岭人民没有失望。近日,由卢德峰同志编著的即将出版的约四十万字的《碧水箐山映丹心——带岭抗日风云录》一书的清样送到了带岭区老促会和伊春市老促会。我们惊喜地发现,这部书较为完整地记录了抗联与带岭人民共同抗战十四年的历史,用大量的文字和图片展现了艰苦卓绝的斗争场面,是一部不可多得的史料。此书越读越爱读,越看越爱看,不仅让我们对编著者敬重与佩服起来,更让我们没有想到的是,编著者竟是一位三十四岁的年轻人。

二〇一二年六月九日,我有幸采访了卢德峰同志。

一九七九生于带岭的卢德峰,现在哈尔滨市铁路公安局宣传处工作。他曾在带岭读书。一九九六年考入铁道部郑州公安管理干部学院。1998年毕业后,被分配到带岭车站派出所当民警。由于工作成绩突出,很快就晋升为副科级警员。后又调到铁力车站派出所,做内勤工作。二〇一〇年三月,调到哈尔滨铁路公安局。这时期,在承担日常工作的情况下,受局领导指派,筹建哈尔滨铁路公安局史展馆。家住铁力,因日夜奋战,竟三个月没有回家,最终高质量地完成了任务。史展馆作为哈铁公安局警营文化的亮点,受到局领导认可,卢德峰同志获得个人嘉奖。由此看出,他是位工作狂,更是位有文化品位的年轻人。

奇心　关心

是什么原因让卢德峰同志对带岭抗联史感兴趣，又下如此大的功夫进行调查研究呢？

家住带岭的卢德峰，姥爷家离他家很近，他常去玩，那时他还是个不懂事的孩子。姥爷是山东平阴县人，一九一九年生，一九四二年就来到带岭。为哄他玩儿，常讲一些抗联在带岭与日伪敌人斗争的故事。姥爷有位同乡邻居叫林茂常，也常讲发生在带岭林区的抗联的事。这两位老人由于来带岭较早，知道的抗联故事多。卢德峰幼小的心灵被抗联英雄的事迹紧紧地吸引着，由此产生了好奇心，老人一讲抗联故事，小卢德峰就不淘气了，精神集中地听着。小学四年级的时候，有一天，卢德峰看《带岭区志》。第七章逸闻逸事有关于带岭西山头战斗的记载。但记载得不详细，也不完整，时间只是大概，双方投入兵力及伤亡情况、战斗经过没有完整、准确地交代，只是说有这样一场战斗。卢德峰对这场战斗产生了浓厚兴趣，总想整明白到底咋回事，痴迷到睡不好觉的程度。从此，他把这事记上心来，在学习过程中，处处留心收集有关带岭林区人民与抗联一起同日伪斗争的资料，总想解开心中的迷团。

用心　专心

卢德峰长大了，参加了工作，结了婚，有了可爱的儿子，不管世事如何变化，收集、整理抗联史料的事他时刻不忘。他的知识面也在不断扩展，他深知收集抗联史料的重要性。许多人身在老区，却不识老区，要让人们认识老区、热爱老区、建设好老区，就要拿出翔实可靠，经得起考验的史料来，让人们信服。于是，他在干好本职工作之外，就专心把精力用在调查带岭抗联史料上面。利用午休、晚饭时间找知情人调查采访，整理材料；利用节假日、休班时间外出调查，白天进行调查，晚上就睡在车上；利用工作之便进行调查。由于年代久远，许多知情人和当年的抗联老战士已故。为少走弯路，他在电脑上查户籍，找线索，寻知情人，弄清楚后就搭火车前往，进行采访。健在的抗联老战士李敏、潘兆江、刘明桢、刘淑珍、吴玉清、卢连峰、李再德等他都采访过；已故抗联将领于天放的后代于少雄、王明贵的后代王晓兵、冯仲云的后代冯忆罗、赵尚志的外甥李龙、于保合的后代于光、于桂珍的后代蔡失迎等他也拜访过，还拜访过杜希刚的夫人张景芳。还通过旅日华侨萨苏以及日本、韩国朋友交换过抗联资料，更请求过他们帮忙查找资料。在调查采访中,他克服了许多困难。这些年在调查采访过程中,有些得到的资料要花钱,旅差费要自己付,他在这方面花了三万多元。这且不说,在调查采访时,有的人家把他当成上访者,不愿搭理。这时,他不得不说明情况,把警官证拿出来证明自己。到一些地方档案馆查阅资料时,有的嫌麻烦不愿接待,他就想办法与之沟通感情,直到达到目的为止。

还有的人看他这么年轻,说他研究这干啥,不理解。

调查采访、收集资料的过程中,卢德峰同志克服了种种难以想象的困难。到了二〇〇八年,资料已累计达到了二十六万字。在哄可爱的儿子时,他想到,今后该给孩子留下什么呢?金山银山不可取,再说也挣不来,还可能把孩子惯坏。这时,一个大胆的想法在心底产生,何不把通过调查采访收集到的带岭抗联史料编撰成一本书,让抗联宝贵的红色精神作为遗产传承下去,让下一代健康成长。于是奇想马上就变成了他的行动。

细心　尽心

编撰一本书并非易事,这是一项庞大的系统工程。靠手头积累的资料还远远不够,必须要开阔眼界,拓展思路,收集更多的翔实可靠的史料。他明白此事难,越难此书的价值就越大,做好了就是对老区人民的一大贡献,这真是一件前无古人的大好事。想到这儿,卢德峰的热血直涌,他决心尽自己最大的努力来做。

卢德峰从多方面收集史料,他的办法很多。从旧书摊上购买,到哈尔滨市的旧书摊去搜寻,凡与东北抗联有关的旧书就购买,并且还从网上购买,拜访老专家购买。收集抗联将士回忆录,王明贵、陈雷、冯仲云等人的回忆录他收集到了,有的是内部出版,数量很少,如国防科工委的彭施鲁少将所著《东北抗日联军往事》一书。收集抗联论文集,许多专业人员的关于抗联的论文集他收集到很多。收集抗联将士的个人传记,目前他收集到赵尚志个人传记十本、杨靖宇个人传记三十本,还有不少李兆麟个人传记,其中涉及北满、南满抗联的史料书籍约有一千本。从网上收集,卢德峰从网上收集有关抗联史料,打印成册有十八本,有上百万字。收集口述史,走访抗联老战士及后代十六人,他都进行了录像、录音并做笔记。到各地档案馆、省图书馆、东北烈士纪念馆等地收集史料,到带岭、南岔、汤原、铁力、尚志、朗乡公安局查找档案,还到黑龙江省党史研究室查过资料。向中国抗联研究史专家虚心求教,并收集资料,马彦文、梁宗仁、赵俊清、王晓兵等专家他都拜访过。实地踏访抗联遗址,四块石、赵尚志牺牲地、抗联电讯学校和三军被服厂、北满省委遗址、锅盔顶山、抗联十军活动地、抗联北满省委所在地,以及香兰、依兰、兴隆、赵尚志出生地等,他都实地踏访过。收集各地文史资料,东北三省各市、地、县的文史资料、党史资料,他收集到百分之八十,约有五百本书,有一部分是电子资料。这些资料中还包括三千张照片及图片。这些资料为编书提供了丰富的史实依据。

决心　恒心

在浩瀚的资料中寻找与当年的抗联有关的人和事,再编辑成书,是很费神费力的。卢德峰锲而不舍,勇往直前,用他那坚定的决心与持之以恒的毅力,取得了丰硕的成果。体现在以下几个方面:

首先,对带岭近代历史沿革、管辖范围有比较清晰的校正。把带岭近代历史向前推进了三十年。一九〇五年汤原设县,成立了五个乡,就有西岭乡,西岭乡就是带岭。一九一二年,依兰人柳万福在此开荒。卢德峰还在历代地图中寻找带岭地名演变过程。有图证明,伪满时期带岭管辖着嘉荫以西、鸡岭以东的两万多平方公里;日伪资料证明,带岭林区在合江省汤原县占有重要位置,面积最大,人口最多。其次,较为详细地解开了有关带岭林区抗日斗争的疑团。如带岭西山头战斗,双方参战者的身份、经过、结果,通过敌我双方的历史资料得到证实,情况明了。卢德峰在小学四年级就想弄明白的疑团,不想在十几年后才解决。还有,对抗联六军缉查处处长黄有的死因及牺牲地点的研究,得到了国内抗联史研究专家赵亮、王晓兵的认可。填补了一些空白,如过去人们不知道的带岭北山战斗、带岭抗日救国会的情况、抗联将士在带岭战斗及养伤的情况等,查明了真相。第三是纠正了某些历史上以讹传讹的事件。如马克正、杜希刚等四人奇袭带岭大烟馆,过去以为是晚上打的,实际是中午;抗联十一军九团团长隋德胜的牺牲地,过去人们不知确切地点,隋德胜的女儿隋杨兰解放后找了几次都未找到,卢德峰通过日伪资料找到了;抗联老战士王明贵在回忆录《踏破兴安万重山》中提到战友刘明祯时,说已牺牲在抗日战场上,卢德峰在调查走访中发现,其人还健在,此事得到王明贵之子王晓兵的确认,并将这一事实收录到修订版的《王明贵回忆录》中。第四是此书采用了四对比的方法,落实抗联历史事件。用我方的各种资料、日伪档案资料、抗联将士回忆录和知情人掌握的情况进行综合比对,还原了历史真相。第五是找到了一些被遗忘的仍健在的抗联老战士。如生活在新疆乌鲁木齐的抗联三军被服厂的老战士于桂珍。

卢德峰同志还调查清楚了人们过去未掌握的有关抗联的情况。举例如下：一是抗联部队袭击老钱柜的战斗中，打死的六个日本人的具体名字、籍贯、死亡时间、战斗时间等，用中日资料对比，并通过老抗联战士回忆，掌握清楚了。二是东北抗联政治军事学校，在伊春有三个校址，办了三期。在成立时间和具体学员方面，抗联史研究专家王晓兵掌握四十人左右，卢德峰通过调查又掌握了十人左右，使资料更加丰富。三是对抗联三军九师的活动情况做了系统梳理。四是对抗联十军军长祁致中、七军军长景乐亭的牺牲真相进行了较为全面的考证，提出了自己的看法。五是对带岭伪满时期的街市概况进行平面绘图。

卢德峰同志通过十几年的调查研究，编写出《碧水箐山映丹心——带岭抗日风云录》一书，这不仅是给带岭革命老区人民的厚重礼物，也进一步丰富了黑龙江省抗联历史的研究内容，是宝贵的抗日史料。现在，卢德峰同志早已加入了黑龙江省抗联历史研究会，是会员中最年轻的一位，人们期待他编著的书早日出版，更希望他今后有更多的研究成果。

注：此文发表于二〇一二年六月二十一日、六月二十八日《伊春广播电视报》。

摘金夺银　为国争光

前一段时间，带岭区聋哑女孩史册的心情一直很激动。原来，在澳大利亚举行的第二十届聋奥会上，史册一人夺取了乒乓球比赛的三枚金牌、一枚银牌，为国争了光，为家乡赢得了荣誉。中央、省、市、区的电视台多次进行了报道。

一月五日至十六日，中国体育代表团在第二十届聋奥会上共获得五枚金牌、八枚银牌、四枚铜牌，取得了金牌总数第九名，奖牌总数第八名的好成绩。首次进入聋奥会总成绩前十名，实现了我国聋人体育在聋奥会上的历史性突破。一月十九日，在第二十届聋奥会中国体育代表团总结表彰会上，史册被中国残联、国家体育总局授予"优秀运动员"称号。

一个年仅十九岁的聋哑女孩，一人夺得了三枚金牌、一枚银牌，为国争光，为家乡争光，实属难能可贵，了不起。

史册幼年时就一只耳朵失聪。在区第二小学上学时，体育老师李立君发现史册很有灵气，又能吃苦，就教她打乒乓球，从此一发不可收。在李老师的耐心指导下，史册的乒乓球技术飞快地提高，经过层层选拔，史册参加了聋奥会。果然不负众望，她以顽强的拼搏精神取得了赫赫战绩，为祖国争得了荣誉，成为家乡人民的骄傲！

注：此文发表于二〇〇五年二月十八日《伊春日报》。

书的渴望

书给人们带来无尽的知识,所以人们对书的渴望是迫切的。我有一位同学,也是我的学长,更是我的好友,他对读书如饥似渴,对书的追求使我很感动。

从小就爱学习的他,一见到书,就什么也不顾了,埋头就读。如果没有书读,他就感到日子难熬。二十世纪六十年代,家住勃力县农村的他正在读小学。一天,他发现同学有一本《小词典》,是北京大学十余名大学生编著的,市场上很难买到。即使能买到,家中经济拮据,也没钱买。他羡慕得不得了,为了学习,就借来手抄,抄了很长时间。通过这次抄写词典,他认字必然比同学们多,感到很解渴。一九六八年的一天,他去县城,见书店有售《斯大林选集》,价格是一元四角钱。他口袋里只有一元四角钱,毫不犹豫地买了下来。县城离家五十里地,客车票是七角钱,兜里没钱买票,小小的他,只得走着回家,天黑了才到家。为了读书,他宁愿挨累,觉得很值。一九七六年,他刚成家,家中经济紧张。一次,他在带岭新华书店发现有售新出版的《中学语文教师手册》,价格是四元七角。他实在是看好了这本书,手中没钱,急忙跑回家,把家中仅有的五元钱拿出来,到书店把书买了回来,认真地学起来。爱人要买粮,发现钱没了,问他钱干啥用了,他说买书了。为此,爱人向他发了脾气,还骂了他一顿,可他只是一笑了之。

还有让人感动的事。他以前是搞林业机械修理工作的,一九七九年,他在带岭机修厂工作。一天,好友谢天印告诉他,说自己编写的《林业机械工程手册》一书出版了,要送给他一本。谢天印是林业机械工程师,任黑龙江林业干部学院机械教研室主任,水平很高。书价是十元。十元的价格,在当时很高。生活都不富裕,不能白要人家的书,但手中又没钱,怎么办?他只得向母亲要。母亲对儿子的学习与工作向来支持,就给了他。他给谢天印钱时,人家说什么也不要,说书是送给他的,怎能向好友要钱。他只得又把钱还给了母亲。后来才知道,母亲只有这十元钱,是多年积攒的,舍不得花。他心中很是感激母亲对他的爱,更感谢好友对他的支持与关心。

这位好友从小爱读书,只要能有书读,他对一切就满足了。所以,他的知识也比其他人丰富,也使得他不管在哪个单位工作,总是能得到组织上的重用和领导的赏识,从一名普通工人,成长为林业局机关的秘书,又走上了基层领导岗位。再后来,他从事了新闻采编工作,曾多次在省、市新闻战线获奖,受到好评。

这位好友对书的渴望,使他成为栋梁之材,更是我学习的榜样。

注:此文发表于二〇一四年七月十八日《林城晚报》,获 2014 年黑龙江省总工会"读书活动"征文三等奖及伊春市"读书活动"三等奖。

难忘那次受鼓励

我的案头有本诗集《大海中的月亮》。那是国家一级作家吴宝三的作品,是他亲手赠予我的。每当看见这本书,那次他鼓励我进行文学创作的场景就浮现在眼前,很是难忘。

一九九四年夏,我在带岭林业实验局环山林场工作。林业局组织各林场场长到牡丹江东京城参观学习,途中在哈尔滨停留,我抽空将业余创作的文学作品手稿送到《大森林文学》编辑部。来到位于文昌街的省森工总局机关大楼中的编辑部办公室,有两位同志正在办公,见我到来,给予热情接待。可我并不认识他们。我说明来意,将几篇小说稿件递上。这时,其中一位同志说:"我叫吴宝三,是这里的编辑,欢迎你来投稿。"我见人家非常热情,紧张的情绪放松了,相互就聊了起来。在人们的印象中,文学编辑部的门槛是"高"的,尤其像我这样的年轻人第一次到这来投稿,心中忐忑不安,有些羞涩,怕被拒。吴宝三同志看出了我的心思,用和蔼可亲的语气对我说:"年轻人工作之余搞文学创作,精神是可嘉的。不要怕失败,多写多练,在实践中寻找灵感,向群众学习,就能写出好的文学作品来。坚持下去,就有收获。人生下来谁也不会,只要肯学苦练,就能成功。不要怕,我在年轻时也这样。"他的话,使我受到鼓舞。接着,他看了我的稿件,然后说:"写得还不错,还有需注意的地方。"接着,他详细地给我进行了指导。说完这事后,他拿起一本书给我,说:"这是我写的诗集,送给你,请阅后提意见。今后我们要经常互相交流,相互取长补短。"他说得真诚,那谦虚的态度使我对他格外敬重。那次会面,吴宝三同志给我留下了美好的印象。尤其是他对我的鼓励,使心存疑虑、胆怯的我变为信心满怀,充满憧憬。在分手时,吴宝三同志再次鼓励我,今后多写多练多投稿,争取有大的进步。在我回到工作单位不久,《大森林文学》一九九五年第一期便寄到我手。当我翻开时,我创作的五千字小说《小寡妇与憨六子》跃然纸上。这是我第一次发表小说,兴奋得几天都处在亢奋中，又一次受到鼓励，从事文学创作的劲头更足了。

  时间过去了二十多年，我发表了几十万字的文学作品，先后九次获国家、省、市文学奖项，成为省作家协会会员。现在我已退休，仍在文学创作的田野里耕耘着。我想，如果没有那次吴宝三同志对我的鼓励，是达不到现在这种程度的，我铭记在心。

《北风吹》在我心中

音乐是思想的表达,歌曲是情感的流露。我不懂得音乐,也不善于唱歌,可喜欢听中国民歌,悠扬悦耳的歌声往往能唱到心里。尤其是那首老歌《北风吹》,百听不厌,总感到亲切。

歌剧《白毛女》的插曲《北风吹》可算是老民歌了,延安时期就有。特别是郭兰英和王昆两位歌唱家都唱过这首歌,我最爱听。每当听到这首歌,我就想起中国百姓在旧社会遭受的苦难,尤其是中国妇女所受的压迫,杨白劳与喜儿父女俩的悲惨生活。这首歌唱出了中国百姓对推翻"三座大山"的祈盼,对新生活的向往。

二十世纪六十年代前半期,我十多岁,住在带岭明月林场。一天,林场放映露天电影,影片是歌剧《白毛女》。年迈的母亲领着我去林场场部大院里观看。电影开演了,大家聚精会神地看。当人们看到喜儿一家遭受苦难时,人群中不断地发出抽泣的声音,我心里也为其而难过。这时,我看到母亲也在流泪。后来,我大了才知道,母亲是一九一六年生人,三岁丧母,十二岁丧父,受尽了后娘的白眼。幼时就干活,冷暖无人照管,在旧社会遭受了无尽的苦难。我想,母亲当时一定回想起她的身世,不然怎能流泪难过呢。当电影里演唱《北风吹》时,人群中鸦雀无声,母亲的眼睛明亮了,这时我的心情也好多了。喜儿唱的"北风那个吹,雪花那个飘,雪花那个飘……"传到我耳朵里,却牢牢地印在我心里,悠扬嘹亮的歌声使我心中为之一振,倍感亲切。从那以后,我不仅学会了这首歌,而且深深地印在脑海中,每当听到这首歌,心潮起伏,喜儿父女俩的遭遇便在我的眼前浮现。

后来,"文革"十年,我与大家一样,很少听到《北风吹》这首歌曲,心中感到茫然。但盼望能再次听到这首老歌。再后来,打倒了"四人帮",国家实行了改革开放,《北风吹》这首老民歌又在祖国上空唱响,我的心又亮堂起来。

关于《北风吹》这首老民歌,还有更有趣的故事。二〇〇一年秋,我因公出劳务,到俄罗斯萨哈林岛(库页岛)进行森林采伐,住在岛的中北部阿尔吉－帕吉村,我们所在的中国公司的副董事长从国内带去了不少中国民歌磁带,其中就有《北风吹》这首歌。一天休息时,天空晴朗,心情舒畅。在我们驻地,莫锦祥放起了《北风吹》,音量很大,而且传得很远。当时我分不清是郭兰英还是王昆唱的,只觉得格外亲切,心情无比激动。中国歌曲在异国上空飘荡,别有一番情趣。歌曲激荡我的心田,使我热血沸腾,同伴们也跟随着哼唱,热爱祖国的激情愈加高涨。这时,一些遛弯儿的俄罗斯村民们听到这美好的旋律,纷纷停住了脚步,认真聆听这首中国歌曲。看到这场面,我又让副董事长反复播放。这悠扬美妙的歌曲,俄国村民们听后非常喜欢,愿意听,对我们比划着说:"给大依(中国)……哈拉少(好)……"意思说这首歌好听,给予了赞美。看到俄国人也非常愿意听《北风吹》这首中国老民歌曲,这说明这首歌有着无限魅力,我高兴极了。

我虽对唱歌不感兴趣,但对《北风吹》这首老民歌却情有独钟。现在,我把这首歌储存到我的手机中,随时都可以播放聆听。我除了把郭兰英、王昆两位歌唱家所唱的《北风吹》存入手机外,我还把因《星光大道》成名的王二妮所唱的《北风吹》也存入了手机。有时一遍一遍地放,总觉得听不够,听不完,始终在耳边回响。

我今年六十二岁了,对于《北风吹》这首老民歌,我愿听到老,她给我精神,她给我力量,总觉得越活越年轻。

注:此文发表于二〇一五年二月四日《黑龙江林业报》。

故乡古塔

故乡的古塔一直让我魂牵梦绕,在脑海中挥之不去,这思念伴着我由儿时走入老年。

我的故乡在鲁西南叫杨官屯的村子,距离县城五里地。古塔就坐落在县城南边,站在村边就能遥望到。二十世纪五十年代,那时我还小,觉得古塔很神秘,盼着有一天能进城蹬上古塔,这也是我那时最大的心愿了,可至今我也没能实现。

阳光荏苒,我也慢慢地变老了,总想把故乡的古塔的来龙去脉问清楚。二〇〇〇年,五哥吕文奎回山东老家办事,我叫他捎回一本县志来。查《巨野县志》我方得知,古塔叫永丰塔,位于巨野县城东南角水坑内。造型为七级八棱四门楼阁式,青砖结构,地面上现存五层,淤地面下二层。考其形制、风貌、结构,与郓城县唐塔相类。建造年代,据《巨野县志·方舆志》记载:"世传唐人所立,未合尖而止。"塔尖木柱上记载"大宋仁宗天圣二年修建"。这才知道塔的历史,着实让我思量了近五十年。记得一九六〇年我离开巨野迁往东北时,曾在古塔边上经过,仰望古塔,惜别之情有之,因年岁小还未达到深刻。来到小兴安岭林区后,我常常想起家乡的古塔,这种思念之情也越来越重。每当遇到家乡来人,我就不厌其烦地打听古塔怎样,是否依存。当听说它仍屹立其位时,我心中感到一阵兴奋,就好像心中有了底似的。

千年古塔的安危,我心时刻挂念着,为它不断祈祷着,祝古塔永远屹立在故乡,给游子以寄托。听在山东巨野老家工作的三哥吕厚省告诉我,一九五九年,巨野县人委主持维修时,将拆除大佛寺残存的石刻佛像七尊,嵌于塔底层内壁。一九九〇年,家乡人民修塔时,又在塔身砖墙内发现宋初铜钱多枚,铜钱刻有"嘉佑通宝"四字。又据考古工作者考察分析,此塔为北宋嘉佑年间所建。由于塔周围常年积水,底层损坏严重。

记得儿时在老家,已在县城工作的三哥把我领进县城,曾去古塔旁玩耍。时值夏天,天热,只见古塔四周坑内生长着茂密的荷花、荷叶,很是好看。一些小男孩儿在水坑内捉小鱼,但不见有人敢进古塔内蹬高。古塔大约高出地面二十米,当时它屹立在平原上算是很巍峨了。特别是古塔的神秘与坑内鲜艳的荷花,深深地印刻在我的脑海中,时时映出一幅美丽的家乡图景。

　　人们修建古塔,是祈求它能给人民带来丰年与福祉。可古塔千百年来看到的是灾难、战乱、民众的困苦,以致古塔担负得太多,塔身有些缝裂。新中国成立后,古塔经过维修重新焕发了青春,继续屹立在水坑中。这是思乡的游子引以为豪的事,故乡的古塔永远在我心中。

　　注:此文发表于二〇〇九年《大森林文学》第二期。

革命老区带岭

山清水秀、人杰地灵,素有林业科学城美誉的带岭,是小兴安岭一颗璀璨的明珠,坐落在伊春市的南部。这里是抗日战争时期的革命老区,是伊春抗日战争的中心区,是伊春林区成立最早的林业局,是 20 世纪五六十年代直属中央林业部的林业实验局,现在是伊春市的县级行政区,直属省森工总局的林业实验局,国家林业综合现代化科学实验基地。

抚今追昔,我们在任何时候都不能忘记老区和这片土地上的人民,在抗日战争和解放战争中为民族解放、新中国诞生做出的巨大牺牲,做出的重大贡献。

带岭历史悠久,早在先秦时代,古老的肃慎族(满族前身)就生活在这里。自唐代开始,历代受朝廷管辖。1905 年,汤原设县,带岭划归其管辖。1939年,汤原县设一街九村,带岭是九村之一,管辖着嘉荫县以西、铁力县以东、鹤立县以北两万余平方公里的地域。

1932 年 5 月 18 日,日本侵略者入侵汤原。随之,在带岭建立伪政权,进驻日军守备队,先后成立伪村公所、伪警察分驻所、伪带岭警察署、伪警察游击大队、伪警护分团、伪街公所等十几个统治机构,疯狂镇压带岭人民和打击抗日武装,掠夺带岭优质木材至少四百万立方米。日伪在这里建有店铺 26 家、妓院 9 家,还开设大烟馆,不准百姓吃细粮,随意枪杀中国百姓。

"九一八"事变后,中国共产党领导的东北抗日联军和各地抗日游击队英勇抗击日寇。抗日烽火很快在小兴安岭的带岭林区燃起。

1933 年,汤原抗日游击队在香兰以北、汤旺河以西带岭一带的深山密林里建立了北大山抗日根据地。1937 年夏,抗联三军被服厂就建在带岭大箐山北坡。抗联部队领导带岭人民同日军进行斗争。

游击队袭击高丽屯,日寇部队长毙命。1936 年,日本侵略者修建了神树—带岭—南岔铁路。北满抗联三、六、九、十一军调动优势兵力,在这一带打击日寇。其中,以宋喜斌团长为首的抗联山林队游击队令敌人闻风丧胆,弃尸林海。

1936年7月18日,日本甘泥部队300余人进驻带岭高丽屯。在抗联将领赵尚志、夏云杰的指挥下,我军在三公泽地区围歼这股敌人,包括甘泥大佐在内的307名日军全部被歼灭,我军也牺牲400余人。

以少胜多,截击战大获全胜。1937年冬季,日寇修建带岭段铁路时,由1 300余名日伪军护送由50多张马爬犁组成的给养运输队,在大青川被我抗联部队100余人截击,日军70多人、伪军100余人被消灭,战斗取得胜利,并缴获大量战利品。

冯仲云指挥西山头战斗,日寇尸横林野。1938年8月,日军一支60多人的护路队驻扎在带岭西山头,监视修路队劳工。抗联三军政治部主任冯仲云带领队伍采用里应外合的战术,突袭了日军,打死打伤日军30多人,当场击毙日军护路队队长肥泥亦吉。

带岭北山战斗。1941年,抗联第三路军第六支队第十六大队队长隋德胜带领30多名战士在带岭一带坚持游击斗争。10月下旬的一天,在带岭北山同日军骑兵展开战斗,从黄昏打到次日清晨,打死日军113人之多,缴获机枪四挺、步枪70多支。

带岭抗日救国会战功卓著。有压迫就有反抗,带岭人民在中国共产党的地下组织和抗联部队的领导下,成立了抗日救国会,当时又称反日会。1939年秋,北满省委书记金策派中共党员金万植来带岭筹建地下抗日组织。1942年6月,又派共产党员金光植来带岭,与金万植共同开展地下工作。成立了带岭抗日救国会,团结铁路工人和林业工人,为抗日联军送物资、搞侦察,处死了日籍刑警"活阎王",配合抗联马克正等四人袭击了带岭日伪的大烟馆。

在抗日战争中,带岭人民积极支持抗联部队。居住在环山林场胜利沟(老韩头沟)的老猎人老韩头,在他的窝棚里招待过赵尚志、李兆麟、于天放、陈雷等抗联名将。现在,带岭北沟的老张头沟、老门沟,以及南沟的老沙头沟也都是抗联活动的据点。

抗日战争时期的带岭林区,两万多平方公里的土地,是抗联总司令部所在地;抗联三、六军的后勤保障地;北满省委机关所在地。赵尚志、冯仲云、周保中、李兆麟等抗日将领都在这里参加过一些重要会议,并领导抗日斗争。

抗日战争中,在带岭这片土地上,发生的大小战斗,有记载的就达73次之多,消灭日寇人数初步估计1 000人以上。但带岭人民也做出了巨大牺牲,我方牺牲人数大约3 000人,包括抗日联军、抗日救国会、爱国人士、工农大众、劳工等。

在解放战争中，1946年4月，中国共产党员、老八路张学第来到带岭。于1946年5月成立了合江省林务局带岭林务分局。他领导带岭林区人民同日伪特务、封建把头、恶霸、土匪进行坚决斗争，巩固新生政权，发展林业生产，支援全国解放战争。1947年，如期完成24万立方米木材的生产任务。1948年，完成26万立方米。1949年12月，动员48人参军，47人参加了担架队。1950年10月至1953年8月，生产桥梁木和枕木26万多立方米，有力地支援了抗美援朝战争。

新中国成立以来，带岭林业实验局先后划归中央林业部、伊春林管局、省森工总局管辖，科学实验、科学研究、科学发展始终是一大特色，为新中国林业发展做出了突出贡献。党和国家领导人刘少奇、朱德、董必武、赵紫阳、王任重等先后来这里视察。美国著名作家斯诺、我国著名作家唐弢曾来这里采风。1978年召开的全国科学大会上，带岭被授予"科学工作先进单位"称号。几十年来，在带岭这片土地上，涌现出了张子良、蒋基荣、黄正举、孟昭贵等先进模范人物，革命老区精神进一步得到了弘扬和传承。2008年，带岭区又获"全国精神文明建设工作先进单位"称号。

带岭革命老区的人民始终用老区精神和干劲，把这片土地建设得很好。这里实现了60年无森林火灾，九万八千公顷的土地，活立木蓄积达到1 169万立方米，每公顷蓄积达到125.8立方米，森林覆盖率达94%，在全国名列前茅，居全省之首。建局以来，承担市、省、部级林业课题研究401项，有378项获市级以上科技进步奖；有科技人才2 060人，占城镇从业人数的15%；带岭率先建立3座风电场，成为名副其实的林业风电之乡。

近年来，带岭区艰苦创业，先后投入2亿多元，棚户区改造3 574套；实行了集中办学、集中供热、集中供电；水泥路面实现了场场通，全区道路总长达到531公里，每公顷林地道路长度达到5.1米，在全国林业行业中名列前茅。职工收入和农民收入不断增加。在文化建设中，带岭老区人民不仅学文化、学科学知识，而且还建起了两座影视城，群众文化生活日趋丰富。

现在，带岭老区人民以更加饱满的精神，更高的工作热情，更足的干劲、决心，把这片土地建设得更加美好。

注：此文发表于二〇一二年九月二十日《伊春广播电视报》。

抗日烽烟

——记抗联在带岭的四次战斗

东北抗日联军是七十年前活跃在东北地区的主要抗日武装力量。在中共北满临时省委的领导下,抗联三、六军等多支部队,曾在带岭林区驻扎、战斗过。一九○五年,汤原设县,下辖的西岭乡就是今天的带岭。当时,带岭村管辖铁力(铁骊)县以东、佛山(嘉荫)县以西、鹤立县以北约二万平方公里的区域,地域辽阔、森林茂密,包含了小兴安岭大部分地区。

一九三二年五月十八日,日寇侵占汤原县,设立伪政府机构,实施乡村政权保甲制,带岭隶属伪汤原县第二区竹帘保。一九三九年秋,改保甲制为村街制,带岭是九村之一。带岭林区因丰富的森林资源,自然成为日寇统治小兴安岭地区和掠夺木材的重镇。

抗战期间,抗联与日军在带岭林区发生的大小战斗,有记载的就达七十三次之多。在小兴安岭翁郁无际的深山密林中,抗联将士穿山越岭,爬冰卧雪,与日寇展开了艰苦卓绝的斗争。其艰苦程度是难以想象的。抗联将士们的坚强意志和英雄事迹将永远激励后人。

三公泽大捷,全歼甘尼部队

一九三二年东北沦陷后,日寇开始实施"开拓(移民)政策""北边振兴计划""产业开发计划",而修筑铁路,是实现上述计划的保证。于是,一九三六年即开始修筑铁力—带岭—南岔铁路,以便疯狂掠夺小兴安岭的木材和围剿东北抗日联军。自然,日寇的计划也不断遭到抗联的破坏。

三公泽,位于带岭西山脚下,是日军部队的驻扎地。一九三六年夏,日军大佐甘尼率领装备精良的骑兵、步兵三百余人,进驻带岭。

甘尼所部是侵华日军关东军独立守备队的一支精锐部队,奉命调来带岭,是因为自日军修筑绥佳线铁路工程以来,经常遭到抗联袭击,工程进行缓慢。甘尼的到来,似乎给日军吃了定心丸,不再担心抗联的袭扰。面对强敌,时任抗联三、六军负责人的赵尚志、夏云杰,经侦察和周密计划,决定采取绝对优势兵力打一场围歼战,消灭甘尼部队,给日军以强力震慑。一九三六年七月十八日,天刚刚放亮,抗联一千多名将士将甘尼驻地包围起来,战斗于早八时十二分打响。日军正吃早饭,枪不在身,措手不及,死伤严重。但甘尼很快反应过来,立即组织日军拼死抵抗。战斗异常激烈,进入白热化程度。整个战场硝烟弥漫,枪声、手榴弹的爆炸声响彻山谷,树叶被震得纷纷飘落。直打得日月无光,天昏地暗。当时带岭村伪警察署和自卫团(伪军)的两支武装接到甘尼的增援命令。他们明知西山头战斗的激烈程度,增援无疑是向鬼门关迈进,有去无回。但他们又不敢不去,因为甘尼是个魔头,如果临阵抗命,过后甘尼会毫不犹豫地将他们处死。他们只好硬着头皮挨挨蹭蹭向西头靠近。但抗联部队早已做好准备,埋伏部队一阵扫射,伪警察和伪军趴在地上不敢动了。后来得知,当时一个伪警察吓得尿了裤子,害怕再上战场,战斗结束后,托人费力地调走了。可见,这次战斗的惨烈程度是他平生未曾经历过的。

此时的甘尼,望眼欲穿,苦苦等待增援部队,但又迟迟不到。他知道,这些伪警察和伪军是一群窝囊废,还是自救吧!他两眼冒火,满目凶光,完全成了一只困兽。于是,再次组织反扑。他挥舞军刀,指挥十几名日军登上一台军车,作为制高点来压制抗联的火力。但六军参谋长冯志刚眼疾手快,一颗手榴弹甩进汽车厢里,顿时四五名日军倒下,其余的只好趴在车下,抗联的火力压灭了甘尼强占制高点的妄想。

战斗打到此时,抗联对日军的包围圈在逐渐缩小。日军帐篷外围的木栅栏多处被炸开,院子里的日军横躺竖卧,没死的仍在负隅顽抗。甘尼心知大势已去。这时,他突然看到抗联战士以三角形的合围阵势向他的指挥室冲来,其中一名战士抛出的手榴弹炸毁了汽车,引燃了汽油,顿时浓烟滚滚,不辨东西。甘尼紧忙放出军犬,以图阻挡合围,但军犬没跑出几步,即命丧枪下。就在甘尼迟疑之时,抗联将士的子弹击中了他的头部,倒在指挥部门口,魂赴东瀛,命归地狱。

这一仗,自八时十二分打响,直到十五时四十分结束,进行了七小时二十八分钟。抗联部队全歼日军三百零七人,三公泽成了日军的坟场。战后,日军在带岭西山头修建了一座甘尼部队殉难纪念碑,为战死者招魂。二十世纪五十年代,被带岭百姓砸碎。关于此次战斗,日军在《三江省治安肃正工作综合报告书》中有详细记载:"康德三年(公元一九三六年)七月十八日,日本关东军甘尼大佐部队在带岭村西山头附近三百零七人尽殁战况……"

这场战斗,面对日军的精锐部队,抗联将士不畏强敌,浴血奋战,最后全歼甘尼所部。除缴获大量辎重外,其毙敌数量之多,也在东北抗日联军史上写下了光辉的一页,沉重地打击了日伪嚣张气焰,极大地鼓舞了小兴安岭人民,尤其是带岭军民的抗战决心和意志,有力地配合了东北的抗战形势。

大青川截击战

大青川,距离带岭东南六公里,是带岭东西交通必经之路,当年只有几户人家。

一九三七年冬季,日军将修筑绥佳线铁路的大本营设在铁骊(铁力),给养由铁骊出发,沿途经神树、朗乡、带岭到南岔。为保卫森林资源,破坏敌人的修路计划和夺取敌人的给养,抗联三军九师七十五团在团长宋喜斌的率领下,经过周密部署,决定在森林茂密的大青川东山头下埋伏截击。经过侦察得知,日军给养运输队是伪军在前,中间是日军,再后仍是伪军,最后是马爬犁装载的物资。其时,宋团长手下战士仅有百余人,敌众我寡,力量悬殊,而武器装备与敌相比也处于劣势。面对强敌,宋喜斌决定采取突袭、截击战术,兵分两路,一路阻击敌人,一路截取物资,同时由少数战士组成几个战斗小组,沿途搅乱敌人秩序,分散敌人注意力。

这一日,敌人如往常一样,运输队从铁骊出发开往南岔。前面是五百名伪军开路,中间是装备精良的三百名日军,押后的又是五百名伪军,最后是五十多张装载给养的马爬犁。日伪军一千三百多人,队伍长达一二里,浩浩荡荡。伪军哼起小曲,日军摆出不可一世的威风向前行进。埋伏在东山头下的抗联部队放过敌人大部队后,宋团长一枪令下,即刻打响战斗。负责截取敌人物资的一路抗联战士,迅速消灭了负责保护马爬犁的十五六个伪军,将截取的马爬犁快速向大青川南沟的深山密林转移。阻击敌人的一路抗联战士,在密林中向返回的敌人猛烈开火,此时,埋伏在路两侧的我抗联部队战斗小组也同时向敌人射击。敌人顿时大乱,不知密林中有多少抗联部队,只好趴下,盲目开枪。日军见伪军都趴在地上乱打枪,有的还跑进树林子里自顾逃命,队伍乱了套,便很快组织反扑。敌人在明处,我军在暗处,日军向密林中的抗联阵地靠近。宋团长说:

"准备手榴弹,等小鬼子靠近了再扔。"当日军靠近,约距离三十米的时候,宋团长高喊一声"扔",战士们的手榴弹同时甩出,炸得敌人鬼哭狼嚎。宋团长身边有一个叫张祥的战士,是机枪手,枪打得准,手榴弹也甩得正。敌人在张祥的机枪扫射下倒下一片片,在这场战斗中张祥立下了功劳。这时,负责截取敌人物资的大部战士也返了回来,一同参加了战斗,火力增强。日军一次次反扑,抗联战士英勇顽强地阻击。战斗从白天一直打到傍晚,敌人没有占到便宜。天一黑,敌人更乱了阵脚,前面的敌人向南岔方向逃窜,后面的敌人向铁力方向逃跑,敌人彻底溃败了,纷纷自顾逃命,这就叫兵败如山倒。此仗打得很有戏剧性,抗联将士由截击战变为阵地战,又由阵地战变成追击战,抗联战士向两个方向追击敌人,一直打到半夜,追出一百多里远,真是打得酣畅淋漓,痛快过瘾。

此战消灭日军七十多人、伪军一百多人,抗联部队以小的代价赢得了大的胜利,缴获了大批枪支弹药和其他物资。抗战胜利后,参加此次战斗的神枪手张祥,已成为我军高级将领,他曾撰文《林涛伴我话当年》回忆了这场战斗。

带岭西山头战斗

带岭西山头地形特殊,悬崖绝壁,地势险要。日军修筑的铁路就在绝壁脚下通过,自甘尼部队被全歼后,这里成了日军头疼的地方。抗联部队也利用这里的有利地形频频出击,使日军防不胜防。一九三八年八月,日军又派肥泥亦吉(曾任铁骊日军守备队队长)带领由六十多名日军组成的护路队驻扎在带岭西山头(带岭金星村西),监视筑路劳工,保证铁路工程建设。

得知这一情报后,时任抗联三军政治部主任的冯仲云、支队长朴吉松等将领经过认真研究,决定采取里应外合的打法,扰乱敌人内部,避免正面硬攻的损伤,巧取肥泥亦吉部。抗联部队事先派遣一部分战士混入劳工之中,发现日军经常在午饭期间把枪集中架起,人枪分离,这是出其不意歼敌的绝好时机。一天中午,日军正在吃饭,埋伏在林子里的抗联部队发出信号,混在劳工中的战士立即夺枪,与敌人展开搏斗。同时,埋伏部队也猛扑过来。里应外合,肥泥亦吉的部队乱套了,他们不知道内部有多少"敌人",方寸大乱。没用多长时间,肥泥亦吉吃死在枪下,他的部队也伤亡过半,四下逃散,彻底溃败。关于肥泥亦吉,卢德峰在其作品《碧水箐山映丹心——带岭抗日风云录》中是这样描述的:"感谢友人萨苏在日本档案馆查到一条记录,证实该日军指挥官名为肥泥亦吉,军衔大尉,属于弘前部队……"

日军在西山头遭袭后,就把驻地改到西山头南边的河坎处。但不久,在风雨交加的夜晚,又遭到抗联三军某部马团长率部猛烈袭击,死伤多人。西山头,成了日军的梦魇之地,无奈之下,日军把护路队搬到了带岭火车站内。

带岭北山战斗

带岭北山,从地图上看呈扇面,罩着带岭小镇,又如打开的屏风,阻挡住北面来风,使小镇免遭刺骨的北风侵袭。北山东侧山脚下,是发源于北沟环山林场的永翠河,自北向南,流过带岭小镇。河东山脚下是靠山屯,当年只有十几户人家。带岭北山战斗正发生在靠山屯正西面的北山脚下。

一九四一年,全国抗战正处于艰苦阶段。东北抗日联军正在与日军浴血奋战,寻找敌人的薄弱环节,以打击敌人。时任抗联第三路军第六支队第十六大队队长的隋德胜,带领三十多名战士,在威岭一带打游击。十月下旬的一天,与日军的"讨伐队"遭遇,由于形势不利,突围后向带岭方向疾进。傍晚时分,到达带岭靠山屯。战士们来到这里,刚要休息一下,背包还没卸下,哨兵急切跑来报告说:"大队长,有一百多个鬼子骑兵向屯子里冲来了。"隋德胜心想,靠山屯可不是战场,打响后老百姓就要遭殃,如果鬼子占不到便宜,非血洗了这里不可。想到这,他立即命令部队向西面北山撤退,那里林密,正好有废掉鬼子骑兵的优势。部队快速通过永翠河,在北山密林里占据了有利地形隐蔽下来。隋德胜向战士们下命令说:"等鬼子靠近再打。"这支日军骑兵有一百多人,属侵华日军驻合江地区第三师团,指挥官名叫野川。野川已接到上峰命令,得知有一支抗联部队向带岭奔来。他想,这下可是展现大日本帝国骑兵威风的时刻了,便一路追来。野川追到靠山屯扑了空,环视地形,便知道抗联部队一定钻进了带岭北山树林子里。于是,率骑兵向北山脚下扑来。正在野川来到北山脚下寻找抗联部队时,林子里突然射来一阵猛烈的子弹,顿时一批骑兵栽倒马下。马空无人,乱窜起来,其余的日军慌忙下马趴在地上,向林子里射击。其实,这道理谁都明白,明暗两处对射,藏着的人是火眼金睛,明处的人是盲人瞎马。野川吃了大亏,顽抗了一个多时辰,天也黑了,火力被抗联部队压制着,心里很窝火。对方在暗处,再战也不能取胜,只能吃亏,于是下令仓皇撤离了战场。这一仗,抗联打死了日本兵六十三人,缴获机枪四挺、步枪七十多支,还有大量子弹、手榴弹及军需物品,大大武装了队伍。抗联战士无一伤亡,随即向北山转移。

野川窝火啊!堂堂一百多号帝国骑兵,竟败给了三十多人的抗联部队,论武器，论实力，对方都在弱势，这脸还往哪放啊！他心里复仇的欲望更加强烈了。野川心想，兵力还是少。于是，连夜从南岔又调来一百多骑兵，组成了一百五十人的队伍，未等天亮，恶狠狠地向带岭扑来，企图偷袭制胜。

其实，东北抗日联军最擅长的战术是游击战。在整个抗日战争中，他们从未停过脚步，利用小兴安岭的深山密林保护自己，打击敌人，打完一仗，立即转入密林，无影无踪。

隋德胜深知，日军吃亏后不会善罢甘休，扑回来会更加疯狂和凶狠。战斗结束后，他率部由北山东面转入北山西北面的树林子休整，检查装备，以利再战。果然，天刚放亮，放哨战士报告，顺着山脚下，有一支骑兵疾驰过来。隋德胜指挥部队，利用林边自然形成的一个东西走向的大壕沟埋伏起来，并命令战士们瞄准再打，不要放空枪。不一会儿，日军靠近了，于是枪声大作，手榴弹爆炸声在山谷嗡嗡回响，日军骑兵纷纷落马。在约一个时辰的时间里，野川组织骑兵两次发起冲锋，都被打退，又被打死五十多人。野川看到正面硬冲不奏效，便指挥部队包抄。日军下马，上山合围。隋德胜看出了野川的伎俩，心想，我们人少，合围形成岂不全军覆没，野川你做梦去吧！于是，命令战士们撤离阵地，向深山密林中转移。这就是游击战，打得过就打，打不赢就走，只有保护自己，才能有效地消灭敌人。这是毛泽东在《论持久战》中总结的战术，也是我抗联部队在战斗中遵守的金科玉律。隋德胜他们钻进密林深山，如鱼得水，向铁骊方向进发。

抗联的枪声停止了，野川率部冲上空无一人的阵地，望了一下抗联西去的密林方向，仰天长叹。他感到密林大山深不可测，说不定几时会从不同方向冒出抗联部队，打完几枪后又立刻钻进深山，无影无踪，追不上，抓不着，像幽灵，像神怪，搅得不得安宁，感到抗联永远也剿不完。其实，他哪里知道，侵略者是不会得到善终的。关于这次战斗，曾有参战日军的后代，在解放后来带岭寻找战斗遗址。他们来凭吊什么，是对"村山谈话"的正视，还是追悼亡魂？但侵略的历史是无法改变的。

硝烟散尽，历史沉淀。我们缅怀和纪念抗联英烈，是为牢记那段被侵略的历史，昭示并告诫后代"忘记历史就意味着背叛"。同时，也正如习近平总书记《在南京大屠杀死难者国家公祭仪式上的讲话》中所说的，"是要唤起每一个善良的人们对和平的向往和坚守，而不是要延续仇恨。中日两国人民应该世代友好下去，以史为鉴，面向未来，共同为人类和平做出贡献"。

我们要继承、发扬抗联精神,建设好家乡,为国家提出的"两个一百年"的奋斗目标而努力。

注:此文与乔喜彬合作而成,发表于二〇一五年四月十七日、二〇一五年四月三十日《伊春日报》。

小兴安岭不会忘记

广袤的小兴安岭葱郁无际,茂密的大森林清楚地记得,七十多年前,残暴的日本侵略者的铁蹄将这里践踏。

小兴安岭不会忘记,日寇为掠夺这里的森林资源,为将抗联部队围困在山里,修筑绥佳线铁路,用刺刀驱赶着抓来的中国劳工做苦力。劳工们饥寒交迫,衣不遮体,吃的是霉粮与橡子面,冬季住在四下透风的工棚里。繁重的体力劳动压得劳工们喘不过气,病者得不到医治,流行起瘟疫,累死、病死、饿死者占十之六七。冬天,死者无法埋葬,每个车站都摞着多少堆冻硬的劳工尸体;夏天,铁路两侧的深沟就是劳工的坟地。历史学家计算过,绥佳线铁路的每一根枕木就代表一个劳工的尸体。

小兴安岭不会忘记,日寇用刺刀将中国劳工驱赶进深山里,为他们采伐森林。劳工们住的是地窨子,穿的是单薄的衣服,劳动在冰天雪地里。伐木工具是二人拽的大肚子锯,安全无保证,死者就扔在深山荒沟里。微薄的工钱被把头、柜头层层盘剥,一年到头卖命干活儿还欠他们的。小兴安岭的优质木材一车车运往日本,伐过的迹地就像狗啃的,大山、森林在痛苦中哭泣。

小兴安岭不会忘记,在那暗无天日的年代里,中国劳工在日寇的刺刀下,在群山里筑路、修桥、伐木、建机场、筑碉堡、修工事,家虽近在咫尺,却亲人分离,向苍天呼喊无应,向群山求助无力,鲜血染红大山,尸体遍布这片土地。

小兴安岭不会忘记,日寇的军事、经济侵略,给中国人民造成深重灾难,文化灾难更是永不能忘记。日寇不许中国人学习中国文化,实行日式教育,目的是让中国人都成为他们的奴隶;特务布满各个角落,反抗就被处死;日寇不许中国百姓吃细粮,违者就是经济犯,严加惩处,人民生活在白色恐怖里。

小兴安岭不会忘记,在民族危亡时刻,是中国共产党领导人民举起抗击日寇的大旗。地当床,天当被,抗联将士游击在深山里,浴血奋战,血洒疆场。重拾山河树红旗,胜利之日是一九四五年九月三日,高山起舞,江河欢喜,日本侵略者逃出了中国大地。

小兴安岭不会忘记,林区人民跟着共产党,迎来了东北的解放、人民政权的建立。七十年奋斗,七十年发展,神州已崛起,人民生活走向幸福,祖国文明、强盛又富裕。

小兴安岭不会忘记,要想不被外敌入侵,就要牢记屈辱的历史,富国强兵才是直捣敌寇的利器。七十年纪念抗战的胜利,历史要揭示过去,落后就要挨打;历史要昭示未来,民族要复兴,发展才是硬道理。我们要强盛,祖国要屹立,历史赋予我们扛大旗的重任。

历史,小兴安岭不会忘记!

奋斗,小兴安岭不会忘记!

注:此文发表于二○一五年十月十三日《伊春日报》。

深山猎户援抗联

翁郁无际的小兴安岭带岭林区,在抗日战争时期,是中国共产党领导下的东北抗日联军三、六军等十多支部队驻扎和战斗的地方。抗联部队紧密团结林区人民,抗击日本侵略者,产生了许许多多军民团结抗日的火花。

当年,带岭是小兴安岭林区唯一的村子,归属汤原县,管辖着佛山县(嘉荫县)以西、铁骊县(铁力县)以东、鹤立县以北二万余平方公里的区域。那时,只有二千多人的带岭村是日寇在林区的重点统治地区,驻有日军守备队,建立了伪警察署、伪森林警察大队、伪村公所等十几个武装统治机构,人员达六百余人。敌人疯狂围剿深山中的我抗联部队,残酷统治、镇压这里的人民,并村封山,妄图将深山中的抗联部队饿死、困死、冻死。在这种情况下,抗联部队依靠林区人民群众就显得特别重要。在莽莽林海中,有一些因生活所迫进入深山狩猎的猎户,他们大多数都有强烈的爱国心,千方百计支援着抗联部队。

老韩头是于天放等人的好朋友

一九三八年五月,中共北满省委从带岭大箐山北坡秘密转移到锅盔顶山。这里距老韩头沟只有十几里,老韩头就住在老韩头沟(今胜利沟)。老韩头叫韩万林,一九三八年初,因生活所迫,从汤原县农村来到深山里,以狩猎为生。因他来得早,日伪当局委任他为带岭狩猎区区长。他心里痛恨日伪当局,嘴上虽答应了,可没给敌人办过任何事。

北满省委转移到锅盔顶山后,就在老韩头沟周边的小河边建立了密营,距离老韩头的窝棚只有三四里,天长日久,双方就相识交上了朋友。一个冬季风雪交加的一天,于天放率一些战士来到老韩头的住处,说密营人多住不下,在他这里借住一宿。见自己的队伍到来,老韩头非常高兴,热情招待。见战士们饿得很,就煮了一些兽肉,熬了菜汤给大家吃。人多,窝棚住不下,有些战士就在野外树林子宿营。于天放见老韩头可靠,为方便出行,还给老韩头写了通过抗联哨卡的路条。这张路条,老韩头一直保存到解放后。常来老韩头这里的还有陈雷等人,他们都与老韩头成了好朋友。关于老韩头与抗联相互支援的事,寒月林场、环山林场的老一辈人都知道。笔者一九七二年在寒月林场当知青时,与老韩头相识,老人于二十世纪七十年代后期逝世。

老沙头护理抗联伤员

抗战时期,老沙头就住在带岭东方红林场的老沙头沟(今红卫沟)里,一家人在深山里以狩猎、种地为生。东方红林场一带,在抗联初期就是汤原北大山抗日根据地。老沙头一家人常与抗日部队接触,成为了抗联部队的堡垒户。老沙头叫沙云令,依兰县人,个头不高,黝黑的脸膛儿,露出一种刚毅。他为人正直、和蔼,日寇侵占依兰县后,生活极其难过,怀着悲愤的心情,带着全家,翻山越岭来到深山密林中。老沙头与笔者曾在二十世纪七十年代见过一面。

抗战时期的一天,老沙头一家人正在种地,抗联部队抬来三名伤员,其中一名据说是戴参谋长,伤势严重。部队首长说:"老人家,给您添麻烦了。我们常年打游击,没有固定的地方,伤员只得留在这里,请您照看。"老沙头早就想为抗日做点贡献,又见部队困难,爽快地答应了。山中缺医少药,老沙头全家就到山中采药,给伤员治伤。老沙头的老伴儿贤惠,心眼好,护理伤员像对待亲人一样精心,换药、洗衣服、做饭、喂饭。在老沙头一家人的精心医治、护理下,一些伤员恢复了健康,感动得直流泪。抗联部队常把一些伤员送到老沙头家中,请他帮助护理和医治。一次,抗联部队又送来几名重伤员,由于伤重,又缺医少药,有的就牺牲在这里。对于伤重牺牲的抗联战士,老沙头一家人就将他们埋在离家不远的山中。恢复健康的战士,也常把在战斗中缴获的东西带给老沙头,以表示感激之情。老沙头一家人与抗联战士们相处得比亲人还亲,他们团结抗敌的佳话至今在带岭人民中传颂着。

刘继修为抗联部队保管服装

一九三三年,汤原抗日游击队在香兰以北、汤旺河以西、带岭东方红林场一带的深山中建立了北大山抗日根据地。石帽顶子山就在东方红林场境内,住在山中的猎户刘继修一边狩猎,一边经营着皮货生意,维持着艰难的生活。那几年,中共北满临时省委驻地就在石帽顶子山东南山下一个朝阳的小河边。

那时,山中到处是遮天蔽日的原始森林,除极少数猎户和抗日密营外,再无其他人烟。刘继修与抗日部队常接触,成为知心人。刘继修是穷苦人,见日寇侵略中国,惨无人道,非常愤恨。生活上无出路,就只身进山,不愿被日伪当局统治。一天,抗日部队来到刘继修的住处,还扛着大包小包的东西。部队首长对刘继修说:"刘大叔,我们抗日队伍长期打游击打鬼子,没有固定的住所,我们的服装也无处放,想放在您这里,请您保管,您看行吗?"刘继修见自己的队伍信得过他,就爽快地答应了。他把部队的服装保管得很好,放在室内高处,防止潮湿,很是精心。部队时常取走一些,又时常送来一些,刘继修都记得清清楚楚,从没有差过一件。他一直保管到一九三五年底。

　　抗战时期,带岭一带的深山里居住着许多以狩猎和出卖毛皮为生的猎户。他们甘冒"通匪"罪名和杀头的危险,为抗联部队提供吃住,送粮、送盐,收留、掩护抗联战士,并且建立秘密情报信息站,及时向抗联部队传递情报。中国人民抗战的胜利,是千百万人民的双手托起的。

与时代同歌的红色带岭

巍巍小兴安岭连绵起伏,群松苍翠;潺潺永翠河水清澈亮丽,碧波荡漾。这片红色的土地,人们永远不会忘记,70年前这里曾是小兴安岭抗日斗争的中心区,是中共北满临时省委的诞生地,抗联三军、六军的后勤保障地,北满抗联总司令部的所在地。曾在此地展开过大小战斗百余次,消灭日军千余人。日寇在此掠夺优质木材四百万立方米。

昔日兴安怒吼,14年抗倭,浴血救中华,犹铭砥柱撑东土。1932年5月18日,日军侵占汤原县后,归其管辖的带岭村随之落入日寇之手。日寇在带岭驻有守备队,成立了伪警察署、伪警察游击大队、伪森林警察队、特务情报网、伪村公所等十几个武装统治机构,只有2 000多人的带岭村,日伪武装人员竟达五六百人。日寇疯狂"围剿"深山密林中的抗联部队,残酷统治和镇压林区人民,疯狂掠夺我森林资源。在民族危亡时刻,中国共产党领导中国人民奋起反抗。抗联三、六军等十多支部队驻扎在带岭的深山老林中,著名抗日将领赵尚志、冯仲云、李兆麟、于天放、金策等将士,都在带岭留下了战斗的足迹。著名战斗有三公泽大捷、大青川截击战、西山头战斗和北山战斗等。其中,三公泽大捷一战,赵尚志率抗联三、六军将日军围困在带岭西山头三公泽地区,消灭了日军大佐甘泥在内的307人,有利地配合了东北的抗战形势。大青川截击战中,抗联三军九师七十五团团长宋喜斌率百余名抗联战士,在大青川成功截击由日伪军1 300人组成的给养运输队,消灭日军70多人、伪军100多人,缴获了大量给养。这一仗,东北抗日联军打出了国威,打出了士气。更是以少胜多、出奇制胜的神来之笔,成为抗联的光辉战例。为广泛发动人民参加抗日斗争,北满省委书记金策,1939年和1942年先后派共产党员金万植、金光植来到带岭,从事地下抗日工作。团结林业工人和铁路工人,1942年成立了带岭抗日救国会(当时又称反日会),为抗日联军筹措运送物资,为抗联部队搞侦察送情报,袭击了日伪大烟馆,为民除害,处决了日籍刑警活阎王,关键时刻智勇双全救金策,搅得日伪当局不得安宁,战功卓著。日寇的侵略激起了中国人民的奋力反抗,广大人民群众积极支援抗联部队。环山老韩头沟的猎人韩万林,为抗联部队提供住所和物资;东方红老沙头沟的猎户沙云令一家人,为抗联护理伤员;猎户刘继修为抗联部队保管服装;还有许多百姓为抗联部队暗中做饭、送饭,有利地支援了抗联部队。

红色江山永不变色,红色基因代代相传。在带岭这片红色土地上,抗联精神培养了一代又一代带岭人,涌现出张子良、孟昭贵、黄正举等先进人物,使带岭在科学经营森林和林业科学研究方面走在了全国林业行业的前列,成为全国林业建设的一面旗帜。党和国家领导人刘少奇、朱德、董必武等曾莅临带岭视察。

抚今追昔,小兴安岭没有忘。为使抗联精神得到传承,抢救、挖掘、收集、整理了《带岭革命老区史料汇编》,出版了《碧水箐山映丹心——带岭抗日风云录》和《带岭抗联故事》,在媒体发表了60余篇文章,向广大干部、群众、学生宣讲老区历史,使抗联事迹和精神家喻户晓,并得到传承。为使抗联英烈魂归故里,2014年5月14日,带岭人民将抗联老战士、东北抗联六军四师政治部主任吴玉光和抗联六军被服厂主任李桂兰夫妇的遗骨合葬在他们战斗过的东方红林场。抗联老战士李敏亲临现场为老战友立碑,在这片红色土地上上演了"血色浪漫"。2015年8月10日,《黑龙江林业报》记者采访组一行来到烈士墓前扫墓,并深深三鞠躬,这不仅仅是对英烈敬仰,更饱含缅怀之情。2014年夏,在东方红林场抗联三军、六军根据地遗址,大青川林场抗联三军截击战遗址,金星村秀水屯抗联三军被服厂遗址,明月林场抗联三军留守处遗址,寒月林场抗联三军密营遗址,环山林场抗联三军密营遗址,竖立起用巨石雕刻的永久性纪念碑。带岭西山头,是当年三公泽大捷、西山头战斗、河坎战斗发生和独胆英雄多次与日军战斗过的地方。为了纪念英烈、激励后人,选择在西山头建立"带岭抗日英烈纪念园"具有深远意义。2014年,园名由抗联老战士李敏题写,经规划设计,修筑了通园公路,在抗日战争胜利七十周年之际胜利竣工。纪念园投资500多万元,占地3 000平方米。纪念园内伫立着14米高的抗日英烈纪念碑,象征着东北抗日战争14年,主体碑正面镶有"抗日英雄永垂不朽"8个大字,碑下侧镶有5名抗战将士铜像,代表着全民抗战夺取最后胜利。6面纪念窗呈半弧状围绕在纪念碑两侧,铭记历史缅怀先烈。

唱响红色品牌,发展红色旅游。小兴安岭的春季,绿满群山,繁花绽放;夏季,千山苍翠,百水争秀;秋季,层林尽染,姹紫嫣红;冬季,银装素裹,雪玉冰清。带岭局依托现有的凉水国家级自然保护区AAAA级景区、中华秋沙鸭国家级自然保护区等景区、景点,全力打造伊春南部旅游核心区。提出了"东西南北中,一点四线"的红色旅游规划,为旅游业的发展增添了活力。近年来,带岭影视城又成了文化旅游业的一张名片,借助影视城拍摄了《山里女人山里汉》《闯关东前传》《七九河开》《卖花姑娘》《危险人物》《智取威虎山》《东方战场》《暴风骤雨》等多部影视剧,文化产业异军突起,拉动了带岭旅游业的快速发展,带动了带岭经济又好又快地发展。

从红色中走来,向绿色中走去,带岭局先后建成了大箐山、石顶峰、东山风力发电场三处,开辟了利用绿色清洁能源的先河。开发"绿色银行",让生态"存折"再增值。以黑龙江大森林苗木种植有限公司为龙头,苗木花卉产业成为立局项目,培育的树种有小叶丁香、色木槭、樟子松等十一个品种,花卉有鸡冠花、万寿菊、四季海棠等四十一种。2014年,苗木、花卉销售额共计90万元。预计2016年苗木销售纯利润可达到1 319万元,2017年可达到6 561万元。保护绿色资源,走可持续发展之路。如今带岭的森林覆盖率又增加了1.3%,由过去的94.7%,增加到现在的96%,在全国名列前茅。发展绿色产业,经济转型跨越发展。重点做好5大基地建设,加强食用菌示范基地建设,扩大以寒月、环山等林场为主的黑木耳种植规模,全年实现黑木耳总产量200吨、产值1 200万元。扩大东方红林场鹿养殖基地规模,葡萄大棚达到100栋。大青川林场养牛基地出栏肥牛900多头,正在筹建牛舍和酒厂。以秀水藏香猪养殖项目为重点,发展特色养殖业,新建猪舍600平方米,存栏藏香猪达700多头。发展林下经济,扩大返魂草等北药种植面积,北药种植达2 150亩,实现多种经营产值68 520万元。带岭局被评为全省森工系统营林工作先进林业局、育苗工作先进林业局,苗圃被总局评为省级标准化苗圃标兵单位。

今朝赤子昂扬,百年圆梦,锤镰肩大任,振兴神州待后生。不甘人后、意气风发的带岭人,在抗联精神的感召和激励下,正跃马扬鞭,高歌猛进地疾驰向快速发展的康庄大道!

注:此文与杨秀梅联名发表于二〇一五年八月十九日《黑龙江林业报》,二〇一五年八月二十七日《伊春日报》。

《带岭往事》所想

"揆古察今,深谋远虑","往古者,所以知今也",这是古人告诉后人,不要忘记过去,要干好今天的事业,绘好明天的蓝图。今人也说,忘记过去就意味着背叛。开展好革命传统教育,一直是思想文化战线的重要任务。近期,带岭记者站开办了《带岭往事》专题节目,在社会上产生良好反响,也引起了我的所思所想。

最近,由于工作关系,同带岭记者站的记者们接触较多,得知她们正在为拍摄《带岭往事》专题片忙碌着,目前已制作了四集,计划还要继续拍摄十余集。已播放了两集,收视效果很好,不仅让观众对带岭的历史有了深入了解,同时,也是对人们思想的一次洗涤,是一次极好的革命传统教育,更激发了人们建设好家乡的热情。据我了解,《带岭往事》专题节目,是从抗日战争年代开始,一直到改革开放的今天,每个历史阶段都要拍摄。记者王秉馨、李昌融负责此项工作,他们工作热情高,责任心也很强。因此,专题片制作得很好,深受观众的好评。

《带岭往事》将带岭从抗战时期到现在所发生的重大历史事件呈献给观众,告诫人们不忘过去,吸取经验,是释放正能量的一部好教材,对林区人民更好地为林区建设服务,为祖国现代化服务,对中华民族的伟大复兴起到积极的推动作用。

带岭是伊春的革命老区,是小兴安岭林区抗日斗争的中心区。抗战时期,带岭林区是抗联三、六军的主要游击区和驻扎地,北满省委设在这里的深山密林中,这里的人民同抗联部队一起消灭日伪军一千多人,涌现了许多可歌可泣的英雄人物。在解放战争中,带岭林业实验局是小兴安岭林区中我党建立最早的林业局。老八路张学第团结林区人民,战土匪、斗恶霸,发展生产,支援解放战争和抗美援朝战争,为新中国成立做出了突出贡献。新中国成立后,带岭林业实验局直属中央林业部,许多新机械、新技术先在这里试验,成功后再向全国林业战线推广,在木材和营林生产、科学实验及研究上成为全国林业战线的一面旗帜。一九五八年张子良来带岭后,又将这里的工作推向新高潮。他的自力更生、艰苦奋斗的作风深入人心,生产发展、工作创新受到党中央的高度重视,刘少奇、朱德、董必武等党和国家领导人先后来带岭视察。改革开放后,带岭的林业实现大发展。在一九七八年召开的全国科学大会上,带岭林业实验局被授予科学工作先进单位称号。一九八五年,又被评为全国六好企业,在小兴安岭林区率先实行了集中供电、集中办学、集中供热和集中供水,人民生活再上新台阶。二〇〇八年,获全国精神文明建设工作先进单位称号。这些闪光点和正能量等待着记者们去挖掘,去拍摄,把带岭的光荣传统记录下来,传播下去,让带岭的人们继承传统,共建美丽、富饶、可爱的家乡。

在文章结束时,我衷心祝愿《带岭往事》栏目越办越好,迎接带岭美好的未来,为实现中国梦凝聚力量。

注:此文发表于二〇一三年十二月十二日《伊春广播电视报》。

烈士纪念日随想

二〇一四年八月三十一日,十二届全国人大常委会第十次会议经表决,以法律形式将九月三十日确定为中国烈士纪念日。在第一个烈士纪念日即将到来之际,我们首先想到的是,没有英烈的牺牲,哪有今天的新中国。对于逝去的英魂,共和国和人民永远铭记。学习英烈的精神,真正达到引领价值观和塑造精神的目的,这对于今天的人们来说,是极其重要的。

烈士纪念日的设立,对于培养公民的爱国主义、集体主义精神和社会主义道德风尚,传承中华民族血脉,培养和践行社会主义核心价值观,增强中华民族的凝聚力,激发实现中华民族伟大复兴的中国梦的强大精神力量,具有重要意义。这一天,正是国庆节的前一天,充分体现出"国庆勿忘祭先烈"的情怀,突出了国家褒扬烈士的主题。

据《人民日报》报道,全国约有两千万名烈士为民族独立、人民解放和国家富强、人民幸福英勇牺牲,许多先烈没有留下姓名。目前,全国有名可考,并收入各级《烈士英名录》的仅一百九十三万余人。

在烈士纪念日即将到来之时,我不由得想起了为民族独立、解放,在小兴安岭与日寇进行浴血奋战而牺牲的抗联烈士们,景仰之情油然而生。我们伊春是抗战时期的革命老区,带岭区又是小兴安岭林区抗日斗争的中心区。一九三二年五月十八日,日本侵略者占领汤原县后,全县九村之一的带岭村随之落入日本人之手。当时,带岭还管辖着佛山(嘉荫)、铁骊(铁力)两县以外伊春大部区域,是日寇重点统治地区,有日军守备队、伪警察署等几十个武装统治机构,人员达五六百人。在中国共产党的领导下,抗联三、六军等多支部队与林区人民紧密团结,以深山密林为依托,与日本侵略者进行了艰苦卓绝的武装斗争,困难程度难以想象,仅在带岭区域内,就发生有记载的大小战斗七十三次。带岭十四年的抗战中,消灭敌人千余人,我方人员数量牺牲也较大。有人粗略统计,整个小兴安岭,牺牲人数达七八万人,留下姓名的仅为二百人左右。带岭,牺牲人数约三千人,这里包括抗日联军、抗日救国会、爱国人士、工农大众及劳工等人员。特别是抗联将士,在这里留下了许多抗击日寇的感人事迹。抗联牺牲人员的墓碑,在东方红林场老沙头沟、寒月林场老三场沟、秀水屯的深山密林中有多座。

  为纪念牺牲的抗联烈士和传承抗联精神,伊春市各县、区、局十几年来,相继修建了各种纪念标志,出版了书籍,抗联烈士的事迹和抗联精神在人民心中深深扎下了根。尤其是二○一四年,伊春市老区建设促进会出版了《不可忘却的历史——小兴安岭抗联故事汇编》一书,受到了人们的欢迎。我作为区老促会工作人员,参加了此书的写作。带岭区由于诸多历史原因,在抗联纪念标志方面落后于其他区、县、局。为了追赶,区老促会的同志们近年来进行了不懈地努力。二○一四年夏天,区政府终于在环山、寒月、明月、大青川、东方红林场和秀水屯建立了用巨石雕刻的抗联密营永久性纪念碑,迈开了带岭革命老区正式有抗联纪念标志的第一步。带岭区委、区政府还将在带岭区西山头建立大型的抗日英烈纪念园,园名已由抗联老战士李敏题字完毕。抗日战争时期,在西山头,抗联战士与日寇发生过多次战斗,西山头战斗、三公泽大捷、河坎战斗等均发生在这里。特别是一九三六年七月十八日,由赵尚志、夏云杰指挥的三公泽大捷,消灭了包括甘尼大佐在内的三百零七名日军,那次战斗,我方人员也牺牲很多。另外,抗联战士"独胆英雄"在一次战斗中,在击毙日军八人后,也负伤牺牲在这里。在西山头建立抗日英烈纪念园有着重要意义,纪念抗日英烈,继承抗联精神,开展爱国主义教育,开展红色旅游。二○一四年是带岭区纪念抗联英烈,传承抗联精神取得重要硕果的一年,也是取得突破性进展的一年。在中国人民抗日战争胜利六十九周年之际,在我国烈士纪念日即将到来之时,我想到了许多,为此我与大家一样,也做出了一定的努力。当我面对逝去的革命英烈,感到心中无愧,当然,今后仍需继续努力,更好地纪念英烈们。

  革命英烈,永垂不朽!

  注:此文发表于二○一四年九月二十五日《伊春广播电视报》,带岭抗日英烈纪念园已于二○一五年建成。

我的抗日情怀

去年初,伊春市老促会安排各区(局)老促会组织人员,在史实的基础上撰写小兴安岭人民抗战的故事,以纪念中国人民抗日战争的胜利,教导人民群众不忘过去,开创未来。我退居二线后,被聘为带岭区老促会秘书长。由于带岭林区是抗战时期的革命老区,是小兴安岭抗日斗争的中心区,抗日斗争波澜壮阔,发生的事件多,我在八个月的时间里,起早贪黑、废寝忘食地撰写了带岭抗战故事三十八个,计十八万字,同时,还发表了一些抗战方面的文章。

前些日子,我写了一篇题为"我家的抗日情怀"的文章,讲述了我的先祖在明朝时期参军杀倭寇的事,也写了抗日战争时期父亲、母亲跟着中国共产党抗日的事。一九三九年,父亲与中共地下党员杨世香等五人,赤手空拳杀死两个日本兵,母亲为掩护父亲,在日本鬼子面前沉着冷静应对,把敌人骗走。我家有着光荣的革命斗争传统,这激发了我的抗日情怀,决心把当年发生在带岭林区的抗日斗争故事与抗联精神写好,教育与唤起更多的人爱国、爱家乡,为国强民富做贡献。

在写带岭抗战故事时,我深入学习了《带岭革命老区史料汇编》等史料,走访了一些专家、学者和老干部、老工人,又与同事们走进深山老林,来到了当年抗联密营的遗址,了解了当年抗联三、六军等部队在带岭林区对日伪斗争的情况,对发生在带岭林区的抗日斗争从感性认识上升到理性认识。由于我在带岭生活与工作了五十多年,与当年参加抗日斗争、支援抗联部队的一些老人相识,我的创作有了新的提高。如我撰写的《老韩头与抗联的不解之缘》。一九七二年,我在寒月林场当知青时就与老韩头相识了,听说过他支援抗联,与于天放、陈雷等抗日将领是好朋友的事情,就把这些内容写了进去。对当年的三公泽大捷、大青川截击战、西山头战斗、北山战斗等战场遗址,我都实地考察过,还参观过带岭抗日救国会旧址。我一九六〇年从山东老家来到带岭林业实验局,曾在明月林场居住过十余年,而这个林场就是三军留守处遗址。抗联密营的所在地老三场沟、老门沟、胜利沟(老韩头沟)、新胜沟等是我工作多年的地方,对大箐山、石顶峰山我也多次登顶踏看。所以,在创作中我产生了许多灵感。到目前为止,我已在《黑龙江林业报》等报刊上发表了《大箐山下突围战》《铁路线上战日寇》《独胆英雄》《红星村抗战往事》等七篇带岭抗战故事。最近,带岭区委宣传部从我创作的带岭抗战故事中挑选出二十篇,印成《带岭抗联故事》发放全区,供人们读阅。同时,我还在报刊上发表了八篇有关抗战的散文。

在撰写这些有关抗战的文章时,我深深地被革命先辈的斗争精神感动了。他们的忠贞报国、勇赴国难的爱国主义精神,勇敢顽强、前赴后继的英勇战斗精神,坚贞不屈、勇于献身的不畏牺牲精神,不畏艰苦、百折不挠的艰苦奋斗精神,休戚与共、团结御侮的国际主义精神,永远教育、鼓舞、鞭策着我,使我的抗日情怀与意志更加坚定,建设好家乡的劲头也更足了。

注:此文发表于二〇一四年十二月二日《林城晚报》。

被遗忘的小火车站

这是被人遗忘的带岭局双河小火车站。它淹没在树丛野草中。

夕阳把金辉洒在东山脚下，树枝和茂盛的野草在微风下摇曳着。在这里，你看不出人工的痕迹。你如果细心的话，扒开荒草，有石基露出，这就是原小火车站值班房的地基。五十多岁的人或许还有记忆。它曾见证了小兴安岭大山深处的蒸汽小火车对林区开发的历史性贡献。

我永远也忘不了双河小火车站，我对它情有独钟。

八岁那年，也就是一九六〇年八月十五日中午，我家由山东巨野县迁到这深山老林中的小火车站，而且一住就是三年，是小火车站里唯一的住户。我家是支边青年的家属，二哥是森铁的职工，因来得急，公家一时没处安排，就暂时住在仅有十平方米的候车室里。二十世纪六十年代，正是林区木材生产、运输的大会战之时，小火车运输特别繁忙。小火车铁路也是林业局通往北沟各林场唯一的路线，是主动脉。当时的森林铁路运输，是按大火车国铁管理模式进行的，半军事化，很是正规。

小火车站坐落的地方很偏僻，但它小有名气。

小火车站建在原森林铁路十七公里处，距离林场有一里远。中间还有一条名叫红叶的小河，那时河水很是丰沛，河面架有约五十米长的木桥。小火车站东面是大山，值班室在山坡边，西面是永翠河。这四不靠的地方，被森林包围着，平时很冷清，一到天黑，我们小孩子就不敢出门。夜晚，常听到房后有野兽的走动声，时间不长，猎人们果然在车站附近打死了一只大黑熊。小火车站建得很早。一九三七年，开发带岭；一九四〇年，设立森铁事务所；一九四三年，森林小铁路向北修至二十五公里处，这是《带岭区志》记载的。从一九三七年到一九四五年"八一五"，八年间，日本侵略者通过这条小铁路线掠夺走优质木材约十二万立方米。

小火车站有时也很繁忙,很热闹。

当年运行的窄轨蒸汽小火车,曾见证了这里的繁忙。有时,人们在站台上攒动,急于登上简陋的车厢,去城里赶集。而遇到运材车脱轨事故,是最叫人担心的,一天只有一趟的客车便不能正常运行了。等车回带岭的旅客有时无处可去,就借宿在我家。由于屋小,就坐在炕沿上与我们唠嗑,时间长了,我们也结识了不少南来北往的人。这里发生的最重大的事,莫过于一九六一年的夏天,国家主席刘少奇来带岭,到北沟林场视察。他乘坐的小客车经过小火车站。当时我小,只知道有大干部来,不知是谁。只看见客车车厢很干净。还有一次,一九六三年夏季的一天,我正在车站西边的庄稼地里玩,一列小火车拉着两节客车车厢经过这里,里面坐着金发碧眼的外国男子。他们是慕"小火车"的名远道而来的,拿着照相机在拍照,还从车窗向我微笑着招手。我感觉很好奇,这是我第一次看见外国人,至今那一幕还记忆犹新。

小火车站建得很正规。它光荣地完成了它的历史使命。

双河小火车站距带岭十七公里,小火车来回行驶需要加水,所以车站除值班室外,还在车站的路西北侧站内建有木制的二层小楼,名叫加水楼。加水楼由一位姓王的老人负责看管。水箱在二楼上,通过人力压井添水,有时我们小孩子去玩儿,就帮他压水。加水楼的一层作为理发室,森铁处每月派理发师来给工区职工和值班员理发,也给我们小孩理发。车站值班房是日伪时期建的砖木结构的房子,到了二十世纪六十年代初,又在值班房南接盖了约有四十平方米的房子。先是住的森林警察,后改为粮库,一九六七年后,又作为双河学校的一个校外班教室,我还在那个教室里学习了两年。车站内有两条岔线,供小火车会车。在二十世纪六十年代带岭北沟的各小火车站中,双河小火车站是最正规的,也是最好的。一九七二年,林业局改森运为汽运,森林小铁路拆掉了,车站被废弃。不久,值班房也拆了,加水楼更不见了。双河森林小铁路火车站完成了它的历史使命。新的时期开始了,它被淹没在历史的长河中。

当年的双河小火车站永远藏在我的记忆中。

注:此文发表于二〇一一年《大森林文学》第四期。

永翠河畔溢芳香

　　清澈的永翠河,流过带岭林业实验局的大半施业区,60多年来,她见证并记录了这里的变化,温暖的阳光和人们勤劳的汗水把这里装扮得格外美丽,永翠河畔处处溢放着醉人的芳香。

　　永翠河清楚地记得,1946年,带岭林务局在党的怀抱中诞生了。刚刚解放的带岭林区,那时只是人口不过几千人的小山村,人们住的是地窨子,利用河水运送木材。在党的领导下,经过60多年的奋斗,特别是经过改革开放30年的洗礼,这里变成了具有相当专业水平的现代化的中型森工企业,全国最大的林区动植物标本馆,林业科学试验示范基地。这里的人,性格像红松一样,质朴、刚强、诚实、豪放,创造出一个个辉煌。永翠河畔处处洒满了金色的阳光。

　　这里是最早实行人工造林的地方。迎着共和国诞生的曙光,1950年春,建起了当时全国唯一的林业苗圃。1951年,就开始了大面积实施人工造林。1959年,被黑龙江省委命名为"人工丰产林",在全国推广。20世纪80年代,又推行了"工程造林法",使造林成活率和3年保存率在全国排名第一,多次受到国家和省森工总局的表彰。

　　这里是森林资源蓄积量最高、结构最为合理的地方。从开发到今日近70年的经营,不足10万公顷的土地,活立木蓄积量达1 025万立方米,每公顷蓄积112.6立方米,比全黑龙江省、全伊春市平均值高出35.6和46.6立方米。森林覆盖率达94.3%,在全国名列前茅,居全省首位,各林龄组组合合理,是各林业局的榜样。

　　这里是林道网密度最高的地方。林业建设,道路先行。昔日的羊肠小道,解放后修了小火车道,1973年由森运变成了汽运,如今变成了宽阔的公路。公路总里程达到480多公里,每公顷林地有路5米,接近世界林业发达国家水平。带岭局10个林场全部为水泥公路,实现了人们那曾经的沟沟有路、坡坡有树的愿望。

  这里是红松资源保护最好的地方。红松是我国的珍贵树种,伊春市做出停止天然红松林采伐的决定后,全局将40 244公顷红松林地的管护任务承包给了93户职工,有效地保护了红松资源。同时,大力普及推广了红松经济林嫁接改造技术,使红松可提前20年结实,实现了红松林用材、经济双丰收。

  这里是林业科技人才队伍最强的地方。科技是第一生产力,这里历来重视人才的培养。20世纪50年代,带岭就是国家林业部直属林业实验局,是全国林业科技人才的集散地。目前,这里是东北林业大学教学实验基地,凉水国家级自然保护区坐落于此,省森工总局直属的林业科研所也设在这里。全局有高、中级以上科技人才2 060人,占城镇从业人员总数的15%。有了他们,这里的辉煌得到延续。

  这里是林业成果最多的地方。作为全国唯一设在生产一线的林业科研所,成立至今,先后承担市、省、部级385项林业课题的研究任务,其中有209项获市级以上科技进步奖,许许多多的科研成果在全国林业战线推广。

  这里是小兴安岭最先利用风能开辟风力发电项目的地方。风能发电是人们昨天的梦想,今日的现实。2005年,在大箐山建起了总装机容量16.15兆瓦的风力发电场,2006年,又在石顶峰建成了30.6兆瓦装机容量的风电场。近期,还要在带岭东山投资3亿元,再建第3座风电场,使带岭成为小兴安岭名副其实的风力发电的故乡。

  这里是保持无森林火灾时间最长的地方。抓好森林防火,林区人民的生产、生活才能无恙。这里在森林火灾的预防方面,年年有大的资金投入,层层抓严格管理,男女老少责任心中装,顺利实现了56年无森林火灾。

  这里有省级碧水中华秋沙鸭自然保护区,是世界上第一个专门研究、保护中华秋沙鸭的地方。中华秋沙鸭是我国雁形目一级重点保护鸟类,是鸟类的活化石。保护区于1997年成立,场区就设在原碧水林场。保护工作不仅取得阶段性成果,而且已有十四只人工辅助繁殖的中华秋沙鸭成功回归了大自然。

  永翠河清楚地记得,为使带岭发展得更好更快,为东北林业做出榜样,在20世纪五六十年代,党派来了全国劳动模范、共产党员张子良任党委书记。老书记张子良,在延安时期曾是毛主席身边的供给处处长。他艰苦奋斗、忠诚于党,亲自带领人们植树,使永翠河畔的山坡绿树成行,他是人们学习的好榜样。他的奉献精神传了一代又一代,形成了带岭独特的企业文化,即小兴安岭的"红松精神"，以至今日，人们仍把他颂扬。人们说，"共和国奶汁育带岭，永翠河畔有辉煌。'九个之最'有今日，多亏当年张子良"。如今，这里的人民都是他的传人，为山川的美丽，汗水洒在了山坡上，不仅物质文明建设有新的成就，精神文明建设也大放光彩。近年来，居民区是扒平房建楼房，修花园建广场，木刻楞草房全扫光；文化建设更是忙，学文化、学科学，坚持科学发展观，思想建设一浪高过一浪。2008年，带岭林业实验局获全国精神文明建设工作先进单位，永翠河畔再添辉煌。

60多年的奋斗，换来了巨变，永翠河畔到处着新装。昔日的小山村，如今变成有4万人口的新林城，高楼林立，马路宽阔，福利设施样样强。1984年，就实行了集中办学、集中供电、集中供热的"三集中"。在寒冷的冬季，人们在室内却暖洋洋的，这在过去想都不敢想，人民生活大变样。

60多年的拼搏，60多年的辉煌，带岭林区在新中国成立以来的每个时期都为各林区的发展做出了榜样。如今，人们认真学习科学发展观，明天的带岭与祖国一样，必将溢放出更加醉人的芳香，永翠河畔将更加辉煌。

我爱祖国，更爱永翠河畔的芳香！

注：此文发表于二〇〇九年七月二十八日《黑龙江林业报》，并获得该报该年度副刊二等奖。

永翠河畔之冬

　　小兴安岭的冬天，对于南方人来说是个谜，密林深处的永翠河畔之冬，更是充满神秘的色彩。寒冷、朔风、白雪、森林是这里的特色，可是这严冬却是木材生产的黄金季节，并不是"千山鸟飞绝，万径人踪灭"。

　　蜿蜒的永翠河在峰峦叠嶂的小兴安岭南麓，属黑龙江流域，汤旺河水系。集水面积677平方公里，总长70余公里。于带岭镇东南部与西南岔河汇合，流入汤旺河，注入松花江，属山系性河流。永翠河畔早在远古时期，约8亿年前就已变为陆地，经多次地壳变迁，发展成现在的地貌。冬日里，最低温度达零下四十摄氏度，冻层最厚达2.3米，有的树木被冻得开裂，风一刮嘎巴作响。

　　美丽的永翠河畔的座座山峰，在20世纪30年代开发前，到处是郁郁葱葱的原始针阔混交林，现在，每个山谷都排列着一片片茁壮生长的人工林。这里有着丰富的动植物资源，20世纪80年代就被定为国家级保护区，禁止人们狩猎。皑皑白雪覆盖下的永翠河畔密林，各种野兽的爪印纵横交错，野鸡、飞龙林中横飞，给冬日里的密林增添了无限生机。

　　20世纪中前期，这里充满着神奇色彩，关于冬天的传说要比其他季节的多得多。老李黑锅盖背躲老虎、刘老黑一枪毙黑熊、杨老汉率众人树窟窿大斧砍黑瞎子等故事，惊魂动魄，令人啧啧不已。更叫人激动和佩服的是，那时的冬季木材生产，工人们干劲大，创造出一个又一个高产记录。之所以在冬季里生产，是因天寒地冻，生产成本低，且地表不遭破坏。中国林业战线第一个油锯伐木能手孟昭贵，单产日伐树561立方米，至今无人超越，成为共和国林业工人油锯日伐树生产之最。孟昭贵被苏联专家称为"了不起的中国人"。木材生产中产生的拖拉机集材月超千立方米、年超万立方米的生产能手比比皆是，国家级劳模、省级劳模不断涌现。干部更是率先垂范，张子良年三十给工人送饺子的佳话至今仍被人们传颂，夜晚主动给工人烧炉子的干部温暖了人们的心。这些都有力地保证了木材生产任务的完成，促进了共和国的建设。

　　进入充满希望的新世纪，冬日里的永翠河畔更加喧闹。虽然说林业木材生产大兵团机械化原条作业停止了，可少量的木材生产和抚育伐作业仍在进行着。人们在河畔的各个沟系里，搭起了生产作业的棚子。机械与牲畜混在一起，冒着严寒，踏着积雪，山上山下穿梭不停。牛马套子将一根根原木蚂蚁搬山似的运下山，牲畜身上散发着阵阵热气，工人们的棉帽挂着厚厚的白霜，其乐无穷，望着那渐渐隆起的原木垛，心中感到一阵阵的喜悦。与永翠河平行的公路上，一辆辆装满原木的汽车疾驶着，山谷中充满了机械的轰鸣声。营林工人在冰天雪地中给人工林透光、修枝和间伐，体力的付出和艰苦程度不亚于木材生产。冬日里的永翠河畔，人们比夏天还忙，汗水比夏季里流得还多。

　　永翠河畔之冬，送走了仲夏和金秋，又在皑皑白雪中孕育着下一年的春天，从来没有寂寞过，更没有休眠过，反复循环在天地间。她不屈不挠的精神，不正表现出这里的人民的性格吗？民族的复兴不正是在严寒中萌发崛起吗？

注：此文发表于二〇一〇年一月九日《伊春日报》。

永翠河畔之春

春姑娘深情的吻,唤醒了永翠河畔的冬梦。极目远眺,在河面与天际之间,有一抹迷人的深黛色的大箐山,淡如轻烟,像一大幅写意画。密林深涧,冰雪消融,流水潺潺,幽谷里时而传来清丽婉转的鸟鸣,使人感到仿佛在聆听从波光中跳跃而出的大自然的音符。春意盎然,让我们确认,春已来到永翠河畔。

永翠河蜿蜒于林海碧浪的小兴安岭南麓,长七十余公里,宛若游龙腾跃在翠谷间,滋润哺育了两岸勤劳智慧的儿女。八亿年的自然造化历经磨难,遮掩不了她的魅力,说不尽她的神奇……一九四六年,共和国的林业娇子——带岭林业实验局就在这里诞生。

远古的神话,美丽的传说,暂且不谈,还在一个多甲子前,日本强盗的铁蹄踩躏了这片土地。春来河开,强盗憋坝流放木排,数以千万计小兴安岭特有的珍贵木材,红松、黄菠萝、水曲柳等顺流东去。永翠河流淌的是咱林区人的泪水和血汗,是中华民族的耻辱。忘记历史就没有未来的春天。

寒冬过去是春天。中国共产党领导的抗战终于获得胜利,莽莽的小兴安岭露出了笑颜。党先后派了张学第、张子良、蒋基荣、孟昭贵、吕宣政等人来到永翠河畔,带领两岸人民从事林业建设。这些共产党人忠实地执行了周恩来总理提出的"越采越多,越采越好。青山常在,永续利用"的营林方针,开发新林区,建成全国林业科学实验示范基地,为新中国林业建立了旷世奇勋。

改革开放树生态,科学发展谱新篇。党的十一届三中全会开创了历史发展新机遇,永翠河畔迎来了最美好的春天。特别是进入新世纪,黑龙江省委决定将大小兴安岭建成生态功能区,秀美山川再逢雨露得甘甜。春季造林工地上,天气乍暖还寒,男女老少脚踏胶鞋,手持锹镐,造就了片片人工林,这得益于带岭人创造的"工程造林法"和生产承包责任制的进一步完善。新世纪第十个春天,国家对林区又实行了森林抚育补贴政策,生态保护给林区人民带来新希望。如今的永翠河畔,生机盎然,人们在大干,万马战犹酣。正如一位作家这样称赞山里人的情怀和自然:

　　　　无山不绿,有水皆清,
　　　　四时花香,万壑鸟鸣。
　　　　将山河妆成锦绣,
　　　　把国土绘成丹青。
　　　　新时代的带岭人,
　　　　就是这片土地的新愚公。

　　坚持科学发展,走科学实验与生产相结合之路,为全林区先行示范,当好科学经营的排头兵,一直是带岭林业实验局的一大亮点。从一九五〇年起,引进的电锯、油锯先在这里试验,之后又率先实现了木材生产机械化大兵团作战。营林作业也实现了大面积人工林造林成林,林业走上了可持续发展之路。这里有专业的林业科研所,各基层单位技术革新小组真抓实干,年年都有新成果,吸引了无数的国内外林业专家到这里参观考察。带岭人几十年的苦干,赢得了青山常绿,人工林茁壮成长,林木公顷蓄积量居全省各林业局之首,林业道路网密度无人能攀,成为全国各林业局的典范。

　　新世纪,新发展,低碳经济保平安。为了经济的发展,风能、水能、太阳能的充分利用,是人类生存发展的必由之路。二〇〇五年,带岭人引进技术和资金,分别在高达千米的大箐山和石顶峰建了风力发电场,实现了风力发电。今年,带岭东山正在兴建第三处风电场,风电之乡名不虚传。旅游业好景观,恰如珍珠镶嵌在永翠河畔。国家级凉水自然保护区,原始红松一片片,野生动物出没在林间,少奇塔、防火塔,林中栈桥一长串,引来游客在林间;省级保护区,碧水中华秋沙鸭,永翠河里嬉戏起波澜;九公里,翠河湾,永翠河漂流始发站,橡皮艇载客顺流下,留恋之中轻舟已过万重山;局址北山森林资源馆,野生动植物楼中安,人文历史有记载,浓缩精华供人观;风力发电在山巅,风轮巨塔更伟岸,盘山公路弯弯曲,还有石海和杜鹃。

　　永翠河畔之春要葆万年,思想建设是关键,教育要过关。多年来,人们认真学习政治理论,建设有中国特色社会主义理论和"三个代表"重要思想记心间,当前,正在践行科学发展观。二○○八年,带岭林业实验局荣获全国精神文明建设工作先进单位称号,力争在近几年内建成全国文明单位。

　　永翠河畔之春,奔向那更美好的明天的目标,一直激励我们永不停步!

　　注:此文与杨秀梅联名,发表于二○一○年八月《大森林文学》。

永翠河畔秋韵

炎热欢快的盛夏完成了她的阶段性任务,带着微笑悄悄地走了,永翠河畔的座座山峰在人们的期盼中,慢慢地披上了像人们过节时穿的五彩盛装。风儿透着凉爽,凉水国家级自然保护区中的红松,枝头挂满了饱满的金黄色松塔,原野上的各种野果,就像俊俏的姑娘娇嫩的脸蛋抹上了雪花膏,挂着一层象征成熟的白霜,庄家地里一片金黄。大自然告诉人们,一年之中的第三个季节来到了,永翠河畔处处是喜人的丰收景象。

唱着歌儿的永翠河水在凉爽中欢乐地流淌,经过夏天的洗礼她更加清澈,身材越加苗条,像是在向人们显示她更加青春、更加俏丽,丰收的果子也有她乳汁的滋养。为使永翠河岸更加坚固和美丽,今年人们又在局址北大桥两岸修建了河堤,宾北公园重修使永翠河越来越漂亮。

披着五彩盛装的永翠河畔的座座山峰,人工林经过人们夏季里的辛勤抚育,更是排列整齐茁壮成长;天然林,人们精心管护,更是缤纷的世界,鲜红的枫叶迎风招展,桦树犹如亭亭玉立的少女,洁白无瑕,叶儿鲜黄;青松仍是挺拔伟岸;乔灌木紫色的树叶也布满山岗。大自然从来就没有寂寞过,五花山给永翠河畔送来无限风光。

永翠河畔的密林山岗,各种野生动物在尽享着冬季到来之前的丰收时光。黑熊寻着各种松果,给熬冬的身体增添脂肪;野猪尽情地觅着野果,以便在冬天里膘肥体壮;野鹿利用大好时光追寻着情侣,呼唤声充满山谷;林蛙忙找过冬的栖息地;昆虫们也忙着把身藏。

丰收的季节里,人们的工作是紧张而繁忙的。永翠河畔的寒月、环山、大青川等林场,职工的自营经济在林冠下,人们在收获着最后一茬的木耳;密林中熟透的五味子鲜红的一串串,在等待着下架晾晒,尽早来到市场。永兴、双兴、红兴、金兴等农业村屯,大地里人们在收获着丰硕的果实。带岭局址棚户区改造的工地上,新楼一座座,工人们在忙着安装门窗,期待着让人们早日住上宽敞明亮的新楼房。

高耸千米的大箐山、石顶峰山上的风电巨塔,满怀豪情迎风发电忙,白云从她头上飘过,绿色能源给人们带来希望。带岭东山第三座风力发电场,工地上人们正紧张地忙碌着,要在冬天之前竣工,低碳经济要在大发展中显辉煌,带岭再添新景象。

永翠河畔在丰收的季节里,越来越显示出她那迷人的风光。

注:此文与杨秀梅联名,发表于二〇一〇年八月二十八日《伊春日报》,二〇一〇年九月二日《黑龙江林业报》。

游永翠河畔

　　清澈美丽的永翠河长70余公里,弯弯曲曲,欢快地流淌在带岭的青山翠谷之中。河流两侧的旅游景点,朝阳影视城、凉水国家级自然保护区、碧水中华秋沙鸭保护区、翠河湾漂流点、带岭森林资源馆、大箐山和石顶峰两处风电场等,魅力四射,给永翠河畔增添了无穷魅力,常年吸引着国内外游客。

　　永翠河上游的朝阳沟,前年为拍摄电视连续剧《林海长歌》(后改为《山里女人山里汉》),在这里兴建了使人着迷的影视城。影视城占地约15公顷,再现了20世纪三四十年代东北林区的城镇面貌,有旅馆、小火车站、民居房、大烟馆、妓院等十几处建筑。来到这里,就像时间倒流,回到了过去,游客们驻足流连忘返。

　　永翠河中游的东侧是凉水国家级自然保护区,也是东北林业大学的实验林场,面积达1万公顷。这里古树参天,峰峦叠嶂。林中有原国家主席刘少奇在20世纪60年代初来这里视察时登临的木塔,人们为纪念,取名为"少奇塔",有高达37米的新建防火瞭望铁塔,有林中栈道和休闲木屋。保护区内有现代楼房和休闲体育设施,还有人工湖两处。过去,这里只是一个实验林场,如今已成为保护区,设施完善,美丽清洁,声名远赫。这里还是进行森林浴不可多得的好地方。

　　永翠河的中游还有省级碧水中华秋沙鸭保护区,是中国唯一研究、培育、繁殖中华秋沙鸭的专门机构。中华秋沙鸭素有"活化石"之称,极其珍稀,目前已成功繁殖14只中华秋沙鸭,并放归大自然。常有来自世界各国的鸟类研究专家来此观赏交流,这里还是人们旅游的好场所。

　　永翠河下游九公里是翠河湾,建有旅馆,提供吃住行玩一条龙服务。每当夏季,来漂流的游客坐在橡皮船里舞动双桨,尽情观赏永翠河两岸的自然美景,往往忘记了自己是在仙境还是在人间。

森林资源馆坐落在带岭北山坡,馆内有小兴安岭中各种动植物的标本和林区的发展史等珍贵资料。尤其是动物标本馆,熊、鹿、猞猁、野猪等动物标本栩栩如生,这里不但是教育基地,更是游客们必去观赏的地方。

　　距永翠河下游12公里和30公里的大箐山风电场和石顶峰风电场,是近年来新建的风电场,雄伟壮观,国家投资四五亿元。钱运录在黑龙江省任省委书记时,就曾来这里视察。大箐山高达1 203.4米,是小兴安岭第二高峰。石顶峰也高达1 000余米。座座银白色的81米高的风塔,耸立在山巅,给人以震撼,往往是游客们首选的地方。

　　带岭景美,永翠河畔更漂亮。这里是黑龙江省一百个最值得去的地方之一。20世纪,带岭林业实验局曾是直属国家林业部的林业实验局,现在是省森工总局直属局,是中国林业现代化综合科研基地,获得了全国精神文明建设工作先进单位荣誉称号及中国中华秋沙鸭之乡等美誉。愿永翠河畔如珍珠般闪耀,散发迷人的魅力。

　　注:此文与杨秀梅联名,发表于二〇一〇年一月十九日《林城晚报》,二〇一六年五月,碧水中华秋沙鸭保护区被批准为国家级碧水中华秋沙鸭保护区。

晨晖中的永翠河畔

夏日的小兴安岭林海，清晨，千峰竞拔的山巅，用那红润的脸庞迎着朝阳。晨晖下，永翠河畔座座翠岭青松挺拔，河水欢快地流淌，百鸟在林中欢乐地歌唱，鲜花绿叶含着晶莹的露珠，人们在河岸晨练忙，大地一派生机，万物沐浴着金色的晨光。

清澈的永翠河谷条条溪流，映着金色的霞光，在音乐的伴奏下潺潺流淌，河水中映着两岸碧绿的盛装，万物苏醒活泼地迎着朝阳。欢快的中华秋沙鸭在水中嬉戏，天真幼稚的鹿儿来溪流中饮水，五彩的蝶儿还未醒来，蜂儿在百花中辛勤采蜜，鸟儿高兴地在枝头跳跃，啁啾着将晨光颂扬。

座座山峰披着绿装，晨光将它们照亮，轻纱围绕在它们的身边，将幽谷慢慢地笼罩，宛如仙境，使人着迷，美轮美奂。高耸千米的大箐山和石顶峰上的风电场，巍峨的发电白塔更显伟岸，巨大的风叶在忙着发电，给人间送来无限风光。大箐山山巅的石海、石顶峰的杜鹃着一身盛装迎接朝阳。

朝阳下的林城，炊烟在山坳中荡漾，屋顶泛着点点红光，鸡鸣催着人们走出家门，建设的工地早已机器轰鸣，河边和操场上，晨练的人们活泼欢畅，幸福快乐洋溢在脸上，晨晖中的永翠河畔一派繁忙。

人与自然的和谐在朝阳中显示辉煌，永翠河畔永远在歌唱。

注：此文与杨秀梅联名，发表于二〇一〇年五月二十二日《伊春日报》。

兴安夕阳无限好

　　小兴安岭林区的夕阳特别惹人喜爱，满天的红霞映在人们的脸庞上。尤其是那些老年人，像年轻人一样，幸福的笑容挂在脸上，全身充满着活力，如小鸟一般活跃在街头和广场上。林城的夕阳像晨光那样明朗。

　　和谐社会的建立，让人们心花怒放，家庭的和谐把老年人解放，尽情地享受着党和政府送来的温暖阳光。晚饭后，夕阳洒在广场和大街小巷，一对对耄耋夫妻手牵手漫步在遛弯的路上，把微笑送给过路的人。林城林荫小路上，一伙伙老年人在悠闲地散步，不时地舒展着身体，尽享着幸福时光，夕阳将他们的身影伸得很长很长。小巷里，一对对老爷爷坐着小板凳，支起小桌，聚精会神地在下棋。小茶壶放在一旁，小孙子在怀中嬉戏，天伦之乐尽享，引来一群年轻人帮着支招，不时掀起笑的声浪。文化广场上，热闹非凡，老奶奶们组成的秧歌队、腰鼓队、健身操队各展风采，身着五彩的盛装，你方唱罢我登场。她们身轻如燕，优美的舞步和整齐的动作引来无数人观赏，大家不时地为她们精彩的表演鼓掌。夕阳下，广场依然灯火辉煌，人们意犹未尽，流连忘返，老年人在年轻人的簇拥下，整理着表演的服装，小孙女、小孙子牵着奶奶的衣角，嚷着奶奶再给表演一场，幸福在人们心中荡漾。老年活动中心热闹繁忙，老人们打扑克、搓麻将，健身器材轮流上，脸放红光。

　　建设和谐社会，使老人长寿和健康。林区人的夕阳丝毫不比大城市逊色，老年人的心情也像青年人一样阳光。正如《夕阳红》唱的那样："最美不过夕阳红，温馨又从容。夕阳是晚开的花，夕阳是陈年的酒，夕阳是迟到的爱，夕阳是未了的情，有多少情爱化作一片夕阳红……"小兴安岭的夕阳将更加灿烂辉煌。

　　注：此文与杨秀梅联名，发表于二〇一〇年七月六日《林城晚报》。

走进朝阳影视城

寂静的朝阳小山村坐落在带岭西北部的青山绿水间,原是林业局的一个林场,现已撤并。2008年夏天,突然热闹起来。人们在这儿建起了影视城,于是名声远播,来这里的人络绎不绝。今年初夏的一天,我们走进了朝阳影视城。

在林区拍电影、电视剧是很少的,在深山林中建影视城更是稀罕。人们是怎么想到在这儿建影视城的呢?进入新世纪以来,林区可采森林资源不多了,人们面对主伐停产经济转型的局面,想到了利用本地森林资源优势和自然景观对外搞合作,做起了文化产业。带岭人与哈尔滨战友集团合作,为拍摄28集电视连续剧《小兴安岭深处》(后改为《山里女人山里汉》),总投资4 000万元在朝阳建起了影视城。

影视城建在朝阳原林场办公室的西侧较为平坦开阔的半山坡上,占地约为15公顷。整个影视城建得别具一格,吸引人们的眼球,纵横三道街,沙石路面。影视城各种建筑面积累计6 513平方米,有各种建筑物57栋。以小火车站、山里人客栈、林务局、何家大院、教堂等为代表的建筑,反映了不同年代的不同风格。其中,小火车站、日本公署、木材交易货站、站前旅店等为永久性建筑,共17栋,约为3 351平方米;木质结构的31栋,约为2 828平方米;泥草结构的8栋,为216平方米;临时建筑1栋,117平方米。尤其是小火车站的建筑,更为吸引人们前来参观。站台均为水泥构筑,小火车道长200余米。站内有真实的小火车机车头和车厢。整个影视城排列有序,干净整洁。走进影视城,如同时间倒流,解放前林区的情景展现在眼前。影视城反映了我国东北小镇20世纪30年代至50年代的风貌。

我们去的那天,正巧赶上《小兴安岭深处》电视连续剧正在拍摄,热闹极了。该片由刘国华、李晋为制片人;成科为导演,王括、王鑫为执行导演;主要演员有张光北、何政军、阎学晶、王小利等,还有带岭当地的群众演员几百人。大家正忙得不亦乐乎。赶来看热闹的人比演员还多,现场人山人海,整个小山村像开锅一样沸腾起来了。我们也赶到拍摄地为演员加油助威,从心里为在这里拍《小兴安岭深处》电视连续剧而感到高兴。

在朝阳影视城拍摄的《小兴安岭深处》电视连续剧,真实地反映了伊春林区60年来所经历的开发建设、改革开放、保护发展三个阶段,演绎了不同时期广大林业工人的事业观、人生观、发展观。尤其是反映了新时期,面临困难和危机,林业工人艰苦创业、顾全大局、无私奉献、勇于进取的精神,向世人展示了林业工人可歌可泣的伟大精神和小兴安岭特有的原生态、大森林、大冰雪,让更多的人了解美丽的伊春、质朴的民风和巨大的变化。该剧现在已拍摄完成,进入后期制作阶段,不久将公映。

虽然电视连续剧《小兴安岭深处》拍摄结束,但朝阳影视城作为旅游景点和文化产业留在了这里,供人们参观游览,仍可作为外景地拍摄其他影视剧。

注:此文与杨秀梅联名,发表于二〇一一年八月八日《伊春日报》。

游南列影视城

在一个林业局内建起了两座影视城,真是件稀罕事。前几年,为拍摄电视连续剧《小兴安岭深处》(后改为《山里女人山里汉》),在带岭林业实验局朝阳村建起了一座影视城。今年,在南列林场又建起了一座,这是投资三百万元,为拍摄四十集电视连续剧《闯关东前传》而建的。金秋十月,我们走进了南列影视城。

南列影视城坐落在带岭林业实验局南列林场场部的西侧,整个影视城占地面积为二万八千平方米,有各种建筑二十七栋,建筑面积四千七百平方米。影视城气势宏伟,规模庞大。影视城主要反映了从清朝光绪二年(公元一八七六年)到一九〇〇年八国联军入侵这一阶段的关东建筑风格。当我们走进影视城主街道,首先映入眼帘的是大清朝漠河金矿总局大楼。大楼很有气势,二层楼房别具风格,特有衙门的官气。接下来是两尊古炮和一座大古钟模型,与真的一模一样,游客们禁不住用手触摸,许多人在这里驻足留影,像是时间倒流,回到了一百多年前中国人民抗击敌寇的战场。北侧是刑场的场景。这是敌寇杀害我抗敌志士的地方。看见刑场,不禁使我想起,我中华先烈们为民族的独立自由所付出的鲜血与那不屈不挠的斗争精神,更加缅怀先烈们。影视城内最高的建筑是欧洲人的教堂,尤其引人注目的是教堂墨绿色的穹顶,高耸入云。这座教堂形似索菲亚教堂,仿佛显示了当年八国联军的傲气,唤起了我中华民族对外敌的愤恨之情。听人们说,为了这个穹顶,剧组特意在带岭林业实验局机修厂请人制造,花了两万多元,然后用专车拉到这里,用长臂吊车安装的。影视城有一些欧式风格建筑,是过去外国人居住与办公的场所,建筑精致,做工考究,反映出他们的居住条件的优越和生活的奢华。影视城还有山货店、老沟杂货店、金沟酒坊、顺泰客栈、关东皮货庄、金沟赌坊等老式的中式木制建筑,各有特色。目前,南列影视城尚在建设中。

南列影视城是为四十集电视连续剧《闯关东前传》而建,听人们说是我省的重点文化项目,黑龙江省委、省政府领导高度重视,总预算投资五千三百万元。《闯关东前传》已于二〇一一年九月末开机,预计十二月底封镜,二〇一二年五月结束后期制作和发行。《闯关东前传》是由黑龙江省委宣传部、黑龙江龙视文化传媒集团、大连天歌传媒集团联合拍摄的。这部电视连续剧讲述的是从清光绪二年(一八七六年)到一九〇〇年八国联军入侵,闯关东的人为谋求生存和发展,进行艰苦卓绝的奋斗的历程,真实再现了苍凉悲壮的闯关东历史,展现了敢拼、坚韧、执着的"闯关东精神"。对此,伊春市委、市政府也高度重视,责成有关部门召开协调会,以保证拍摄工作的顺利进行。

　　该剧拍摄结束后,影视基地将作为一笔文化财产留在带岭,继续迎接其他剧组拍摄。我们期待着《闯关东前传》早日公映,更期盼南列影视城使这里的文化产业越做越大,兴旺发达!

　　注:此文与杨秀梅联名,发表于二〇一一年十月二十二日《伊春日报》。

永翠河畔月光曲

　　皎洁的月光洒在大地上,也泻在小兴安岭永翠河畔上,朦胧的月色就像妙龄少女披着白纱,放射着迷人的光彩。风动、鸟鸣、花香、泉水流淌、风车转动,陶冶得人们如喝醉了一样。

　　夏夜,永翠河畔魅力无限,令人想往。月光展现了温柔,在凉爽的风儿的相伴下,抚摸着这里的一切,万物享受着美好时光。布满山岗、沟谷的森林与盛开的百花,还有那各种动物与唱着歌的溪水,尽情展现着大自然的美妙,美好生活更加辉煌。

　　月光照在永翠河上,河水晶莹,就像那初恋的姑娘,故意躲在山谷深处,唱着愉悦的山歌,双眸更加明亮。河畔的凉水国家级自然保护区原始森林中的红松,在月光下挺胸昂头,舒展着枝头,越显伟岸健壮。被森林包裹着的永翠河源头翠源沟,后山石缝中,一股强劲的泉水在流淌,溅起的水花如剔透的珍珠在石板上跳跃,随即奔向远方。"明月松间照,清泉石上流",幽静的山野顿添了活力,两岸动植物有了滋养。永翠河另一个源头在朝阳村永续沟,两座大山之间的山涧中奔流的溪水"叮咚"作响,圆月爬上树梢,小鸟就啁啾鸣叫,树木山花给了回应,其情其景正如唐朝诗人王维所写"人闲桂花落,夜静春山空。月出惊山鸟,时鸣春涧中",使人无限留恋与痴狂。沟谷中的山坡上,各种盛开的山花张开笑脸瞧着圆润的月亮,犹如花园,使人遐想。笔者赋小诗一首这样描写其景:

　　　　月光隐现,花开四香,
　　　　比皎洁,月儿云挡,
　　　　看花儿,少女芳腮比不上。
　　　　月光泻大地,花儿映月光,
　　　　两皎比美显羞色,花儿披银装,
　　　　这美景,谁来欣赏。

月光下的林城夜景正旺，林立栉比的楼房透着灯光，路灯与星星相互辉映，大街上人群仍熙熙攘攘，月光、五彩灯光映在人们的笑脸上，幸福生活把心照亮。永翠河南北大桥的石阶上，一对对情人依偎着，缠绵细语，度着甜美的时光。河水怕影响他们的气氛，也减轻了流动的声响，天际的圆月微笑地看着年轻人亲密交往。

永翠河畔的冬季月色也显风光，座座山峰披上了洁白的圣装，在高悬寒月的照耀下闪着光芒，这时的河流小溪已不再欢快流淌，恬静地躺卧在谷底皑雪之下沉睡，山野的朔风仍在呼呼作响。永翠河下游的大箐山、石顶峰山上的风电场，风塔仍在忙，昼夜不停发电，温暖着人们进入梦乡。银白色塔身高耸入云，月光下更显身躯雄伟健壮。这时，当你站在峰顶举目四望，银灰色世界座座雪峰闪白光，山峦起伏扬波浪。

小兴安岭林海月色美，永翠河畔月夜更迷人，给秀美山川再添风光。

注：此文与杨秀梅联名，发表于二〇一三年《伊春社会科学》，二〇一二年五月十日《伊春日报》，略有改动。

兴安夏夜月儿皎

千里林海同月娇,万峰竞秀月儿照,朦胧罩大地,风光无限好。兴安夏夜惹人醉,仰望天际月儿皎。

峻岭山谷幽,鸟儿林中闹,小鹿依母怀,獐狍遍山跑,时来布谷鸣,蛐蛐草中叫,萤虫草中飞,黑熊自逍遥。夜幕生命繁,林中明月好。

汤旺河水流,月影水中跳,众多溪水动,均将月儿抱。水面明镜月,鱼儿跃出咬,夜出钓鱼人,月下兴致高。河岸鹿饮水,河水奏歌谣。

月儿明,月儿好,百花舒展腰,鲜花与月比娇美,羞涩不见了。芬芳溢鼻来,倩影更显娇。

月儿亮,月儿皎,山河显壮美,今人与月舒豪情,志向愈加高。芳菲满眼来,兴安越加佼。

月高悬,云儿飘,月下思古人,李白在何遥?如今广厦纳寒士,理想实现了。诗仙又挥笔,诗圣开怀笑。

月圆润,月儿皎,月色染斯人,前程更美好,山河不再碎,祖国强胜了,上天能揽月,下海可捉鳖。

兴安夏夜月光照,凉爽宜人齐叫好,引来游客赏月景,赛过江南景色好。山巅风电塔入云,清洁林城环境天下骄。月有情,人多情,人月风情度良宵。

小兴安岭夏夜美,月色泻洒镶银辉,进入林海心陶醉。

注:此文与杨秀梅联名,发表于二〇一二年八月二十日《黑龙江林业报》。

林场月色

  小兴安岭林场每逢农历十五,皓月当空,月色美丽无比,呈现出一幅秀美的图画。我是在小兴安岭林区长大的,初感林场月色那恬静的美、寂寥的美,至今难以忘怀。虽然几十年过去了,可那林场独有的月色美却时时在我心中浮现,一些情景不时地在脑海中闪烁。

  二十世纪六十年代初,我十多岁。林场那时生产任务重,工人们起早贪黑地忙于生产,根本没有时间捡拾烧柴,只得在下班时捎回来一些。一个冬季的一天晚上,在明月林场上班的二哥晚饭后还没回来,母亲着急,领着我去接。那年,林场正巧在场部东山生产作业,我家就住在东山脚下,离作业点不远。我与母亲出了家门向北走去。这时,一轮明月爬过山顶,悬挂在天空,圆润如盘,月光如昼,空气如洗。月光与雪相映,到处反射着银光。月光把山坡上的树木影子印在雪地上,斜影斑驳。那天晚上,天气不似平日那样寒冷,行走在月光下,感到亢奋与惬意。来到下山的冰雪道边,一些工人们陆陆续续拉着满载烧柴的爬犁回来了,接应他们的亲人在月光下很是高兴。不一会儿,二哥披着月光满头热气拉着烧柴也下了山。那天晚上的月下场景过去近五十年了,始终在我脑海中挥之不去。

  "暮从高山临,人随夜色归。林场月下静,山上砍柴人。"这一幕也是发生在二十世纪六十年代中期一个冬季的一个明月高照的晚上。为了多拾些烧柴,已在白天上了两次山的我,趁着天没黑透又第三次拉着爬犁上了山,晚上七八点钟还没有下山。明月林场的东山,海拔约八百米,拾柴的山道远并且陡。那天晚上,整个东山上拾柴的人只有我一个。那晚的月亮格外圆,也格外亮。月色陪伴我捡好了烧柴,月光又照着我回家。陡峭的冰雪道上,我拉着爬犁下山如飞,当走到坡路较缓的地方歇气的时候,举目远眺,这才猛然发现月光下林场的美景。四面环山的明月林场,坐落在盆地中,明亮的月光抚摸着大地,也照亮了林场,大山拥抱着村子,似母亲怀拥着孩子一样,那样的慈祥,那样的温馨。远望,朦胧的山峰连绵起伏,一望无际,显示着小兴安岭博大宽广的胸怀。近瞧,林场像是在母亲怀抱中熟睡的孩子,睡得那样的寂静,那样的甜美。袅袅炊烟似薄纱,又似白云,缭绕在半空中。住户中偶儿传来几声犬叫,稀稀拉拉的民宅,窗口透着灯光,显示着林海雪原中还有人的存在。下山的道在月光下被白雪缠着,弯曲地向远处伸延,两侧的林木迎着月光,棵棵看得真切。真是月皎疑非夜,林疏更似秋。此时此刻,这月色美景独我一人享受,并深深刻在心中。

一九七二年的农历八月十五,我是在深山老林中的寒月林场老门沟青年点独自度过的。其他知青回家过节,我自愿留下来看守。老门沟离林场二十里地,是林场最偏远的一个山沟。晚上,明月含着深情准时爬上了树梢,又慢慢地越过了山顶,定格在天空,将银色洒满山野,也落到在院中坐着的我的身上。大地渐渐地明亮起来,远山近树越加清晰了,森林越加显得深沉。这时,小河潺潺流水如优美的旋律为月光伴唱,山野密林里不时传来几声鹿鸣,小河、山风汇成一曲交响乐,像是向我慰问,使我忘掉了孤独与惆怅,尽情享受这美好时光。抬头望月,勾起对父母的思念,耳听河水与鹿鸣的声音,又把我从惆怅中唤醒。我兴奋起来,向月亮大声呼喊,向山野高声放歌,在院中欢跳,在山谷中遥想,不管我走到哪里,明月像是有情,总是陪伴着,正应了苏东坡那句"起舞弄清影,何似在人间"。月下深山旷野的风情,使我的生命有了张力,月色使我的青春增添了力量。我仰望着多情的明月,遥望着远处的群山与森林,任由透着凉意的秋风抚摸,听着河水与鹿的欢歌,还有那绕耳的阵阵松涛声,心情格外舒畅,切身感受到月下小兴安岭风情的美妙。

小兴安岭林场月色独具魅力,白雪、群山、森林、松涛、林场、小河、鹿鸣都给月色增加了光辉,增添了生命力,使之如诗如画。月光无限,令人陶醉,永远记在我的心中。

注:此文发表于二〇一三年《大森林文学》。

雪润林城

刚入冬,大自然就给我们带来一场铺天盖地的大雪,美丽的小兴安岭顿时披上了圣洁的银装,连绵起伏的山峦"忽如一夜春风来,千树万树梨花开"。白雪中的林城,犹如美丽的妙龄少女,穿着洁白的圣装,羞答答地低下了头,生怕见人似的,隐在银色的世界里。洁白的瑞雪让人神清气爽,对美好未来充满了无限向往。

雪后,太阳放射着金色的光辉,照在林城,到处散发着耀眼的光芒。平时高昂耸立的楼房,戴着厚厚的雪帽,像是低着头看着欢快的人们。房檐处镶着的雪,不时散落在地上。街道中的绿化树木,成了琼树银花,托着团团厚厚积雪的枝杈舞动着,恰似在进行肢体锻炼。云杉、红松的绿色时隐时现。绿化地上,圣洁一片,一尘不染。雪后的空气清新,人们尽情地呼吸着。整个大自然仿佛九天仙境,更似世外桃源,人们的精神感到格外抖擞,享受着自然给予的兴奋剂。

北国的林城,是雪的故乡,是活力的所在。雪后,街道两旁的居民、商铺中的人,纷纷走出家门,手持各种清雪工具,奋战在清雪的战场上。街道瞬时热闹起来,运雪的车辆穿梭不停,使道路恢复了本来面貌。远看那些顽皮的孩子,脸蛋冻得红红的,冒着严寒,嬉戏在白雪之中,有的堆雪人,有的打雪仗,充满着童趣。他们就像小天使一样,天真无邪,给人们带来活力和天真烂漫的气息。

雪润林城,大自然更显美丽,林城更显年轻。

雪润林城,人们不但没有懒惰,而是精神更足,干劲更大。

让我们拥抱着瑞雪,走向新的征程。

注:此文发表于二〇一二年十二月十八日《伊春日报》,二〇一二年十二月十日《黑龙江林业报》。

林中读雪

雪是大自然的恩赐,雪是北国的神韵,雪是银色的世界。

雪将小兴安岭覆盖,雪将空气净化,雪将森林装点。

漫步在森林之中,将雪读下去,细细地品尝着它的魅力。雪天,寒冷中透着暖意。茂密的森林,棵棵树木雪压枝头,窃窃暗喜,任由雪花飘落在身上,变换衣装,显示出银装素裹的美丽。雪花飘舞,迷漫天际,静极了。雪软软的、绵绵的,落地无声,像慈母给熟睡的婴儿悄悄盖上了一层棉被,大地在雪被下睡得香甜,睡得舒服,在静静地孕育着明媚的春天。这时的小鸟,待在窝里,享受着这美妙的时刻,只有那飞龙,不时地拍打着翅膀,穿越在林间,几声鸣叫,给寂静的森林带来一丝生气,显示着生命的存在。野兽们这时不知跑到哪儿去了,可能在洞穴里熟睡,安稳地度着美好时光。雪将视线变得模糊,天地间是雪的世界。

雪停了,红红的太阳悬挂在天空,把暖意洒向这银色世界。这山,到处泛着刺眼的光芒,林海瞬间像是开满了梨花,洁白无瑕,一尘不染,令人产生无限喜悦与向往之情。这时的空气如水洗,吸入肺中顿感清新无比,使人格外亢奋。大雪将凹凸的地面填平,沟谷中没有了道路,大地白茫茫一片,那棵棵树木,像开满了梨花插在白雪中,又像长在棉花地,枝头上挂满了朵朵棉桃。

寒风乍起,枝头摇晃,雪纷纷从树上落下。雪团砸在雪面上,雪面略显凹凸不平。落雪有时随风泛起,又移动一段路程才落下。忽地风大了起来,在林中呼啸,卷起层层雪,在山谷中形成大烟泡,似乎是森林在抖,山岳在动。

风停了,斜阳泻在大地上,旷野又明亮起来,山巅似乎镶了金边,雪也泛着金星。雪给大自然带来美妙,给小兴安岭披上盛装,使森林更加滋润,万物更加清洁。

林中读雪,爽心悦目,别具一番情趣。

注:此文与杨秀梅联名,发表于二〇一三年三月十九日《伊春日报》。

兴安雪色

刚迈进冬天的门槛，大自然就给我们恩赐了一场大雪。这雪下得大气，飘飘洒洒，连续几天，使北国的小兴安岭尽展洁白圣装，山河更加壮美妖娆。

广袤的小兴安岭千山群峰，如仙人在平地上堆起千堆雪，气势磅礴，美丽耀眼，那宛若仙境的美妙是无法用语言表达的。茂密的森林，千万棵树木的枝头挂满了雪团，似一望无际的盛开的棉花地，又像忽如一夜春风来，千树万树梨花开。要知雪有多大，只有时闻折枝声。旷野山谷中的河流，水声冰下咽，雪淹两岸平，纯净的雪使水更加清澈。沟谷中的小溪，百泉冻皆咽，偶尔潺流水，雪已覆全身。这时，河水泉水就像那等待出嫁的妙龄女子，羞涩地躲在雪底的冰下，等待明媚的春天到来。

大地一片洁白。在远离人烟的深山中，那些可爱的野生动物，大雪又给它们带来了生机，生命的印迹清晰地深深地留在白雪中。懒惰的黑熊悠闲地在林中雪地上迈着方步，寻找着冬眠栖身的安乐窝；善良的野鹿在原野里觅着理想场所，以便安家；洁白的山兔依然无忧无虑地在雪地上蹦蹦跳跳，寻找着同伴；忙碌的野猪用嘴巴拱开白雪觅食，将雪地翻花；鸟儿们不惧大雪，在雪地里翻滚将羽毛洗刷，之后，展翅飞向居民人家。

林海中的城市，也显得洁白无瑕，座座楼房披上银装，厚厚的积雪挂在房檐，如羞涩少女将眼皮垂下，房檐晶莹的冰挂，又恰似少女的睫毛，增添了林城的魅力。街道中的绿化树，让大雪装扮成琼树玉枝，又像朝天绽放的白莲花。城中的大道小路皆变成了玉路，行走的人们深深呼吸着清爽的空气，心情愉悦舒爽。这时的林城，哪是城镇，哪是山野，已无界线，到处是洁白的世界。到了明月高悬的夜晚，皎洁的月光与圣洁的大地相映，真可谓是"江山不夜月千里，天地无私玉万家"。

雪后的小兴安岭胜景，美哉！妙哉！

注：此文发表于二〇一三年十二月十二日《伊春日报》。

看泉　听泉

大自然总是给人们带来新奇和美妙,看泉和听泉则是美妙中的精品。

翁郁无际的小兴安岭大森林中,隐藏着众多山泉。有了山泉,才有了林中众多的小溪,小溪汇聚在一起就形成了山中河流。它滋润着森林,沐浴着生命,使得大森林生机勃勃。

在众多的山泉中,我更喜欢老门沟后山的山泉。这山泉不仅是永翠河的发源地,而且还独具特色,让人深深地沉醉于其中。

老门沟是带岭林业实验局最北端的山沟,面积达四千公顷,到处生长着郁郁葱葱的针阔混交林。一九七二年我上山当知青时,第一天劳动的地点就是寒月林场的老门沟,并在那里住了两年。我与那里的一草一木有着极深的感情,更叫我魂牵梦绕的就是山泉。

山泉在后山的下腹地,在茂密的森林的覆盖下,泉水在两块大石头的夹缝中涌出,很是强劲,叮咚作响。泉水溅出的水花不时地落在长满青苔的石头上,像淘气的小顽童,蹦蹦跳跳着奔向远方,消失在密林之中。

温暖的阳光透过森林空隙,斑驳地落在地上,也不时地照射在泉水中。泉水溅起的水花,如颗颗珍珠,晶莹地跳在半空中,又悠闲地落在泉中。

山泉下游不远处,有一段平静的水面,时有微风拂来,水面泛起波纹,无风时,"小溪清水平如镜,一叶飞来细浪生",引来彩蝶飞舞,倒映在水中,形成一幅彩蝶戏水的玻璃画,真是妙趣横生。

翠绿稠密的森林包裹着山泉,很是阴凉。树梢上,偶尔飞来几只小鸟,叽喳欢叫着。鸟鸣声与山泉声组合在一起,形成了欢快的轻音乐,使人心旷神怡,充满着对大自然的热爱。几只小鸟刚刚离去,又一群小鸟欢快地飞来,悄然落在泉水旁的树枝上,放开美丽的歌喉,悠扬婉转的歌声在山泉上空飘荡,与叮咚的泉涌声、小溪的潺潺流水声混合在一起,形成了一首浪漫的交响乐。这场面和声音,美极了。

　　山泉发源地,自古人迹罕至,却是各种林中动物喜欢的地方。清澈的泉水,汩汩流淌。两头黑熊饮水刚刚离去,一只憨态可掬的小鹿又小心翼翼地来到溪水旁,毛绒绒的小脑袋伸向水面,恬静地饮着甜甜的溪水,时而抬头,瞧瞧四周,见无动静,又安然地将嘴贴在水面。这情景,犹如仙境。

　　在覆盖山泉的森林边缘,是阳光照射强劲的地方。五颜六色的山花争奇斗艳,芳香扑鼻,就像那美丽的妙龄少女,着实吸引人们的眼球,招来众多彩蝶围绕着飞舞,又惹来蜜蜂不断落在花中,吸蜜亲吻,嫩绿的小草簇拥着朵朵鲜花。这情景与不远处的山泉相伴,构成了一幅天然绝美的画卷,使人陶醉在佳境中。

　　看泉,听泉,使人浮想联翩。

　　山泉看似渺小平凡,但它自强不息,奔涌向前;山泉力量虽小,但它能汇成浩瀚大海,力量却是无穷;山泉隐于深山密林,默默无闻,但人们时刻想念着它;山泉与森林相互作用,使森林更加茂盛;山泉的存在,促进了自然界生物的多样性发展。山泉时刻为人类和自然界贡献着生命,给人以启迪。

　　我愿做山泉的一滴水,为滋润森林献微薄之力;我愿做山泉边的一只小鸟,伴随山泉一起鸣唱;我愿做山泉边的一棵小草,与山泉永远相伴;我愿做山泉边的一朵山花,给大自然增添一点色彩。

　　山泉永远留在我的心间。

　　注:此文发表于二〇一四年四月十七日《伊春广播电视报》。

婴儿的啼哭

婴儿的啼哭，是生命的开始，是春天的初雷，是拂晓的鸡鸣，她给人们带来欢乐，世界从此充满着勃勃生机。

婴儿的啼哭，是人类的希望，是欢乐的转换，是人们奋斗的冲锋号，迎接他的是五彩缤纷的绚丽世界。

婴儿的啼哭，是大人们辛苦的开始，是责任的延续，是"不养儿女不知父母恩"的体验，是回报上辈人的始端。

婴儿的啼哭，是尝受人间一切感受的起点，在大人们的哺育下要有做好人的品质，学好一切本领，才能成为栋梁。

婴儿的啼哭，是向世界挑战的鼓鸣，要在挑战中尝到欢乐的喜悦和奋斗的艰辛，只有这样，人生才有希望与光明的前途。

注：此文与杨秀梅联名，发表于二〇一一年一月十九日《黑龙江林业报》

绿色的梦想

年龄不同，职业有所差异，所做的梦也不一样。人，都有着自己美丽的梦想。童年时梦想驾飞船遨游太空，青年人梦想选择到理想的对象，成年人梦想自己的事业更加辉煌。而我，一个林业工作者，梦想的是让祖国处处翻腾着绿色的波浪。

十几年前，我看到资料上记载，外国友人在飞机上看到，我国森林中存在大片的空白，绿色在减少。同时，在其他一些材料上我也看到，我国的森林覆盖率在下降，森林蓄积量逐年锐减。看罢，我的血从心头流出，痛感在加剧。此时，我就想，要让绿色永远披在祖国母亲的身上。

党的十一届三中全会后，改革的春风首先吹绿我们的心头，劲风浩荡，给人们注入了新的活力，祖国的面貌焕然一新。经过十多年的改革开放，我国的森林工业取得了飞跃的发展。林业部部长徐有芳在一九九三年十二月十四日的讲话中说，据刚刚结束的第四次全国森林资源清查结果显示，我国现有林业用地面积三九点四三亿亩，森林面积二十点零六亿亩，森林覆盖率达百分之十三点九二，活立木总蓄积量一百一十七点八五亿立方米，森林蓄积量一百零一点三七亿立方米。这些数字比起林业发达国家虽算不了什么，但我们国家的基础差，底子薄，取得这样的成绩也实属不易，着实令人振奋。这次森林资源清查从一九八九年至一九九三年，历时五年。除台湾地区仍沿用一九七七年公布的数据外，对其余地区的森林状况进行了清查，结果表明，我国林地面积比上次清查净增八百零三万公顷，年均增长率为百分之一点六五，森林覆盖率净增长百分之零点九四，年均增长约百分之零点二，活立木总蓄积量共增加四点零九亿立方米，年均增长七千零一十六万立方米，扭转了过去持续下降的局面。看到这些数字，作为一名林业工作者，我感到欣慰，受到鼓舞，更加坚定了实现绿色梦想的决心和不可动摇的意志。

实现绿色的梦想,要让祖国永披绿装,这要从每个人做起,每个单位都要抓好,才有实现的希望。毛泽东同志曾号召全国人民"绿化祖国,实现大地园林化"。邓小平同志一九八二年十一月为全军植树造林总结经验表彰先进大会的题词为"植树造林,绿化祖国,造福后代"。同年十二月二十六日,在对林业部《关于开展全民义务植树运动情况报告》的批语中说:"这件事,要坚持二十年,一年比一年好,一年比一年扎实。为了保证实效,应有切实可行的检查和奖惩制度。"他老人家不顾八十多岁高龄,每年都带头亲自植树,给全国人民树立了榜样,全国义务植树造林工作逐年深入。这也给专业林业工作者指明了方向。

为使祖国披绿装,全国各林业单位都有不同的做法。就拿我们黑龙江省森林工业总局直属带岭林业实验局来说,这是一个大型林业企业,为提高苗木当年成活率和苗木三年后的保存率,从一九八八年开始,在全局实行了工程造林法,把造林工作当作一项系统工程来对待,精心设计、精心组织、精心实施,收到了良好效果。所谓精心设计,按苗木的生长环境特点,在不同的造林地块造植适时的苗木,适地适树,提高了苗木的成活率和生长率;所谓精心组织,就是按照各林场的实际情况,实行工组、家庭等一包三年不变的承包办法;所谓精心实施,就是对整地、栽植、培土、抚育的每个环节严格实行现场管理,直到三年后达到设计要求为准,在这之前,只支付工本费,三年后实地现场验收合格后,再支付效益工资。工程造林法极大地调动了林区职工的积极性,组织人员上山造林不再需要苦口婆心,群众主动要求承包。在质量上,组织上不再担心,哪儿缺苗,承包人主动自觉补植。特别是在环山林场,从一九九〇年到一九九三年末,竟没有由林场组织补苗,苗木合格率、保存率全部达到设计要求。这主要是由于组织得当,群众在承包中得到了实惠,尝到了甜头。带岭林业实验局通过了近几年来国家林业部、省森工总局组织的几次联合检查,受到了高度评价。为使营林工作再上一个新台阶,积极培育和保护森林资源,提高土地利用率、林木生长率和造林保存率,带岭林业实验局根据黑龙江省森工总局文件精神,在工程造林法的基础上,于一九九三年九月二十日印发了《营林商品化经营管理暂行办法》和《实施细则》。《营林商品化经营管理暂行办法》规定对采种、育苗、人工更新造林、人工成林透光间伐、天然幼壮林优化培育、森林保护等营林生产全过程实行商品化经营和"拔改买"制度,允许职工承包荒山荒地自费造林,三到五年成林后收购。这个办法对整地、造林、定额、验收、结算、结束、奖惩等各方面管理都详细做了规定,通过了黑龙江省森工总局的审定,受到森工总局副局长王长福同志的赞赏,并要求在黑龙江省各林业局推广。随着这个办法的实施,带岭林业实验局必将坡坡有树,速生丰产,成为全省林业营林方面的典范。这个办法的实施,更会给这个局带来新的生机和后劲。如果全国所有林业局对营林工作都像带岭林业实验局这样,"两率"会更快地增长。

绿色的梦想,更需千百万人脚踏实地,挥汗如雨,坚定在林区干一辈子的决心,要有献身林区,老死林下的思想。经过几代人的努力,我敢说,到那时,祖国处处是绿浪,梦想变现实。有位革命先烈当年曾说过这样的话:"砍头也不变,剜心也不变,只愿锦绣的山河,还我锦绣的面。"在林区工作的人,必须有这样的信念。特别是当前,林区的可采资源已所剩无几了,许多林业局几个月开不了工资,形成越穷越砍树,越砍树越穷的恶性循环,许多"大雁"南飞了,动摇了一部分人的工作信念。我想,越是在困难中越在林区干,方能显现英雄本色。说到这儿,我不由得想起一位可敬的长者,他就是全国模范共产党员、带岭林业实验局五十年代末六十年代初的老书记张子良同志。他官居国家副部长级,却主动要求到林区工作。在带岭工作期间,亲自带领职工上山植树造林。他人虽走了几十年了,却给后人留下了大片的人工林,现在带岭局的成林人工林,大部分是那时造的。至今人们谈到老书记张子良同志时,仍肃然起敬,永不忘怀。林区工人、老劳模马永顺,八十多岁还带领小伙子上山植树。这些老前辈们实在可敬可歌。不管哪级领导,不管哪里的群众,只要在林区,就该向前辈们学习,在林区干一辈子,死了也要让骨灰作为有机肥料,培在树根下,供树吸收养分。

战争年代老一辈的梦想,到今天,经过他们的浴血奋战,大都变成了现实。我也曾想过,经过我们这一代的不懈努力,林区的绿色梦想也要成为现实,"沟沟有路、坡坡有树",速生丰产;作业机械化、管理现代化、居民住宅楼群化;文化福利设施齐备;工资收入超过城镇的水平。进入林区,走到哪儿都是树,整个林区绿波荡漾,一片翠绿。

如果说,大海是船的摇篮,森林则是绿色的摇篮。大森林寄托着我这个林业工作者的无限情感和希望。我爱这片土地,更爱这片森林,这里寄托着我的梦。

绿色的梦想啊,总有一天会实现!

注:此文发表于一九九五年《黑龙江作家》。

八百块大洋与两角钱

　　我们中国共产党从成立那天起至今，就始终保持着清明廉洁、艰苦奋斗的作风，一心为人民着想，所以得到了群众的拥护。古人云："历览前贤国与家，成由勤俭败由奢。"说到这儿，我不由想起八百块大洋与两角钱的故事，使人深思。

　　在抗日战争时期，面对中华大地遭受日本人的侵略，许许多多的中华儿女在民族危亡时刻，勇敢地站了出来，为抗日救国做出了不同的贡献。这时，居住在印度尼西亚的爱国华侨陈嘉庚先生募集了许多善款，交给了蒋介石政权，目的是让国民政府用此款进行抗日武装斗争。陈嘉庚先生从印尼来到祖国观察抗日形势，为了感谢他的爱国之心，蒋介石在招待他用餐时，作陪者众多，菜肴丰富，很是奢华，这顿饭菜竟花费了八百块大洋。为了全面了解国内的抗日斗争形势，陈嘉庚先生又到了延安，毛泽东同志给予热情招待。在用餐时，毛泽东同志用他亲自种的菜来招待陈嘉庚先生，作陪人数也极少，这顿饭菜只花费了边区币二角。对此，陈嘉庚先生深有感触，他看到了国民党政权的腐败与奢华，更看到了共产党政权的艰苦和朴素。同时，他也看到了国民党的队伍精神萎靡不振，共产党的部队斗志昂扬。于是他发自内心地说："中华民族的希望在延安。"历史证明，陈嘉庚先生说对了，这其中的道理不说大家也心知肚明。

　　改革开放以来，我们国家进步了，国强民富已是事实。但随着时间的推移，腐败现象不断滋生，出现了一些贪腐的"老虎"与"苍蝇"。党的十八大以来，我党加大了反腐力度，一些腐败分子纷纷落马。对此，人民群众拍手称快。为了使我党立于不败之地，把祖国建设得更好，让我们永远牢记这八百块大洋与二角钱的故事吧，不仅要搞好反腐败工作，也要做好作风的转变，倡导勤俭节约，并永远保持艰苦奋斗的好作风。

棚改筑金窝

　　棚户区改造,筑起广厦千万间,大庇林区职工俱欢颜,居民喜心田,齐夸党的领导好,群众与政府心相连,这是棚改给广大林区带来的新面貌。

　　二〇一〇年是国家对矿区、林区实行棚户区改造的第二年。去年,各林业局局址所在地已建起了崭新的一排排、一座座居民楼,一部分职工住进了政府建的"金窝",大家喜笑颜开,舒心幸福。过去想都不敢想能住进宽敞明亮的楼房,如今变成了现实。二十世纪五六十年代,人们忙于生产,无心顾及居住条件的改善,住的是低矮的木刻楞草房;七八十年代,一部分居民住上了砖瓦结构的房屋,那就感到心满意足了。那时,人们开始盼望能住上像大城市那样的楼房,"楼上楼下,电灯电话",但只当作对未来的憧憬,觉得可望而不可即。历史在前进,祖国在进步,改革开放给人民带来了无尽的福音,林区人民遇到了历史性的新机遇。

　　这次棚改,采取了国家、地方、个人都"拿"一部分的办法,减轻了职工个人的负担。为搞好这次惠民工程,取信于民,二〇一〇年党中央一号文件做出了明确规定,国务院总理温家宝又在二〇一〇年"两会"的政府工作报告中进一步强调了此事。各级组织层层落实,深入棚改区的居民中进行动员。一场由广大居民参与的棚改战斗打响了,人们忙着搬迁,忙着与政府签订合同,热闹的场面震撼着人们的心灵,棚改工作正在紧张有序中进行着。

　　棚改筑金窝,群众心中系。和谐的小康社会即将到来,人民安居乐业,祖国的明天必将更加美好!

　　注:此文与杨秀梅联名,发表于二〇一〇年六月三日《黑龙江林业报》。

住房步步高

人的一生谁也离不开衣食住行。新中国成立以来,中国人民的衣、食、住、行发生的巨大变化,也是国家进步的一个缩影。今天就说说我住房的变化吧。

我是一九六〇年夏天来到黑龙江省带岭林业实验局的。在这之前,我家住在山东省西南部的一个叫杨官屯的村子里,那时我八岁。老家的房子都是用土夯实做成的墙,门窗露着缝儿,外面一刮风,屋里满是黄土和灰尘。到了冬天,鲁西南的天气也很冷,睡觉前,先用火炭盆把被窝烘热才能钻进去睡觉。小时候,我们全家十多口人,得轮流烘床,房子也不保温。那时候,几乎家家都是这样,记忆深刻。

来到东北后,住的是公家分配的木刻楞草房,房子一间半,全家人一铺炕。木刻楞草房虽较保暖,但年年秋天得在墙上抹一层泥,不然墙裂缝也不保温。冬季来临之前还得用纸糊窗户缝,房门还得钉防寒被。年久了,木刻楞房子有的地方木头朽了,还得换上新木头,房子几乎年年得修理,很是操心费功夫。亏得那时木材多,房子冷就烧炉子。这样的房子一直住到"四人帮"垮台才结束,那时国家也穷啊。

二十世纪七十年代末,我们长大成家了。由于工作的频繁调动,只得租房住,房东要房,就得另租房子,真是居无定所。一九八四年后,单位给分配了砖房。住上了砖房,那时心里甭提多高兴了,感到心满意足。北方的冬季冷得很,屋里冷就烧炉子和炕,所幸的是,木材加工剩余物,当时公家当作烧柴卖给百姓,百姓心里倒也感觉很满足。

进入新世纪,改革开放使国家经济繁荣了,实力壮大了,祖国面貌日新月异。党和国家关注民生的力度也越来越大了,百姓的生活也越来越富裕了。新世纪之初,我与许许多多的百姓一样,住进了宽敞、明亮、温暖的楼房,还安装了地热,省掉了那心烦又费事的年年维修,冬季没有了天天烧炕烧炉子的烦恼,不再担心下雨、下雪和刮风,安全系数也大大提高了,我将全部精力投入工作中,人也显得年轻许多。

祖国的进步与百姓的生活密切相连,我住房的变化情况只是千千万万个百姓的生活的一个缩影,群众生活水平的不断提高,正显示了祖国逐步走向富强。愿天下百姓都住上好房子,过上好日子,我们的祖国更加繁荣昌盛!

注:此文发表于二〇〇九年八月二十日《黑龙江林业报》。

我心中的路

路是人类社会的动脉,没有路,一切都无法进行。林区建设,人民生活富裕,道路须先行。建国六十年来,特别是改革开放以来,带岭林区道路的变化太大了,无论是运材路,还是公交路,交通运行越来越便捷,人们由衷地感到高兴。

一九四六年带岭林业实验局建局前,林区根本无路可行,工人们是利用河流运送木材的。解放后,带岭林区人民在党的领导下,在通往北沟的林海中修建了第一条小火车道,从此木材生产实行了森运。记得那是一九六〇年八月十五日,我从山东老家来到带岭林业实验局,下了大火车,马上就坐上了叮当响的森铁运材车,来到了明月林场。第一次乘小火车到林区,那种感觉真好。从此,我就与林业结上了不解之缘。

带岭局通往北沟八个林场只有一条小火车道,除运木材外,每天还有一趟客运列车。客运列车每天早七点从带岭局址发车,路经永翠、明月、平原、红旗、寒月等车站和林场,下午原路返回。车行正常的话,下午四五点钟就能回到带岭。如果遇到小火车脱轨或其他特殊情况,什么时候到带岭那就说不准了,也许后半夜才能到家。人们到林场或到带岭办事,往往需要几天时间。由于只有一条小火车道,人们的生产、生活很是不便。职工在小火车道两侧种的庄稼秋收,冬季在道两侧拾的烧柴,都需要用人力"轱辘码子"通过小火车轨道推回来。事先还必须到小火车站向值班员申请安排时间,不然就寸步难行了。当时,常常幻想着,有一天我能坐车走遍各林场该有多好啊。

二十世纪七十年代初我参加工作了,在寒月林场老门沟干活。一九七三年,带岭林业实验局将森运改作汽运。筑路工人们在党委书记蒋基荣的亲自带领下驻进了老门沟。蒋基荣和工人们一起搬石头、挑土篮,争分夺秒地抢修汽运路。公路终于修通了,交通便利了许多。那时,每个林场只有一台解放汽车,办事出行、后勤保障全靠它,所以人们都得"敬"着它。由于冬天外出坐在外面冷,都想抢坐司机驾驶室,但是人多座位少,很难坐进去。再后来就开通了通往各林场的客运班车,那就方便多了。虽然车次少,常常挤得透不过气来,想有个座位是很难的,即便这样,大家仍感到路修通了,有车跑了,还是变化很大的。特别是改革开放后,公家允许个体运输了,客车多了起来,群众出行也更方便了,觉得还是公路好。进入新世纪,国家经济实力壮大了,林区公路状况也不断好了起来。二〇〇六年,带岭林业实验局开始修筑通往各林场的水泥路。到了二〇〇七年,所有林场都相通了。森运时,到最远的林场需要一天,现在只需一小时,如需要,一天之内可往返几个来回,人们的生产、生活方便极了。带岭林业实验局与外埠交通也十分便利,北有通往伊春的水泥公路,南有通往汤原的三级公路,东有通南岔、西有通朗乡、铁力的柏油公路,真是"车如流水马如龙,花月正春风"。

如今,带岭林区九万七千公顷的林地内有近五百三十公里的公路,每公顷林地有公路约五点四米,当属全省各林业局公路密度最高的局。如今,二十世纪五六十年代那"沟沟有路、坡坡有树"的理想,在改革开放中真正实现了。

注:此文发表于二〇〇九年《大森林文学》第三期,二〇〇九年十一月二十四日《黑龙江林业报》,原题目为"带岭的路"。

又闻爆竹声响时

时间老人转了一圈又回来了,一进腊月门,购年货、写春联、放爆竹、包饺子,欢欢喜喜迎新春,林城到处呈现着安定和谐的气氛。金色的阳光映在人们脸上,红润的脸蛋个个喜笑颜开,和谐社会温暖着每一个人的心。春天来了,整个神州大地又响起阵阵庆贺的爆竹声。

回眸过去的一年,林区人民生活质量又提高了一步。为改善林区居民居住条件和环境,促进经济的持续发展,党和政府在林区实行了棚户区改造,建起了广厦千万间,人们从低矮破旧的平房搬进了宽敞明亮的楼房。国家决定用三年时间彻底改造林区棚户区,定使林区居住条件大变样,昔日的山村变成环境优美的小山城,全面小康社会目标实现就在眼前。丑牛去,寅虎来,人们搬新居,生活又添彩。生态立局精神爽,满怀豪情迎未来。红灯高挂,霓虹闪烁,将小城装扮得美轮美奂。人们一改过去猫冬的习惯,全身心投入到新林区建设上,意在加快小康社会的建设步伐,使祖国更加繁荣富强。这一切,怎能不使人从心眼里为我党领导得好拍手称赞叫好呢!

春天来了,春节到了。

林区山城大街小巷,彩旗遍插,彩灯挂满街区。夜色中,彩灯如颗颗明珠,又像银河中闪闪的明星,将光明洒满人间。经过一冬的风雪洗礼,山城的座座楼房如清水冲刷干净整洁,显示着婀娜的美姿。家家的门上贴着歌颂党、祝福祖国的大红对联,每个人身着节日的盛装,幸福荡漾在人们的心中。

注:此文与杨秀梅联名,发表于二○一○年二月十日《黑龙江林业报》。

百年世博梦成真

新中国成立以来,特别是改革开放三十多年来,我国的政治、经济、科技等各方面一路高歌猛进,取得了惊人的成就,赢得世人的称赞。人民更是面貌一新,进入充满希望的新世纪,我们国家先后举办了两个百年梦想的盛会,二〇〇八年北京奥运会、二〇一〇年上海世博会,梦想成真,亿万人民怎不欣喜若狂。

上海世博会,各国的建筑与展览品美轮美奂、光彩夺目。我们的安排更是有条不紊,天衣无缝,给黄浦江畔又添了新的光彩。表明了我们中国人有能力、有智慧办好世界上的任何事情,中华民族挺起胸,昂起头屹立在世界的东方,民族屈辱的日子一去不复返,在全世界面前证明了中国共产党坚强的执政能力。上海世博会的成功举办,必将对我国国际地位的上升及文化、经济的发展起到积极的作用。这次上海世博会,建筑之奇特,产品之精美,安排之精彩,举办之成功,与二〇〇八年奥运会一样,怎么比喻都不过分,不愧为外国友人称赞的"最好的一届"。有位名人这样感慨地用诗来表达其兴奋之情:

> 人间何处绽奇葩,且看新开世博花。
> 二百多家光灿灿,花光绚丽际无涯。

一百年前,我国国力衰弱,举办世博会只能是梦想。一八七八年出生的小说家陆士谔在一九一〇年出版的小说《新中国》中,就以一个梦贯穿,虚构了一百年后在上海举办万国博览会。一九〇二年,梁启超也在小说《新中国未来记》中,把梦想举办上海世博会写了进去。政治家康有为也有此梦想。国人在当时的条件下,虽有振兴中华之志,也只能是梦想。

今天,所有中国人将从上海世界博览会中亲身感知——从历史深处跋涉而来的中国,终于站在了世界发展的潮头。

中国人百年梦想的上海世博会,终于在不懈的奋斗中成真了,让我们尽情欢呼庆祝吧!

注:此文与杨秀梅联名,发表于二〇一〇年五月十四日《伊春日报》。

林区人民的良师益友

喜欢《黑龙江林业报》,因为它反映了林区人民积极向上的精神面貌,上传下达了党在林业方面的方针政策,向广大群众传授了多种经营方面的专业知识与技术,使人爱不释手,喜欢阅读,成为林区人民的良师益友。

《黑龙江林业报》版面多,形式灵活,对林区人民,特别是基层群众的需求皆给予满足。在林场工作的侄子吕向阳对我说:"林业报经常登一些多种经营方面的专业知识,大家都争着看,并且保存起来。"他就是看了报纸后,种植了五味子,目前苗木长势很好。他还说,现在林场木材生产的活儿不多了,如果不搞多种经营,人们的收入就会受到影响,林业报恰巧就给大家指出了奋斗的方向,人们都争着抢着看《黑龙江林业报》。还有一些老同志,他们对我说,《黑龙江林业报》经常登一些常见病防治的办法,老年人爱看。这是因为,他们在林区奋斗了一辈子,特别是在早期开发中,常年在山上爬冰卧雪,得了风湿、关节炎等病,看了报纸,掌握了一些治疗办法,感觉到效果不错。

我是《黑龙江林业报》的忠实读者,生活、综艺、人生、历史遗录、文学等栏目是我必读的,这里既有林区人民的奋斗史,也有对人生奋斗有意义的事,给人以鼓励和启示,使我爱不释手。特别是二〇〇七年,《黑龙江林业报》举办"我们年轻的时候"征文活动,我连续写了《激情燃烧在老门沟》《初任秘书时》《热血沸腾的时候》三篇回忆录,都给予发表。从此,我不断地进行文学创作,在《黑龙江林业报》上发表了十几篇散文。该报成为我文化生活的一部分,时刻都盼望着该报早日发到手,每次都怀着激动的心情来阅读。尤其是在二〇〇九年,结合建国六十周年,我将带岭林业实验局建局六十多年所取得的成就,撰写成散文《永翠河畔溢芳香》,该报给予发表,带岭林业实验局的同事看后,给予了良好评价,组织上也很满意,同时也进一步激发了我的写作热情。

当前,《黑龙江林业报》在林区人民中非常受欢迎,已经成为林区人民生活内容的一部分。我祝愿该报越办越好,更希望她发行量越来越大,让林区群众都能看到它。

　　注:此文发表于二〇一〇年六月二十一日《黑龙江林业报》,并收入该报创刊五十周年征文作品集《50年我们一同走过》。

红松,你从远古走来

红松,你从远古走来。

红松,八亿年前,你沉睡在激烈变迁的地壳之中,当大地隆起,东北亚地块凸出水面之时,你与众多植物群落互相竞生,逐渐显露才华,成为寒温带的宠儿。你是植物中的红花,又从不忘记其他植物兄弟姐妹,相互团结,构成大自然的生态环境。你是大自然的杰作,来到了小兴安岭、长白山、外兴安岭和朝鲜。有了人类以后,你又欣然与人类为伴,为地球与人类生态做出无私的奉献,成为今天人类的至爱。

红松,你历经了磨难。

红松,从你诞生的那天起,磨难就伴随在身边。高山是你的家,阳光与土壤和你相伴。夏天,你经受住了电闪雷鸣的考验;冬季,你不惧严寒,自然造就了你坚韧不拔的性格,更使你的身躯材质好,挺拔伟岸。大自然的磨砺你从容走过,可人类的肆意砍伐却使你胆寒。二十世纪三四十年代的大量砍伐,使你遭到灭种的危险。二十世纪五十年代,当你看到共和国建设需要你时,又挺身而出做出了无私的奉献。这说明了一个道理,英雄哪有不遭磨难。

红松,你被人颂扬。

红松,正因为你的优秀,人们把你颂扬,把你视为正直、正义的象征。李白说你"何当凌云霄,直上数千尺";杜甫夸你"青松寒不落,碧海阔愈澄";陈毅元帅要求正直的人要有你的性格,"大雪压青松,青松挺且直。要知松高洁,待到雪化时";人类要生存,就要有正气,大诗人郭沫若有诗云,"松柏森森气更豪,东风常在朔风逃。请看珠穆三峰顶,也有红旗雪上飘"。红松,古往今来,你在磨难中所表现出的泰山压顶不弯腰的大无畏英雄气概,已成为人们学习的榜样。

红松,你走进了新时代。

红松,你是森林生态系统中的重要一员,已被联合国确定为珍惜保护树种,是世界的瑰宝。正因为有了你,小兴安岭才成为秀美山川。为使红松故乡不能成为红松故事,二十一世纪初,伊春市委、市政府发出了禁伐红松的命令,《保护红松伊春共识》响遍神州大地,小兴安岭红松的春天又一次来到了。保护你,就是保护人类自己;保护你,已成人们的自觉行动;认领你,中央领导都带了头,目前红松认领数量已达十余万棵。从此,小兴安岭真正成为红松的故乡,并且直到永远。

红松,你伴随人类到永远。

红松,你知道吗?在小兴安岭刚刚禁伐红松六年的时间里,你就给这里带来生态效益,至少在一千五百亿元。你同其他植物兄弟姐妹一起,净化了空气,调节了气候,涵养了水源,防了风,固了沙,生态文明建设使这里更加安然。这里的人们为使山川更美丽,需要你伴随到永远。她们就像保护孩子一样保护你、繁育你,让小兴安岭永远松涛绕耳,风光无限。

红松,你从远古走来,走进了小兴安岭,走进了新的春天!

注:此文与杨秀梅联名,发表于二〇一〇年十一月十日《黑龙江林业报》,获二〇一四年伊春"红松情"散文大奖赛三等奖。

森林的希望

　　森林给予人类的贡献是多方面的。生活在林区的人们要想长久地生存下去,需要采取综合科学措施,其中一项就是少伐或不伐森林,发展林中经济,搞非木产业,这就是森林的希望,也是人类的希望。

　　最近,因工作之需,我和同事们到林业局的各林场和村屯走了一遭,所见所闻给我增添了保护森林、发展林中经济、迈向小康社会的信心。为保护森林,实现人类的可持续的经济发展,近些年来,从国家到各林区都采取了一系列科学措施,尤其是国有林区,实行了天然林保护工程,林场的职工从伐树人变成了森林的保护人,森林得到了休养生息。可是,生活在林区的人们不伐木材,钱从哪儿来?生存怎么办?在这个转折时期,林区人民在党的领导下,并没有被困难吓倒,千方百计想办法,以人为战,各自突围,发展非林产业,为实现经济转型,达到跨越式发展奋斗着。发展非林产业的多种经营,是他们在实践中找到的一条希望之路。

　　生活在林场的职工,正在为森林的保护、林业经济的发展拼搏着,他们的智慧与汗水使森林得到了保护。有的进行着木耳栽培,开发新品种、引进新技术,一朵朵黑木耳如颗颗黑珍珠闪闪发光,装点在森林里,闪耀在大棚中,职工年获利几万元、十几万元已不是稀罕事。有的实行了野猪散养,数量达到几百头,野猪肉销售到大中城市,受到市民的好评与欢迎,并得到了丰厚的回报。更新鲜的是,有的还养起了藏香猪,肉质鲜、口感好,各大城市的客商纷纷订购,应接不暇。还有的养鸡、养猪、养牛、养鹿等,养殖业遍地开花。利用森林资源养蜂的职工们,有的养了几十箱、几百箱,椴树蜜、杂花蜜质量好、口感佳,受到人们的青睐。林下种药、种果,遍地都是。东方红林场的党员张雪岳近几年引进种植了返魂草,年收入十几万元,成为职工致富的带头人,真是小草籽,大"钱"途。林场职工开展的服务业、运输业及其他各业,也如雨后春笋兴旺起来,职工收入不断增加。

过去依附林业生产挣大钱的农业村屯，现在不仅在农业大田生产、蔬菜生产上实行科学化种植，而且在服务业、运输业、养殖业等方面下功夫，自发成立了各种"致富联合体"，既解决了劳动力的安置，又增加了收入，活跃了林区经济。这是新的生产、生活方式，更是新的希望。

好事例不胜枚举，群众发家致富的榜样，以及他们辛勤创业所付出的聪明才智和汗水在感动着、激励着、鞭策着我们，更是在教育着我们。我似乎看到了生活富裕、盛世康泰的美景就在眼前，一个满山苍翠、郁郁葱葱的小兴安岭又回来了。

这就是森林的希望。

注：此文发表于二〇一二年十一月十四日《黑龙江林业报》。

峰巅上的风电塔

站在带岭峰巅，仰望着风塔，我们的心随着风叶巨轮的转动而跳动。家乡实现了风能发电，喜悦之情在心中荡漾着。

风能是当今世界用之不竭的绿色能源之一。利用林区高山风能发电，在几十年前只有外国人能做到。那时我们就想，中国什么时候也能实现风能发电呢？这种心愿一直埋藏在我们心中。当历史的车轮滚进了充满希望的 21 世纪，我们的愿望终于实现了。21 世纪之初，带岭林区引进资金和技术，分别建成了大箐山和石顶峰两座风电场，并且在带岭东山还建设了另一座风电场，2012 年秋建成并网发电。林区高山风力发电的实现，鼓舞着带岭林区人民向更好、更高的水平发展经济，建设更美好的林区。

仰望风电巨塔，我们想到建设者们的艰辛，这靠科技发展来的成果不易。在新世纪之初，带岭林业实验局的领导就确定在大箐山、石顶峰、东山三地建设风力发电场，之后建设者们劈山开路，遇水架桥，修筑了几十公里的盘山公路，克服了人们想不到的种种困难，在峰顶挖石掘岩打基础，终于将高达 80 余米的座座风电塔竖起。想当初，建设之时，我们就像小孩子看热闹似的，怀着激动与好奇之心，驱车 30 余公里，沿着陡峭弯曲的盘山公路跃上了峰顶。映入眼帘的是那使人激动与震撼的场面，"红旗舞峰顶，机械伸巨臂。风塔入云端，工人战正酣"。人们从心底透出真诚的关切，发出由衷的赞叹。

仰望风电巨塔，我们倍感祖国风电事业发展如雨后春笋那样快。自 2005 年，小兴安岭大箐山第一座高山风电场建成之后，到 2011 年秋，共建成 3 座高山风力发电场，装机容量达到 8.42 万千瓦。据《人民日报》报道，我国 2010 年风电新增装机容量超过 1 600 万千瓦，累计超过 4 000 万千瓦，"双居"世界第一，并且还在快速发展着。祖国风电发展势头足，这怎不使我们欣喜若狂。在经济发展水平方面，我们要追赶外国，还要超过他们，这已不是遥不可及的事了。

仰望风电巨塔,情不自禁地回顾带岭林区引领全林区发展的光荣历史,感到十分自豪。带岭林区早在20世纪五六十年代,就是隶属于中央林业部的林业实验局,许多从国外引进的先进设备和技术先在这里进行科学试验,在取得实地实用成果后再推广至全国林区。这里产生了许许多多个林业生产"第一"。林业科学研究是这个局发展的动力,这个局是林业科研成果最多的林业局。周恩来总理亲自确定的我国营林建设方针,就是依据带岭提供的实验成果和科学数据而制定的。这里自1951年开始,实施大面积人工造林。1959年,被省里确定为人工丰产林基地,并在全省学习推广培育人工丰产林,实现采育并举。1964年,黑龙江省委发出号召,学习张子良艰苦奋斗、无私奉献的精神,更加激发了人们建设祖国新林区的活力和信心。今天,风能发电的实现,带岭林区引领作用功不可没。

　　仰望风电巨塔,倍感家乡景色更美好。登临大箐山峰顶,"腾身转觉三天近,举足回看万岭低"。南坡石海天然成,巨石圆润映风塔,俨然一处人工加天然的绝妙风景区。身居石顶峰山巅,只觉"阴风搜林山鬼啸",看到的是"千丈寒藤绕崩石"。山高陡峭,当春风吹临,五颜六色鲜艳无比的杜鹃花开满山顶,突石、风塔、杜鹃花交织在一起,其景色之美让人流连忘返。带岭东山是巨石山,山高陡峭实罕见,风电场建成后又是一道靓丽的风景线。这真是家乡添美景,山川秀丽更锦绣。

　　峰巅上的风电塔,给人类送来绿色的清洁能源,给亘古荒顶带来了新的春天,给这里带来了新的经济增长点。我们仰望着风塔,只听到风叶巨轮迎风呼呼旋转着,它的脚步一刻也没有停下来,带岭的美好未来我们在内心勾划着。

　　注:此文与杨秀梅联名,发表于二〇一二年《大森林文学》四期。

积翠大森林

巍巍兴安岭,积翠大森林。

国家为使生态变得更好,让森林永远造福于人类,停止了对森林的商业性采伐,这是好事。停止了木材采伐,这弯如何转,经济如何转型,职工收入如何确保,这是当前极其重要的大事。怎么办?林区职工给予了明确答复,不靠天,不靠地,完全靠自己。带岭林业实验局的思路是这样的:二〇一四年要着力发展"四色经济",推动带岭产业转型发展,引起了大家的极大关注。四色经济即"黑、白、红、绿"。黑色经济是指木耳和腐殖土,要大力发展木耳生产,实现优质、高产、高效的生产目标,使黑木耳生产由数量型转向质量效益型;同时,充分利用腐殖土资源,大力发展"花卉营养基地",为北京、上海、广州等大中城市居民服务,实现"点土成金"。白色经济是做好桦树汁产品的研发,同大中院校合作,开展技术攻关,推动桦树汁产品开发向产业化目标发展。红色经济是指开发红色旅游业。带岭是革命老区,当年抗联所开展的抗日斗争。同时,联动带岭的朝阳、南列两个影视城,凉水国家级自然保护区和碧水中华秋沙鸭保护区,及大箐山、石顶山、东山三个风电场,和大箐山石海、森林资源馆、乌带公路沿线红松母树林景观等旅游资源。绿色经济是指重点发展苗木产业,以黑龙江苗木种植有限公司为依托,充分利用各育苗基地、组培室、温室大棚等,广泛培育新奇独特、物美价高的苗木、花卉,主动与市场对接,力争使带岭苗木、花卉在全省及全国的绿化苗木和花卉市场占有一席之地。

在专访中,明月林场场长张德说:"对于停伐后发展替代产业,我们原来就听说过,因此早就有了安排。二〇一一年,我们种植了七十三亩野生蓝靛果,二〇一四年结果。二〇一二年,种植了三十二亩蓝莓,再有两年结果。我们还在种植绿化树方面做了文章,二〇一三年栽植了三十亩绿化云杉苗木,计划二〇一四年栽植七十亩,达到百亩。"在环山林场工作的侄子吕向阳告诉我,职工们对木材停产早有思想准备,都在积极寻找出路。他们场的彭新华、霍永林、张化玉等人,现在为木耳生产起早贪黑地装袋、育种,忙得不可开交,有的已干了好几年,效益很好。工人姚继刚在环山林场二十二林班种植了三亩葡萄。吕向阳也在环山林场二林班种植了四亩林下参。他还告诉我,现在寒月林场许多职工也在为木耳生产忙碌着。各林场的职工并没有闲着,都在寻找着多种经营项目。尤其是寒月林场工人钟建设与爱人于光,在老门沟里养殖着散养野猪,存栏数已达几百头,效益喜人。还开展着旅游一些项目,现已粗具规模,常有外来人学习和参观。听到这些,我心中甚感欣慰,感到,只要将群众发动起来,任何困难都难不倒林区人民。

木材停伐了,要解决好富余人员转产,确保收入不减,生活质量不断提高,林区各级组织与职工都在积极探索着、奋斗着。我相信,经过人们坚持不懈地努力,奋斗目标一定能够实现,出路就在脚下。

注:此文应邀而作,发表于二〇一四年三月六日《黑龙江林业报》。

小兴安岭松涛的回响

广袤的小兴安岭峰峦叠嶂，四季松涛作响，拼搏在大森林里的人们，战天斗地的主人翁精神难忘。昔日，一车车木材贡献给国家，一片片人工林新绿布满山岗；今日，他们又在林下艰苦创业，用汗水誓把这里建成人间天堂，松涛始终给他们助阵，人们将累累硕果当作回响。

一九六〇年，我家从鲁西南农村搬迁到小兴安岭带岭林业实验局明月林场。在林场工作的二哥与工友们起早贪黑地奋战在山上，充足的干劲，月下仍挥着斧头，哪顾得松涛在身边作响。山场归楞的工人们，迈着整齐的步伐，喊号声高亢，将木材整齐地堆成小山，高昂的工作干劲似松涛的回响。工人们的工作热情是那么的高涨，那么激昂，那场面至今使我难忘。

二十世纪七十年代初我参加了工作，在寒月林场。这是主伐林场，机械化大兵团原条生产，工人在松涛的陪伴下，干劲正旺。油锯手树下伐树，严格控制树倒方向；集材拖拉机月超千立方米、年超万立方米，每天都是比赛日，一车车木材运下山岗。油锯、拖拉机、装车机的轰鸣声，与松涛汇成交响乐，在山谷中回荡，人们日夜把赞歌唱。繁重的任务，日夜的忙碌，艰苦的环境把青年一代培养，一代新人在成长。

二十世纪九十年代，我到了林业局最北部的环山林场，木材生产和营林作业仍是那么忙，大森林的松脂依然那么芳香。男人们日夜奋战在伐木场，月、季、年任务圆满完成，常受上级的表扬。女人们不甘落后，松涛下挥镐，战斗在营林作业现场。她们比男人们还辛苦，造林抚育在山岗，每天中午吃凉饭，夏天露水湿衣裳，冬天爬冰卧雪，干劲无比高涨。人工林在她们手下变得茂盛又粗壮，社会主义林区建设更应受表彰，女人们清脆嘹亮的歌声仿佛松涛的回响。

伊春林区曾有让人羡慕的辉煌，小兴安岭的阵阵松涛时刻在鼓舞着林区人民奋发向上。开发六十多年来，为国家贡献优质木材二点四亿立方米，人工林培育满山岗,在四百万公顷的施业区域里,现仍有二点六亿立方米森林蓄积量,为东北大平原的农牧业生产保持稳定,滋养出一个"东北大粮仓"。林区人民艰苦创业几十年,涌现出张子良、马永顺等众多英雄人物,这些是松涛最好的回响。

小兴安岭的松涛伴随人们一次创业,艰苦奋斗,无私奉献;又跟随人们二次创业,进行了艰难探索,仍在奋发图强;现又鼓舞着人们三次创业,再次让美丽的小兴安岭走向辉煌。

小兴安岭的松涛始终强劲,林区人民拼搏呐喊与之回应。三年前,伊春从实际出发,科学地提出了第三次创业的思想。加快经济转型,全面奔向小康,全市人民情绪又高涨。继续管护好森林资源,抓好天保工程,《大小兴安岭林区生态保护与经济转型规划》实施,森林主伐终于退了场,为的是让子孙万代有绿色银行。转型梦、生态梦、中国梦,使松涛更加强劲与响亮。

松涛下,大森林中的种植业规模空前,林菌、林果、林药硕果累累,茁壮成长;养殖业,牛、羊、猪、鹿与家禽,有的圈养,有的散养,林中穿梭膘肥体壮;矿业开发炮声响,新工厂一座座,崭新机械轰鸣作响;运输业,各种车辆奔驰在宽阔的公路上,搞活经济销售形成网;商饮服务业,店铺一排排,新店鞭炮响,经济指标一再高涨;旅游业,景点惊险奇特,大森林里星罗棋布,任你欣赏。社会主义新林区三次创业,人民群情激昂,积极性与松涛产生共鸣,尤如磅礴浪涛,使人心情激荡。

松涛使人精神振奋,奋发大干的人们传来回响,林区人民前景似锦,奔向那明天的辉煌。

注:此文发表于二〇一四年九月四日《黑龙江林业报》,并获该年度副刊三等奖。同时,在中共黑龙江省直属机关工作委员会、黑龙江省直属机关作家协会、黑龙江省企业报协会举办的"梦在龙江"主题征文活动中获优秀作品奖。

回望那片林

前几天,坐小车到市里开会,当行驶到带岭通往伊春的分水岭时,我不时向西张望,想早些见到西山那片落叶松人工林。小车路过那片碧绿挺拔的落叶松人工林,只见那片林铺满了山坡,茁壮成长,大有催人奋进之感。小车已经行驶了很远很远,我还不时地回望,想多看它几眼,时不时地勾起了对当年的回忆。

分水岭那片落叶松人工林,给我的印象很深。

一九九〇年五月二十七日,组织委派我到环山林场当场长。当时,林场造林工作已经结束,正是营林工人进行镐抚培土的时候。分水岭这片落叶松人工林,是我第一次上山检查营林工作的第一块林地。到了现场,我发现进行镐抚的都是女同志,而且大部分已是做了母亲的。只见她们弯腰培土,小树苗在穴中精神地站立着,像是小孩子在等待妈妈哺乳。劳动中的女工们热情很高,额头布满了汗珠,双手挥镐,精心在小苗四周培上了鲜土,不时地拍打着驱赶蚊虫。在她们的劳作下,一行行新翻的苗穴,如同农田里新翻的地垄,笔直地伸向远方。我看到她们规范的操作,过关的质量,以及那种辛勤劳作的态度,不由得在心中对她们产生了敬畏之感。我清楚地记得,她们中有年过四十、朴实肯干的曹淑范,有充满活力的贠景霞,还有少语的小曹和爱唱的小姜等。因工作地点远,中午她们都带了饭,说说笑笑地,在林地里吃着午饭,渴了,就到山下小溪边喝几口凉水。

三年后的秋天,根据林业局的工程造林法,上级要对这片落叶松林地进行验收。验收那天,我随同上级来人和各工组组长,来到了分水岭这片落叶松人工林地。检验小苗的成活率和三年保存率,我与她们一同逐行进行检查。使我惊讶的是,每百棵树苗成活保存率竟达到了百分之九十七。因此,我对女工们感到佩服,也为她们的劳动成果由衷的感到高兴。

林业的建设,尤其林业局的营林生产,从建局到如今,始终离不开女同志。

过去,木材生产紧张,男同志都在木材生产一线,营林的活儿都由女同志承担。那时,不管是职工女家属,还是女职工,只要有劳动能力,都要上山干营林方面的活儿。由于造林地块都是在采伐迹地上,离家远,必须带饭。夏天,蚊虫叮咬,露水打湿半截身子;冬天,上山透光、间伐,女同志照样爬冰卧雪,许多人落下病根。她们为了青山常在,永续利用,甘愿付出辛勤的汗水和艰苦的劳动。我在林场时,姜再文的老伴、宋三宝的媳妇、杨建武的爱人等女同志,都是营林生产的骨干。说句实在话,黑龙江省的森工企业中的营林事业,大多是由半边天顶起的,小兴安岭的秀美山川离不开女同志汗水的浇灌,一片片人工林离不开职工女家属、女职工的培育。这里值得说的是,这部分妇女,大部分是职工家属和职工子女,没有工人的待遇,可她们付出的劳动并不比男职工少,工作业绩不比男职工差。使人欣慰的是,最近几年,国家给"五七工"发放了退休金,并没有忘记这部分人员。据说,这部分人员,黑龙江省约有四十万人。当这些年老的女同志接到退休金时,非常感动,一致夸党的政策好,激动的泪水久久挂在脸庞。

　　二十三年过去了,我也离开林场十六年了,仍没有忘记为林业建设,尤其是木材生产付出汗水的男职工,更没有忘记托起营林事业的女同志。直到今天,许多女同志们仍战斗在深山老林的一线,无怨无悔地为山川的秀美,为造福子孙后代挥洒着汗水。让我们共同祝愿她们长寿、安康,她们的辛勤付出将永远铭记在林区人民的心中。

　　当小车把那片林子远远甩在后面时,我还回望着,回望着……

注:此文发表于二〇一三年六月十三日《伊春广播电视报》。

难忘那片翠绿

我离开环山林场已十六年,可南山那片红松人工林时时在脑海中显现,很难忘记那片充满生机,充满希望的翠绿色。

南山那片红松人工林,离林场场部和居民区很近很近,似乎触手可摸。人们走出家门一抬头,首先映入眼帘的就是那片翠绿色的红松人工林,使人赏心悦目。红松人工林也陪伴着这里的人们欢度着春夏秋冬。那片绿,是养眼的缘,给人们带来精神上的愉悦、心情的舒畅。

那片可爱的绿色,植于一九六六年一个阳光明媚的春天,是营林村工人徐茂材带领着天真活泼的带岭一中学生们栽植的。有骆家慧、傅伟、小闫子和小王姐妹俩等三十多名同学,这些人长大后大部分去了市里工作,现在都已退休。他们栽植的红松人工林越长越高,越长越茂盛,把希望留给了未来,留给了后代。

那片充满希望的绿色,根,紧紧扎入黑土地,感悟着土地深沉的情思,闪烁着未来的光芒,条条枝杈经历着酷暑与严寒,经历着风风雨雨。几十年来,人们用勤劳的双手将它们培育,用辛勤的汗水将它们浇灌,棵棵树木就像棒小伙儿,挺拔健壮。现在每到秋天,枝头上便挂满了松果,整片林成为红松人工林的样板林。

我与这片红松人工林结识于一九七二年的初春。那时,这片绿色尤如茁壮成长的青少年,虽树干纤细,但都非常精神,茂盛得使人乐得合不上嘴。一九七三年秋季的一天,林场突然接到林业局命令,要在一个星期内修建一条两公里长的林中参观道,说有外宾前来参观。林场点将让青年队指导员李万和带人去完成。他们不怕劳累,昼夜奋战,提前一天完成了任务。林中道路在红松林中穿过,两侧的红松仿佛像欢迎人们到这里参观似的,非常精神。此后,这片林更加引起了人们的关注,给中国林业赢得了一些荣誉。

那片红松人工林似乎与我有着不解之缘。一九九〇年我来环山林场任场长,多次踏入这片林,棵棵树木向我露出阳光般灿烂的微笑,显示出亲切的柔情。它们在茁壮成长,有的已开始结实了。看到它们,我心潮澎湃,在林中,我放开歌喉,放声歌唱,小兴安岭林区啊,是多么的美丽,红松人工林啊,是多么的可爱……

后来,我离开了环山,但心中依然眷恋那片红松人工林,听说那片林已成为林业科研所的实验林,林业科研人员在那里开展了人工嫁接等科研项目,并对那片林实行了更加有效的保护措施。我相信,那片林将会用更丰硕的果实,来回馈这里的人们。

如今,那片红松人工林,仍时刻盘旋在我心中。每当我路过环山时,总想多看它们一眼,看到它们郁郁葱葱、精神抖擞,深感欣慰。祝愿它们越来越健康,越来越幸福,伴随人们到永远。

注:此文发表于二〇一三年十二月二十四日《伊春日报》。

"明月"的内涵

这里说的"明月"不是天上的明月,而是用"明月"取名的小兴安岭林海中的一个林场。

现在的明月林场不像五十年前那样人员兴旺,由于木材停伐,人们大都搬迁到林业局局址镇内居住,剩下十几户人家,一些空院落长满了荒草。

明月林场是我家一九六〇年夏天从山东巨野老家来到带岭林区第一个居住的地方。我一九六九年到林业局局址镇内读高中就离开了这里,我家是一九七四年从这里又搬迁到环山林场的。二十世纪六十年代,那时我还小,并不了解明月。

离开明月几十年,可我仍在带岭林业实验局工作,工作与生活中,明月林场的人和事常闯入心中,它的内涵才在头脑中较丰富起来。

明月林场位于林业局局址北十二公里处,这是按公路里程计算的,如果按没有公路时的森林小火车道计算,是十八公里。明月是林业局北沟的第二个林场。

带岭林区在一九三六年前,没有人烟与道路,漫山遍野到处是茂密的针阔混交原始林,而且以红松树种居多。而现在,除了一部分天然林外,山岗上、沟谷中到处是排列整齐、郁郁葱葱茁壮生长的落叶松人工林,一幅欣欣向荣的景象。

明月还有一个名字,叫双河。之所以叫双河,因为从西北方向群山中流来的永翠河向南流去,这是主河,还有一条从正北方向群山中流来的小河,它从红叶沟流来,从明月东山脚下流过,在场部南一百米处与永翠河交汇,人们叫它红叶河。我家曾在东山脚下的工区中居住,小河就从房东头流过。那时红叶河河水丰沛,我与七哥夏天常到小河中钓柳根鱼,也是常洗衣服的地方,冬天就在封冻的河面滑冰。而现在小河的水却瘦了许多,小河两岸的柳树林早已不见了,过去的小河河水丰沛、柳绿荫荫的景象常在我脑海中浮现。

明月这地方富有传奇色彩。过去我在这里住了近十年时间,却不知这里曾是抗联三军留守处遗址。退休后从事老区研究工作方知,一九三六年,三军七十五团团长宋喜斌和刘连长率二十多名战士,于深秋初冬在这里建了留守处,坚持了一年左右的时间,除对敌作战外,还担负着培训各部战士、物资储备转送、伤员医治救护、兵源扩充、情报侦察传递、联络各部、枪械修理等任务。他们在现在的场部北不远处和巴彦沟内建立了密营,我与同事还专门到密营遗址拜谒过。二〇一四年,带岭区政府在这里竖立了用巨石雕刻的"抗联三军留守处遗址"永久性纪念碑,让人们不忘抗联精神与功迹,更好地建设未来。

明月林场是小兴安岭建立最早的林场之一。二十世纪三十年代末,日寇占领了带岭林区,就在明月设立了木材采伐作业所,管辖着带岭北沟各沟的作业点。日寇投降后,我党取得政权,带岭局在这里设立了林务所(另一个林务所是朗乡),可见那时明月的重要性。明月林务所下设桦南、集贤、桦川三个作业所。一九四八年,明月设森林铁路中心站,站名双河,故林场一度以站名命名。一九五六年,建立明月经营所,从此场名改为明月。一九七五年,又称明月林场。

历史总是记着对社会进步有过贡献的人,也记着坏人的劣迹。在明月生活了近十年,明月林场领导换了一茬又一茬。在我心中,"文革"前就任的林场主任李智、党支部书记陈喜贵是正人君子,心中装党和群众,为人正派、原则性强、联系群众。"文革"中,他们晚上挨批斗,白天又在一线指挥生产。人们知道他们是好人,都痛恨整他们的人。现在林场停伐了,在经济转型过程中,明月林场又来了一位好场长,叫张德。他是全国"五一劳动奖章"获得者,脚踏实地带领群众搞多种经营,在林场资金极其紧张的情况下,他自掏腰包,年年为场正常运转买煤,花掉三四万元,深受组织上的好评和群众拥戴。这个场的老一代工人更可爱,穆广秋、孙宪仁、张万贵、徐庆月等老工人如老黄牛,默默无闻、与世无争,将汗水洒在了林业建设上,森铁工区的老工人鲁西林、杨明耕等人也是这样,为林业建设奋斗了一辈子。这些人才是社会主义建设的脊梁,永记在人们的心中。值得人们怀念的,还有二十世纪六七十年代林场的技术员聂兴隆、贺成瑞两位同志,一心扑在林业生产上,并与群众打成一片,是典型的优秀知识分子的代表。进入新世纪以来,明月又出现一位女性优秀人物。她叫林双凤,他的家庭被全国妇联评为"最美家庭""教子有方家庭"。林双凤二十七岁时嫁给了一位林场工人。她丈夫的前妻因病故去,扔下三胞胎兄弟,才几岁,林双凤主动放弃生育权,含辛茹苦将三兄弟养大成人。三兄弟都参了军,成了家,也成了材,林双凤收到人们的敬佩。

这些脊梁人物才是明月林场的内涵,值得颂扬。

历史已过,时间仍在前进着,人们期待着明月这地方创造出新的辉煌,涌现出更多的让人敬佩的先进人物,继续充实它的内涵。

二〇一六年一月二十二日

难忘深山密林中的它

翁郁无际的小兴安岭林海有众多的林场，珍珠似的点缀在绿色中，闪烁着各自的光芒，展现着不同的风采，使人热爱和向往。我最喜欢、最难忘的是深山密林中的环山林场。

环山那地方山美水清人好，我曾在那里工作过，思念之情常在心头缠绕，虽离开十几年了，很难在印象中抹去。

只有百十户人家的环山是带岭林业实验局最北部的林场，与乌马河林业局西岭林场施业区相接。在带岭的林场中，可谓偏远，四十多年前要到那里，乘小火车需一天时间，现在有了水泥公路，乘汽车只需一小时。

那里青山叠翠，美景怡人。被群山拥抱着的环山林场坐落在小盆地中。那里的北山，很陡，峰巅有许多大红松，挺立在那里，直视着林场，似站岗的卫士。那里的东山，更加陡峭，攀爬都困难，满山的树木长得郁郁葱葱，非常壮观，特别是红松居多，粗壮青翠。这些林木日夜与场里人们相守，形成了"风水宝地"。那里的南山，坡度较缓，山上是二十世纪六十年代中期营造的红松人工林，翠绿一片，非常茂盛。林中有一九七三年青年队指导员李万和带领人们突击七昼夜完成的两公里的参观道。现在，这片林子已成为带岭林科所的实验林，受到保护。翠绿的红松人工林天天与这里的父老乡亲生活在一起，别有一番情趣。那里的西山离林场稍远些，人们叫西沟。越过西山的山脊，就是寒月林场的前进沟。西山并不高。正因为那里四面环山，二十世纪六十年代初人们就叫那里环山，真是名副其实。在林场与北山之间，有一条小河，是永翠河发源地的一条主要支流，它是从分水岭发源流经这里，在林场下游二里远的地方与老门沟小河相汇，成为永翠河的主河流。环山小河日夜欢唱，伴随着这里的人们度过无数的春秋。在居民区与小河之间，是从群山中来，又消失在密林之中的乌带公路，是这里通向外部唯一的大动脉。

富有活力、充满生机的环山,是二十世纪五十年代初开发的,那时这里是遮天蔽日的针阔混交原始林,无人居住,归属寒月林场。六十年代中期,林业局为培养中等林业人才,在这里成立了环山林校,于是这里就有了自古以来的第一栋砖房,至今仍矗立在林场场部的大院中。一九七四年,从寒月林场分离出的生产段人员,组建了曙光林场,后改为环山这个名字。是主伐林场,后与寒月林场合并,一九八八年又重新组建。

环山这地方传奇色彩很浓。抗战时期的一九三八年,这里的胜利沟(老韩头沟)住着猎户老韩头和老鲍头,新胜沟里的老张头沟住着猎户老张头和他的小儿子张小子。那年五月,中共北满省委从带岭大箐山下的秀水屯突破日伪军包围圈后,转移到离这里十多里地的锅盔顶山相继在环山林场的老韩头沟、新胜沟,寒月林场的老门沟、老三场沟建立了密营。抗联部队与四个猎人相处得非常融洽,相互帮助,产生出军民团结抗日的火花。于天放、陈雷等抗联将领与猎户们都是好朋友,于天放还给老韩头写过通过抗联哨卡的路条呢,老韩头也给抗联部队提供住所。笔者一九七二年在寒月林场当知青时与老韩头和老鲍头相识。那时,人们常听老韩头讲述他与抗联交往的事,这里的许多老人都知道。最近,笔者根据这些传说创作了一些抗战故事,已在报刊上发表了一部分。现在,人们提起这里发生的抗战往事还津津乐道。这里的抗联密营遗址和老韩头住房遗址,笔者在二〇一三年秋还专程到深山中参观过。环山自开发以来,为国家建设贡献了几十万立方米的木材,二十世纪七十年代还诞生了省级劳模张洪山。这些是环山人值得骄傲的。

我留恋和难忘的是这里的人,他们憨厚质朴、踏实肯干、勇于担当、心地善良,他们一心为国为家,二十世纪九十年代我在那里工作了七年,深深体会到了。老工人姜再文夜间在场部值班。他看到林场清山林任务紧张,白天就主动带着老伴儿上山劳动。青年工人李厚旗主动承担修筑过河运输桥的任务,为林场解忧。工人曹武明为使生产不受影响和林场不受损失,黑夜里饿着肚子上山修机械。这里的人有许许多多的动人事迹,几十年如一日地奋斗、拼搏在林海中,用心血和汗水将一车车木材采下山,营造了无数片人工林,使得这里富有茂盛的后备森林资源。环山林场工人们的主人翁意识使我深受感动,永生难忘。

清晨的环山,东方一缕红霞照射在群山,无际的林海像镶了一层红边,鸟儿在林中啁啾欢唱,合着小河潺潺流水声和鸡鸣,谱成了一首优美怡人的山间晨曲,就这样,林场醒了。炊烟与山中云雾搅在一起,流动飘荡,变幻不定,有飘渺神秘之感。这时,已经有一些人起早来到田间耕作,他们要赶在上班之前干些农活儿。他们的日子悠闲而恬淡,环山就像那世外桃源。黄昏,暮色降临。大山中的岚气融着炊烟,使林场笼在一片苍茫里,渐渐地点起灯的人家多了起来。夜深了,一片寂静,人们进入了梦乡。天上繁星点点,弯月如钩,群山依然拥抱着林场,虽然山野幽静,小河的流水声却像支轻音乐,伴着人们的鼾声,把他们带入仙境。

这就是使我难忘的环山林场,"赖多山水趣,稍解离别情"。

注:此文发表于二〇一四年五月八日《伊春广播电视报》。

一位老林业工作者的遗作

前些日子,我当知青时就认识的现已退休的王丹来到我的办公室,将她已故多年父亲王文波的一篇遗作交给我。这是一九五四年写的一篇散文,题目是"向社会主义发展的林业城镇——带岭"。全文充满激情,充满想往,热情歌颂了解放初期带岭林区建设的成就,描绘了社会主义制度下林业发展的美好情景,在释放着正能量,给人以鼓舞,是一篇难得的好文章。

王文波,一位老林业工作者,一九二六年生人,一九五四年任带岭东北森林工业实验学校的秘书,一九七九年病退,一九九九年病故。老人病故后,一位与他共事过的老同志发现了这篇遗作,并转交给王文波的女儿王丹。读其文章,感触颇深,王丹将其保存下来,以教育和鼓舞后人,不要忘记解放初期带岭林业的发展状况,以便建设好林区。老人的这篇遗作全文如下:

向社会主义发展的林业城镇——带岭

"无山不绿,有水皆情,四时花香,万壑鸟鸣。替山河装成锦绣,把国土变成丹青。新中国的林人,同时,也是新中国的艺人。"这是中央人民政府林业部梁希部长于一九五〇(三)年来带岭巡阅(视)时的题词。那时的带岭还不及现在。

带岭位于小兴安岭南部,为绥佳铁路的中枢站,交通极为便利,从哈尔滨乘车,经绥化、铁力约十个小时即可到达。

这是一个新兴的林业城镇,是小兴安岭"林海"的边缘,四周峰峦重叠,树木参天,未经开发的原始处女林,漫无边际,这里生长着世界闻名的高贵木材——红松,有上千种的各色树木;这里藏着各种珍贵的药材(如:熊胆、虎骨、鹿茸、人参……);有取之不尽的山地副产品(如:木耳、元蘑)等。这个良好的祖国一角,几年前还是一个人迹罕至,野兽盘踞的荒凉地区。

敌伪时期,日寇为支援其"大东亚圣战"的侵略战争,曾一度抓劳工来这里乱砍滥伐,掠夺了无数良好木材,破坏了这片大好山林。而祖国坚持抗战的优秀儿女——抗日联军,就在这一带的深山密林里不断地打击敌人。威震敌胆的抗日英雄于天放(抗日联军某部政治委员)在这一带活动最久也是最有名的。提起于政委,绥佳线上几乎妇孺皆知。

一九四五年,东北解放后,中央人民政府就注意林业建设工作,在这里建立了森林工业分局,开始采取了合理采伐、合理造材、封山育林、抚育更新和护林防火等一系列的行动措施,来重新有计划地建设森林工业。

几年来,带岭林区的面貌改变了,劳动人民用自己的血汗,用自己的双手,把带岭创造成美丽的乐园。

一九五二年,带岭林区随着祖国事业的蓬勃发展,为迎接大规模的正规的林业建设,将森工局改为实验局,常年从事森林工业作业的各种实验工作,并创造与改进了各种解决常年作业(夏季采伐)问题的新工具,其中名闻东北林区的"高速运材道",便是带岭林区模范伐木工人苗培生创造的。常年作业在带岭林区,已经积蓄了一套较丰富的经验。那些所谓夏季不能采伐的种种神秘传言已被彻底揭穿。那种"入冬满山人,入春人走尽"的季节性的、落后的生产方式,在带岭已经随着历史的前进而一去不复返了。

向社会主义前进的中国林业的发展是惊人的,是无止境的,在带岭林区你就可以看到社会主义森林工业的伟大场面;在带岭林区不但通过各项实验工作征服了大自然,而且全监采伐过程,也几乎完全是机械化和电气化了。这里有电气伐木工具、造材电锯、集材绞盘机、打枝机,有机械化的运材拖拉机,有深入森林腹部的森林铁路,有专门装车的"架杆式"装车机……这里的工人大部分已摆脱了繁重的体力劳动,并享受着国家的各种劳保福利措施。苏联社会主义的幸福生活,已逐步地体现在林区。

由于森林工业高速发展的需要,一九五三年,带岭实验局正式改为东北森林工业实验学校,这就不仅专门从事社会主义森林工业生产方式的实验工作,而且还要培训大批的社会主义式的森林工业建设人才。不久的将来,将从这里走出成千上万的管理人员、技术人员,活跃在各个林区的建设岗位上。

几年来,带岭在高速度的发展中已经不是人烟稀少的荒凉地区了,而是一个各地参观往来者不绝的繁荣而美丽的林业城镇。旧居带岭的人现在再到带岭的话,马上会让他感到惊讶,恐怕会疑惑他置身之地是否是带岭?这里有朴实的苏式三层学府大楼,有全国知名的东北林业工人养老院,有现代化的职工医院,有烟筒高耸入云的制材厂,有传播各地新闻的广播站,有供应职工生活资料的粮食公司、百货公司、供销合作社,有银行,有电影院、剧院,有浴池,有发电厂,有一幢幢美丽、大方的工人宿舍和家属住宅,还有不久即将开辟的动物园和已开始施工的能容纳二千余人的大俱乐部。

你一下火车,便可以看到建在北山坡上的凸式办公室和陪衬着的黄色的二层宿舍楼。街道上和平塔上播放的广播和不时传来的马达声交织在一起,会使你感到这是一个和平、劳动和谐演奏的动人地交响曲。

带岭的风景是美丽的,这个三角地带的四周,山峦起伏,河川交织,衬托着三角地带里的各色建筑物,愈显得幽美括静,别有风味。如果登山远眺,云山葱茏,河带曲折,小村点点,悠然一幅北国的美丽风景图。

永翠河是带岭的一条最大、最美丽的河流,两岸绿树成荫,灌木丛生,是水禽喜于聚集和繁殖的地方,羽毛丰润、美丽的水鸭和四五种不知名的水鸟,往往成群地出没其间。傍河西岸是工人养老院,每当夕阳西照的时候,养老院的淡黄色的房舍陪衬着绿影掩映的永翠河,风景异常优美,会使你顿觉心旷神怡,流连忘返。因此每到星期日或傍晚,养老工人、职工、学员大都到河边来散步。这里是一个天然的疗养所。

谈永翠河便不能忘记这个河里的特产——细鳞鱼。这种鱼背白,腹有黑斑,头圆体长,状异其他鱼种。性子最猛,经常逆流逐游于激流间,据说一丈高的瀑布可以一跃而上。这种鱼繁殖性较强,加之对它的捕杀率低,因此河内有很多,每到开春以后便可以看到很多人成篮地钓回,最大的有十余斤重。细鳞鱼肉为蒜瓣形,硬而鲜美,为鱼类中之鲜品。不在林区居住的人,是享受不到这种口福的。

带岭,这个新兴的林业城镇,将伴随着祖国的发展而更加繁荣。

王文波

带岭东北森林工业实验学校

一九五四年六月二十二日

这篇散文,真实地记录了解放初期带岭林区的建设和发展情况,以饱满的热情歌颂了在党的领导下,带岭林区所取得的成就,对未来的发展充满了信心和憧憬。虽然时间过去了六十二年,读起来仍使人激动不已。

带岭是小兴安岭林区建立最早的林业局，于共和国诞生的晨曦中的一九四六年五月成立，也是我党领导下的小兴安岭的第一个林业局，当时生产了大量木材支援人民解放战争。一九五一年，带岭划归东北森林工业管理局管辖，改称带岭森林工业实验局，并开始进行人工造林，开东北高寒林区人工造林的先河。一九五二年，带岭林业实验局由中央林业部直接领导，开始了采运机械化和常年流水作业。一九五三年一月，中央林业部第一任部长梁希来带岭视察工作。一九五四年，东北森工实验学校在带岭成立，与带岭局合并，归学校领导，林业局成为实验学校的生产处。解放初期，百废待兴，为将中国林业建设好，国家将先进林业技术和设备在带岭实验，成功后再向全国林业战线推广。那时的带岭，在全国林业建设中起着引导和示范的作用，许多知识分子和专家聚集在这里，使带岭各种行业，尤其是林业得到空前发展，呈现出蒸蒸日上的大好局面，人们心花怒放，干劲冲天。面对这鼓舞人心的大好局面，王文波同志满怀激情地写了这篇散文。

　　我与王文波老人虽相识，但不熟悉。由于年龄的差异，没有交往。但我与他在上世纪八十年代初做过邻居，也只有两年时间。老人给我的印象是为人和善、与世无争、孝敬老人，只是心存敬意罢了，但不知他有这样好的文笔，错过了向他求教的机会，很是可惜。

　　通读王文波老人的这篇遗作，我感到老人心中充满了对家乡的爱，对林业建设的爱，对大自然的爱，对党和祖国的爱，对林业建设很有预见性。今日的带岭，是省森工总局的林业实验局，是国家林业现代综合实验基地，是科学经营森林和林业科学研究的典范，经济繁荣，人民生活幸福，老人当年的愿望成了现实。正因为上述原因，我向媒体推荐了老人遗作，是很有教育意义的。

注：此文发表于二〇一六年《伊春社会科学》第二期。

俄萨之旅

两次赴俄似梦游,工作与生活使我体验到,友好相处、合作共赢是各国人民的共同心愿。

哈巴罗夫斯克市

因工作前往俄罗斯萨哈林岛。在途经哈巴罗夫斯克市中转候机的几天里，我与同事住进了杜力斯宾馆。闲暇游览城市，所见所闻很有感受。

哈巴罗夫斯克市街道整洁，空气清新，在街头广场和草丛、绿地中，经常能看到有人在精心喂鸽子，大大方方的鸽子很悠闲，没有任何人前去打扰。在人来人往的闹市，我突见一只麻雀在人行道上雀跃着，尤入无人之境，但没有一个人去惊扰它。这件事我很有感触，俄罗斯注重生态环境保护的意识已深入人心。

在哈巴罗夫斯克市可以见到很多中国人。他们大部分是来旅游的，一多半又都是北方人。在杜力斯宾馆，我们就遇到两个中国旅游团。一个是鹤岗的，一个是山东的。我特意打听了一下，俄罗斯究竟有多少中国人，朋友说，足有几百万人，莫斯科就有十万人之多，哈巴罗夫斯克市也有四五万人。这里有三个中国大市场，都是中国人在做买卖，而且黑龙江人居多，但出售的精品不多。

在哈巴罗夫斯克市的三天中，我深深感到的是中俄两国政府、两国人民应该真心实意地世代友好下去，搞好经济贸易，这是两国人民都希望的，也都应尽力去做好的大事情！

萨哈林岛

飞机载着我们一行四人越过鞑靼海峡，来到俄罗斯萨哈林岛上空。放眼望去，大地葱绿，满目滴翠，一片生机。萨哈林岛，森林之岛，果然名不虚传。

我们乘坐的飞机七十分钟后准时安全地降落在萨哈林州的南萨机场。

南萨哈林斯克市是萨哈林州的首府，人口约二十万，行政辖区八万七千平方公里，幅员辽阔。城市布局与建筑比较稀疏，不是很繁华，这可能是人口较少的原因（据说整个萨哈林岛约有人口一百二十万）。这里原是苏联的军事基地，对外开放只是近几年的事,到目前,它的一些岔口路段仍有军队驻守。

萨哈林岛资源丰富、森林茂密。北部地下有大量的石油,南部有煤矿。

萨哈林岛的大马哈鱼是出了名的。特米河是萨哈林岛北部的一条大河,每年的八九月份,河里的大马哈鱼比我们国内养鱼池中的鱼还要多上几倍,下河伸手即可抓到,几分钟就可抓得十几条。但是,这里的大马哈鱼在繁殖期是不允许随便捕的,如有违者,每条鱼罚款500卢布,更为重要的是,这条河上空还有直升飞机天天巡护。看来,俄罗斯人对生态环境的保护是舍得投资的。

我们改乘火车前往五百六十公里外的阿尔吉－帕吉村工作地。在连续十七个小时的旅途中,火车是逢站必停,速度十分缓慢,但车上的服务员态度和善,凡到站前必来招呼乘客下车。沿途所见的工厂都十分破旧,并有不少的半截子工程映入眼帘。后经打听才知道,这些都是苏联解体时遗留下的"尾巴工程"。

来到阿尔吉－帕吉村,当地人对中国人很友好。我们宿舍东面的邻居叫妮娜,五十多岁,很善良。住在这附近的俄罗斯小孩儿不时地到我们这里来,他们喜欢中国的泡泡糖。村里的房屋多数是木质的,有些破旧,但很保暖。这里常有地震发生,但是木质的房屋是不怕的,我住在里面也很放心。

在阿尔吉－帕吉村,我想,要用自己劳动的双手创造财富,让两国的经济更快地发展起来。

诺格利基市

一次,我因公在俄罗斯萨哈林岛的诺格利基市停留两个多小时,虽然时光匆匆,走马观花,但却颇有印象。

诺格利基市,市内人口三万余人。它处在萨哈林岛的中北部东岸,面临鄂霍次克海,对岸是堪察加半岛的西岸。俄罗斯联邦的州相当于我国的省级行政单位,而诺格利基市与我们的伊春市级别相同。

从印象和感觉而言,诺格利基市交通极为方便,它是奥哈与南萨市来往的必经之路。市内道路宽敞,基本都是水泥路或柏油路。市内的工厂及建筑也较岛中同级别的城市气派,错落有致,醒目耀眼。距市区东北十三公里处有一个天然海港。据朋友介绍,诺格利基市管辖的范围内资源丰富、森林古老,鄂霍次克海域还有大量的石油矿藏。美国的一家石油开发公司就在该市建了一座直升机场,目的就是为了开发海上石油。正巧,这天我就看见了一架崭新的直升机在机场降落。我们的邻居廖沙的姑姑就在美国石油平台上给美国人做饭,每月工资一万多卢布,这在俄罗斯工人中,已属高得惊人的工资了。

诺格利基市是一座真正意义的森林城市,住宅和工厂多数都建在森林和树丛中。只要不影响建筑,房前屋后和院落空地都种植着大量的树木,使诺格利基市这座城市看不清哪是市区哪是郊野,很难找到一处繁华的地带。我们走过俄罗斯联邦的几个同级城市,基本都是这种情况。我想,这也算是俄罗斯的一种城市风格吧。疏而有序,密而不乱的城市布局,再加上清新的空气、便捷的交通条件,看得出诺格利基市同其他城市一样,都潜在着一种走向振兴的良好势头。

我祝愿邻邦的俄罗斯人民生活美好、经济复苏,早日过上越来越美好的幸福生活。

注:此文发表于二〇〇二年《小兴安岭文学》。

难忘阿尔吉－帕吉村

二〇〇一年秋,我因劳务输出,到俄罗斯萨哈林岛进行森林采伐。我在阿尔吉－帕吉村住了个把月,时间虽短,那里的景、那里的人给我留下了深刻的印象,始终挥之不去。

阿尔吉－帕吉村位于萨哈林岛的中北部,大山和森林环抱着它。那里距萨哈林州的南萨哈林斯克市五百六十五公里,北距奥哈市二百九十六公里,东离鄂霍次克海四十五公里,西距鞑靼海峡约六十公里,是特莫夫斯克耶市的一个自然村。全村二三百户人家,以木材生产为主业。村里有商店、邮局、卫生院和小学,还有村管所、林管所和林业工程公司,全村只有一个管片警察。

虽说群山围绕着村子,景色却很特别。村东的东山很高,坡度却缓,生长着茂密的针叶林,但都是自然生长的中幼林。给我印象深刻的西山两个山头,高耸入云,两个山头相距不远,形状似两个乳头。那是我刚到这里没有几天,也就是二〇〇一年九月二十一日,雨夹雪整整下了一天一夜。夕阳西下,我与同事陈蕴华到村外散步时,抬头远眺,惊呆了,远处一幅壮美的风雪画面震撼了我们。高耸的两座西山山峰洁白如玉,在夕阳的照耀下,散发着金色的光芒,洁白而辉煌,宛若圣洁的仙女,高高耸立在天际。此情此景,美不胜收,用语言难以表达,永远烙在脑中,到现在,闭眼回想,仿佛那美景又浮现在眼前。

阿尔吉－帕吉村很特别,有许多与我们小兴安岭的山村不一样的地方。它有三个贯穿,村东边是贯穿全岛的公路,在东山下穿过,沙石路面却很宽阔;村西边是贯穿全岛的铁路,但没有车站,客车来时在村北停靠,是临时停车;村子中心的上空是贯穿全岛的电力线。村里的居民房与公用房一律是木结构的,与我们的木刻楞房还不一样,房子是板方材建造的,居民住宅不像我们讲究坐北朝南,而是顺道而建,道路什么走向,房屋就是什么走向,而且是两家一栋,每家约七十平方米。从中间分开,每家各有一片菜地。全村面积很大,房屋稀疏,要围绕全村走一圈,需要一两个小时,这也许是俄罗斯国土面积大,他们可以随便建的缘故吧。

更使我难忘的是这里的人,与我们很友好。

我们来到这里,非常注意与这里的人友好相处。所以村里一些居民常到我们中国人的宿舍来串门,尤其是年龄大的,对我们更亲热。说到这儿,有三个人详说一下。一是瓦夏,瓦夏那年六十一岁,是位有四十多年林业机械修理经验的修理工。从村林业工程公司退休后,在家开了个个体修理部。他中等身材,面容慈祥,浓眉大眼,白净脸膛儿,宽宽的肩膀,有着憨厚、肯干、善良、友好的俄罗斯劳动人民的本色。听比我先来这里的同伴说,他们刚到这里时,没有菜吃,瓦夏知道了,不知从哪里弄来二百多斤的海鱼,不要钱送给了我们,解了燃眉之急。于是,同伴们友好地给他起了个中国名叫"老鱼头"。我来到这里后认识了瓦夏,他与我热情地握手,通过翻译,我们聊得很投机。一天,他来我们这里求助中国修理工杨建新,给他六岁的小孙女修理儿童自行车。杨建新很快就修好了,小孙女妮娃高兴地唱着儿歌骑着自行车玩去了。大家看着天真活泼的小妮娃都高兴地笑了,我们相处得就像一家人。另一位是"老疙瘩头","老疙瘩头"的名字,我们一时记不住,干脆就叫"老疙瘩头",他听了后笑了,说这中国名字挺好。"老疙瘩头"约六十岁,是我们中国带岭林业实验局赴俄森林采伐队所在富凯公司的俄方副经理,人很精干,胖胖的,个头不高。我听先来这里的同伴说,这"老疙瘩头"挺够意思,对我们中国人很负责。村里的一个酒鬼,在我们中国公司干活,因发工资不及时,半夜酒后跑到中国采伐队宿舍闹事,还用猎枪向房子墙上开了一枪。"老疙瘩头"闻讯赶来,报了警,警察来后将酒鬼带走。"老疙瘩头"不放心,拿着手枪在房外整整为中国人守了一夜,真是好样的。我来这里后,也就是二〇〇一年九月十六日,"老疙瘩头"从家里打来电话,因他患小肠疝气病了,求我们帮他家起土豆。我们十余人干了一天。干活儿时,他给我们讲故事,他讲一句,孙尚志翻译就译一句,故事情节曲折有趣,逗得我们哈哈大笑。下午,活儿干完了,他又把我们请到家里吃饭,以表谢意。饭中,他又分别给我们中国人起了俄名,说是为了好记,其中给我起的名字叫"米沙",给吴宝成起名叫"谢廖沙"。"老疙瘩头"与我们的相处中,还有许多趣事,就不详说了。还有位是我们的邻居妮娜。妮娜住在我们宿舍东面,五十二岁,中等个,大眼睛,在俄国女人中算是肤色较黑的,性格温和。妮娜虽没有为我们做过什么事,但与我们相处很友好。她的丈夫常不在家,所以她常来求我们的修理工杨建新帮她家修木桶,也常求我们帮她干一些活儿,为了友好相处,我们都无偿帮助。一次,她的眼镜坏了,求杨建新修理。修好后,妮娜高兴地跳起舞来。妮娜常把家中的西红柿送给我们用,我们也常把捕来的大马哈鱼送给她几条,那亲切友好的气氛和国内的邻里之间是一样的。不管哪国人,尽管语言不通,但友好相处的想法是一样的。这些人在与我们沟通时,明确表示要和平,不要战争,中俄两国政府和人民像亲兄弟姐妹一样永远友好相处。

中俄两国人民都需要和平,和平共处,共同发展是共同的主题。希望这友好之树永远常青,让我们在实际生活中为它浇水施肥吧!

我虽离开阿尔吉-帕吉村已十余年,那里的景与人却在心中牢记着。

霍埃印象

二〇〇一年九月,我随带岭林业实验局组织的采伐队赴俄进行森林采伐,来到俄罗斯萨哈林岛中北部,鞑靼海峡西岸的霍埃村。这个有二三百户人家的自然村,归属于亚历山德罗夫斯克市管辖。村的北、南、东面是山,生长着茂密的森林,西部临海,即鞑靼海峡。

在霍埃观海,是一种美的享受,感受自然,心旷神怡。大海呈弧形,深入内地四五公里。海浪轻轻拍打着海岸,细细的沙踏在脚下柔软无比。宽广的海面映着蓝蓝的天空,海风拂面,凉爽极了。小码头的北面一公里左右的浅海中,有两艘报废的大船静静地停在那里,任由风吹雨打和海浪的冲刷。沿海岸向北走约一公里,我突然发现一个奇怪的现象,被海浪冲刷过的岸边悬崖中,裸露着煤矿,细细观察,是没有成熟的,要不然早就会被开采了。海岸边生长着云杉和冷杉,惊奇的是这些树不高,而且树枝都伸向内地,这也许是海风作用的结果吧!码头旁边是一个贮木场,场内堆积二三千立方米木材,不知为什么,这里却静悄悄的。听朋友介绍说,这里每年六月份开航,十一月份结冻封航,可现在正是九月,还不是停航的时候,也可能是今天没来船运输吧。

办事到村里,恰巧看到一个小自由市场,有三位中年妇女摆摊,走近一看,清一色的中国货,多是鞋帽服装类,价格普遍比国内贵。在村中,遇到一名俄国中年男子,开着一辆中国哈尔滨产的小型四轮拖拉机。他见了我们便停下,热情地与我们打招呼,并拿出产品介绍书让我们给予讲解。我们帮他翻译了产品介绍书,他十分高兴。

这里的森林自然更新比较好,云杉、冷杉幼树比比皆是,比我们刚造的人工林还多,估计是海边湿润的气候所造化的。距居民区不远的南山是过火林,站着的、躺着的枯干,就像在饭桌上倒了几十盒火柴一样,一层层,一片片,可无人拿来当烧柴。看起来这里资源多,百姓没有危机感,但这些枯干在山上白白烂掉怪可惜的。

注:此文发表于二〇〇二年三月二十九日《伊春日报》。

廖 沙

廖沙是我们带岭林业实验局赴俄森林开发队的邻居,今年二十四岁,是富凯公司雇的汽车司机,也是我们的好朋友。

我是二○○一年九月二日认识的廖沙。那是我来到俄罗斯萨哈林岛阿尔吉-帕吉村的第二天早上,大家正在吃饭,大门突然开了,走进一位俄罗斯年轻人。只见他金黄色的头发,理的是平头,两眼不算大,可也不算小,个子一米八左右,穿着较随便。"哈拉少,廖沙。"我的同伴中有人向他打招呼。他回答了一声就进屋玩儿去了。一天晚上,廖沙来到我房间打电话,我主动递给他一支烟,他接了过去。打完电话,廖沙与我比划起来,并说着俄语。我明白了,他说他十四岁学会开汽车,已经开了十年整的汽车了。我说他的驾驶技术好,他非常高兴。他问我年龄多大,我比划着说四十九岁。他说没有这么大,顶多三十八岁,说完我俩都大笑起来。交谈了一会儿,他临走时,主动热情地与我握手、拥抱,弄得我心中好不热乎。在以后的工作中,我坐过几次他开的车,果然驾车技术不错。听同伴们介绍,廖沙在哈巴罗夫斯克市当过两年兵,也是汽车司机,转业后回到家乡阿尔吉-帕吉村。他被我们公司聘为汽车司机两年了,与我们处得相当熟,时间长了,已经能说些中国话了。有几次,廖沙在外边酒喝多了,就睡在我们的宿舍。有时我们干活儿回来晚了,他就同我们一起吃饭,他真的与我们融合在一起了。前些日子,在拆旧活动房的劳动中,他见我们很累,主动参加劳动,很卖力气。晚上回来,队长许云平买了一瓶白酒,我作陪,与廖沙喝酒。席间,我们半中文半俄语地聊天,逗得双方大笑不止。正喝得高兴时,廖沙的妹妹阿娘来找他,见我们唠嗑很热闹,就坐下来与我们说话,并吸了我们递给她的中国香烟。廖沙向我们介绍,他妹妹二十二岁,已结婚,小孩儿一岁了。我问他怎么不结婚,他说不想结婚太早,婚后家庭琐事太累。他只想找姑娘约会,不影响什么事儿。听他一说,我与老许不知道怎样回答才好,因为我们不了解俄国当地的风俗。

廖沙总是无忧无虑的，总是不断地吸烟，总是喝酒。但有一条，如果有工作任务，就是叫他喝酒，他也是坚决不喝的。所以，他开车，我们是放心的。

注：此文发表于二〇〇二年二月二十五日《林城晚报》。

造访坦吉村

坦吉村是俄罗斯萨哈林岛亚历山德罗夫斯克市的一个自然村,全村有百十户人家。二〇〇一年九月二十七日,我因公来到这里。

坦吉村是一个海港村,在不足一平方公里的范围内,两座高约二百米的大山从南北两侧深入海边。两山之间有百十米的空间,海水从这里深入村里一二百米,与坦吉河相接,形成天然的小港口。南北两座大山像把大钳子一样守在这里。生产的木材就从这里装船外运。村子三面环山,山中生长着茂密的针叶混交林。这里的村民就是以生产木材与港口外运为主业,来维持着他们的甜美而宁静的生活。到了秋季,大马哈鱼从海中经过港口游进坦吉河。居民们(主要是老年男性和顽皮的孩子们)不出村,在村中小桥上用网兜或钓鱼竿就可捕到大马哈鱼。有的年轻村民八九月份就到村中浅海区域内捕鱼,收获颇丰,这里真是个好地方。到了夜间,小海港的灯光几乎照亮了全村,灯光与海水相映,别有一番风味与情趣。我正好赶上海风大起,只听大海的浪涛声,犹如万马奔腾、雷电轰鸣般地作响,震撼着坦吉村,震撼着我的心。再看那无边无际的大海,海浪以排山倒海之势扑向海岸,十分壮观。

独特的地势造就了这里独特的建筑布局。村民们的住宅与公用建筑大都建在两座大山的半山坡上,站在自家窗口就可看到全村。居民们吃的蔬菜,大都是外运到这里的。全村只有一个小商店,销售些食品与生活日杂。有意思的是,因这里是小港口,村里有一个很像样的招待所,其规模可与德默斯克市的招待所媲美,床位还比市里的多四个。卫生条件很好,我们曾多次在这里住宿。村里的居民对中国人非常友好,小学生看见我们时问好,大人与我们相遇时礼貌相待。前不久,我们住在招待所时,就有俄国朋友请我们吃饭喝酒,互叙友情。招待所的服务员更是通过翻译与我们热情交谈,给我们留下美好的印象。特别应提到的,是这个村的森调员多利。他因工作关系领着我们找林班,认真负责,业务也较精通,使我们的工作进展得非常顺利。这次,我们又来拜访坦吉村,这里的负责人热情直率,顺利地与我们签订了业务合同。

我祝愿中俄两国人民永远友好下去。

注:此文发表于二〇〇二年二月四日《林城晚报》。

移师霍埃磨难多

朋友,您知道出国人员在国外赚钱的艰难吗?在国内一些人的心目中,对出国赚钱的人很羡慕,可您知道他们经历的磨难吗?下面我就给您讲一段我亲身经历的故事。此时,正是下着雨夹雪的午夜时分。在给您讲的时候,我们正露天夜宿在俄罗斯萨哈林岛北部几十里,荒无人烟、长满森林的高高的山峰之巅。

定点霍埃一波三折

二〇一〇年的九月中旬,雇用我们带岭森林开发队的萨哈林富凯经贸有限责任公司在俄申请伐区竞标失败。我队领导亲自出面与俄有关方面进行业务谈判,终于在十月一日签订了合同。在此之前,投资的香港老板要撤资,我们多次向他讲明利害,劝其坚定投资信念。在双方共同不懈的努力下,谈判终于取得了成功。为尽快投入工作,公司与我们决定,立即取近路走山道搬到霍埃。当时,我们的驻地距亚历山德罗夫斯克市的霍埃一百七十多公里,如果用汽车运输,不但花费昂贵,而且时间需要十天。如果走近路自行搬家,不仅省钱,而且三天可达。为准备自行搬家,我们立即抢修已损坏的拖拉机等设备。可是,公司新购的俄TT4拖拉机修了两天就是不着火,只得请当地人修。从国内发来的J-50拖拉机都是接近报废或超过报废期的,要零件无零件,缺东少西,只得用一些代替品修理,在出发前一天晚上的十一时才完工。

出师不利车趴窝

采伐队搬家是件不小的事,所有不能行走的机械设备都要用拖拉机背着走。队伍刚出驻地大门口,一台J-50拖拉机就灭了火。刚修好,走到特米河边,水缸又漏了。修好后不久,柴油管断裂,机油管漏油。再次修好后,就要到达目的地时,链轨又断,支重轮轴承粉碎,又趴窝了。等了一天后,配件才送到。

一台俄产新TT4拖拉机是公司雇用俄罗斯工人驾驶的,出发前还挺好,可在爬分水岭山时,机油全部漏光,操纵杆失灵,差点翻车,滑入深沟之中。另一台新购的俄TT4拖拉机由我方工人驾驶,挡挂不上,在行进中又耽搁了近两个小时。我们在俄购置的卡车装满了行李,出发前就不着火,只得一路用我们的518集材机牵引。无灯光,天下雨,在黑夜中行走,有四台拖拉机是靠手电筒照亮前进的。走的是一条十几年人迹罕至的密林山路,山高坡陡,险象环生,其艰苦程度是无法用语言表达的。

夜宿山巅雨雪交加

我们从早上八点出发,一路过大河,越深沟,爬高山,跨军桥,穿密林,到了午夜十二点,才行走了四十公里路。人困马乏,各机车的柴油也基本耗尽了,我们的车队终于爬上了两市间的分水岭。考虑到行驶很危险,领队立即决定停止前进,就地宿营。车灭火时,已是十月七日凌晨一点。冰冷的海风吹来,人穿棉衣也得冷得打颤,可大家谁也没有穿棉衣。想点火,可是雨整整下了一天,无法点篝火,只好在山的顶峰,在战栗中等待着天明,盼望着援兵。天亮后,我们派人送信,回复援兵在第三天下午才能赶来。我们便在周围找了些干柴,在第二个夜幕降临的时候,点起了篝火。同伴们围成一圈御寒,相互讲一些故事来打发时光。到了半夜十一时,雨雪交加,篝火熄灭了。大家只得待在四下通风的拖拉机冰冷的驾驶室里,企盼着天亮和援兵。在我写作的时候,雨雪继续下个不停,队长与同伴们互相依偎着,在颤抖中一分一秒地打发着难熬的不眠之夜。

黑夜过去有光明

这七十多公里的近道,要走三天已成定局,因为最后一天还有三十公里的路。朋友,您可知道吗?人迹罕至的陌生路,还有多少深沟高山,还有多少陡坡和河流,我不知道。可有一条,全队上下早就做好了思想准备,越是艰险越向前,因为我们只有前进一条路,没有退路。大家坚信,只有崎岖的山路过去,才能有光明的坦途。

出国的劳务人员的境况是多么艰难。尽管磨难多多,但他们在异国他乡仍顽强地拼搏着,胜利和光荣永远属于强者!

注:此文作于二〇〇一年十月八日凌晨,发表于二〇〇一年《伊春社会科学》第五期。

俄罗斯森林生态保护印象

俄罗斯政府非常重视森林生态平衡和环境保护,这是笔者赴俄进行采伐三个月以来深深感受到的一点。俄政府在森林采伐中,特别注重水土保持和动植物保护,把生态平衡、环境保护,作为实现经济可持续发展的一件大事来抓,不少法规、措施,很值得我们学习和借鉴。

在赴俄采伐期间,给我印象最深的是俄罗斯政府对森林中的野生动物的保护。萨哈林岛气候湿润、森林茂密、河流纵横,每年的八九月份是这里的特产大马哈鱼的繁殖期。河中的大马哈鱼从大海中洄游,伸手可捉,数量之多令人惊讶。俄政府为防止人为破坏,一方面派武装直升机每天巡逻,发现有人捕鱼,即严厉处罚;另一方面,地面有专业警察昼夜巡护,各路口设有武装警察检查站,发现偷猎者就在报纸上予以曝光。俄政府对进入森林的狩猎者实行发证制度,无证偷猎者,将受到严厉的法律制裁。

在森林采伐方面,俄政府对稀有珍贵树种进行限制和禁伐,比如红松、水曲柳等树种是不允许随便砍伐的。为了保护森林植被和生态环境,政府采取了一系列得力措施,如森林采伐尽量安排在冬季作业,夏季伐区很少;陡峭的和坡度大的地方不许采伐;对河流两侧的森林,根据河流大小,规定森林植被保护带的宽度,河两侧五十米至三百米的保护带宽度不等,越线采伐者除给予严惩;采伐者不许在河流植被保留带内设机库,各种油渍必须回收处理,不许乱倒杂物污染环境;在采伐过程中,需穿越河流或两侧保护带设冻板道和架桥时,必须是垂直穿越;冬季,拖拉机与其他机动车辆必须走桥而过。正因为措施得力,俄罗斯的生态环境保护得很好,河水清澈见底,水中生物种类繁多,并且数量很多。

为了保护森林,俄政府对森林防火工作同样极为重视,不但防火期内有严格的防火措施和规定,就是在夏季、冬季,也不许在森林中的公路两侧熏蚊或点火取暖。同时，他们在清林时,要求将枝丫堆用拖拉机压碎后任其腐烂,不许用火烧,以免发生火灾和毁坏幼树,防止地表裸露导致水土流失。

注：此文发表于二〇〇二年二月六日《中国绿色时报》,二〇〇二年三月二十一日《伊春日报》。

夜卸工作房

二〇〇一年秋,我们黑龙江省带岭林业实验局赴俄罗斯森林开发队与长春富凯经贸公司签订合同,到俄罗斯进行森林采伐。在俄工作期间,由我负责山上采伐管理工作。

那年虽说是暖冬,但地处北纬五十三度的萨哈林岛霍埃村白天气温零下三十多摄氏度,可到了夜晚气温骤降到零下四十多摄氏度,冻得鬼都龇牙。一冬降雪厚度近两米,十二月份雪就一米多厚了。在那种鬼天气里,喘口气都觉得肚子里凉。在山上采伐工作地,我们先将从国内带去的塑料布用小杆撑起,搭建起临时休息房,同时,也是发电机房和打更房。到了晚上,炉子一灭人就冻醒。公司见状,就在当地购置了一座铁壳工作房。

生产段(采伐工作地)距离我们居住的霍埃村有二十公里,每天上下班有通勤车。十二月初的一天晚上,十点多钟了,人们劳累了一天已睡下。这时,公司领导突然叫醒我,说是工作房已经雇车拉到村里,必须现在把工作房送到生产段卸下,叫我带人立刻出发。我出去一看,工作房长约八米、宽约三米、高约二点八米,是铁的,足有五吨多重,是用一辆长厢大板车运来的。俄国汽车司机长得高大粗壮,向我们哇啦哇啦叫喊,意思是让我们快点行动,他急着要回去。生产段没有能卸五吨重工作房的起重机,怎么卸呢?我犯了愁。不管怎么办,先拉到生产段再说。我叫醒了几名集材拖拉机司机,其中有干活儿好、点子多的杨体健。黑夜中,我们两辆汽车在坡度很陡并且雪很厚的公路上艰难地爬行了近一个小时,才到了生产段。

这时已是午夜,冻得我们直打冷战。大家先进休息房里商量办法,看怎样才能卸好。你一言,我一语,七嘴八舌,说出了几种卸车的办法,我认为都不可行,怕把房子损坏,再说人家运输汽车也受不了。这时,平时不爱发言的杨体健出了个主意,我认为可行,大家也赞成。俄国汽车司机见我们无卸车设备,瞪着眼看我们用什么招术能把庞大笨重的工作房卸下来。

　　杨体健指挥人们发动三台集材拖拉机,先在工作房前头两侧各用一台我国产的 J—50 拖拉机放下搭载板。测试后,发现拖拉机不够高度,就找来两大块木头,垫在拖拉机履带板下边。见够了高度,将集材索带拴在工作房底的铁圈上,拉直绷紧,再用一台俄产 TT4 集材拖拉机放下搭载板,用索带拴好工作房底部,照样拉直绷紧。这样,工作房整个身子离开了汽车厢板约十多公分,然后让我国运输汽车司机将车慢慢开走,这样,整个工作房就悬了空。最后,三台集材拖拉机同时将索带慢慢放松,工作房稳稳地落在地面上,既安全又稳当。俄国汽车司机见状,非常高兴,挺着凸出的大肚子,伸出大拇指向我们祝贺,连连大声喝彩。他说中国人真有办法,这样卸车的办法是最好的,工作房没受损伤不说,他的汽车也丝毫没有碰着,更没有耽误他的时间。他高兴得不得了,直拍巴掌,还向我们递烟。

　　我们回到驻地时,已是凌晨一点多钟了。虽然冻得大家直打战,但任务完成得顺利,心中都感觉很好。

　　感言:有了窍门,工作就省时省力。更重要的是,智慧也存在于富有经验的广大工人之中。

　　注:此文发表于二〇〇六年七月十四日《工人日报》,并配发作者照片;二〇〇六年十月十七日《林城晚报》,获二〇〇六年全国职工文学创作优秀作品奖;二〇〇七年此文收录于全国总工会宣教处、工人日报社汇编的全国职工文学创作优秀作品集《走向深处》。

冰海垂钓

　　每年冬季的二三月份，人们在俄罗斯萨哈林岛北部结冰的鞑靼海上垂钓，已成为那里的一大特色。

　　富凯有限责任公司的职工宿舍就在亚历山德罗夫斯克市霍埃村边上，距鞑靼海峡只有百十来米远。夏天，从宿舍的窗口就能望见鞑靼海的风光，碰巧时还能瞧见海豹在水中游弋。时常还有在这里装木材的远洋巨轮停泊在海的深水区中。到了晚上，巨轮灯光闪烁，真是诗意无限。到了冬季的十一月末，鞑靼海海面就开始结冰了，但会反复几次地被涨潮的海水冲破。到了一月二十日左右，已结冰的海面就能走人了，但此时因冰尚未冻坚固，人们怕掉进海里，是很少上冰面的。听当地人说，每年一月末就能在海冰面上钓鱼，今年天气较暖，所以钓鱼的时间往后推迟了一个月。

　　二〇〇二年春节，公司决定休息两天，我与同伴们禁不住海上冰面钓鱼的诱惑，利用一个下午的时间到海上去观看人们进行冰上钓鱼。这是大年初一的中午，天气晴朗，气温不算低。我们向正在海上钓鱼的人群走去。远远望去，人们仨一群俩一伙地分散在海冰面上，各自守候在冰眼边，把鞑靼海峡点缀得很好看。钓鱼的人分两种，一种是无事的闲人，他们当中有老头、老太太，也有小孩儿与妇女。有的牵着小狗，有的拉着小爬犁，还有的拿着小板凳坐在那里，手持钓竿不断地抖动着，不时地钓上一条雪鱼来。我看了他们的钓钩，大部分是用细钢丝做的，一根细钢丝两边弯成钩，中间有铜片，铜片上系着红头绳。他们并不在钩上上鱼饵，而是红头绳在起作用，手持钓竿不断上下提升或抖动，红头绳在水下就象虫子一样，吸引鱼儿咬钩。待鱼儿咬钩，就快速提竿，这样，鱼儿就钓上来了。如果是熟练的人，一天竟能钓几十公斤，但也有钓得少的人，一天钓不到几条。另一种是公家捕鱼，下大网。从一个冰眼到另一个冰眼的距离有百米左右，他们收获的鱼是非常多的。收网时把鱼儿直接放入冰上的小铁船，用机动雪橇拉到海边的仓库中进行包装,然后对外销售。如果天气好,那种海面冰上钓鱼的场面是很壮观的,也是很吸引人的。我们就忍不住钓鱼的瘾头,友好地接过老头的钓竿,也装模作样地钓了起来,但一条鱼也没有咬钩,看来不是行家是钓不上来鱼的。

在俄罗斯萨哈林岛的鞑靼海上进行冬季冰上钓鱼,那真是情趣无限,时时地吸引着我们。

注:此文发表于二〇〇二年四月五日《伊春日报》,二〇〇二年四月十五日《林城晚报》。

滑雪板

　　国内人一般都认为滑雪板是一种用于体育比赛或游戏的工具,而在俄罗斯萨哈林岛北部的霍埃村的森林中,我却亲眼看到用于实际生活、工作中的滑雪板。

　　二〇〇二年二月五日下午,我在俄罗斯萨哈林岛亚历山德罗夫斯克市霍埃村北部二十多公里处的中国森林采伐区生产段工作时,看见从森林深处走来一位当地的俄罗斯猎人,前来销售猎物,他除背包外,还拿着一副滑雪板。我出于好奇,对他的滑雪板仔细地观察了一阵子。他的滑雪板是自己用椴木制作的,其外形与其他滑雪板大致相同,长一百八十厘米左右,宽十五厘米。对它的底部我特感惊奇,钉着狍子皮,宽十三厘米至十五厘米,每条长约四十厘米,条与条之间用细尼龙绳缝合连接着,顺毛用大头钉钉在滑雪板底部。为什么这样呢?因为这样,滑雪时只能前进不能后退,如果后退的话毛是逆向的,所以人在雪上行走时,始终是前进的。

　　这是我一生中第一次看到人类用在实际生活、工作中的滑雪板,也就是说这是实用型的滑雪板。不过我们生产段也有两副在俄本地商店购买的滑雪板,准备在冬季森调或踏看伐区时用,但一直没用,因为这两幅滑雪板除木板之外,什么装置也没有,待安上装置才能用。我听说,我们前期的队员在二〇〇〇年三月份用过滑雪板,因不熟练,老是跌跟头。有一次,我们有个队员跌进雪里,头部和肩部全没在雪中,越挣扎越深,自己救不了自己,只有等伙伴来救。在萨哈林北部,冬天下雪特别大,到一月末,积雪达一百二十厘米至一百四十厘米厚;到了三四月份,积雪一般达一百八十厘米至二百厘米左右厚,人是无法通行的,只有借助滑雪板才行。在密林中,冬季大野兽的蹄印是看不到的,就连小动物的脚印都很少见。

　　在世界各国,特别是南北极附近的国家,都有各种各样的滑雪板。用于实际生活、工作中的滑雪板,除在俄罗斯萨哈林北部以外,在其他地方我还没有见到,但我相信,以上我所介绍的实用型滑雪板却是独具一格的。

　　注:此文发表于二〇〇三年六月十八日《林城晚报》。

在俄罗斯过春节

二〇〇二年的春节,我是在俄罗斯萨哈林岛亚历山德罗夫斯克市霍埃村度过的,这是我第一次在俄过春节,与在国内过春节相比,是有区别的。

农历十二月二十九,富凯有限责任公司及带岭采伐队都在正常工作,特别是我们带岭采伐队,忙到晚六点才收工,晚上七点才回到宿舍。大年三十上午,担任生产部经理、采伐队队长的我与陈蕴华及孙翻译对在队里工作的五名俄国工人进行了慰问,下午,整个公司的三十名中国人集中在工人宿舍,开了个春节联欢会。会后,大家又集中起来吃了顿年夜饭。大年初一,我们九点才起床,吃罢饺子,三一群俩一伙地自由活动。我去了鞑靼海峡,观看俄罗斯老百姓的海上冰面钓鱼活动。大年初二,我们又冒着漫天的大雪上班了。春节,我们只休息了两天,就这样过去了。

在国内过春节时,人们往往欢天喜地,可在俄罗斯过春节,我们都高兴不起来,一是整天无休止地工作,二是大家都很想家,身体疲乏、精神不爽;在国内过春节时,食品多样、水果充足,可在俄罗斯,公司为每人发了一双袜子、一瓶白酒、三个苹果、八个桔子和一块糖,除水果是从中国运来的外,其他都是俄产的;在国内过春节时,往往亲戚朋友一大群,聚在一起唠嗑、喝酒,增进感情,可在俄罗斯过春节,我们无朋友、无亲属,只能员工之间说说话;更主要的是在国内过春节,大年三十全家聚在一起看中央电视台的春节联欢晚会,可在俄罗斯,我们是看不到的。总之,方方面面都存在着区别。

古人云:每逢佳节倍思亲。我们带岭采伐队的员工各自的家庭状况都不一样,思想、思维又存有差别,但有一样是一致的,都在思念着亲人。那两天休息,员工们脸上没有多少笑容,有的员工竟因思念亲人在吃饭时哭了多次。所幸,那些日子亚历山德罗夫斯克市电话局的国际长途线路出了故障,电话一直不通,如果电话畅通的话,又不知有多少人掉泪呢。不管怎么说,在春节,思念亲人想家上火的大有人在,光嗓子嘶哑的就有三四位,虽都是些三四十岁以上的男子汉,可亲情的力量能将钢铁熔化成水。

在国内过春节,人们往往过得安逸、幸福、祥和,享受着家庭的温暖。而作为出国的劳务人员,这一切恐怕是永远享受不到的。

注:此文发表于二〇〇二年四月十八日《林城晚报》。

异国思乡

寒冷的腊月里的一天,我和同事在俄罗斯萨哈林岛北部的霍埃村劳作了一天,已经很疲劳了。

吃过晚饭,我走出宿舍透透风,想让心情稳定下来。无意中我又来到了鞑靼海峡的海岸边,翘首东眺,一轮圆月像是镶着金边,明中有暗,又像带着太阳的余晖,悬挂在天空。月光暗淡,哪儿是海,哪儿是陆地,无界线可分。因为大海已封冻,到处都是一米多厚的皑皑白雪。村子里除了从窗子透出的灯光外,再无别的景致可看,也无别的响动,世界好像凝固了。我迎着暗淡的月光走去。月光能唤起对亲人的思念之情,圆月高悬,思念故土的情感就像大海的波涛,在心中翻滚……

儿子,永远思念父母。我是双亲的八个儿子中最小的一个,也两鬓花白。父母已作古,我春节又不能回国,不知哪位亲人能代我在父母墓前祭奠,出国前我在父母墓地周围栽植的二十三棵松柏长势如何?我思念哥哥、嫂嫂们,他们对我帮助很大,我却对他们无所贡献。我更思念我唯一的姐姐,姐姐吕爱琴对人总是善良之心,一生总是关心别人。我思念着我的儿子,儿子吕尊贵已是东北大学秦皇岛分校大三的学生。儿子从小学到大学从来不惹祸,但是,令我不放心的是他不善言谈,闯荡社会多有不便。我们家是大家庭,侄子、侄女、外甥女、孙子、孙女、外孙等几十口人。此时,在月光下,他们都在干什么呢?是在为生活奔波呢?还是在家享受家的温暖呢?但我放心的是,祖国繁荣昌盛、人民生活幸福,家乡的月光肯定越来越亮。

东升的圆月越来越亮了,照在宽阔平坦的鞑靼海峡上,也照亮了整个萨哈林岛的林海雪原。我思念着祖国,想念着亲朋好友……

圆月离海峡越来越远,月光照在白雪上,天地间的界线渐渐清晰了。从鄂霍次克海吹来的风也大了起来,气温渐渐下降了,我转身向宿舍走去。到门口时,我回首天际,只见圆润的月亮在向我微笑着。

注:此文发表于二〇〇三年五月十六日《伊春日报》。

月下归途

没有出国干过劳务的人以为外面的世界很精彩，能挣大钱，充满着幻想。殊不知，在国外出劳务很艰辛，也很无奈，只有亲历者才能体会到。我曾经历在俄罗斯萨哈林岛进行木材采伐，因运材车出事故，堵塞道路，断绝交通，在寒冷的冬季冰冷的月光下，徒步回驻地下半夜才到的事。虽这事过去十一年了，却不时地在我的脑中闪现。

二〇〇二年农历二月十七，我们中国带岭林业实验局赴俄森林采伐队到俄罗斯萨哈林岛347林班采伐。下班了，中俄两国三十多名工人等通勤车，晚八点多了，月亮也爬过了山头，照在积雪两米多厚的地上，还不见车来接。347林班生产点离在霍埃村的驻地二十一公里，只有一条路。这么晚车不来，大家都很着急，经过一天的劳动，很累很饿，挤在更夫房里，议论着、猜测着，口中吐出的浓浓的烟呛得人不断地咳嗽。大家又等了一会儿，仍不见车来，俄国工人等得实在不耐烦，就三三两两地徒步回去了。接着，中国工人也接二连三地走了，最后，只剩下身为山上生产队队长的我和技术员陈蕴华两人。我俩等到近半夜十点还不见车来，猜想可能是队里运原条的运材汽车出事了，把道堵塞了，如果是这样的话，等到天亮也白搭，决定趁着月光往回返。就这样，我俩冒着严寒，顶着月光，踏上归途。

冬季在俄采伐，我们中国工人穿的是中国新疆出口到俄罗斯的毡靴，又大又笨，不易走长路，但很保暖。这时的公路上雪很厚，虽被车压实，但刚又下过一场雪，我们穿着笨重的毡靴，如同在沙漠走路一样，每走一步，都要付出很大的努力。月光下的山林，到处是圣洁的白雪，滴水成冰的寒冬，摇曳的树木冻得嘎嘎作响。在这白色的世界里，我们艰难地行走着，不大一会儿，浑身冒汗，两腿似有千斤重，每走一段，不得不停下来休息一下。就这样，我俩走走停停，停停走走，实在走不动了，就躺在雪地上，将被汗水湿透了的帽子摘掉，垫在头下，仰望着月亮,讨论着往事和工作中遇到的难题。这时的天空,一朵朵白云缓慢地飘过,不时地遮挡着月亮,空气是那样的新鲜。大地上不时地刮起嗖嗖的冷风,雪花片片落在我们的脸上并融化。歇过之后,我们又爬起来,忍着饥饿,艰难地行走在软若沙滩的雪地上。走了两三个小时,路途将近一半的时候,我俩看见了公司的运输木材的原条汽车。确实出事了,一车的木材原条掉出了一半,整台车斜卧在公路上,将道路堵个严严实实,只有人可通过,我们的猜测得到了证实。我俩见此,急忙查看汽车驾驶室,完好无损,这说明司机没有受伤,悬着的心这才放下来。当时已是下半夜的一二点钟,事故的现场已无他人。要知道,这公路在冬季,道两侧全是二三米高的雪墙,道一堵,什么车都无法通过。看到这种情况,我俩商量着天亮如何处理翻了的车。查看完事故现场后,我们又继续走向驻地。路难走,我俩全身冒汗,汗水把衣裤湿透,棉帽也戴不住了,月光下,全身冒出的热气看得清清楚楚的。月下的身影在雪地上慢慢地向前移动,在寂静的雪夜中,我们累得连说话的气力都没有了,喘粗气的声音离很远都能听到。凌晨两点多了,公司见我俩还未归来,就派出一辆汽车来接。整个路程我俩走了三分之二还多,才被汽车接回,车到时,我俩连上汽车的气力都没有了,只能让接我们的人搀扶着上了车,等到了驻地,已是凌晨三点了。

  在国外出劳务,尤其是从事森林木材采伐,是危险的活儿,各种生产事故随时都有可能发生。在人家的国土上,走路都觉脚跟是空的,感到心很不踏实,有时遇事孤助无援,处理起来困难重重,不像在国内那样得心应手。让人欣慰的是,我们在俄没有出现人身伤亡事故,完成任务后都安全地回到了祖国。可那次月下归队的经历,却让我牢记在心。

  注:此文发表于二〇一三年十二月十二日《伊春广播电视报》。

三个安纳多利

在俄罗斯,安那多利这个名字叫的人很多。二〇〇一年,我们带岭林业实验局赴俄森林开发队到俄罗斯萨哈林岛霍埃村从事森林采伐工作,从村里招用了三十人到队里劳动,这些人中就有三个人叫安那多利,很有意思。

来我队的第一个安那多利,五十一岁,中等个,很瘦,少言寡语。开始,队里安排他在生产装车场用油锯造材,其能力和表现很平常。给我印象深刻的是,队里第一次发放工资后,安那多利竟一连七天没来上班,经了解才知,有了钱,买了酒,全家五口人一连喝了几天,连醉一个星期。第八天我见到他时,他的眼睛还是红的。他上班的前两天,怕出危险,没有让他继续造材,安排他干点轻活儿。我二〇〇二年冬二次来到霍埃村时,安排他给机库烧炉子。他常喝酒,炉子烧得不好,影响了工作,干脆将其辞退。

第二个安那多利是我队的推土机(推雪机)司机。那年他五十一岁,高个,较瘦,说话声音稍有嘶哑,与人交往和善,工作做得很好。我公司在俄本地购买了一台旧推土机,生产开始时,连续招用了几个本地工人驾驶,都是连火都打不着,眼看就要影响生产,这时已经是十一月底。这时,这个安那多利来了,不仅修好了推土机,干活的效率还挺高,全队的人都很喜欢他。这个安那多利做的一件事使全公司的中国人都很满意,也很感动。那个冬天,因雪大,霍埃村政府在分配清雪任务时给中国公司的任务多,存在明显不公,惹怒了安那多利。他喝了些酒,然后到村政府找负责人评理,要求改正,重新分配。因双方态度都不好,动起手来,安那多利被警察扣在村政府。中国公司知道后,到村政府把人领了回来。他回来后说:"我对村负责人说了,中国人到我们这里进行森林采伐,对两国都有利,我们应予照顾才是,怎能多给人家分配推雪的活儿。再说中国公司的推雪机在离村二十多公里外的生产点,来回走一趟费时,机械又是老掉牙的旧家伙,根本就不行,所以我跟村政府评理,欺负中国人不行。"通过这件事,我们对他格外敬重。在347林班第二块伐区的生产作业中,安那多利驾驶推雪机在技术员陈蕴华的指挥下,把集材道和装车场推得很好,按计划完成了任务。长时间在一起工作,相互熟悉了,安那多利常邀我们在休息日到他家玩,很是热情。他妻子叫柳芭,小个子,很白很胖,为人热情、谦和,常把家里的照片拿来给我们看。我们和这个安那多利相处亲如兄弟。

第三个安那多利是洗衣女柳芭的丈夫,我们相处只有一个月左右。这个安那多利四十五岁,中等个,较胖,大眼睛,性情温和,人老实。他来队里干打枝的活儿,工作起来实实在在,无可挑剔。他家有四口人,除妻子外,还有一个女儿和一个儿子,分别是十六岁和十四岁。我问他家生活怎样,只见他苦笑着说:"妻子没工作,生活很紧张,对付吧。"再后来他没有上班,我问孙翻译安那多利怎么不来了,孙翻译告诉我说,他以前干活儿腰受过伤,打枝的时候腰病犯了,干不了了,到海上跟别人捕鱼去了。

这三个叫安那多利的人,生活方式、工作态度、脾气各不相同。但我相信,正确对待生活的人会有好结果,否则,就自食其果了,不管是哪国人,都是这样。

沙沙，你还好吗？

二〇〇一年至二〇〇三年，我被劳务派遣到俄罗斯萨哈林岛霍埃村进行伐木。沙沙是我们带岭林业实验局赴俄森林开发队的油锯伐木手，他技术精湛、踏实肯干、听从指挥、为人正直，我很怀念他。当时，我任山上生产队队长。

沙沙当时四十五岁，是我们从霍埃村里招聘的工人。沙沙个子细高，皮肤很白，长脸，眼睛不算大，脸上常挂着微笑，给人和蔼可亲的感觉。我对沙沙有好感是因一件事。那是二〇〇一年十一月份，我们在萨哈林岛的347林班第一块伐区从事初期生产时，一天下午，中国油锯手韩士军在伐一棵大原始落叶松时，树倒挂在旁边的大树上，出现了险情。沙沙正在附近伐木，见到这种情况，他让中国人躲到危险线外，一人前去处理。危险解除了，沙沙这种勇于担当，把危险留给自己，安全让给他人的精神使我很受感动。在伐树过程中，沙沙从来不用助手，自己背着油锯，提着油壶，而且他伐的树多，一人供全段五台拖拉机集材。由于他工作干得好，我们对他都高看一眼。每次沙沙伐完树后，全身直冒汗，把他的衣衫都湿透了，中国工人劝他休息一下，他说不累。沙沙干活从来不用督促，自己知道干什么，有时天下大雪不能放树，他就与中国工人一样找活儿干，从来不闲着。在中俄两国工人眼里，他是公认的劳模。中午吃饭时，他常让中国人品尝他从家里带的饭菜，我们也常把中国饭菜送给他吃。沙沙使用的控制树倒方向的油锯液压楔子是我第一次见到的，他使用自如。工作中，沙沙从来不提额外要求，任劳任怨，我们越来越喜欢这位俄国油锯伐木手。

一次晚饭，沙沙在家喝了点儿酒后，来到我们中国人的宿舍，但他头脑是清醒的，我们通过翻译闲聊起来。他说了这段时间在伐木过程中发现的我们工作中存在的不符合俄方规定的问题，我马上记了下来，以便在工作中加以改正。他着重讲了俄政府对森林生态保护的措施与规定。他说，在森林采伐过程中，限制或禁伐稀有珍贵树种，比如红松、水曲柳树种是不允许砍伐的。森林木材采伐尽量安排在冬季进行。对陡峭的或坡度大的地方不许采伐，以保持水土不流失。河流无论大小都有一定的保护带，不许采伐。机库不许设在河流两侧附近，以防污染。那天晚上，他与我们聊到很晚才回家。我根据他谈的内容，写出了《俄罗斯森林生态保护印象》一文，邮回国内，发表在二〇〇二年二月六日的《中国绿色时报》上。

二〇〇二年圣诞节到来前夕，沙沙请求我用队里的汽车帮他家从生产段捎些干烧柴，我批准了，他非常高兴。我们中国工人帮他装车，又把烧柴送到他离生产段二十公里远的家中，帮他卸下。沙沙看到中国人对他如此关心，很感动。到了他家，我们见到了他的妻子。他妻子原是村里的建筑工，会抹灰，我们刚到霍埃村时她曾给我们宿舍抹过灰。沙沙与妻子有两个十多岁的小男孩，两个孩子都在村里的小学读书。

沙沙对我的工作很支持，我很感谢他。一晃儿，我离开俄罗斯已十多年了，常想起沙沙，我向身处萨哈林岛霍埃村的他遥问一声："沙沙，你还好吗？"

注：此文发表于二〇一四年六月二十四日《林城晚报》。

洗衣女柳芭

世界上不管哪国人,在你与对方的接触中,对方如果人品好、心眼正,就会给你留下美好的印象,使人怀念。我在俄罗斯萨哈林岛霍埃村工作时,专职给我们洗衣服的当地人柳芭就是这样的人。

霍埃村是萨哈林岛亚历山德罗夫斯克市的一个自然村,位于岛的西海岸中北部,西边面临着鞑靼海峡,北、东、南三面是长着茂密森林的山区,村子约有人口八百人,人们主要依靠森林采伐和海洋捕捞业生活,经济上并不富裕。二〇〇一年冬,我们带岭林业实验局赴俄森林开发队在霍埃村附近采伐,就驻在村里。由于采伐作业忙,工人的衣服就需要雇专人洗。这样,我们就在村里雇来一名女工,每月工资九百卢布,规定每星期二晚上来取衣服,星期五晚上洗好送来。开始我并没有注意,也不认识这个叫柳芭的洗衣女。有人夸说柳芭长得美,衣服洗得很干净,也有人称赞她办事利落,为人正派。我虽未与她见过面,但大家的赞美使我心中有了对她的好印象。

一天晚上,柳芭来宿舍收要洗的衣服,翻译向大家介绍了她,这时我才认识了柳芭。柳芭有三十七八岁,身高约一米七,杨柳细腰,白净的脸有些清瘦,尖尖的鼻子,雪白的牙齿,眼珠不像普通俄国人的蓝色,而是有些发黄,神情不卑不亢,说话办事稳当,很有气质,长得确实很漂亮。翻译把她介绍给我,说我是负责人。柳芭很有礼貌地向我伸出友好的手,她说:"欢迎你们来这里工作,这是有利于两国经济发展的好事。你是当官的,我给你们洗衣服,如有缺点,请指出来,我改正,共同把工作干好。我们要友好相处,团结好,才能共同干好事业。"这是翻译当时直译的话。听起来令人感到亲切。之后,只见她把每个人要洗的衣服麻利地叠放在一起,用大布口袋装好,抱了出去。大家送她时,看到门外有两个十多岁的小男孩儿,拉着一个精制的小铁爬犁,柳芭把衣服放在上面,三人就到另一个宿舍收衣服去了。听翻译说,这两个小男孩儿,其中一个是柳芭的儿子,另一个是儿子的小同学。柳芭每次来收送衣服时,总是把已洗好的衣服叠得非常整齐,每人有几件衣服,从不出差错。她通过翻译向大家征求意见,请大家指出有什么缺点和不足,态度是那样诚恳而真挚。她每次看到中国工人向她伸出大拇指,听大家一致说"哈拉少"时,白净的脸便会泛起红晕,微微一笑,有些不好意思。

　　时间一长,相熟了,大家沟通自然多了。有一次,趁宿舍人多,她请翻译帮她翻译几句话给大家,她说:"你们中国人到我们俄罗斯来采伐森林,你们国家得到木材,也促进了我国经济的发展。再说也给我们俄罗斯人提供了就业的机会。比方说,我给你们洗衣服,我就增加了收入,解决了我生活的难题,这是对两国人民都有利的事。"柳芭见大家听了她的话都非常高兴,对她很尊重,又发自肺腑地说:"你们干活儿要注意安全,采伐是危险的活儿,一定要保护好自己,干完活儿安全回去,你们的爱人和孩子在盼望着你们。"她的几句贴心的话,说得大家心中热乎乎的,有的人还掉下了想家的热泪。柳芭圣洁、正派的高大形象在我心中树立起来,大家很尊重、敬佩她。柳芭每次来,必领着两个小男孩,取送衣服准时,天下再大的雪也阻挡不住,中国工人很满意。

　　柳芭也是热心肠的人。中国工人中有想学俄语的,通过翻译沟通后,她热情地将其请到家里去,她用自己孩子学过的课本,从字母发音及语法教起,有的工人发音不准确,有的记不住,几遍、十几遍地教,直到学会为止。在她的帮助下,有的工人学会了不少的俄语知识,非常感谢她。听当地人说,由于柳芭美若天仙,有些男人用重金吸引她,都被她拒绝,任何男人的非分之想都是枉然的,难夺其志。她的圣洁灵魂受到全村人的尊敬和佩服,同样也受到我们的敬重。

　　柳芭的家离我们宿舍只有二百米远,中间隔条大河。她的家在公路边上,我们上下班路过她家门口,看到她家院落收拾得很干净,用咱中国的俗语说,柳芭是个过日子的正派人。听翻译介绍,柳芭的丈夫叫安那多利,四十五岁,人老实。后来也到我们采伐队当打枝工,干了一个多月,因以前在村林业公司干活儿时腰受过伤干不了重活儿,就又到别处找活儿去了。柳芭还有一个大女儿,在读书,十六岁了,据别人说长得与柳芭很像,她一般不出门,我没见过,我想她有一个好妈妈,女儿也一定很优秀的。这就是我第一次在俄工作时认识的柳芭。时隔一年,我第二次来到霍埃村时,柳芭已到商店工作了。她看到我时,很友好、热情,与我握了手,还邀请我到她家做客,可我工作忙始终没有去。柳芭勤俭持家,有学识、能劳动,办事很干练,大家非常敬佩她。她从不喝酒、不吸烟,这在当地是很少见的,柳芭的威信在村里是非常高的。

　　我想,人啊,要走正路,才能立于不败之地,才能受人尊重。柳芭如果在我们有五千年文明历史的国度里,也是一个圣洁的人。我离开俄罗斯后,常想起柳芭,她应该到商店去工作,好人应该有好报,这也许是老天对柳芭的旨意吧,确切地说,这是柳芭的美德换来的。

　　注:此文发表于二〇〇七年《大森林文学》第一期,二〇〇七年五月二十八日《黑龙江林业报》。

萨哈林岛"寻列宁"

列宁是世界无产阶级的导师,受世人敬仰。小时候,我常看关于列宁的电影,尤其是对《列宁在1918》印象很深,长大后,受到革命教育,有关列宁的事我格外关注。二〇〇一年和二〇〇二年我劳务输出到俄罗斯萨哈林岛工作,就处处留意寻找列宁的"影子"。

我们先在地处岛中北部的阿尔吉-帕吉村住了一个月,下班后常出去散步。一天,我与同伴来到村小学广场,惊喜地发现广场上矗立着列宁雕像,由深色花岗岩托起。看到列宁雕像,心中涌出一股敬仰之情,我庄重地向其深深地鞠躬,深表敬意。还有一次,我与翻译孙尚志到霍埃村政府办事,看到办公室桌上摆放着一尊高约五十公分的白色列宁塑像,甚感欣喜。通过这两次看到列宁雕像和塑像的经历,我感到这里的人们并没有忘记列宁。

这是我在较为偏僻的村子里发现列宁的雕像和塑像,城市里有没有呢?心中疑惑。有一次,我与同事们到地处萨哈林岛中部的特莫夫斯克耶市办事,在街上行走时,发现一处大院里矗立着一尊高大的列宁全身雕像,雕像的底座是用深色花岗岩筑成,给人庄严、肃穆的感觉。二〇〇二年五月下旬,我回国途中在南萨哈林斯克市转机时,发现在火车站广场南侧不远处的闹市区街中小广场上,也矗立着高约十五米的列宁全身雕像。雕像显得高大、威严,列宁穿着大衣,一只手向前招手,像是在一九一八年号召俄国人民起来革命。雕像周围环境整洁,四周有小栏杆围着,旁边有松树护卫着,有肃穆之感。我怀着对革命导师列宁的崇敬心情,与列宁雕像合影,留下了难忘的纪念。

凝望列宁雕像,联想到这百年世界的沧桑巨变,想到列宁对人类的贡献。他的理论遗产闪耀着真理的光辉和思想的力量,他所开创的社会主义革命和建设的伟大实践,奠定了今天俄罗斯发展的坚实基础。

在俄期间,我们与俄罗斯工人一起工作,时间长了相互熟悉了,在闲谈中,他们便会流露出对列宁的敬仰和怀念，对于列宁对人类的贡献感到骄傲和自豪。

我在俄工作时，看到了几座列宁雕像，被人们保护得很好，没有被人损坏的痕迹。通过交流得知，俄罗斯人民仍然敬仰和怀念列宁。由此可见，曾在人类历史进程中留下辉煌印记的列宁以及他所领导的伟大事业是不可抹杀的。

列宁的"身影"还在，列宁精神永存。

注：此文发表于二〇一五年二月三日《林城晚报》。

朋友，维克多

"大丈夫处世，当交四海朋友。"我就结交了一位叫维克多的俄罗斯朋友，在俄遇到困难时他曾帮助过我，令我至今难忘。

我们在萨哈林岛进行森林采伐时，采伐区（生产段）距村子二十公里，每天上下班得坐通勤车，开通勤车的司机就是俄罗斯人维克多。有人叫他维加，可我始终唤他维克多。看上去维克多有六十来岁，可实际年龄不过四十八岁，身高约一米七，较瘦，窄脸，满脸皱纹，蓝眼，灰发，说话较快，爱用手比划。维克多冬天常穿一件黑色棉夹克，戴一顶平顶羊皮帽，不戴手套，下身着黑裤子，脚蹬黑棉皮靴，动作麻利。听翻译介绍，维克多以前为村里的林业公司开汽车，因贪酒误事被"炒了鱿鱼"，才来到我们采伐队开车的。

维克多在我队开车，开始一段时间表现不错，没有因喝酒误事。给我印象较深的一次，那是二〇〇二年开春后的一天，冻板道上的雪开始融化，原条车司机廖沙不慎将重车陷在雪坑中，影响了两个多小时的交通，正好我下班赶上。我下车看了看现场，确实感到将车开出来很困难，于是我让维克多去试一试。他在原条车周围看了看，就脱掉棉夹克，上车开了起来，但开了好一阵子也没有将车开出来。他下了车，叫工人用铁锹把车辙上的雪铲了铲。之后，只见他迅速钻进原条车的驾驶室里，大吼一声，紧握一只拳头伸出窗外，挂了一挡，慢慢加油，原条车就缓缓地向前移动，开了出来。维克多的成功赢得了在场的中俄两国工人的欢呼，伸出大拇指向他祝贺叫好。见大家向他喝彩，维克多满脸红晕，伸了伸舌头，摇头晃膀，得意起来，又引得大家一阵欢笑。事后才知道，维克多曾经开了八年的原条运输车，怪不得开车技术比较过硬。因我负责山上工作，他这是帮助了我，从此我对他印象好起来。

维克多与我交朋友是因一件事。一次，他喝了过量的白酒上山接工人，大家见他开车不稳怕出危险，于是换用别的司机开。维克多不同意，待在驾驶室里不出来，不听劝告，于是有人硬把他拽了下来。由于用力过大，再加之他喝了过量的酒，下车没站住，一头扎进雪堆里。这可激怒了他，一场殴斗眼看就要发生。我身为山上职务最高的负责人，见事不妙，立即大喝一声，镇住了要打架的人，同时把维克多从雪堆里扶了起来。怕他冻着，我就摘下自己的棉帽给他戴上，将他扶进车里。恰巧维克多十九岁的儿子萨沙在场，看到眼里。因为我，他父亲避免了挨打，所以，他们父子俩对我很是感激。从此，维克多父子二人在干活儿时非常愿意听我的指挥。他们父子常对村里的人说，中国当官的"'米沙'（在俄时当地人叫我'米沙'）哈拉少"，常通过翻译与我进行工作和生活上的交流，成了要好的朋友。

我第二次返回霍埃村工作时，维克多和他的儿子萨沙已不在我队工作了。当时，由于我受凉，两腿麻木不能活动，上不了班。维克多在村里听说我患了病，专门到我们宿舍来看望我。他给我捶腿、按摩，见病无好转，第二天他没有去上班，专门从家拿来两瓶高度的白酒，用嘴把酒喷在我的大腿和腰上，使我的病情有些缓解。在给我治病时，维克多反复向在场的中俄两国工人说："'米沙'哈拉少，'米沙'哈拉少。"他还把妻子也领来给我看病，我很感动。维克多的妻子很热心，原是村医院的护士，不知什么原因不干了。她在村医院时，中国工人去看病，她非常友好，服务周到，总给我们提供一些方便。

为了表示对维克多的感谢，我备了一桌酒席，请他喝酒。我还请来了当地在我队开推土机的司机多利作陪，我们都是好朋友。中国工人大徐、老李也被我请来陪维克多。席间，尽管语言不通，但也明白个大概，常闹出笑话，大家频频举杯，气氛非常热烈。维克多席间多次站起来与我拥抱，他喷出的酒气直呛我的鼻子，满脸的胡茬子就像小钢丝似的，扎得我的脸很痛，但我的心热乎乎的。作陪的中国工人为我有维克多这样的好朋友而感到高兴，从此以后我们都成了好朋友。

时光如梭，一晃我回国快四年了，常常想起俄国工人朋友，特别是维克多。我在异国他乡困难之际，他帮助了我，令我感激且难忘。这真是中俄友谊深，危困之中见精神。

注：此文发表于二〇〇七年《大森林文学》第一期。

在俄过腊八

"腊七腊八,冻掉下巴""冻得鬼都龇牙",这些俗语形象地比喻了高纬度地区的寒冷程度。尤其是在野外劳作的人们,踏着厚厚的积雪,迎着凛冽的寒风,胡子和睫毛结着冰霜,就像圣诞老人。二〇〇三年的腊八那天,我是在俄罗斯萨哈林岛的森林里度过的,其情景使我难忘。

那年冬天,我因劳务输出,在俄罗斯萨哈林岛中北部的森林里进行木材采伐。因春节快到了,所在公司的负责人已回国过年,命我领着中俄两国工人继续工作,规定了具体任务。当时,公司已确定了新的采伐号,这个采伐新号位于驻地霍埃村北十五公里,距鞑靼海峡不足三公里。从俄罗斯大陆刮过来的北风越过海峡,长期在这里的森林中呼啸,地面两米厚的积雪上泛起大烟泡,树木不停地摇曳,有的树木冻得树干开裂,嘎嘎作响。气温达到零下四十多摄氏度,人们被冻得脚像猫咬,手伸不出来,脸被冻伤,在这种情况下,工人们仍在深山老林中工作着。

腊八那天,正是我们建生产段拖拉机机库的紧张阶段。早上来到工地后,大家冻得上下牙直打架。为防止冻坏身体,我们赶紧找些烧柴,点起篝火取暖。北风不停地刮着,脸冻得就像刀子割似的,脚冻得有些站不住了,但活儿还得干。大家在寒冷中劳作着,分工明确,伐木、造材、打枝、挖坑,很快就将机库的四周柱脚竖起来。最难的事是在房架子上钉钉子,在寒冷的冬季从事空中作业有危险不说,关键是鲜木材被冻得比骨头还硬,一钉一个白点,钉子还崩跑了,根本钉不进去。这可怎么办?钉子钉不进去,房子就建不起来。这时,好在我们中国工人有较丰富的实践经验,并没有被困难吓倒。中国工人将大钉子放在篝火中烧红,然后用钳子夹出,快速递给房架子上等候的人,迅速钉进木头中。钉子烧红后,能快速融化冻木,很容易钉进木头中,在国内的冬季木材生产准备作业中,就是采用这种方法,让人想不到的是,在俄也派上了用场。

天气虽冷,但中国工人有着紧密团结、相互协作、肯于吃苦的精神,很快就将机库房架子建好。到了中午的时候,寒冷的北风依然使劲吹,刮起的雪粒不时抽打在我们的脸上,有的工友脸被冻伤,我们赶紧用雪给他揉搓,有的工友脚冻得实在受不了,就在雪地上像小孩子似的蹦跳和跑步,以加快血液循环。我们带的干粮,已冻得硬如铁蛋,不得已,放在篝火边烘烤,烤化一层吃一层。大家渴了,就用饭盒盖盛满雪,放在火上化水喝。在机库没建成之前,这里除了森林和两米多厚的雪外,没有任何可以取暖和挡风的地方,在俄冬季采伐准备作业,工作环境就是这样的艰苦。下午我与大家继续建机库,到了弯月如钩繁星眨眼的时候,通勤车才来接我们。

在国外出劳务,尤其冬季在俄罗斯从事森林采伐工作,是非常艰苦的,没有亲身体验的人,是不知道那种滋味有多难受,没有在国外出过劳务的人,千万不要存有幻想。那次腊八在俄工作的情景,深深地刻在我的脑海中。

注:此文发表于二〇一四年一月十六日《伊春日报》。

到俄罗斯萨哈林岛投资的香港第一人——莫锦祥

目前,在俄罗斯联邦的萨哈林岛搞投资开发的莫锦祥先生,是近七百万香港人中的唯一一个,也可以说也是第一个来这里淘金的人。莫先生身高一米八三,胖胖的脸,两只大眼睛整天透着微笑,给人以憨厚、可爱的感觉。员工们都亲切地称他为阿祥。这个可爱的阿祥骨子里渗透着商业细胞,目光看得很远,目前他是萨哈林富凯责任有限公司董事会唯一的副董事长。

近几年,俄罗斯开放了萨哈林岛,欢迎世界各地的商人来这里投资开发,其中最具吸引力的项目就是森林采伐业。最初来到萨哈林岛搞开发的是两个中国大陆的私人企业,一个是春华公司,一个就是具有一定实力的长春富凯经贸公司。长春富凯经贸公司在俄注册了中方独资的子公司,名字叫萨哈林富凯责任有限公司。阿祥通过考察和观察,一是看中了董事长兼总经理程权先生的精明强干,会经商;二是看中了公司雇用了富有采伐经验的黑龙江带岭林业实验局的专业采伐队;三是看中了公司的配套设备;四是看中了公司在俄申请的森林采伐蓄积量二百八十万立方米,可采十五年;五是看中了公司有木材加工厂;六是看中了自然生产条件,从山场采伐到装船外运木材产品,最远不过七十公里。他毅然拿出人民币二百多万元,加入了富凯公司。阿祥是二〇〇一年五月十日来的萨哈林,已经一年有余。他遇事不慌,沉着应对。去年九月份,在公司竞标不力的情况下,他毅然下决心购林子采伐。当别人专要云杉、冷杉材种时,他说落叶松材种在中国有市场,可采。这样,公司渡过了"险滩"。二〇〇二年十月份,大队伍搬家到霍埃,把他一个人留在一百七十公里外的阿尔吉-帕吉村。他守着钱柜,整天整夜拿着把大斧头,令人佩服。当时,萨哈林富凯责任有限公司虽困难较大,但阿祥总是充满信心,说船总是要靠岸的,干就有前途,坚持就是胜利。他的话给了公司的员工们极大地鼓舞。

这个可爱的阿祥,总是笑脸对员工,阔步上山场,憨厚中透着商人的精明,昂着头显示着中国人的骨气。

注:此文与杨秀梅联名,发表于二〇〇三年二月十四日《黑龙江林业报》。

观俄民间春天节

二〇〇三年三月三十日,我正在俄罗斯萨哈林岛的霍埃村工作。这天,听同伴们说是俄国人的春天节,村公所的小广场正在表演节目,于是我和同事结伴去了那里。这一天,天气虽有点转暖的意思,但大地上丝毫看不出春天即将来到的样子,大地连着山,到处都是厚厚的皑皑白雪,天空虽是蓝蓝的,可冷风依然刺透棉衣,使人感到寒冷。这个只有三百户人家的小村,此时来到村公所小广场上的有一二百人。小广场长约八十米,宽约五十米,人们已把广场推平,实际上人们脚下的雪仍有五十多公分厚。就在这样的条件下,人们仍然前来观看节目,看来人们的热情很高。观看节目的人中,有身着厚厚的棉衣,头包得很严的老太太,也有穿着朴素的工作服的老头和工人们,更多的是穿着华丽的年轻女性和小孩子。节目是本村人表演的,大部分节目是由村小学的孩子们表演的,只有一少部分节目的演员是大人,确切地说,是一群五六十岁的老太太。节目的表演形式基本是歌舞,没有太多吸引人的地方。因在异国看当地人演节目是第一次,我看得较仔细。能引起我们有兴趣的节目有一个,那就是一群披红戴绿,嘴唇抹得红红的老太太唱歌。她们精力旺盛,兴致极高。由于俄罗斯本地人经常吃糖,牙基本上不好,嘴一张一合,露出缺陷,常引起大家的笑声。乐队只有一人,是一个老头手持手风琴在伴奏,我们听起来,觉得水平是可以的。他一边拉琴,一边张着少牙的嘴与大家一起唱歌,时而昂着头,时而侧着膀,时常把大家的兴致引向高潮。管片警察维加在主席台前维持着秩序。人群边外有三个小摊,卖着小孩子喜欢吃的糖果一类的小食。节目大约表演了两个小时就结束了。但整个大会并没有完,人们盼望春天的到来,祈盼新一年风调雨顺能过上好日子的仪式还要举行。那就是立在人群后边的一个三米多高的稻草扎的女妖,人们用火把把她点燃烧尽,象征着百姓盼望赶走带给人间寒冷、苦难、灾祸的妖魔,让美好的春天早来世上。之后,人们又来到旁边早已立在雪堆上的高约十米的木杆旁围了起来。木杆顶端平钉着一个十字架,十字架每边挂着一个小纸箱,每个箱内有一样礼品,白酒、小闹钟、苹果。这个节目的要求是,不管是谁,爬到木杆顶端,一次只能摘一个纸箱,谁摘下礼品归谁,要想都得到,得爬四次。这一项目吸引来不少小伙子,女人及孩子们给爬杆者喊号加油,这是整个节目的高潮。小伙子们争先恐后地排号,都想得到礼品,有的甩掉了鞋子,有的光着头,还有的脱掉了棉衣,有的爬了几次都失败了,不时地引起人们的哄笑。木杆光滑,想爬上去摘礼品也真不容易,有十多个小伙子轮番向上爬,折腾了一个小时左右,最后四样礼品分别归了三个人,其中一个人成功地爬上去两次。礼品没了,春天节的节目就结束了,人群散去。

注:此文发表于二〇〇四年十一月十二日《伊春日报》。

梦想成真

几十年前我就有一个梦想,就像有些人崇拜外国那样,让外国人来崇拜我们中国。让我高兴的是,这梦想在我国改革开放二十年后终于成真。

二〇〇一年秋至二〇〇三年春,我因劳务输出,在俄罗斯萨哈林岛工作、生活,亲身体会到了俄罗斯百姓羡慕我们中国改革开放取得的辉煌成就,切身感受到了作为中国人的骄傲和自豪。

二十一世纪初,黑龙江省带岭林业实验局与长春富凯经贸有限责任公司签订合同,由带岭林业实验局派出一支林业采伐队到俄罗斯萨哈林岛为富凯公司采伐森林木材。我作为副队长,与同伴们来到了萨哈林岛,先后驻扎在阿尔吉－帕吉村和霍埃村。在俄工作期间,我队在俄当地招收了一些林业工人一起工作。随着工作的开展和时间的推移,我们与当地俄国工人相处得非常友好,很是和谐,感情不断加深,亲如兄弟,双方交流思想很活跃。当时,苏联解体约十年,俄罗斯也在社会变革中,普京当总统不久,萨哈林岛上的百姓生活还不富裕,国力也大不如苏联时期强大。我们驻扎在霍埃村时,为与当地民众搞好关系,以便开展工作,经常与当地人来往。一天下午,我与同伴陈蕴华到工人伊琳娜家串门,伊琳娜热情地招待我们,并打开电视机,请我们观看电视节目。正巧,电视中正在播放我们中国在天安门广场召开庆祝建国五十周年大会的盛况,我们顾不上闲聊,聚精会神地看电视节目。电视中播放了北京的风景,大街小巷摆满了各种鲜花,尤其是那盛开的五颜六色的菊花更是鲜艳,象征着祖国的繁荣富足和强盛,这真是"八月中秋进万家,百花妍过我独发。京城满洒黄金甲,万态千姿耀国华"。我们心中高兴万分,在伊琳娜的眼神中,充满羡慕之情,嘴里不时发出"哈拉少、哈拉少"的赞叹声。接着,电视中又播放了中国人民解放军的阅兵场面,人民军队英武雄壮,铁流滚滚,激动人心,这是"鹰阵腾空利剑挥,国产歼轰紧相随。蓝天增色彩云卷,大地添辉焰气飞。兵列箭群连铁甲,航天陆海显神威。军强国盛敌胆丧,儿女梦圆喜扬眉"。在国外能收看我国国庆阅兵仪式,令我们激动万分,热血沸腾。与我们同看节目的伊琳娜也非常激动,但竖大拇指对我们说:"'给大依'(中国),哈拉少(好)!"连说几遍。她又说了一些话,我们虽然听不太懂,但明白她说的是赞美中国的话,她的心情与我们一样高兴与激动,她还主动邀请我们跳舞,共同祝愿祖国越来越好。这是我有生以来,第一次见到一个外国人对中国赞美与祝福,感到无比兴奋与幸福。

在二十世纪之初,我们中国已经经过二十多年的改革开放,经济有所发展、人民生活有所改善,各方面的成就已展现在世人面前。而这时的俄罗斯,还为了强盛正在困难中探索。我们刚到俄罗斯不久,队里的翻译就向我述说了这样一件事。他说,他在俄工作了多年,尤其是最近,一些俄罗斯人对他说,中国改革改得好,进步快,言语中透露着对中国改革改得好的羡慕之情。他对中国的改革是赞成的,对中国所取得的成就是佩服的。我听了翻译说的这段事,深有感触,我们中国改革开放所取得的成就,能引起外国人的赞美,这就说明了我们实行的方针政策是正确的,取得的成就是巨大的,我深感自豪。我们中华人民共和国一九四九年成立,中国人民站起来了。一九七八年,党的十一届三中全会确定以经济建设为中心,实行改革开放,人民的生活逐步富了起来,国强民富的步子越迈越大,所取得的成就世人皆知,过去看不起我们的外国人也不得不面对现实,仰视中国了。

我们中国不断走向强盛,是一点一滴干出来的,我们中国人伟大,是用自己的实际行动赢得的。我们在俄工作期间,是用我们的智慧与汗水在践行着自己的中国梦,同样赢得了俄罗斯百姓对我们的敬重与赞扬。下面两个例子足以证明。

第一个事例是夜卸工作房。我们在俄罗斯萨哈林岛霍埃村从事采伐工作,这里地处北纬五十三度,冬季白天温度零下三十多摄氏度,晚上气温骤降零下四十多摄氏度,冻得鬼都龇牙。一冬降雪厚达两米,十二月份雪就一米多厚了。在那鬼天气里,喘口气都觉得肚子里凉。在山上采伐工作地,我们先将从国内带去的塑料布用小杆支撑开,搭建起临时休息房,同时也是发电机房和更夫房。到了晚上,炉火一灭人就冻醒。公司见状,就从当地购置了一个铁壳工作房。

生产段(采代工作地)距离我们居住的村子有二十公里,每天上下班有通勤车。十二月份的一天晚上十点多,我们劳累了一天已脱衣睡下。这时,公司领导突然叫醒我,说工作房已雇车拉到村里,必须现在送到生产段卸下,叫我带人立刻出发。我出去一看,工作房长约八米,宽约三米,高约二点八米,是铁制的,足有五吨重,用一辆大板车运来的。俄罗斯司机长得高大粗壮,对我们哇啦哇啦叫喊,意思是让我们快点行动,他急着回去。山上生产段没有能卸五吨重的工作房的起重机,怎么卸呢?我犯了愁。不管怎样,先拉到生产段再说。我叫醒了几个集材拖拉机司机,其中有干活儿好、点子多的杨体健。黑夜中,我们两辆汽车在坡度很陡并且雪很厚的公路上艰难爬行了近一个小时,才到了生产段。这时已是午夜,冻得我们上下牙直打架。大家先进休息房里商量办法,看怎样才能卸好。你一言,我一语,七嘴八舌,说出几种卸车的办法,我认为都不可行,怕把工作房损坏,再说人家运输汽车也受不了。这时,平时不爱发言的杨体健出了个主意,我认为可行,大家也赞成。俄罗斯司机见我们无卸车设备,瞪着眼看我们使什么招术把庞大笨重的工作房卸下来。

杨体健指挥工友发动三台集材拖拉机,先在工作房前头两侧各用一台我国产的 J–50 拖拉机放下搭载板。测试后,发现拖拉机不够高,就找来两块大木头,垫在拖拉机履带板下边。见够了高度,用集材索带拴在工作房底的铁圈上,拉直绷紧,再用俄产 TT4 集材拖拉机在后边放下搭载板,用索带拴好工作房底部,照样拉直绷紧。这样,工作房整个身子离开汽车厢板十多公分的高度,然后让俄罗斯司机将车慢慢开走,整个工作房就悬了空。最后,三台集材拖拉机同时将索带慢慢放松,工作房稳稳地落在地面上,既安全又稳当。俄罗斯司机见状,非常高兴,挺着凸起的大肚子,伸出大拇指向我们祝贺,嘴里连连大声喝彩。意思是说中国人真有办法,这样卸车的办法是最好的,工作房没有受损伤不说,他的汽车丝毫也没有碰着,更没有耽误他的时间。他高兴得不得了,直拍巴掌,还直向我们递烟。黑夜中,在无卸工作房的专用设备的情况下,我们圆满地完成了任务,用智慧赢得了俄罗斯司机的佩服和崇拜。

要想让外国人佩服我们中国人,我们必须有超人的本领,这样才能诠释我们的中国梦。

347 林班的那座山林子成色较好,是我们来到俄罗斯萨哈林岛霍埃村进行采伐的第二个伐区作业号。这个采伐号呈三角形,面积不太大,有十多公顷,中间是一座三角形的山,海拔高约三百米,三个山梁分别延伸到伐区三个角的边缘,山坡陡峭,有的地方都难以站住脚,给我们伐木和集材带来难以想象的困难。更困难的是,伐区中后部在山脊,要集材就必须爬逆坡,越过山脊,人都难以站脚,拖拉机是根本无法集材的,这是考验我们的关键问题。还有叫人头痛的事情，这里是海洋性气候，冬天雪大，下半冬积雪厚达两米，所有集材道和作业准备工程都得在深冬大雪中进行，这是因为这个采伐作业号，俄政府业务部门批准时间晚，已错过在秋季落雪前进行准备作业的时间。另外，在采伐作业号与公路约五百米距离之间，还有一条宽近二十米的河，没有桥。这一切困难都等待着我们在隆冬的冰天雪地里去一个个克服与解决，这一切困难在考验着我们中国林业采伐工人。

　　森林木材采伐，必须先解决道路交通问题，要先修筑好桥。在隆冬大的冰河面上架设运输木材原条的桥，我们没有经验，是中国人民志愿军在抗美援朝战争中修复被美军炸毁的桥时，用枕木摞马莲垛作为桥墩的做法给了我们启示，我们将锯好的木材砍好榫，摞马莲垛为桥墩，很快便在大雪纷飞的天气中修筑好既安全又适用的运输桥，同在一起劳动的俄罗斯工人对我们的做法伸出了大拇指。在修建拖拉机机库时，我们按照国内小兴安岭林区林场木材生产冬季作业建越冬机库的方法，用从国内带去的专用塑料布，很快就建起了机库，既快又好。俄罗斯工人第一次见到我们用这种方法建机库，感到新鲜和惊讶，这与他们建越冬机库的方法完全不一样，他们是用推土机在合适的地方的地面上挖一个洞，洞上面用木材原条棚盖，再用土和雪埋上，留出进出孔。相比起来，我们建的机库安全、暖合、明亮，更便于工作，俄罗斯工人说，中国林业采伐工人真有好办法。

　　在这个作业号进行采伐，能否将木材全部集净，最关键的是拖拉机集材道如何设计，这种难度的采伐作业号在国内时我们也很少遇到，考验我们的时候到了。我们队的森调员兼生产技术员陈蕴华，有着丰富的木材采伐经验，业务水平很高，经过反复踏看伐区，为使木材全部集净，根据伐区中的山形地貌，将集材道设计为蝴蝶形状。让人想不到的是，为采集伐区后部山脊下的木材，将那一部分集材道设在了山脊上，这在国内是从来没有的，也让俄罗斯工人感到不解。后来，在拖拉机集材时，机车在山脊上，放下绳索，将山脊后的木材全部集了上来，这是在这个采伐号中我们进行集材工作最大的亮点。实践证明，安全可行，而且效果也非常好，也是使中俄两国工人感到震惊和叫好的地方。为什么这样设计，是逼出来的。在俄采伐，从采伐号外绕过去集材是不允许的，如被俄政府业务部门发现，不仅要罚巨款，还要废除采伐许可证，所以不得不这样设计。如果绕过山后重新设一个装车场，还要再修一段路和一座桥，工程大不说，人力和时间都不允许这样做。为使设计出来的集材道能被有效利用，陈蕴华与俄罗斯推土机司机多利一起,那几天每天都奋战在冰天雪地的森林中,相互配合得非常好。这生产中最大的难题,在陈蕴华的努力下和大家共同的奋斗下,终于找到了最理想的解决办法,俄政府林业部门在检查伐区时对我们的做法,特别对集材道的设计也大加赞赏。

在俄工作的经历,使我看到、听到了外国人对我们中国的崇拜,几十年的梦想成了真。

注:此文获黑龙江省总工会"我们中国梦——讲述职工故事"文艺作品征文活动报送作品评比文字类三等奖;省总工会办公室二〇一四年七月四日公布评比结果,作者是伊春市唯一获奖者。

附录一

笔耕不辍著文章

范皓月

"你看这里,我回去琢磨了一下,用'孤胆英雄'这个小标题更能体现林区人民在抗日战争中不屈不挠的顽强精神。"这是吕文俊在校对《带岭抗联故事系列丛书》时的一个片段。他中等身材,略显方正的国字脸上带着文人特有的清俊,明亮的眼睛炯炯有神,言语间不时透露着对红色文化的敬慕和对这片绿水青山的热爱。

吕文俊是黑龙江省作家协会会员、带岭区作协副主席,虽然现已退休,但依然坚持文学创作。自一九七七年发表第一篇散文《怎样度过这二十三年》以来,先后在国家、省、市级二十余家报刊媒体发表小说、散文、报告文学、人物传记等作品五百余篇,并著有文学作品四部。他撰写的格言先后被《中外哲理名言》《中华名人格言》和《新时期中国共产党人优秀格言选集》收录,其资料被中国世界语言出版社、中国国际人才交流中心等四家单位出版发行的《二十一世纪人才库》一书第四卷收录。目前,他已九次获国家、省、市文学方面的奖项。

受家乡红色文化的熏陶,他深入带岭革命老区,认真研究带岭抗战史,在实践中寻找创作的素材和灵感,先后撰写了孟昭贵、李廷福、王海廷、黄正举等人物传记和十五个先进人物事迹,并收录在《先锋赞歌》《中共伊春党史人物传》《带岭党史人物》等书中。他历时八个月创作的《带岭抗联故事》一书,记载了带岭革命老区的大小战役,使红色文化得到传承和发扬;他创作的散文《绿色的梦想》《楷模张子良》等一系列文学作品,热情地歌颂了张子良同志在林区艰苦奋斗发展营林事业的精神与林业工人无私奉献的高贵品质。

二〇〇一年冬天,带岭林业实验局派开发队赴俄罗斯萨哈林岛进行森林采伐,他任副队长。这期间,他在生产、生活中捕捉创作的素材,先后创作了反映俄罗斯风土人情的小说、散文八十余篇。他将在国内发表的散文通过翻译念给俄国工人听,工人们听后非常高兴,也更加向往中国。散文《夜卸工作房》还荣获了全国总工会组织评选的全国职工文学创作优秀奖,并刊发在《工人日报》上。《俄罗斯森林生态保护印象》《中俄朝人民友谊的见证》《两国人民的共同心愿》《观俄民间春天节》《洗衣女柳芭》等文章,在中俄两国人民中产生了强烈的反响。

多年来,吕文俊不但自己笔耕不辍,还注重培养、鼓励年轻人进行文学创作。还在区机关党委举办的"大家讲、大家听"活动中,向机关干部讲授公文写作和文学创作,受到好评。

如今,笔记本和老花镜是吕老从未离身的装备,他正筹划着自己散文集的收集和整理工作。他总是说:"我会一直写,将带岭的发展一笔一笔写下去,将带岭革命老区的光辉历史写出大山。"

注:此文发表于二〇一五年四月二日《伊春日报》,作者为中共带岭区委宣传部干事。

附录二

山里人

——记带岭林业实验局环山林场场长吕文俊

沙牧歌

夜,深了。

狂飘的雪花疯洒了一天,总算静无声息地止住了。偎依在小兴安岭怀抱中的带岭林业实验局的环山林场,此时早已进入了香甜的梦乡,只有一人似乎还未感到丝毫的倦意,他依然静坐在明亮的灯光下,用心灵的彩笔,描绘着心中那张美丽的蓝图……

他是谁呢?

他,就是带岭林业实验局环山林场的场长——吕文俊。

一

提起场长吕文俊,带岭林业实验局的人恐怕无人不知,无人不晓。尤其是在整个环山林场,更是鼎鼎大名,妇孺皆知。

人们何以对吕文俊如此熟悉?那还得从他接任场长,造福一方百姓,确确实实为职工和家属办实事说起。

那是一九九〇年的初夏,正当达子香盛开的时候,带岭林业实验局决定派整整当了七年秘书和办公室副主任的吕文俊,到地处偏远的环山林场接任场长一职,并于五月二十七日走马上任。

初到环山,给他留下的记忆可谓是脏、乱、差。整个场部不仅房屋简陋,破烂不堪,而且竟连一间像样的办公室都没有。职工住宅房共计十八栋,竟有十五栋房屋内漏雨。仅有的一所环山小学,不是缺这,就是少那。四台用于生产运输的汽车也都进入后期大修阶段,亟待更新。加之职工情绪低落,不安心工作,面对这样的一个烂摊子,吕文俊真是举步维艰。然而,作为一名党的干部,他深深懂得自己所肩负的重任。何况创业就要有一种敢于吃苦的精神、一种火热的激情和旺盛的斗志与信念。

不是吗?吕文俊就是靠这种精神、这种信念和斗志,暗下决心,要在这大山的深处,与全场职工一起,同甘共苦,去开创环山,建设环山。环山也正期待着吕文俊能在这里大展宏图,开拓出环山人的未来和希望。

二

场长吕文俊上任后所做的头件大事,就是补发了拖欠了将近一年的职工取暖费和菜款。这对整个环山林场一百五十四名职工来说,无疑是件大喜事。随后,为了稳定职工情绪,保证正常生产,吕文俊还和其他领导班子成员一起,深入生产一线,与职工逐个促膝交谈。通过一段时间的精心细致的工作,职工的思想有了很大的转变,生产开始逐步恢复正常。

由于吕文俊平易近人,虚心向老管理人员学习,对自己不明白的事儿,总是不耻下问,所以,很快就和环山林场的职工打成了一片。环山人不得不从心眼儿里佩服他,对这位年仅三十七岁的青年场长,伸出大拇指说:"行,环山就需要这样的场长和带头人。"

这一年的秋天到来之际,吕文俊首先在环山盖起了一座四十二平方米的油库和一栋二十七平方米的移动式发电站机房。

过去,这个场的汽油因无处存放,也无人看管,就存放在露天地上,丢油的事经常发生。即使用锁头锁上,也常常被人撬开。所以,吕文俊常说:"丢点油事小,如果一不小心引起火灾,那后果是不堪设想的。"

事实的确如此。作为林区人,有谁能忘记那场震惊全国的大兴安岭火灾呢!那场大火给国家造成了多么巨大的经济损失啊。林区人之所以时时刻刻把安全放在第一位,也是天经地义之事。

当吕文俊看到汽油终于有了安全存放的油库房,解除了火灾的隐患,他的心才感到了格外轻松和踏实。

第二天,吕文俊坐在场长办公室里,正在思考着下一步的工作安排,这时,办公桌上的电话铃声急骤地响了起来。他刚拿起电话,就听到电话里传来妻子嗔怒的声音。

"文俊,你还有没有这个家了?"

"怎么了?"吕文俊有些莫名其妙。

"你都多少天没回来了,你心里还有没有这个家,有没有我和孩子?"

经妻子这么一说,吕文俊才恍然大悟,原来自己已有二十多天没有下山回家了,难怪妻子埋怨他。然而,他又何尝不希望回到家里与妻子和孩子团圆几天呢!只是他太忙了,的确太忙。环山还有许多工作等待他去布置和完成。何况秋去冬来,马上就要进入冬运采伐的黄金季节,不仅要抓好黄金季节的生产工作,还要为职工家属冬季取暖问题着想。他哪有时间回家呢!于是,他只好耐心说服妻子,又重新投入了工作。人们常说,男人的一半是女人。妻子总算理解与自己相处多年的丈夫——文俊。

三

雪。一场大雪终于送走了最后的残秋。小兴安岭上百里林区一夜间披上了一层洁白的衣装。寒冷的冬季,就这样在小兴安岭降临了。而坐落在小兴安岭怀抱中的环山林场,也迅速拉开了冬运采伐的序幕……

冬季,是林区采伐抢运的黄金季节。场长吕文俊一边抓住生产不放松,一边抓为职工住房安装暖气的收尾工程。这也是他上任后所办的第三件大事。大家都知道,在林区,尤其是在基层林场,如果职工住房没有暖气,家有双职工的那可就惨了。白天天还没亮就得上山,晚上五六点钟才能下班回来,等到烧火做饭,屋子暖起来就得七八点钟。所以,为解除职工的后顾之忧,吕文俊之前的两届领导就开始安装暖气,实行集中供热。到了吕文俊这任场长,他依然为职工所想,又继续安装了一千多平方米的供热系统,深受广大职工的欢迎。职工的生产干劲也十分高涨。

这年的冬季,环山林场在整个冬季作业中,既完成了上级主管局下达的生产采伐和运输任务,又较好地清理了山林,为明春营造人工林打下了良好的基础。

当人们喜迎新春佳节的时候,场长吕文俊却正筹划着下一步环山的另一项重大工程。这也是在他心中酝酿已久的事了。

那还是他初到环山的时候,经常听到职工和家属抱怨电视收看效果不好。尽管各家各户在房顶上都安装了电视天线,横七竖八,可还是无济于事。这不仅影响了环山人的政治、经济和文化生活,也仿佛使环山人与这个世界隔离了。

针对这种情况,场长吕文俊决定,下一年头件大事就是安装闭路电视,让环山人能清楚地看到中央电视台和省、市电视台的电视节目。

吕文俊雄心勃发,不仅要在环山林场安装闭路电视系统,还要在关心职工生活,改善环山小学教学环境和场医疗卫生等诸方面为环山人造福。

就这样,吕文俊默默地工作着,常常十天半月难得回家一次。就连这年的元旦,他都是在环山度过的。因为他心里时刻想着环山,胸中装着环山,环山为有这样的场长而自豪和骄傲。

四

这是一个喜庆的日子,阳光灿烂。

一九九一年五月的一天,带岭林业实验局的环山林场,经过半年多的努力,终于率先在全省林业基层林场安装上了闭路电视系统,并于这一天正式交付使用。

新安装的闭路电视系统,共能收看五套电视节目。其中有中央一台、二台、三台和黑龙江一台及伊春市台。这五套节目,不仅丰富了环山人的业余文化生活和政治生活,还彻底解除了环山人看电视效果不佳,图像不清晰等问题,环山人真是个个拍手称赞。

同年八月,场长吕文俊又为环山小学更换了二十五套新桌椅板凳,购买了一台电子琴,还给学前班的孩子们从锦州买来了滑梯;为林场医务所购置了价值八千元钱的医疗器械;在林场场部门前兴建了一座凉亭——翠微亭,既方便了等车的乘客,也是盛夏乘凉的好地方。

吕文俊如此不遗余力地同全场职工一起建设环山,早已传为佳话。他上任仅一年多的时间,就为环山做了那么多的实事,难怪环山人都亲切地称他为"我们的山里人"。

是啊,吕文俊这种一心一意建设环山的做法,不就是想在这大山的深处,建设起环山人的希望吗!

他曾告诉全场职工,只要大家劲往一处使,心往一处想,一切都为了我们环山的利益出发,那么明天的环山,将比今日的环山更美,更加迷人。

是的,环山的确很美,所辖六千六百公顷土地,百鸟争鸣,林木葱翠,物产资源十分丰富。不仅有红松、云杉、冷杉、杨树、桦树、黄波椤、水曲柳等十几个树种,还有许许多多的野生动物,如熊、野猪、大马鹿、梅花鹿、狍子、獐子、猞猁等。

如此秀美的环山,作为环山人能不热爱它吗!所以说,环山人的希望,也是场长吕文俊的希望。能将环山建设得绿荫遮蔽、红叶迎秋,也是吕文俊最大的夙愿。

五

雨季终于来临。

随之而来的问题又摆在了吕文俊的面前。有人劝他,让他把办公室装修一下,可他却说:"办公室可以暂时将就一下,要知道,职工住宅房顶没有脊瓦,还有十多栋房屋漏雨呢。不解决好职工家属房漏雨的问题,我们就不能装修办公室。"

于是,吕文俊开始为那些房屋漏雨的职工房串瓦,共计串瓦三千多平方米。并花钱买来了铁皮,为职工家属房把烟筒根全都包上,并前前后后为职工家换门共计七十多个。直到最后,他才将办公室维修了一番。同年,还为职工盖了一栋住房,为职工家属盖仓房七十多家。此外,为解决生产运输问题,还购买了两台141汽车。

吕文俊就这样,为建设环山又浓浓地画上了一笔。这一笔画的是那样浓,又是那样重,使环山又增添了新的色彩。

日子就这样一天天地过去了。而环山林场,在场长吕文俊的精心描绘下已初露端倪。环山的建设脚步之快,工作效率之高,可谓前所未有的。这一点,不仅环山的职工忘不了,环山的一草一木都会记住场长吕文俊为环山呕心沥血所奉献的一切。

环山能有今天,那是跟场长吕文俊分不开的,跟广大环山职工和家属分不开的。带岭林业实验局共有十三个基层林场,如果每一个林场的场长都有一种勇于开拓的精神,那么,每一个林场都将像环山一样,事业兴隆,争创一流。尽管在创业的路上会遇到许许多多的困难,有时或许还不被人理解,然而,只要你心中装得下林场,装得下这一座座青山,那么,即使受点挫折和委屈又算得了什么呢!吕文俊虽然为环山林场的建设和发展做出了自己应有的努力和贡献,但是回忆起自己所走过的道路,就如同环山的山路一样,坑坑洼洼,凹凸不平,并非一帆风顺。只是吕文俊能屈能伸能忍罢了。不也有部分造谣生事的人,总是对他当面一套背后一套吗?对这种人,吕文俊似乎早已司空见惯。他认为这种人寄生于世不足为奇,也不足为怪。

工作使吕文俊忘记了一切。他总是想着全场的职工和家属,想着整个环山。他坦坦荡荡地工作,实实在在地做人。尽管改革难免大浪淘沙,更难免与个别同志产生误解、摩擦和矛盾。然而,吕文俊自打到环山工作的那天起,就抱定一种思想,只要是为了环山的利益,自己即使受点委屈又算得了什么呢?他相信自己,对得起环山的父老兄弟,对每一个人都以诚相待,问心无愧。这就是吕文俊,一个具有高尚情操,不计个人得失和恩怨的吕文俊。

他总是认为自己的所作所为,功过自有后人评说。

六

一年一度又是芳草绿。转眼间一九九二之春以迅捷的脚步来到环山。

环山,他的主人吕文俊,似乎又在思考着下一步该如何继续去描绘那张秀美的蓝图。吕文俊此时此刻其实早已在心中用那支彩笔,在那张蓝图上又画下了浓重的一笔。这一笔不仅画出了环山人的希望,也画出了环山人的未来……

那就是,他决定将于一九九二年到一九九三年,首先把全场职工住房漏雨一事彻底解决,并每年为职工建住房一栋。二是要将托儿所进行重新修建,并将为学校扩建三十平方米的教室。同时还要增加一台生产运输汽车,保证生产。在此基础上,吕文俊还将在今后有条件的情况下,给职工把浴池建好,为丰富职工文化生活,建设职工活动室,然后再为全部职工家安上自来水……

就是怀着这样的雄心,吕文俊一步一个脚印地走在创业的路上。他有信心,有决心,他心中的环山将在他亲手描绘下,建设得越来越好。他希望让所有的人都知道环山,让所有的人都了解环山,让所有的人都羡慕环山,让所有的人都希望来到环山……

到那时,他的心将是多么愉快啊!

如今,环山虽然还没有建设成他想象的环山,但毕竟已经有许多人愿意来到环山,来到这大山的深处做客和工作。

不信,请你到环山来看一看,走一走,这里不但风景秀丽,气候清新,仅从吕文俊上任到现在,虽然才几年的功夫,如今,环山林场的职工已从原有的一百五十四名增加到如今的二百四十四名。到目前为止,还有很多人要求到环山工作呢!

环山在变,环山的人也美了。

吕文俊曾面对这小兴安岭的青山绿水说过,如同宣誓:环山,请相信我们,我们将用全部的精力,来使你变得更加新美如画……

看得出，吕文俊场长是多么热爱这里的山山水水、一草一木。因为环山寄托着他对未来的全部希望。正因为如此，吕文俊将同环山一样，在这里给人们留下一个鲜亮的名字。

环山将同吕文俊一起，被镌刻在环山人心灵的板图上，镌刻在大森林环山这片土地上……

注：作者时任黑龙江省企业文化杂志社记者。此文收录于一九九五年黑龙江省作家协会汇编的《拥抱21世纪——走向辉煌》丛书第一卷。同时，黑龙江省企业文化杂志社记者王玉珏也写了报告文学《环山瑰儒》，记录了吕文俊在环山林场工作时的情况，收录于由黑龙江、内蒙古、山西、湖南等省、区十余家新闻出版单位共同编写的《共和国脊梁》中。

后　记

人生坎坷,也充满希望,有希望就有梦想。多年来,我就有一个梦想,把遇到的传承中华民族传统文化和优秀美德的人和事写出来,让这灿烂的闪光点在人们和子孙后代身上闪烁,永放光芒。

我深深地爱我们的祖国和人民,在爱的过程中,把爱记录在每篇文章中,让人们读后有所悟,有所汲取。

我是一名文学爱好者,没有经过正规的学习和培训,用我的兴趣在工作之余进行文学创作,虽底子薄,基础差,但我不灰心不气馁,坚持在白纸上耕耘,取他人之长补己之短。经过几十年的业余写作,发表了百余篇散文,现整理出这部散文集,供读者一阅,也许能给读者带来一点愉悦和某种启迪,如果这样的话,我就心满意足了。

向人们传播中华民族的优秀文化和传统美德,歌颂真善美,抨击假丑恶,激起人们对新生活的不断追求与向往,使中华民族永远屹立于世界之林,这是每位作家及文学爱好者的责任,从古至今,历来如此。

在我几十年的文学业余创作中,得到了许多人的指导和帮助,可以说,这部散文集汇集了众人的智慧与心血。早在四十多年前我与朱东辉老师结识,在他的指导下学写通讯报道,之后他又鼓励我进行文学创作,使我走上文学创作之路,颇有收获。按时间顺序,对我写作有过帮助的人还有韩春梅、赵显兵,无偿为我的初稿打字;五哥吕文魁始终鼓励、帮助我进行文学创作,抽时间给予指导和改稿,盼望我多出点文学成果;外甥女杨秀梅经常为我的稿件打字并寄稿,倾注了许多心血;在我退居二线和退休后,付守礼同志不辞辛劳给我修稿,姜文龙、战寿星无偿为我打字,付出很多劳动;好友杨新文在我进行文学创作的过程中,常与我研究,予以帮助,受益非浅;张福江、张庆良、曲传胜等同志对我的帮助很多;在这部散文集统一整理过程中,外甥女杨秀娟付出了辛勤劳动;尤其是我的老伴儿王淑艳,在我几十年的文学创作中给予了支持,在生活中,周到照顾我患病之身,使我无后顾之忧。在此,我向上述人士及关心这部作品出版的人表示衷心的感谢。

这部散文集,存在着一些不足,恳请读者给予批评指导。

作 者

二〇一五年九月于带岭